除了野蛮国家，整个世界都被书统治着。

司母戊工作室

文章与性情

阅读梁启超

夏晓虹 著

人民东方出版传媒

东方出版社

目　录

辑 二

总　序

　　自从 1983 年开始阅读《饮冰室合集》，梁启超即成为我关注最久、投入最多的研究对象。迄今为止，我出版过三本有关梁启超的研究著作，即 1991 年由上海人民出版社首印、中华书局 2006 年再版的《觉世与传世——梁启超的文学道路》，2006 年由三联书店印行的《阅读梁启超》，以及 2014 年由东方出版社刊发的《梁启超：在政治与学术之间》。此外，我还编选过《梁启超文选》（上下册，中国广播电视出版社 1992 年版）、《梁启超学术文化随笔》（中国青年出版社 1996 年版）、《中国现代学术经典·梁启超卷》（河北教育出版社 1996 年版）与《大家国学·梁启超》（天津人民出版社 2008 年版），校勘过梁启超的《论中国学术思想变迁之大势》（上海古籍出版社 2001 年版）、《中国近三百年学术史》（商务印书馆 2011 年版）与《国学小史》（商务印书馆 2014 年版），后二种系与陆胤合作，辑录过《追忆梁启超》（中国广播电视出版社 1997 年版）。其中规模最大的则是三册、一百四十多万字的梁氏佚作汇编《〈饮冰室合集〉集外文》（北京大学出版社 2005 年版），书序收入三联版的《阅读梁启超》时，我补拟的标题颇为感慨地用了《十年一剑？》。

　　愿意为一个研究对象付出如此多的时间与精力，可想而知，此人之于我必定意义重大或魅力十足。仔细想来，梁启超有如下三方面优长对我深具吸引力：

首先，我做近代文学研究，是从梁启超起步的。日后回想，我一直很庆幸这一选择的正确，甚至可以说是英明。因为从哪里入手，很大程度上会决定一个学者将来的研究格局。我非常欣赏梁启超关于"理想专传"的构想："以一个伟大人物对于时代有特殊关系者为中心"。此处的"伟大"不单指"人格的伟大"，也包括"关系的伟大"，后者甚至更重要。因此，传主应是"可以做某个时代的政治中心"或"某种学问的思想中心"一类人物，亦即"一时代的代表人物，或一种学问一种艺术的代表人物"（《中国历史研究法补编》分论一《人的专史》）。如果倒转此一借人物写时代的角度，而从观照一个时代的政治、学术以至文学的流变着眼，那么，这些处在关系网络中心的人物，无疑会带给研究者更开阔的视野，展现更精确的图景。在我看来，梁启超正是这样的伟大人物。近代中国所经历的文学变革、学术思潮更迭、社会政治改良，梁启超不仅身历，且均为引领潮流的中坚。追随梁启超，也使我的研究不再局限于文学，得以进入更为广大的史学领域，让我因此能够走得更远。

其次，很多曾经处于时代中心的人物，已被掩埋在历史深处，不再引起今人的兴趣与关心。但梁启超不同，学术论著不必说，即使影视作品中，也不时可见其身影。起码，到现在为止，梁启超并没有离我们远去。探求个中原因，可以发现，世人对梁启超尽管有多种概括，诸如政治家、思想家、宣传家、教育家、史学家、文学家等等，不过，若从根本而言，实在只有"启蒙者"的称号对其最适切。无论前期的从政、办报，还是后期的讲学、著述，也不管面对士绅抑或面对学子，"开通民智"始终是其一贯不变的追求。其所启悟的思想、学理固然不乏专门，却多为现代国民所应了解与实践。何况，与其师康有为的治学三十岁后即"不复有进"不同，梁启超"数十年日在旁皇求索中"（梁启超《清代学术概论》二十六节）。谓之"善变"也罢，"与时俱进"也好，直到去世，梁启超留在时人印象中的"仍是一位活泼泼的足轻力健，紧跟着时间走的壮汉"（郑振铎《梁任公先生》）。他所写下的带有启蒙气息的巨量文字，今日读来照样新鲜感人。其年轻时的自我期待"著论求为百世师"（《自励二首》其二），也大可如愿以偿。

最后，在为时代写照而挑选作传人物时，"人格的伟大"虽不及"关系的伟大"更获优待，但若要长期保持关注，则此一研究对象在品格、性情上，必定应有使人感佩或愿意亲近之处。梁启超虽也投身政治活动，并一度进入官场，却绝少此间常见的恶习。胡适眼中的梁启超，"为人最和蔼可爱，全无城府，一团孩子气。人家说他是阴谋家，真是恰得其反"（1929年1月20日胡适日记），此说最传神。而能够拥有林长民、蒋百里、张东荪、张君劢、丁文江、徐志摩等一班俊彦爱戴的梁氏，其人格之光明磊落亦可想见。而其"善变"虽也会遭人诟病，但在梁启超本人，都是出以真诚，"无不有他的最强固的理由，最透澈的见解，最不得已的苦衷"，非如政客的投机逢迎、朝三暮四。况且，即或在变中，梁氏也自有其不变的坚持在，如郑振铎指出的"爱国"宗旨（《梁任公先生》），如我前面提及的启蒙立场。梁启超又自称"我是个主张趣味主义的人"（《学问之趣味》），这让他做起事来总是兴会淋漓，富有感染力。其爱家人，爱朋友，爱文学，爱书法，爱生活中所有新奇美好的事物，当然也使人乐于与之长久盘桓。

与这样一位时代伟人、启蒙先驱、可爱长者相遇，结缘三十多年，至今仍不厌不弃，并且，这一缘分还会继续下去，实为本人学术生涯中最大的幸事。

而由于持续的关注与话题的延伸，本人的研究也获得了国内外学界相当的重视。东方出版社精明能干的女编辑姚恋在做过《梁启超：在政治与学术之间》的责编后，一直惦记将我的三本著作集合起来，一并推出，以集束的效应进行展示，这一建议让我颇为动心。此事从去年说起，中经家事波折，延搁到今年6月，方才正式启动。

此次重新编排，按照三书为一整体的原则，除《觉世与传世》保留原貌外，其他两本著作都做了少量调整，具体情况在各书的"附记"中已有交代。同时，为配合成套出版的整齐、美观，书名也经过了统一修改：以"阅读梁启超"为总题，《觉世与传世——梁启超的文学道路》易名为《阅读梁启超：觉世与传世》，《阅读梁启超》扩充为《阅读梁启超：文章与性情》，《梁启超：在政治与学术之间》改题为《阅读梁启超：政治与学术》。

明年1月恰逢梁启超去世90周年，谨以拙作向前贤致敬。

2018年11月22日于京西圆明园花园

附 记

初版最后一辑所录两篇《觉世与传世》旧版、新版序，于今已形同赘疣，不必再重复收入。剩下一篇《〈饮冰室合集〉集外文》序，独木不成林，故调整到散论梁氏著作的第二辑。

同时删去的还有《中国学术史上的垂范之作——读梁启超〈论中国学术思想变迁之大势〉》。此篇放在第二辑本就体例不合，加上近年正陆续为商务印书馆主编的一套"梁启超史学著作精校系列"写导读，其中《新史学》一册卷首亦重刊了此文，故拟连同其他各篇，将来另成专著。

而增加的四篇，正好每辑各一。原先分编的设想是：第一辑为论文，其他各辑为短论或随笔。以此，第二、三、四辑分别关涉梁启超其文、其人与其事。不过，此前所收论文均围绕梁启超的文学研究展开，这回新增一篇《〈梁任公先生年谱长编初稿〉材源考》，所论既非梁氏著作，也与文学无干。但这部成于1936年的梁启超年谱一向为学界看重，又是其人、其文与其事的总汇。将此文置于第一辑的末尾，感觉兼有开启以下各辑的意味。

第二辑补进了《共和国民必读书——〈国民浅训〉百年祭》一文。梁启超1916年在生死悬于一线的颠沛流离中，奋笔撰写了《国民浅训》。由此使得这薄薄一册小书在富有传奇性的同时，也以其昭示的国民常识，成为历久不衰的共和国民必读书。很明显，此篇的写作思路与笔者先前所作《梁启超的"常识"观》（收入《梁启超：在政治与学术之间》）相贯联。而行文之际，最大的感慨是，读梁氏百年前文仍无过时感。

第三辑添加的是《作为史学家的梁启超》，副题已表明，此即上文提到的本人为商务印书馆主编的"梁启超史学著作精校系列"总序，因而专就梁氏的史学品格与贡献立说。第四辑则从《梁启超：在政治与学术之间》移来一文，自以为，《寻访梁启超澳洲文踪》之安放此间，与叙说梁氏其他行迹的文字并列，无疑更为妥当。

本来还可以有更大幅度的调整，如将《梁启超曲论与剧作探微》归入《觉世与传世》，以弥补原先的遗憾。但终究还是感觉论题关注点与之前有所不同，文字风格也不无变化，故还是分在两书为好。

2018 年 7 月 26 日于漠河北极村

结缘梁启超（代序）

　　对于读书人来说，大概一生中总有几本书会与之长久相伴，因而构成个人生命流程的一部分。就我而言，这类书中首推梁启超的文集。在我四十五年的人生中，与梁氏文集"剪不断"的日子，竟有十五载之多。今日回思，也觉惊心。

　　与一部书深深结缘，往往需要特别的契机。我之得以相遇《饮冰室合集》，起初纯粹是出于研究的需要。1983 年，我就读硕士研究生已进入第二个年头，两年半的学制时间过去了一半，我该为学位论文圈定一个大致的范围。正在此时，我开始阅读 1936 年出版、厚达四十册的《饮冰室合集》，那套书在系资料室的书架上，占据了一层的大半格。起初，我还对是否能够读完全书缺少信心；而一旦相接，阅览本身立即变成愉悦的享受，梁启超所自许的其文字"别有一种魔力"（《清代学术概论》之二十五节）的效应，竟然历久不磨，在我身上重现。我的论文题目也最终确定为《梁启超的"文界革命"论与"新文体"》，希望有幸揭示魔力产生的谜底。

　　算起来，1929 年去世的梁启超与初读其书的我，中间横亘着半个世纪；我所看到的梁氏最早的文章，更写于近百年以前。可我全然感觉不到其间的距离，那些印在纸上的铅字充盈着生命力，把一个元气淋漓的任公先生引入我的世界。

中国古来就有"文如其人"的说法，仿佛这是一个文学评论的通则，天生为批评对象所具有，就像一个人的胎记一般，与生俱来。而在我看来，这其实是不易达致的很高境界，虽经努力，亦未必可以企及。对于政治家与学者，尤其如此。但此语移用于梁启超的文章，却极为贴切。

也许是我的偏见，政治家以深谋远虑的理智应世，看重的是社会效果而不是个人趣味，撰文难免带假面具，少见个性；倘若身居高位，更多了一种职业性的"纱帽气"，个体已经消融成为职务的符号，"官样文章"之讯便无可遁逃，然而这还是排除了秘书代劳的情况。学者发言虽有更大的自由度，可学术研究的科学、谨严又要求"言必有据"，可以覆按，司空见惯的"学究气"于是弥漫学界，人们也约定俗成地以之为学术论文的特征。向规范化靠拢的结果，常是个人风格的消泯。

梁启超恰好兼有政治家和学者两重身份，其一生以 1917 年底辞去财政总长之职为分界，区划为政界与学界两段生涯。尽管作为政党领袖与大学导师必须面对不同的大众，梁启超却能够始终如一地坦露胸襟。无论所写为何种文字，作者的个性总是分明可见。

不妨抄录几段当年令我动心的话，以作佐证。

1899 年底，意欲远游美国的梁启超开始写作记录此行的《汗漫录》(又名《夏威夷游记》)，心中洋溢着"生二十七年矣，乃于今始学为国人，学为世界人"的自豪。其自述平生履历的一段话便说得相当动情：

> 余自先世数百年，栖于山谷。族之伯叔兄弟，且耕

且读，不问世事，如桃源中人。余生九年，乃始游他县，生十七年，乃始游他省，犹了了然无大志，梦梦然不知有天下事。余盖完全无缺不带杂质之乡人也。曾几何时，为十九世纪世界大风潮之势力所簸荡、所冲激、所驱遣，乃使我不得不为国人焉，浸假将使我不得不为世界人焉。

在二十世纪八十年代初"思想解放"的高潮中，读到如此贴切的话语，发觉梁氏的决心仍然适用于今日中国——"既生于此国，义固不可不为国人；既生于此世界，义固不可不为世界人"——而岁月流转，已近百年，在生出亲切感的同时，也不免伴有些许悲凉。

1901 年，正流亡日本的梁启超写下《自励》二首，全无去国万里、飘零天涯的苦态，而满怀"著论求为百世师""十年以后当思我"的极度自信，令人不得不佩服其乐观与远见。此前一年面世的《少年中国说》，更是豪气干云。开篇一连串的比喻精彩绝伦，诸如"老年人如僧，少年人如侠；老年人如字典，少年人如戏文；老年人如鸦片烟，少年人如泼兰地酒"；"老年人如埃及沙漠之金字塔，少年人如西伯利亚之铁路"，放入当时的语境，其奇思妙想，新颖别致，足以倾倒人心。而文章对未来中国的理想描述，又分明带有青年梁启超意气风发的个人印记。

在随后几年陆续刊出的一系列学术论文与外国思想家学案中，梁氏当仁不让地认真履行其导师职责，于输入新知之际，仍保持了选择的主体意识。以按语形式出现的议论，也往往将话头引向中国现状或作者自身，使读者在读文时也能读人。最有名的当属《政治学大家伯伦知理之学说》的自我评定："若夫理论，则吾生平最惯与舆论挑战，且不惮以今日之我与昔日之我挑战者也。"虽因言论不断改易而受到"反复无常"的责难，但处于形势急剧转化的过渡时代，梁启超之"善变"反而成全了其不落伍，郑振铎因而对56岁去世的梁氏有"仍是一位活泼泼的足轻力健，紧跟着时间走的壮汉"（《梁任公先生》）的印象。

完稿于1920年的《清代学术概论》，总结了三百年来学者的贡献与缺失，对作为个中人的自己，梁启超也站在第三者的立场，客观地加以评说：

> 启超务广而荒，每一学稍涉其樊，便加论列；故其所述著，多模糊影响笼统之谈，甚者纯然错误；及其自发现而自谋矫正，则已前后矛盾矣。平心论之，以二十年前思想界之闭塞委靡，非用此种卤莽疏阔手段，不能烈山泽以辟新局；就此点论，梁启超可谓新思想界之陈涉。虽然，国人所责望于启超者不止此，以其人本身之魄力，及其三十年历史上所积之资格，实应为我新思想界力图缔造一开国规模；若此人而长此以自终，则在中国文化史上，不能不谓为一大损失也。

在我平生的阅读经验中，还从未看到如此苛刻而自负的坦诚自责，其针砭准确、褒扬得体，也只能出自梁启超这位性情中人之口。此语也可视作梁氏对自己的"盖棺论定"，我们实在找不出比它更精到的历史定评。

除鉴赏其人，读其文，还时有精妙的议论启人心智，引人神往。因此类例证太多，不暇枚举，略翻其书，观者自可领会。

不过，仍然值得一说的是梁启超的两次系列讲演：一为1912年10月归国后在各团体欢迎会上的发言，一为1922年应南北各学校及学术团体之邀的讲学活动。前者曾由张君劢、蓝公武辑为《梁任公先生演说集》，后者亦由商务印书馆出版了三卷本的《梁任公学术讲演集》。虽是面对各式听众，且有时密接至一天一场，梁启超却绝不敷衍。即使邀请者有八旗生计会、山西票商或北京美术学校、中国科学社生物研究所之天壤之别，梁氏所讲题旨却均能切近对象，出自心得，而别具新意，毫无政治家强人就我、以不变应万变的恶习。

被其文字、归根结底是为其性格的魅力如磁石吸铁一般所吸引，我着手写作平生第一部研究专著，那就是由上海人民出版社1991年印行的《觉世与传世——梁启超的文学道路》。从此一发而不可收，梁启超也成为我为之付出最多的历史人物。以分类编排的方式选辑的两卷本《梁启超文选》，逐一复核引文出处而编校的"现代学术经典丛书"中之《梁启超卷》，辑录散见的梁氏亲友、学生为之撰写的印象记成《追忆梁启超》一厚册，所用时日均可以年计。特别是历六七寒暑、始终未曾歇手的《饮冰室合集补编》，虽积稿已多，犹未肯脱手，总期望求全求善。尽管出版社与家人均一再提醒，存在他人捷足先登的可能性，市场只认速度，并不在乎质量，而私心终怕对不起读者，也委屈了任公先生。

也许正因为与梁启超结缘太深，对其著作的刊行便看得太重。坦白说来，至今在我家数量可观的藏书中，竟没有一部号称收录最全的《饮冰室合集》，好像是以文字为生的人没有笔，不免使人惊异。而道理其实很简单：在我苛求的眼中，这套嘉惠学林的巨著，存在着遗漏甚多、校勘不精的毛病。我不愿意自己最喜欢的学者，并不完美地出现在我的书房里。不仅出于求全责备的心理，自己不购藏，也曾经劝说朋友，等待善本，致令其坐失良机。精善之本至今并未出现，影印本再版反提价二百元，徒然加重了朋友的负担。只有我仍然决心坚持，希望终有一日，可以拥有一部让我满意的梁启超全集。

1998 年 3 月 25 日于京北西三旗

（原刊《十月》1999 年 5 月第 3 期）

辑 一

梁启超曲论与剧作探微

在梁启超的文体分类中，戏曲（梁氏又谓之"曲本""剧曲"）无疑是边界最模糊的概念，也是最少独立性的文类。但这不等于说，在所有的文学体裁中，梁启超最看轻戏曲。情况或许刚好相反，曲本以其更大的包容性，反而可以承担更多的功能，兼顾梁启超对于文学的启蒙责任与趣味偏好的双重理想。并且，梁氏本人的创作，也将有关戏曲的想象落到了实处，正可与其论述互相参照与印证。

一、剧作考实

追溯梁启超对戏曲的关注，首先应该被提及的不是言说，而是创作。1902 年 2 月，继《清议报》而起的《新民丛报》发刊。恰是在这期创刊号上，登载了梁启超的《劫灰梦传奇》。该剧不仅是梁氏第一篇戏曲作品，而且也是他第一次涉笔通俗文学写作。[①]颇有意味的是，其署名"如晦庵主人"为梁启超仅此一用，似乎

---

① 此前在《清议报》连载的日本政治小说《佳人奇遇》，未署译者姓名，亦非梁启超本人的创作。

显示了梁对读者是否认可他的这类创作尚无信心。

《劫灰梦传奇》其实只刊载了一回，即题为"独啸"的"楔子一出"。剧情时间设定为当下，乃是表达主人公杜撰（字如晦，显然指代梁本人）的忧国情怀。即使是残篇断章，此作已足以表明梁启超的撰写意图。其假杜撰之口有一段说白：

> 我想歌也无益，哭也无益，笑也无益，骂也无益。你看从前法国路易第十四的时候，那人心风俗，不是和中国今日一样吗？幸亏有一个文人，叫做福禄特尔，做了许多小说戏本，竟把一国的人，从睡梦中唤起来了。想俺一介书生，无权无勇，又无学问，可以著书传世。不如把俺眼中所看着那几桩事情，俺心中所想着那几片道理，编成一部小小传奇。等那大人先生，儿童走卒，茶前酒后，作一消遣，总比读那《西厢记》《牡丹亭》，强得些些。这就算尽我自己面分的国民责任罢了。①

如此，《劫灰梦传奇》的写作宗旨与《新民丛报章程》对于"小说"栏目的设想——"切于时势，摹写人情"②——确是十分吻合。至于引法国启蒙思想家伏尔泰（即"福禄特尔"）为同道，其意也与同期《新民丛报》所刊梁文《论学术之势力左右世界》相同。后文赞扬伏尔泰"以其极流丽之笔，写极伟大之思，寓诸诗歌、院本、小说等"，"卒乃为法国革新之先锋，与孟德斯鸠、卢梭齐名"③，由此亦可知梁启超抱负之大，用意之深。而其选中戏曲作为

---

① 如晦庵主人：《劫灰梦传奇》，《新民丛报》1号，108页，1902年2月。

②《本报告白》，《新民丛报》1号，卷首。

③ 中国之新民：《论学术之势力左右世界》，《新民丛报》1号，76页。

文明新思想的载体，又一如《新民丛报之特色》所强调的，小说"趣味浓深，怡魂悦目，茶前酒后，调冰围炉，能使读者生气益然"①，即期望在娱乐消闲中达到启蒙功效。

不过，应该是因为《新民丛报》在草创阶段，各栏目的稿件都需要梁启超一人执笔，梁虽"每日属文以五千言为率"②，仍感窘迫。因此，本属"茶前酒后"消遣中得益的曲本，便无法优先考虑。《劫灰梦传奇》的迅速夭折，也在情理中。虽有友朋的叫好、鼓励，如狄葆贤题诗谓之"我公慧舌吐金莲，信手拈来尽妙诠"，韩文举"亟赏之，日日促其续成"③，而此剧却终于没了下文。

倒是在狄诗正式刊出的《新民丛报》第10号上，好像是为了回应朋友们的热望，梁启超再次鼓勇登场。只是，此回并未接续前篇，而是另行开张，推出新作《新罗马传奇》(以下简称《新罗马》)。这一次，梁氏直接题署了其为人所熟知的别号"饮冰室主人"；加以万木草堂的同学韩文举逐出批注，鼓动兴致，一开场便颇具声势。到《新民丛报》第15号，该作已连载至第五出；而接下来的第六出"铸党"却间隔了些时日，在1902年11月的第20号上才亮相，尽管其中别有隐情，却也预示了此本前途莫测。果然，1903年2月梁启超的出游北美，不仅中断了戏曲写作，即使是《新民丛报》的重头戏"论说""学说"等栏目，梁氏也多有缺席。迨其12月归来日本，杂志已是严重拖期，梁

①《本报之特色》，《新民丛报》1号，卷首。

② 梁启超：《与夫子大人书》(光绪二十八年［1902］四月)，丁文江、赵丰田：《梁启超年谱长编》,273页，上海：上海人民出版社,1983年。其中言及："《新民丛报》……弟子一人任之，若有事他往，则立溃耳。"(272页)

③ 楚青：《劫灰梦传奇题词》其二、扪虱谈虎客：《新罗马传奇》"楔子一出"批注，《新民丛报》10号，100、82页，1902年6月。

启超全力以赴撰稿，犹供应不及。所以，尽管第46—48号合本上发表的"告白"，列出了包括《新罗马》在内的诸多未完稿篇目，并表示将"以次续成"①，结果，第56号上露面的第七出"隐农"，却终竟成为《新罗马》的绝响。

而1902年11月在《新小说》创刊号上刊载的《侠情记传奇》，更是一出而亡。此剧在《饮冰室合集》中系作为《新罗马》的附录收入，确有道理。二剧均意在演述意大利建国史，尤其是《新罗马》的主角，更排定为在其间贡献最大的玛志尼、加里波的与加富尔三人。韩文举评《新罗马》称："此书虽曰游戏之作，然十九世纪欧洲之大事，皆网罗其中矣。读正史常使人沉闷惟恐卧，此等稗史寓事实于趣味之中，最能助记忆力。"故韩氏对其极为推许，以为"宜作中学教科书读之"②，与梁启超一样，仍是着意于戏曲的教育功能。

除主题的相关外，如果细究两出戏之间的关系，则题为"纬忧"的《侠情记》第一出，本应是《新罗马》的第七出。这在黄遵宪1902年12月10日给梁启超的信中已有提及，所谓"《新罗马传奇》，又得读'铸党'、'纬忧'二出，乐极，乐极"③，说明黄已知分列不同剧目的两折戏，原本同出一源。但此一说法不过是因为黄氏注意到了《侠情记》篇末的作者说明："此记本《新罗马传奇》中之数出。"④至于场次的安排，根据韩文举为《新罗马》第六出所加批注："作者本拟以此折令加富尔登场，鄙人嫌其三杰平

① 《本报告白》，《新民丛报》46—48号合本，卷首，1904年2月，实则出刊时间晚于此。
② 扣虱谈虎客：《新罗马传奇》第一出"会议"批注，《新民丛报》10号，87页。
③ 黄遵宪：《致梁启超书》（光绪二十八年十一月十一日，即1902年12月10日），吴振清等编校：《黄遵宪集》下卷，503页，天津：天津人民出版社，2003年。
④ 饮冰室主人：《侠情记传奇》"著者识"，《新小说》1号，156页，1902年11月。

排，未免板笨，且加富尔可表见之事迹，不妨稍后，故商略移置第八出。"[1] 也即是说，现在列为第七出、表现加富尔心志的"隐农"，出于韩文举的建议，梁启超已同意将其排为第八出；而原定的第七出，便应是《侠情记》中的"纬忧"。同时可以明了的一个事实是，"隐农"一出虽迟迟见报，其撰写时间却早于第六出"铸党"。为了将最后完成的"铸党"尽先见报，梁氏一连撰写了三折戏，这也是杂志刊载一度小有中断的原因。而等到《新小说》1902年11月创刊后，梁启超的精力已转移到《新中国未来记》的写作，《新罗马》自难以再续新篇。

梁启超的戏曲作品如果只有这两三部零星残稿，固然也有开风气之功，但对于中国近代戏剧史而言，分量不免偏轻。幸好，梁氏还另有以其弟梁启勋的笔名"曼殊室主人"行世的一部《班定远平西域》，为其剧作中仅有的全本，由此足可奠定其为近代戏曲改良重镇的地位。

关于《班定远平西域》的著作权，历来有不同的说法，或就其笔名而归属于梁启勋，或因苏曼殊之名而牵连其为作者。虽有赵景深于1957年撰文，根据《俄皇宫中之人鬼》同样署名"曼殊室主人"，却编入《饮冰室合集》，以此证明该剧为梁启超所作[2]，终因其不知此笔名本出自梁启勋，故仍然不能廓清迷误。实则，在《饮冰室诗话》中，梁专有一则讲到此剧，并自承为作者，[3] 可惜此节诗话为《合集》漏收。此外，1920年代在清华学校读书的

---

① 扪虱谈虎客：《新罗马传奇》第六出"铸党"批注，《新民丛报》20号，91页，1902年11月。

② 赵景深：《梁启超写过广东戏》，《光明日报》，1957年5月26日。

③ 《饮冰室诗话》云，横滨大同学校学生"欲演俗剧一本以为徐兴，请诸余。余为撰《班定远平西域》六幕"（《新民丛报》78号，103页，1906年4月）。

柳无忌，在搜集苏曼殊的作品时，得到了《班定远平西域》，也曾当面向梁启超求证："我不虚此行，但是失望了，他告诉我，他本人就是'平西域'剧本的作者。"[①] 这两则出自作者的自白，应是了结此案最有力的证言。

《班定远平西域》于1905年分三期连载于《新小说》杂志。梁启超自言，"此剧用粤剧旧调旧式"，剧本亦"多用粤语"，则其刊出时，虽特别辟出"剧本"一新栏目名，实际与此前已有的"广东戏（一作'班'）本"应属同一系列。写作宗旨与前述各剧仍可称一贯，其专为横滨大同学校学生演出而作的缘起，以及剧名前的界定语"通俗精神教育新剧本"，更昭示了其启蒙教育的指向。而很可能是由于在海外上演，又受到所在地日本武士道精神的刺激，梁启超于是特别声明："此剧主意在提倡尚武精神，而所尤重者，在对外之名誉，故选班定远为主人翁。"[②] 因此，该剧还是延续了梁氏《新民说·论尚武》及其编撰《中国之武士道》[③] 的思路，希望祛除国人文弱的风习，而鼓吹"从军乐"。

尽管就时间段考察，梁启超的戏曲创作前后不过三年，但在兴趣屡迁的梁氏，这已经算是相当难得。比较其小说写作只持续了一年多[④]，梁对戏曲显然更为倾心。

---

① 柳无忌：《古稀人话青少年》，柳光辽等编：《教授·学者·诗人——柳无忌》，15页，北京：社会科学文献出版社，2004年。

② 曼殊室主人：《班定远平西域·例言》，《新小说》19号，135、138、135页，1905年8月。

③《新民说·论尚武》刊载于1903年3、4月《新民丛报》28、29号；《中国之武士道》由上海广智书局1904年出版。

④《新中国未来记》首刊1902年11月《新小说》第1号，今所见最后一回载该刊1903年9月（实则为1904年1月以后出版）第7号。

二、"戏曲为优美文学之一种"

以创作为根基，再来考察梁启超对于作为文类的戏曲的理解，我们便会看到其多样性的内涵与意义。

在晚清人的文类意识中，戏曲通常被归入小说。梁启超对此并无异议，从其《劫灰梦传奇》《新罗马》均发表于《新民丛报》的"小说"栏，已可以看得很清楚。即使出现在《新小说》"剧本"栏中的《班定远平西域》，其《例言》仍强调，"剧曲本小说家者流"①。因此，梁启超寄予小说的种种期望，"新道德""新宗教""新政治""新风俗""新学艺""新人心""新人格"，概言之，即为小说足以"改良群治"与"新民"②，便都可以移之于戏曲。

而关于戏曲属于"广义"的"诗"，则应为梁启超的发明。有趣的是，这一阐论更多是从体裁而不是风格考虑的。所以，梁启超对斯宾塞断言文学"有时若与进化为反比例"便不能完全赞同。他的意见是，"以风格论，诚当尔尔"，故推演说："三代文学，优于两汉；两汉文学，优于三唐；三唐文学，优于近世：此几如铁案，不能移动矣。"但若"以体裁论"，梁启超则认为"固有未尽然者"。原因是：

> 凡一切事物，其程度愈低级者则愈简单，愈高等者则愈复杂，此公例也。故我之诗界，滥觞于三百篇，限

---

① 曼殊室主人：《班定远平西域·例言》，《新小说》19 号，135 页。

② 《论小说与群治之关系》，《新小说》1 号，1、8 页，1902 年 11 月。原文未署名，为梁启超所作。

以四言，其体裁为最简单；渐进为五言，渐进为七言，稍复杂矣；渐进为长短句，愈复杂矣；长短句而有一定之腔一定之谱，若宋人之词者，则愈复杂矣；由宋词而更进为元曲，其复杂乃达于极点。

由此而有"中国韵文""必以曲本为巨擘"[1]的结论。正是因为只是从体裁上肯定戏曲为最高等的文学，梁启超便仍然保留了批评旧戏有碍进化的权力，并有理由试手此道，以旧瓶装新酒，用高级、优秀的戏曲体裁运载新思想。

更重要的是，在梁启超看来，戏曲不仅是"目的诗"，而且是"耳的诗"。[2] 这一特性对于戏曲的意义，在其"论曲本当首音律"[3]之说中，得到了充分的体现。于是，曲本也与音乐交关。在《饮冰室诗话》中，梁启超追溯了中国诗、乐的离合关系，指认："前此（按：指明代）凡有韵之文，半皆可以入乐者也。"证据是"《诗》三百篇，皆为乐章"，"楚辞之《招魂》《九歌》，汉之《大风》《柏梁》，皆应弦赴节，不徒乐府之名，如其实而已"；即使"唐代绝句，如'云想衣裳'，'黄河远上'，莫不被诸弦管"；而"宋之词，元之曲，又其显而易见者也"。总而言之，梁启超认为：

> 盖自明以前，文学家多通音律，而无论雅乐、剧曲，大率皆由士大夫主持之，虽或衰靡，而俚俗犹不至太甚。

---

① 《小说丛话》中饮冰语，《新小说》7 号，171—172 页，1903 年 9 月；实则该期杂志延至 1904 年 1 月后方出版。

② 渊实《中国诗乐之迁变与戏曲发展之关系》之饮冰《跋》，《新民丛报》77 号，80 页，1906 年 3 月。

③ 《小说丛话》中饮冰语，《新小说》7 号，173 页。

依据梁氏的看法，诗、乐分离的问题出在清代。其时，"音律之学，士夫无复过问，而先王乐教，乃全委诸教坊优伎之手矣"[①]。士大夫既不屑于顾曲，专在"目的诗"上用功，"则移风易俗之大权，遂为市井无赖所握"[②]，梁启超所痛心的"中国之词章家，则于国民岂有丝毫之影响"的结果于是出现。这便是他"推原其故，不得不谓诗与乐分之所致也"[③]的根由，即将精英阶层的放弃谱写雅乐与俗剧，视之为放弃教育与影响民众的责任。

追索梁启超重视音乐的诸般议论，实与其时就读东京音乐学校的曾志忞有关。曾氏在 1903 年 9、10 月出版的《江苏》第 6、7 期上，接连发表了《乐理大意》及《唱歌之教授法与说明》。其"屡陈中国音乐改良之义"的论说与谱写军歌与学校歌的实践，给梁启超留下了深刻印象。梁不仅"读之拍案叫绝"，而且在《饮冰室诗话》中，从诗乐合一的角度，兴奋地预言其为"中国文学复兴之先河"[④]。至此，原本自认"不娴音律"，仅能从"结构""文藻""寄托"领会曲本妙处[⑤]的梁启超，也转而大谈音乐之重要性，强调：

> 盖欲改造国民之品质，则诗歌音乐，为精神教育之一要件。[⑥]

① 饮冰子：《饮冰室诗话》，《新民丛报》40、41 号合本，195 页，1903 年 11 月。
② 渊实《中国诗乐之迁变与戏曲发展之关系》之饮冰《跋》，《新民丛报》77 号，80 页。
③ 饮冰子：《饮冰室诗话》，《新民丛报》40、41 号合本，195—196 页。
④ 饮冰子：《饮冰室诗话》，《新民丛报》40、41 号合本，196 页。
⑤ 参见《小说丛话》中饮冰语，《新小说》7 号，173 页。
⑥ 饮冰子：《饮冰室诗话》，《新民丛报》40、41 号合本，195 页。

此说正与曾氏"远自欧美，近自日本，凡言教育者，莫不重音乐"①之论相应和。

"诗歌音乐"（即合乐之诗）既为"精神教育之一要件"，梁启超将其 1905 年创作的《班定远平西域》定义为"通俗精神教育新剧本"也可谓其来有自。这种对于诗、乐合一教育功能的推尊，落实在文体上，则以戏曲为首选。因为在梁启超眼中，曲本本为诗中"巨擘"；并且，其"趣味浓深，怡魂悦目"，兼具小说所有的娱乐性，也为其他诗体所不及。具此优长，梁氏才会在改良旧戏上用功夫，以为：

> 故今后言社会改良者，则雅乐、俗剧两方面，其不可偏废也。②

更进一步，戏曲又因其为教育利器，而与作为新教育实施机构的学校结缘。梁氏应横滨大同学校学生开音乐会之请撰制《班定远平西域》，即为显例。

而从教育的角度推尊"诗歌音乐"，在梁启超那里原分两路，即雅乐与俗乐（包括"俗剧"）。他在论说时，也每每二者并举：

> 今诗皆不能歌，失诗之用矣。近世有志教育者，于是提倡乐学。然乐已非尽人能学，且雅乐与俗乐，二者亦不可偏废。③

---

① 志忞：《乐理大意》，《江苏》6 期，63 页，1903 年 9 月。

② 《本报之特色》，《新民丛报》1 号，卷首，1902 年 2 月；渊实《中国诗乐之迁变与戏曲发展之关系》之饮冰《跋》，《新民丛报》77 号，80 页。

③ 饮冰子：《饮冰室诗话》，《新民丛报》78 号，103 页，1906 年 4 月。

如以梁本人的创作为例厘清二者，则所谓"雅乐"，即以近代源自西方的新曲谱编写的歌曲，主要为学堂乐歌，《饮冰室诗话》中所载配曲之《爱国歌》《黄帝歌》等便是；所谓"俗乐"（"俗剧"），即久已在民间流行之俗曲、龙舟歌、戏曲等，从《劫灰梦》《新罗马》之传奇，到《班定远平西域》之粤剧，均在其内。而为便于启蒙教育，曲本中尤以地方戏（在梁启超即为粤剧）更合适。这自然是考虑到，由于方言差异的存在，越具有地方性者，受众面越广。梁对自己编撰《班定远平西域》的"科白、仪式等项，全仿俗剧"曾反复做过解释：

> 实则俗剧有许多可厌之处，本亟宜改良；今乃沿袭之者，因欲使登场可以实演，不得不仍旧社会之所习，否则教授殊不易易。

> 俗乐缘旧社会之嗜好，势力最大。士大夫鄙夷之，而转移风化之权，悉委诸俗伶，而社会之腐败益甚。此亦不可不察也。①

明白此情，深知其害，梁启超于是一改先前写作《新罗马传奇》诸作时的依律填词，仅供案头阅读，而转向关切声音一道。继在《诗话》中并录新作"雅乐"之曲、词后，又编写了可以直接在舞台搬演的《班定远平西域》，且自豪于"此剧经已演验，其腔调、

---

① 曼殊室主人：《班定远平西域·例言》，《新小说》19 号，137 页；饮冰子：《饮冰室诗话》，《新民丛报》78 号，103 页。

节目皆与常剧吻合，可即以原本登场"①，在发表的剧本中也一并配置了曲谱。

兼涉小说、诗、乐三领域的戏曲，于是也因其巨大的包容性，而被梁启超以西方社会的眼光肯定为：

> 盖戏曲为优美文学之一种，上流社会喜为之，不以为贱也。②

梁之编制俗剧，因此也理直气壮。并且，其改良俗剧所取法的典范，亦在远不在近。《劫灰梦》之引伏尔泰（"福禄特尔"）见贤思齐，仅发其端。此后，每言及诗乐合一的剧、曲，梁启超的思路总是导向莎士比亚（"索士比亚"）、弥尔顿（"弥儿顿"）、拜伦（"摆伦"）以及伏尔泰等西方文豪。筹办《新小说》杂志时，标榜"传奇体小说"（即正式出刊时之"传奇"栏）之作者"欲继索士比亚、福禄特尔之风，为中国剧坛起革命军"；勉励在东京音乐学校"专研究乐学"的某君，以其所学，"委身于祖国文学"，也以"苟能为索士比亚、弥儿顿"相期盼③。

而这一混合了诗人与戏剧家双重身份的对"泰西诗家"的想象，寻根究底，也同梁启超以"曲本"对应西方长诗的新文类构想有关。于是，在其创作的"政治小说"《新中国未来记》第四回，爱国志士陈猛用英语演唱的拜伦（"摆伦"）《端志安》（即《唐璜》，*Don Juan*）中的两节诗，便分别取"沉醉东风"与"如梦

---

① 曼殊室主人：《班定远平西域·例言》，《新小说》19 号，135 页。

② 饮冰子：《饮冰室诗话》，《新民丛报》61 号，79—80 页，1905 年 1 月。

③ 新小说报社：《中国唯一之文学报〈新小说〉》，《新民丛报》14 号，卷首，1902 年 8 月；饮冰子：《饮冰室诗话》，《新民丛报》40、41 号合本，195、196 页。

忆桃源"两支曲牌译出。深悉梁氏用心的韩文举也于此处加眉批曰："著者常发心，欲将中国曲本体翻译外国文豪诗集。此虽至难之事，然若果有此，真可称文坛革命巨观。"但这一以"中国曲本体"翻译外国诗的念想，实起因于梁氏其时正写在兴头上的《新罗马》，故由自撰而意欲推及移译"外国文豪诗集"。有了这层关联，在梁启超那里，"曲界革命"于是也与"诗界革命"结伴而行。梁译拜伦诗之小试身手，据韩文举的转述，也是意义深远：

> 著者不以诗名，顾常好言诗界革命，谓必取泰西文豪之意境、之风格，熔铸之以入我诗，然后可为此道开一新天地。谓取索士比亚、弥儿顿、摆伦诸杰构，以曲本体裁译之，非难也。吁！此愿伟矣。①

"诗界革命"之"以旧风格含新意境"②，用之于翻译，即成为"曲本体"与"外国文豪诗"的相匹配。这一先入为主的观念，也诱使梁启超忽略了《唐璜》非"歌"而"诗"的体裁，竟然为其配了乐。进而，中国诗歌亦应走诗乐合一之路的结论也不难导出。

值得关注的还有梁启超的始终不曾忘情于戏曲，即使在其已经放弃了文学启蒙心态的后期，他对戏曲的热心仍一如往昔。晚年之频频在讨论诗歌（即其所谓"广义的诗""韵文"）时提及元明清戏曲名作，并专门研究《桃花扇》，留下了两大册注解本③，

① 扪虱谈虎客：《新中国未来记》第四回眉批、总批，《新小说》3号，45、67页，1903年1月。

② 饮冰子：《饮冰室诗话》，《新民丛报》29号，101页，1903年4月。

③ 参见梁启超《〈晚清两大家诗钞〉题辞》（1920年）、《中国韵文里头所表现的情感》（1922年）等文，以及《桃花扇注》（1924年），均收入《饮冰室合集》（上海：中华书局，1936年）。

在总共 40 册的《饮冰室合集》中不可不谓分量畸重。这与其后期对小说的绝情，将小说从"最有价值"的"好文学"中开除[①]，适成鲜明对照。而如果回到梁启超最初试笔叙事文学便从戏曲入手的事实，可以揣知，在梁氏心目中，一直不曾脱离诗歌类别的戏曲，不只有启蒙教育的通俗一面，也以其"结构之精严，文藻之壮丽，寄托之遥深"[②]，而足以满足梁启超无法掩抑的文学趣好。或者也可以说，正是假借晚清时归并入小说类别的曲本之谱写，梁启超在启蒙大众的同时，也兼顾了其文人雅兴。

三、"以中国戏演外国事"

在梁启超的戏曲作品中，《新罗马》虽未完稿，而且，按照其残留的形态，已成的部分不过是气势恢宏的鸿篇巨制刚刚开了个头，但其在中国近代戏剧史仍占有不可缺少的一席之地。

谈论《新罗马》，便不能不提及梁启超在此前后发表的《意大利建国三杰传》。曲本的批注者韩文举所述编剧缘起已讲明此节：

> 日者复见其所作《意大利建国三杰传》，因语之曰：若演此作剧，诚于中国现今社会，最有影响。作者犹豫未应，余促之甚。端午夕，同泛舟太平洋滨归，夜向午，忽持此章（按：指《新罗马传奇》之"楔子一出"）相

---

① 参见梁启超《国学入门书要目及其读法》，《清华周刊》281 期之"书报介绍附刊" 3 期，13、21 页，1923 年 5 月。

② 梁启超评《桃花扇》之言，见《小说丛话》中饮冰语，《新小说》7 号，173 页。

示，余受之狂喜。①

可知《新罗马》开笔于 1902 年 6 月 10 日（阴历五月初五），本脱
胎于梁之新体传记《意大利建国三杰传》。尽管已有日本学者考
证指出，梁氏此传大部分是根据平田久编译的《伊太利建国三杰》
以及松村介石所作《嘉米禄·加富尔》等作写出②，但改以传奇体
出之，便完全成为梁启超的新创。

　　不过，由于两个文本之间本有先后依存的关系，因此，此处
也有必要略为交代《意大利建国三杰传》的连载情况。《意大利
建国三杰传》于《新民丛报》第 9 号开始刊出，在 10、14—17、
19、22 各册杂志上续刊。如与《新罗马》的分载于 10—13、15、
20、56 号相对照，则传奇只比传记晚出一期，而其结束时间也相
差无多（前文已分辨第 56 号杂志所录之第七出实为更早写成）。
这也应该是《新罗马》半途而废的一个重要原因，历史的叙述既
经结束，最初写作的激情也已过去，梁启超确也很难重新提起精
神，进入意大利三杰的情境。

　　在讨论《新罗马》之前，鉴于"纬忧"一出已独立成篇，故
不妨先从此一旁枝说起。关于《侠情记传奇》的编撰，梁启超在
第一出刊载时，曾加识语道明缘起："因《新罗马》按次登载，旷
日持久，故同人怂恿割出加将军侠情韵事，作为别篇，先登于

　　① 扪虱谈虎客：《新罗马传奇》"楔子一出"批注，《新民丛报》10 号，82 页，1902 年 6 月
20 日。
　　② 松尾洋二：《梁启超与史传——东亚近代精神史的奔流》，狭间直树编：《梁启超·明治
日本·西方》，253—254 页，北京：社会科学文献出版社，2001 年。其中，《伊太利建国三杰》
由东京的民友社 1892 年 10 月出版，《嘉米禄·加富尔》一传则刊载于 1898 年 1、2 月的《太阳》
杂志 4 卷 1、2 号上。

此。"[1] 反观《意大利建国三杰传》（以下简称《三杰传》），其中对于加里波的的"侠情韵事"记述实在有限。第五节"南美洲之加里波的"所述，加将军于"乌嘉伊国之彭巴士旷野，失途踯躅，忽遇一佳人，止而筋之，为奏希腊前哲荷马之古歌"，后"遂为伉俪"，便是"纬忧"一出所本。而其客居南美，"得子女三人"，"率妻子躬耕"，"所有战役，夫人无不相从赞画"，差不多就是加里波的与马尼他结婚十余年全部的生活记录。1849 年，加里波的与玛志尼联手建立新罗马共和国及其迅速失败，实为马尼他夫人平生经历的最重要事件。而《三杰传》中也仅简单叙述其"当罗马国难之起，夫人有身既八月矣，犹汲汲尽瘁于运械转饷之事"。加将军怜而阻止，夫人曰："国也者，妾与君共之者也。君独为君子，忍置妾耶？"于是"束男装，编入五千健儿队中，从将军"。而其临终的最后一幕固然感人，但表述出来，字数仍嫌过少：

> 可怜此绝世女豪杰，以临蓐久病之身，仗剑从军，出入于九死一生之里，至是为追兵所袭，困顿几不得步。倚所天之肩，逃至一小森林，忽分娩一死儿。晕绝一小时顷，仅开猩红之泪眼，启蜡黄之笑脸，抚将军之手，道一声"为国珍重"而长暝。

对此死别，"临十万大敌，而英雄之心绪，曾无撩乱；经终日拷讯，而英雄之壮泪，曾无点滴"的加将军，"至是亦不得不肠百结

---

① 饮冰室主人：《侠情记传奇》"著者识"，《新小说》1 号，156 页，1902 年 11 月。

而泪如倾矣"①。

要将这点情事编出一部传奇，自然还需要许多加工。而日本其时流行的女杰传中，本不缺乏马尼他的事迹。梁启超撰写《罗兰夫人传》所取材之日本民友社 1898 年出版的《(世界古今) 名妇鉴》中，即有题名为《英雄之妻》(《英雄の妻》) 的加里波的夫人传。1903 年 2 月由上海广智书局出版的《世界十二女杰》，原本为日人岩崎徂堂、三上寄风所著，其中也有《加厘波儿地夫人》一传。即使只从《三杰传》铺展开去，凭着梁启超的才气，也不难将"多情之豪杰"加里波的将军与"绝世之女豪杰"② 马尼他夫人的一段侠情，编写得委曲动人。

以身在海外仍忧心国事的梁启超而言，即使编译外国人物传记，其心中笔下的关怀，也不离中国现实。梁自言"作《意大利建国三杰传》"的目的，乃是因为近世欧洲各国中，"求其建国前之情状，与吾中国今日如一辙者，莫如意大利；求其爱国者之所志所事，可以为今日之中国国民法者，莫如意大利之三杰"。因此而期望国民，"其上焉者亮无不可以为三杰之一，其次焉者亮无不可以为三杰之一之一体"。如此人人努力效法三杰，"则吾中国之杰出焉矣，则吾中国立焉矣"。尽管梁启超总结三杰人格有诸多值得学习之处，但一如其题目所标示的，三杰最可贵的品德，乃是"爱国"，即"真爱国者，国事以外，举无足以介其心"③。这一对玛志尼、加里波的、加富尔的表彰深意，也同样贯穿于《新罗

---

① 中国之新民：《意大利建国三杰传》第五、八节，《新民丛报》10、14 号，52—53、40—41 页，1902 年 6、8 月。

② 中国之新民：《意大利建国三杰传》第五节，《新民丛报》10 号，52 页。

③ 中国之新民：《意大利建国三杰传》之《发端》，《新民丛报》9 号，33、32—33、31 页，1902 年 6 月。

马》。于是，传奇中搬演的意大利国事，也处处关合着中国国情。

凭借对"泰西文豪"诗人与戏剧家合为一体的理解，《新罗马》一开篇，被梁启超套用中国小说中常见的"天界因缘"模式选中的导引人物，自然便着落在意大利最伟大的诗人但丁身上。作者让其"古貌仙装"登场后，即自报家门：

> 俺乃意大利一个诗家但丁的灵魂是也。托生名国，少抱天才；夙怀经世之心，粗解自由之义。巨耐我国自罗马解组以后，群雄割据，豆剖瓜分。纵有俾尼士、志挪亚、米亚蓝、佛罗灵、比梭士，名都巨府，辉映历史，都付与麦秀禾油。任那峨特狄、阿剌伯、西班牙、法兰西、奥大利，前虎后狼，更迭侵凌，好似个目虾腹蟹。咳！老夫生当数百年前，抱此一腔热血，楚囚对泣，感事歔欷。念及立国根本，在振国民精神。因此著了几部小说传奇，佐以许多诗词歌曲，庶几市衢传诵，妇孺知闻。将来民气渐伸，或者国耻可雪。①

这一段叙说六百年前的意大利形势，本源自《三杰传》第一节的开头部分，所谓"'意大利'三字，仅为地理上之名词，而非政治上之名词"②的异国痛史，一旦移植到中国戏文中，正经受着外强侵凌的晚清读者，自不难沟通书里与书外，体味出作者的一语双关。而但丁自述著作小说、传奇以振发国民精神的意图，不仅表明了梁启超有心效法外国先贤，也代为道出了其心声。

---

① 饮冰室主人：《新罗马传奇》"楔子一出"，《新民丛报》10 号，78—80 页。
② 中国之新民：《意大利建国三杰传》第一节，《新民丛报》9 号，33 页。

更有趣的是,《三杰传》中,令梁启超欣喜、艳羡的意大利新史,即"十九世纪之下半纪,距今最近数十年之间,俨然一新造国涌出于残碑累累、荒殿寂寂之里",也使其联想到此为"大诗人但丁所当且感且泣而始愿不及者矣"①。为补偿诗人未能亲见其盛的遗憾,梁启超于是在传奇中召唤出但丁的灵魂,并且要他约同"英国的索士比亚"与"法国的福禄特尔""两位忘年朋友",同来中国看戏。而所看之戏,正是梁启超的《新罗马》。梁氏又假但丁之口夸说:

> 我闻得支那有一位青年,叫做甚么饮冰室主人,编了一部《新罗马传奇》,现在上海爱国戏园开演。这套传奇,就系把俺意大利建国事情,逐段摹写,绘声绘影,可泣可歌。四十出词腔科白,字字珠玑;五十年成败兴亡,言言药石。

于此,我们不但知道了此戏的规模本拟订为四十出,正与梁启超所心仪的《桃花扇》相同;而且,但丁特别在上海标名为"爱国"的戏院观赏梁剧,既揭明了编剧题旨,也以其来自意大利的大诗人这一特殊身份,增重了该戏的价值。戏本作者之意在言外、别有怀抱,照样也经由但丁发明出来:"我想这位青年,飘流异域,临眺旧乡;忧国如焚,回天无术;借雕虫之小技,寓逎铎之微言。不过与老夫当日同病相怜罢了。"②则中外情事的彼此交织,难分难解,在此先已做了说明。

---

① 中国之新民:《意大利建国三杰传》第一节,《新民丛报》9号,33、34页。
② 饮冰室主人:《新罗马传奇》"楔子一出",《新民丛报》10号,80—81页。

其实，如果熟悉梁启超的著作，阅读《新罗马》时，自会联想到梁氏在同一年稍后写作的"政治小说"《新中国未来记》。依据梁启超当年的定义，"政治小说"乃是"著者欲借以吐露其所怀抱之政治思想"，"事实全由于幻想"[①]，故与今日所谓"乌托邦小说"同义。只不过，在意大利为过去时的历史，搬到中国的现实中，便成为未来时的理想。因而，《新罗马》假托但丁之言对新意大利的描述："今日我的意大利，依然成了一个欧洲第一等完全自主的雄国了。你看十一万方里之面积，三千万同族之人民，有政府，有议院，何等堂皇！五十余万经练之陆兵，二百余艘坚利之战船，可以战，可以和，好不体面！"[②] 这般盛况，在《新中国未来记》中，也有了"楔子"开端处对于六十年后新中国的一番夸耀：

> 话表孔子降生后二千五百一十三年，即西历二千零六十二年，岁次壬寅，正月初一日，正系我中国全国人民，举行维新五十年大祝典之日。其时正值万国太平会议新成，各国全权大臣在南京，经已将太平条约画押。……恰好遇着我国举行祝典，诸友邦皆特派兵舰来庆贺。英国皇帝皇后，日本皇帝皇后，俄国大统领及夫人，菲律宾大统领及夫人，匈加利大统领及夫人，皆亲临致祝，其余列强皆有头等钦差代一国表贺意，都齐集南京，好不匆忙，好不热闹！

难怪孔子后裔觉民老先生被公举讲演"中国近六十年史"时，一

---

① 新小说报社：《中国唯一之文学报〈新小说〉》，《新民丛报》14 号，卷首，1902 年 8 月。
② 饮冰室主人：《新罗马传奇》"楔子一出"，《新民丛报》10 号，80 页。

开口便要慨叹"我们今日得拥这般的国势，享这般的光荣"[①]，并由此抚今思昔，引起民间志士组织政党、创建新国家的历史追述。可见梁启超写作的这两段"楔子"，虽然一为戏曲，一为小说，但在文本的意义上，《新罗马》显然成了"新中国"的"未来记"。

以上的关联尚可认作自《三杰传》第一节的叙述而来[②]，而《新罗马》第七出，将《三杰传》第二节的分陈加里波的、玛志尼、加富尔三人救国方策之别，凭空虚构，改造成为加富尔与友人的一场对话，更属匠心独运。

扮演对话者的一方，是在《三杰传》中一闪而过的政治家达志格里阿，其被记述的历史功绩，一是逼迫撒的尼亚（今译"撒丁王国"）国王阿尔拔（今译"阿尔贝特"）实行改革，一是将首相之位让与加富尔[③]。达氏在《新罗马》戏中，则完全收起了自己的政治主张，单纯扮演了提问者的角色。他先说："时局现象，麻木至此，革命实为应有之义。你何不投入革命党中，轰轰烈烈做一场呢？"加富尔的回答是："我想革命虽为世界不可逃之公理，革命却为意大利不可做之难题。"第二个回合是关于"堂堂正正，组织政党，号召豪俊，共济艰难"的提议，加富尔仍以"时候还早些"、"国会未开的国家那里能够组织甚么文明政党出来"应之。达氏再指出"著书作报，播些文明种子，也是一桩要紧事业"，加

---

① 饮冰室主人：《新中国未来记》第一回"楔子"、第二回"孔觉民演说近世史 / 黄毅伯组织宪政党"，《新小说》1 号，3—4、8 页，1902 年 11 月。引文已省略夹注。

②《意大利建国三杰传》第一节称扬新意大利："泱泱然拥有五十馀万之精兵，二百六十馀艘之军舰，六千馀英里之铁路，十一万馀英方里之面积，二千九百馀万同族之人民；内举立宪之美政，外扬独立之威烈；雪数十代祖宗之大耻，还二千年历史之光荣。"（《新民丛报》9 号，33—34 页）

③ 参见《意大利建国三杰传》第六、十节，《新民丛报》14、15 号，34 页、39 页，1902 年 8、9 月。

富尔却认为"此辈都无用",用唱词道来即是:"但空拳着那能言鹦鹉三千架,终敌不过那当道豺狼一万重。"因"别的都不合式",达氏最后只好端出"运动官场"一策,此说又被加富尔揭破:"这不过是那热中富贵一流人遮丑的话,何曾见那个实行得来?"如此这般往复磋谈,直到逼出加富尔"在外交上演些五花八门"、"从实业上立些深根固蒂"的"见教"①,方才收场。

这一大段将加富尔"抱负、政策悉提出来"的表演,多半针对的是玛志尼,却引人注目地采用了驳难体,即批注者所表彰的《梁州新郎》四阕,将时流意见一一批驳,皆洞中症结之言"②。以此节与《新中国未来记》第三回"论时局两名士舌战"比照,不难看出,黄克强、李去病就"革命"还是"立宪"往复四十四回的辩难,不过是把《新罗马》的预演放大、扩充了而已。因此,说到最后,主张革命的李去病所言,"今日做革命或者不能,讲革命也是必要的",取为例证的也正是加、玛一班人物:

> 我从前读意大利建国史,也常想着,意大利若没有加富尔,自然不能成功;若单有加富尔没有玛志尼,恐怕亦到这会还难得出头日子呢!我们虽不敢自比古来豪杰,但这国民责任,也不可以放弃。今日加富尔、玛志尼两人,我们是总要学一个的,又断不能兼学两个的。③

---

① 饮冰室主人:《新罗马传奇》第七出《隐农》,《新民丛报》56号,82—84页,1904年11月。

② 旧民:《新罗马传奇》第七出《隐农》批注,《新民丛报》56号,85页。

③ 饮冰室主人:《新中国未来记》第四回"求新学三大洲环游/论时局两名士舌战",《新小说》2号,75页,1902年12月。

于是，李去病自认要做中国的玛志尼，黄克强自然便被派作了中国的加富尔。由此也证实了这一场黄、李交锋，其伏脉即在《新罗马》的加、达对谈。不同于小说的逐一标明"提论第一"、"驳论第二"，梁启超在曲本中是以四支《梁州新郎》末尾的合唱"天地老，风云动，这全盘一着谁搏［抟］控？迢迢路，君珍重"①的复沓，作为每一场辩驳的界隔，倒也颇为新颖。

《新罗马》在中国戏剧史上最重大的贡献，当然还是首开以传统戏曲形式搬演外国故事的新风气。其实，早在"楔子一出"的批注中，韩文举已敏锐地指出：

> 此本熔铸西史，捉紫髯碧眼儿，被以优孟衣冠，尤
> 为石破天惊。

韩氏不愧为梁启超的挚友，深知其心事，故评点也总能搔到痒处，甚至无异于梁氏的夫子自道。如与《桃花扇》的比较：

> 此出（按：指"楔子"）全从《桃花扇》脱胎。然以
> 中国戏演外国事，复以外国人看中国戏，作势在千里之
> 外，神龙天矫，不可思议。吾不得不服作者之天才。②

这也等于是代作者揭出了其得意笔墨。而以梁启超在当时思想界与文坛的巨大影响，此戏一出，不只友朋喝彩，继起模仿者也大有人在。

---

① 饮冰室主人：《新罗马传奇》第七出《隐农》，《新民丛报》56 号，82—84 页。
② 扪虱谈虎客：《新罗马传奇》"楔子一出"批注，《新民丛报》10 号，82 页。

这在梁启超主持的《新民丛报》尤为明显。检点该刊的"小说"栏,总共发表过五部剧作,其中《劫灰梦传奇》的情况前文已述。另有一部《爱国女儿传奇》,发表在《新民丛报》第14号,正当《新罗马》刊载的间歇。作者为"东京留学生某君",上场的人物虽全是晚清志士,众人所观赏的"维多利亚"却是"泰西名花"①。下馀的两部戏,《血海花传奇》出于梁启超的万木草堂同学麦仲华之手,从仅成一出的残貌,已可知其主意在叙写法国罗兰夫人的事迹;而由驻古巴总领事廖恩焘所写的《学海潮传奇》,则取材于1871年古巴民众反抗西班牙殖民者的斗争,重点记述了八名古巴学生被杀害的始末②。而这两本"以中国戏演外国事"的作品,均发表在《新罗马传奇》刊载后,其间的影响关系一目了然。

回到《新罗马》,梁启超在《三杰传》的"结论"中曾如此表达其写作心情:

> 余为《三杰传》,乃始若化吾身以入于三杰所立之舞台,而为加富尔幕中一钞胥手,而为加里波的帐下一骈从卒,而为玛志尼党中一运动员。彼愤焉吾愤,彼喜焉吾喜,彼忧焉吾忧,彼病焉吾病。③

---

① 东学界之一军国民:《爱国女儿传奇》,《新民丛报》14号,78、85页,1902年8月。

② 玉瑟斋主人《血海花传奇》、春梦生《学海潮传奇》,分刊《新民丛报》25、46—48合本及49号,1903年2月及1904年2、6月出版。梁淑安、姚柯夫在其《中国近代传奇杂剧经眼录》(北京:书目文献出版社,1996年)中,将"春梦生"指认为周祥骏,不确。周为江苏人,而《学海潮》作者实为广东惠阳人廖恩焘,其人1903—1907年任驻古巴总领事。参见笔者《晚清外交官廖恩焘的戏曲创作》,《学术研究》2007年3期。(补注)

③ 中国之新民:《意大利建国三杰传》之《结论》,《新民丛报》22号,17页,1902年12月。

这一感同身受的情感体验，因此也成为梁氏编撰《新罗马》的动力。或者反过来也可以说，在戏曲舞台上，梁启超才真正实现了他的"化吾身以入于三杰所立之舞台"的幻想。

四、"在俗剧中开一新天地"

如同写作人物传记之兼及中外，梁启超编撰曲本，在取材于外国豪杰故事，以为中国国民树立楷模的同时，也不忘发掘本土资源，对古代人物重加演义，以激起民众效法先贤的欲望。特别是由于戏曲较之传记，形式更为通俗。已经认识到利用俗剧更易达致启蒙教育目的的梁启超，在将改良旧戏的愿望付诸实践时，自然也以改编为人熟知的历代英杰事迹最相宜。班超便是在这样的情境中进入梁启超的视野。

如果从《张博望班定远合传》的撰写算起，《班定远平西域》的酝酿可谓开始于三年前。1902 年 12 月，在间隔了 7 个月后，梁启超终于写出了合传中后半关于班超的部分，为这篇不过一万多字的传记画上了句号。梁氏在该传第一节，即以"世界史上之人物"的标题，确定了张骞与班超的历史地位。受其时帝国主义理论的影响，急于改变中国弱肉强食现状的梁启超，也把殖民扩张视为中国在民族竞争中获胜的必由之路，并美其名曰："夫以文明国而统治野蛮国之土地，此天演上应享之权利也；以文明国而开通野蛮国之人民，又伦理上应尽之责任也。"为了洗雪列强鄙视中国，讥"其与异种人相遇辄败北"的历史耻辱，梁启超有意发扬国粹，故拣取张骞、班超等在中国历史上立功边陲、开疆拓土之行事，大力表彰，称："中国以文明鼻祖闻于天下，而数千年来，怀抱此思想者，仅一二人，是中国之辱也。虽然，犹有一二人焉，斯亦中国之光也。"在此意义上，为汉朝平定西域诸国的班超，也被梁氏礼赞为"世界之大英雄"，"我民族帝国主义绝好模范之人格也"[1]。

而由传记到戏曲，其间对梁启超最有启发的，应是其万木草堂同学欧榘甲的《观戏记》。欧文最初刊载于美国旧金山的《文兴日报》，发表时间大致在1902年[2]。因其被录入当年编辑的《清议报全编》之《群报撷华》册中，梁氏有机会过目。文章以法国与日本为例，叙述法国被德国打败后，"议和赔款，割地丧兵，其哀惨艰难之状，不下于我国今时"；终靠在巴黎建一大戏台，专演法德战争中法人被杀之惨状，激扬民气，故后来"改行新政，众志成城，易于反掌，捷于流水"，使法国"今仍为欧洲大强国"。日本也借助表演"维新初年情事"，塑造"悲歌慷慨，欲捐躯流血以挽之"的志士形象，使观众感激奋发。欧氏因此慨叹："演戏之为功大矣哉！"并断定，演戏于"激发国民爱国之精神"收效甚速，"胜于千万演说台多矣，胜于千万报章多矣"[3]。这一对戏剧演出的极端推重，无疑会使梁启超动心，由编写剧本，更进而关心其能否在场上搬演。

更大的启示则来自欧榘甲对广东戏的评说。欧氏批评粤剧"大概以善演男女私情，善鼓动人淫心，为第一等角色"，批评潮

---

[1] 中国之新民：《张博望班定远合传》第一节，《新民丛报》8号，29页，1902年5月；第八、九节，《新民丛报》23号，31、87页，1902年12月。

[2] 因未见原报，阿英据编入此文的《黄帝魂》刊载时间，定为1903年发表（见其所编《晚清文学丛钞·小说戏曲研究卷》，北京：中华书局，1960年）。后多承此说。但《观戏记》亦收入《清议报全编》，该书编成时间在1902年。同年9月，《新民丛报》15号已有《〈清议报全编〉第一二集出书》的广告，至1903年2月，全书均已出版（见1903年2月11日《新民丛报》25号广告《〈清议报全编〉目录》及《本社发售及代售各书目》）。

[3] 无涯生：《观戏记》，《清议报全编》卷二十五附录一《群报撷华上》，162—163页，日本横滨：新民社，1903年。

剧"专演前代时事，全不知当今情形，其于激发国民之精神，有乎古而遗乎今者也"①。作为写过《新广东》、倡导广东独立②的广东人，欧榘甲对家乡戏自然格外牵挂。而比较在上海的戏班，"外江班能变新腔，令人神旺；广东班徒拘旧曲，令人生厌"，"外江班所演，多悲壮慷慨之词，其所重在武生；广东班所演，多床第狎亵之状，其所重在花旦"，也让作者痛心地得出了"广东班若不从新整顿，吾恐十年后，皆归消灭无疑也"的结论。由此，广东戏之必须及早"大加改革"，且须提升"有英雄气象"、"使人敬"③的武生戏分量，已是不言自明。

何况，欧榘甲引述的清代戏曲家蒋士铨的一段话也令其深有感触："曲本者，匹夫匹妇耳目所感触易入之地，而心之所由生，即国之兴衰之根源也。"推而广之，欧氏于是相信：

> 夫感之旧则旧，感之新则新，感之雄心则雄心，感之暮气则暮气，感之爱国则爱国，感之亡国则亡国；演戏之移易人志，直如镜之照物，靛之染衣，无所遁脱。论世者谓学术有左右世界之力，若演戏者，岂非左右一国之力哉？

如此专门针对下层社会，激发其维新、雄心、爱国意识的戏曲演出，自以采用梁启超所谓"俗剧"的形式最得力。至于改革的方案，欧榘甲认为，应包括"改班本"与"改乐器"两项。而对于

---

① 无涯生：《观戏记》，《群报撷华上》，164、165-166 页。
② 欧榘甲以"太平洋客"的笔名，于 1902 年撰写了《新广东》（日本横滨：新民丛报社），倡言："吾广东人，请言自立自广东始。"
③ 无涯生：《观戏记》，《群报撷华上》，166 页。

"改之之道如何"的提问，欧氏给出的答案也极为明确："请自广东戏始。"①

　　同为广东人，欧榘甲的论说应该很能打动梁启超之心。加以就客观环境而言，1897年秋创建的横滨大同学校，乃是以广东籍华侨为主组织的华文学校。首任校长徐勤，亦为康有为弟子。根据最早入读的学生冯自由记述：

> ……徐勤（号君勉）任校长，专以救国勉励学生，每演讲时事时，恒慷慨激昂，闻者莫不感动。教室上黑板及课本书面皆大书标语曰："国耻未雪，民生多艰，每饭不忘，勖哉小子"十六字，师徒每日罢课时必大呼此十六字口号始散。又编短歌曰："亡国际，如何计；愿难成，功莫济。静言思之，能无恧愧！勖哉小子，万千奋励！"使学生逐日诵之。②

并且，作为广东侨商所办学校，该校也"自始至终采用广东语教学"。以致因"言语不通"而无法就读大同学校的江浙子弟，嗣后又须另组横滨中华学校，才得解决受教育问题③。而大同学校具有高度群体凝聚力的粤语教学特色，与校内高昂的爱国气氛相互激荡，则为新编粤剧《班定远平西域》的上演提供了最佳场合。

　　从贬抑花旦、增重武生戏的粤剧改革思路出发，首先是《新

---

① 无涯生：《观戏记》，《群报撷华上》，168页。
② 冯自由：《横滨大同学校》，《革命逸史》初集，51页，北京：中华书局，1981年。
③ 张枢：《横滨中华学院前期校史稿》，《横滨中华学院百周年院庆纪念特刊》，45、48—49页，日本：横滨中华学院，2000年；《横滨之三江济幽会》，《浙江潮》7期，164—165页，1903年9月。

小说》上刊载的广东"新串班本",编剧多以"新广东武生""广东新小武"自署①,意在突出武生的地位。其次,上场的主要角色也注重安排武生行当,如《黄萧养回头》的主角黄萧养为正武生扮演,《易水饯荆卿》的主角荆轲以正小武应工。如此,《班定远平西域》中的班超之派定由"武生"出演,便既合乎剧本规定的情境,易于激扬尚武精神,同时也顺应了这一戏曲改良的新潮流。

这出由武生主演的"通俗精神教育新剧",基本依据《后汉书·班超传》编排,共分六幕:第一幕"言志"抒发班超投笔从戎志向,决心"为国尽力,在世界上做一个大大的军人,替国史上增一回大大的名誉"。第二幕"出师"表演班超奉命出征,"军容肃肃,武夫洸洸"。第三幕"平虏"为重头戏,表现班超派人斩杀匈奴使节,收服鄯善国,最终完成了平定西域的功业。第四幕"上书"述班惠为其兄上奏,请求汉和帝准许班超"生入玉门关"。第五幕"军谈"转以军士竞相演唱军歌,振起尚武精神,正面表达对"好铁不打钉,好男不当兵"传统陋识的批驳。最后一幕"凯旋",极写班超之荣归祖国:

> 匹马昆仑勒石还,黄金寸寸汉河山。就中几许英雄
>
> 血,留与轩辕子姓看。

这一对班超的欢迎仪式,由于加入了手持"横滨中国大同学校"旗帜上场的该校师生,且由教师发明其意而推向高潮:"诸君,今

---

① 刊于 1902 年 11 月—1903 年 9 月(实则为 1904 年 1 月以后出版)《新小说》第 1-7 号的《(新串班本)黄萧养回头全套》,作者署名"新广东武生";刊于 1905 年 5 月该志第 16 号的《(新串班本)易水饯荆卿》,作者署名"广东新小武"。

日做戏做到班定远凯旋，我带埋诸君，亦嚟做一个戏中人，去行欢迎礼。"在他说来，如果人人都能像班超这样具有"尚武真精神"，"将来我哋总有日真个学番今晚咁高兴哩"。将历史剧引入当下情境，台上的古今沟通，再加上台上与台下演员与观众的彼此交融，不难想象，演出至此，必然是群情激昂。最后，再由"学校学生挥国旗大呼'军人万岁！中国万岁！'"[1]，在一派高涨的爱国尚武情绪中，全剧落幕。

其中，最能显示新粤剧特色的是"军谈"一幕。在这场戏中，军士们闲坐饮酒，唱歌助兴。所说所唱，多用广东方言。本来，在《班定远平西域》的第二幕与第六幕末尾，分别安排了合唱黄遵宪《军歌》中的《出军歌》与《旋军歌》各八章，偏偏是中间的《军中歌》未被梁启超采纳，而是以自己编制的歌曲取而代之，这实在是因为梁氏有意将此场戏变成真正的军歌演唱会。他不仅套用广东的龙舟歌，谱写了新词，其本人最得意的，还是将一向被视为"靡靡之音"的俗调《梳妆台》（又名《十杯酒》），配上了军乐队，改造为雄壮的军歌《从军乐》：

　　从军乐，告国民：世界上，国并立，竞生存。献身护国谁无份？好男儿，莫退让，发愿做军人。

并且，此十二章歌词连同曲谱不只在剧本中出现，还全部录入了《饮冰室诗话》[2]，足见梁启超之自珍自重。

---

① 曼殊室主人：《（通俗精神教育新剧本）班定远平西域》，《新小说》19号，136、144页，1905年8月；20号，142页，1905年9月；21号，139、149页，1905年10月。

② 曼殊室主人：《班定远平西域》第五幕，《新小说》21号，143页；饮冰子：《饮冰室诗话》，《新民丛报》78号，104—106页，1906年4月。

本来，在称许曾志忞所作的军歌、学堂乐歌时，梁启超对其采用西乐旋律与五线谱仍有所保留：

> 抑吾犹有一说焉：今日欲为中国制乐，似不必全用西谱。若能参酌吾国雅、剧、俚三者，而调和取裁之，以成祖国一种固有之乐声，亦快事也。

梁氏的理想是："将来所有诸乐，用西谱者十而六七，用国谱者十而三四，夫亦不交病焉矣。"虽然当时梁启超尚自惭"门外汉"，以为实行此事，"非于中西诸乐神而明之不能"[①]；但仅仅一年多以后，《班定远平西域》的编写与演出，已使其在调和"中西诸乐"，尤其是取裁于"吾国雅、剧、俚三者"上确立了自信。《班》剧不只采用了在日本流行的简谱，录下了与曾志忞同出一源的《出军歌》与《从军歌》的乐谱，而且还成功地移植、改编了俗曲《梳妆台》。秉持这一改良经验，梁启超自然有理由在剧本中左右开弓，既批评近来"想提倡尚武精神"的文人学士所做的诗词，"又唔唱得"，没有用处；同时也对"依着洋乐，谱出歌来"的新音乐作品深致不满，因其"唔学过就唔哈唱"，可大家又没有闲工夫去学。说到底，梁氏认为最合格承担普及教育的还是俗曲："独有你呢（按：意为'这'）几首《梳妆台》，通国里头，无论大人细蚊（按：意为'小孩子'），男人女人，个个都记得呢个调，就个个都会唱你呢只歌。"难怪梁氏会为之"殊自憙"[②]。

至于《班定远平西域》对于粤剧改革的意义，其影响应不限

---

① 饮冰子：《饮冰室诗话》，《新民丛报》40、41号，200页，1903年11月。
② 曼殊室主人：《班定远平西域》第五幕，《新小说》21号，146页；饮冰子：《饮冰室诗话》，《新民丛报》78号，104页。

于横滨一地。随着《新小说》杂志与《班》剧单行本①在国内的流传，包括发表于日本的《黄萧养回头》在内的一批广东新班本，显然为其后革命派组织的"志士班"开了先声。从时间上说，《班定远平西域》最迟于1905年暑假前应已上演②。前一年，由陈少白、李纪堂等主持的"采南歌"戏班刚开始招收幼童，进行培训，次年冬方正式开演新剧③，而此戏班亦不过为"志士班"之先声。另外，传统粤剧本以"戏棚官话"演唱，一般认为自"志士班"吸纳粤讴、南音、龙舟歌、木鱼歌等广东民间曲调，改用粤语演出，粤剧的特色才得以凸显④。而《班》剧第五幕中，军士们不仅打乡谈，也采用粤语，演唱了两首龙舟歌曲调的军歌。何况，第二幕班超率部出征时，更借口"要仿赵武灵王胡服破胡之意"，奏准军士一律改换西服⑤，在传统戏曲舞台上，公然穿扮起现代时装。凡此，假如抛开当年史实记述者如冯自由等人的革命派立场，将维新派在海外的戏曲活动一并纳入近代粤剧改良（革命）的进程中考察，则对《班定远平西域》自可做出公正的评价。

此外值得特别注意的是，《班定远平西域》在当年演出时，乃是归入"学校剧"一类。其《例言》第一条即明言："此剧为应大同学校音乐会馀兴用而作。"⑥而横滨大同学校的排演新编粤剧，实际并非始于《班》剧。依据梁启超1905年1月的记述：

---

① 曼殊室主人：《（通俗精神教育新剧本）班定远平西域》，新小说社，1905年。

② 该剧本发表于《新小说》，起始于1905年8月，因《例言》中提及"经已演验"，故可大致推算出其演出时间。

③ 参见冯自由《广东戏剧家与革命运动》，《革命逸史》第二集，222—223页，北京：中华书局，1981年。

④ 参见赖伯疆、黄镜明《粤剧史》，21—32、66—74页，北京：中国戏剧出版社，1988年。

⑤ 曼殊室主人：《班定远平西域》第二幕，《新小说》19号，144页。

⑥ 曼殊室主人：《班定远平西域·例言》，《新小说》19号，135页。

今岁横滨大同学校，年假时，各生徒开一音乐演艺会，除合歌新乐府外，更会串一戏，曰《易水饯荆卿》。其第一幕"饯别"内，有歌四章，以《史记》所记原歌作尾声，近于唐突西施，点窜《尧典》；然文情斐茂，音节激昂，亦致可诵也。

由此可知，《易水饯荆卿》的演出时间大致在 1904 年底，即比《班定远平西域》早半年。此剧本亦刊于《新小说》，作者"广东新小武"很可能就是大同学校的教师。梁启超特别称赏该戏的是，平日击筑的高渐离，在剧中借口"今日匆忙，忘带筑来"，于是，"前后皆唱俗乐，独此四章拍以新谱，用风琴节之"。其演唱形式为："每章前四句以扮高渐离者独唱，其'呜！呜！'以下，则举座合唱。声情激越，闻者皆有舣与壮会之感。"梁氏因此又在《饮冰室诗话》中并录其词、曲①。

显然是受到《易水饯荆卿》演出成功的感染，好奇趋新的梁启超才用心为大同学校编写了《班定远平西域》。为适应学校排演的特殊需要，他也特意做了一些技术处理与情节改动。由于"学校女生不肯登场"，而"以男饰女"，在师生眼中为"尤骇闻见"。于是，原本在史传中由班超之妹班昭上书皇帝、乞准其兄还朝一节，到戏台上表演出来，却捏造出"班惠"一人，以弟代妹。梁氏对此不无遗憾，故在《例言》中特别声明："若普通剧场用之，则宜直还其真，以旦扮曹大家，趣味尤厚矣。"不只此也，按照梁

---

① 饮冰子：《饮冰室诗话》，《新民丛报》61 号，80—81 页，1905 年 1 月；广东新小武：《(新串班本)易水饯荆卿》，《新小说》16 号，169 页，1905 年 5 月。

启超的意见："普通剧本，旦脚万不可少。"而"此本因为学校用，凡应用旦脚，一切删去"。因此，梁氏为普通剧场上演考虑，以为还可有两处添加：

> 第一幕"言志"，可添扮班彪夫妇，而二子一女从侍。班超奉诏出征时，与家人言别，其母宜作为恋恋不舍之状；其父则晓以大义，极言从军为国民义务，不得姑息凄惋；而班固、曹大家皆和其父之言。如此，可以破中国旧日文弱之谬见者不少。

此外，因"班超在西域，曾纳一西妇"，故"可添入一幕名曰'诀妻'，写得慷慨淋漓，大约言不以女儿情累风云气；即其西妇，亦当以名旦扮之，慨然肯舍爱情，以成就其夫君之大业"。梁氏认为，如此演来，"则兴采更觉壮烈"[1]。

尽管对梁启超而言，晚清中国的学校剧因角色的限制，尚无法达到普通剧场的演出效果；但学校剧与民间剧的区分，在梁氏仍极为清楚。从其称说"欧美学校，常有于休业时学生会演杂剧者"[2]，可知梁为大同学校写作剧本，追摹的是欧美的戏剧传统。1908年发表的《学校剧之沿革》，其译者即指出：

> 学校演剧，肇于欧西。近我国教育家颇有提倡之者，留学界中，曾一再实习，评判遂多。[3]

---

① 曼殊室主人：《班定远平西域·例言》，《新小说》19号，136—137页。
② 饮冰子：《饮冰室诗话》，《新民丛报》61号，79页。
③ LYM：《学校剧之沿革》，《学报》8号，1908年4月；录自阿英编《晚清文学丛钞（小说戏曲研究卷）》，58页，北京：中华书局，1960年。

这些"实习"者中，理应包括了横滨大同学校的期末会演，也自然包括了1907年春柳社在东京的演出。而该文所叙述的德国学校剧引领民间剧进步的历史，在近代中国也产生了遥远的回声。晚清的文明戏直至早期话剧，实在都与学校剧密不可分。如果把《易水饯荆卿》与《班定远平西域》放在这一戏剧发展的脉络中，其与文明戏之关系应当引起研究者更多的关注。

据《学校剧之沿革》一文的意见，学校剧之不同于民间剧，是因其"所演皆正则之技"，"目的在教育上之补修"。也即是说，把严肃的"教育"而非轻松的"娱乐"置于首位，是学校剧的最大特点。具体到德国的情况，乃是"利用之以操练拉丁语，实习演说谈话，及发挥美术之思想，有种种便益也"。反观梁启超写作的《班定远平西域》，虽然自称为"馀兴"之作，但《例言》中既有"主意在提倡尚武精神"的开宗明义，结穴处又由大同学校教师登场演说："诸君，你哋单系当作顽耍啊。你哋留心读吓国史，将我祖国从前爱国的军人，常常放在心中，拿来做自己的模范，咁就个一点尚武真精神，自然发达。"[①] 其为"教育上之补修"的意味已是极其浓厚。

关于戏曲演出之能培养学生的艺术趣味，不必多言。尚待分说的是外语的使用。阅读《班定远平西域》，感觉最奇特的是其夹杂了大量外语。尤其在第三幕"平虏"中，匈奴钦差的唱词，每句都有英文词语；其随员的唱词，则每句皆带日语词汇。不妨节取数句示例：

---

① 曼殊室主人:《班定远平西域》第六幕,《新小说》21号, 149页。

我个种名叫做 Turkey，我个国名叫做 Hungary。天上玉皇系我 Family，地下国王都系我嘅 Baby。今日来到呢个 Country，（做竖一指状）堂堂钦差实在 Proudly。可笑老班 Crazy，想在老虎头上 To play。（作怒状）叫我听来好生 Angry，呸！难道我怕你 Chinese，难道我怕你 Chinese？ ①

这种语言的杂糅，曾经被赵景深先生斥为"甚为胡闹"和"近于低级趣味"②，这自然是从中国戏曲语言的纯粹着眼的严厉批评。而即使不谈此举切合匈奴为异族的人物身份，也不论梁启超的"有意立异"，往往表现在谱写外国事时，"入西人口气，反全用中国典故"③，写中国事时，却偏要使用外文④；单是从学校剧的角度考虑，大同学校课程中之包含中、英、日文科目⑤，便为多种外语的混用提供了教育的基础。

　　因此，若要为《班定远平西域》在中国戏曲史上定位，最贴切的评语还是来自梁启超本人——"自谓在俗剧中开一新天地也"⑥。而如上所述，这一俗剧改良所开辟的方向，则关乎粤剧的改

---

① 曼殊室主人：《班定远平西域》第三幕，《新小说》20 号，136 页。

② 赵景深：《晚清的戏剧》，《青年界》8 卷 5 期，60 页，1935 年 12 月。

③ 扪虱谈虎客：《新罗马传奇》第五出批注，《新民丛报》15 号，77 页，1902 年 9 月。

④ 如《劫灰梦传奇》（《新民丛报》1 号，1902 年 2 月）中杜撰的唱词，有"领约卡拉（Collar），口衔雪茄（Cigar）"之句。

⑤ 据张枢《横滨中华学院前期校史稿》（《横滨中华学院百周年院庆纪念特刊》，46 页）记述。另，申松欣《康梁维新派流亡日本时的一些情况》（《历史教学》1987 年 11 期）引用日本警视厅第 40 号甲秘文件，其中提到："革命派主张教授中华和泰西之学；而维新派则认为根据时代的发展，只学中华与泰西之学已不能应付局势，必需教汉、英、日及其各邦之学。"（52 页）

⑥ 饮冰子：《饮冰室诗话》，《新民丛报》78 号，103—104 页。

革与新剧的发生。

尽管梁启超对"曲界革命"并没有展开论述①，但从其《新罗马传奇》与《班定远平西域》两部剧作仍可看出，对各种戏曲体裁，无论是多半供案头阅读的传奇，还是更适合场上搬演的地方戏，梁启超都力图加以改造、利用，使之成为启蒙大众、改良社会的利器。而新题材的采纳与新思想的注入，不仅革新了传统戏曲的表现内容，也带动了音乐、服装、化装、表演等变革的发生。可以说，梁启超以其创作实践，丰富了"曲界革命"的理想。而这一对旧戏的改良，表面上看，是作家接受了通俗文艺的形式，实际则是戏曲内涵的更加高雅化，因为其所演述的乃是当时最新的学理与知识。"启蒙"并不等于"通俗"，这也是梁启超能够一无阻碍地在传记与戏曲写作之间自由转换的奥秘。在这个意义上，我们也可以说，即使梁启超谓之"俗剧"的《班定远平西域》，也仍然应该归入文人戏之列。

2005 年 11 月 17 日于京西圆明园花园

（原刊《现代中国》第七辑，北京大学出版社 2006 年）

---

① "曲界革命"的说法见于《释革》一文，刊载在 1902 年 12 月的《新民丛报》22 号上。

梁启超的文类概念辨析

　　文体分类是一个由来已久且众说纷纭的问题。古代中国人的文类意识最早起码可以追溯到《尚书》，其典、谟、誓、诰、训等，已根据文章的用途、对象与特点做了区分[①]。而由于文体的划分不仅关涉形式体制，也兼及文辞书写的功能、语言、风格等诸多方面，因此，从古到今的文论家与选家不断进行归类的尝试，以求更准确地揭示各种文体相互区别的内在规定性。鉴于梁启超在近代中国文化界的覆盖性影响，本文拟集中考察其文类概念的演变轨迹，进而揭示梁氏文学观演进的内在理路及其与时代思潮的互动。

一、"小说为文学之最上乘"

　　晚清以降，受西方文类概念以及文学创作新趋向的影响，各类文体经历了大规模的重组与区划，为现代的文体分类学奠定了基础。而对于国人来说，近代出现的文类论述实际大多以其时日

---

　　① 参见吴承学《中国古代文体形态研究》第十四章《文体学源流》，323 页，广州：中山大学出版社，2000 年。

本的同类著作为依据，这也使得晚清"新派的文体论"①不仅新旧杂糅，而且类别大致相近。

以出版于1905年与1906年的两部文章学著作为例：龙志泽（字伯纯）的《文字发凡》在《修辞学》部分既有新派的分类法，即将文辞分为"记事文""叙事文""解释文"与"议论文"四种，又以"叙事""议论""辞令""诗赋"为纲，将传统的文体分别系属其下②。其牵合新旧的努力颇费心思，但在现代学者蒋伯潜看来，后者"完全是零碎地，凌杂地叙述旧派底文体分类"，"所分子目之繁冗杂乱，所加说明之不得要领"，让人一目了然。故蒋氏只肯定前者的价值③。来裕恂（字雨生）的《汉文典》比龙氏有所进步，在《文章典》的第三卷《文体》中，他直接将旧有的文体名目嫁接到"叙记""议论""辞令"三大类项下。作者虽对日本学者所著诸种《汉文典》有所批评，但訾议仅限于文法，所谓"以日文之品词强一汉文，是未明中国文字之性质"④；而其文体分类，实则仍与之相通。故来著与被蒋伯潜断为"多取之日人山岸辑光底《汉文典》"⑤之龙著后一类别也大同小异，不过是把龙之"诗赋类"合入"辞令类"。

其实，详勘二者之细目，其间固有出入，但最引人注目者，还在"小说"的归属。龙志泽将"小说"与"传记"、"历史"并列，安置在"叙事文"这一新派的文类体系中，显然是认为按照

<hr />

① 参见蒋伯潜编著《文体论纂要》第四章《新派文体分类述评（上）》，引文见46页，上海：正中书局，1948年。

② 龙伯纯：《文字发凡》卷三、卷四，上海：广智书局，1905年。

③ 蒋伯潜：《文体论纂要》，50页。

④ 来裕恂：《汉文典》，上海：商务印书馆，1906年初版；今有高维国、张格注释之《汉文典注释》，天津：南开大学出版社，1993年。所引见来之《汉文典序》，《汉文典注释》，2页。

⑤ 蒋伯潜：《文体论纂要》，50页。

传统的文体分类法，无法为"小说"找到合适的位置。而来裕恂既已合新旧于一手，其为"小说"寻找的归宿，列之于"辞令"项下"文词类"即"文、诗、赋、辞、乐府、词曲之流"的末尾，也不免有几分勉强[①]。"小说"作为一向遭受轻蔑，却在晚清突然荣显的文学体裁，一时在文体分类中难以定位，也从一个侧面昭示出重新界定文类的必要。

毋庸置疑，文类界定的需要总是产生在新文体出现或文类格局已然发生改变之后。而在晚清，小说的异军突起实为最重要的推动力，梁启超则是其中一位关键性的人物。

论及梁启超的文类意识，晚清时本人虽无清晰表述，却仍有若干踪迹可寻。尤其是在戊戌变法失败后，梁氏避难东渡，受到日本明治文学创作与观念的启示而倡导文学改良，对文学体裁的分类也不无考虑。其曾以"变革"置换"革命"，而解释说：

> 夫淘汰也，变革也，岂惟政治上为然耳，凡群治中一切万事万物莫不有焉。以日人之译名言之，则宗教有宗教之革命，道德有道德之革命，学术有学术之革命，文学有文学之革命，风俗有风俗之革命，产业有产业之革命。即今日中国新学小生之恒言，固有所谓经学革命、史学革命、文界革命、诗界革命、曲界革命、小说界革命、音乐界革命、文字革命等种种名词矣。[②]

---

① 《叙事文》，《文字发凡》卷三；《汉文典注释》，341页。来裕恂以"文、诗、赋、辞、乐府、词曲之流也"解释"文词类"，原未及小说；而下文第一至五节即分述"文""诗""赋""辞""乐府"，另凭空添入"小说"为第六节（341—353页）。

② 中国之新民：《释革》，《新民丛报》22号，4页，1902年12月。

此语已表明，梁启超区别于传统的新式文学分类直接采自日本，这才有发起"文界革命""诗界革命""小说界革命"之实绩。而检索梁氏其时的著述，他切实谈论过的"文学之革命"，实在也只有上举三项①。这也可以理解为，梁氏的"文学"分类仅指向"诗""文"与"小说"。至于戏曲，即梁所谓"曲本"，在其时尚处于附庸的地位，未能独立。

考察梁启超流亡日本期间所办的杂志，对厘清这一问题亦有帮助，因为近代报刊的栏目设置，同样反映出编者的文类意识。

分别创刊于1898年12月与1902年2月的《清议报》与《新民丛报》，实为梁启超投入精力最多、对国人影响深巨的一代名刊。从创办之初，《清议报》便开设了"政治小说"与"诗文辞随录"两个固定的文学栏目。迨出刊至一百期，梁氏撰文庆贺，自我总结《清议报》"内容之重要""有以特异于群报者"，即称说：

> 有政治小说《佳人奇遇》《经国美谈》等，以稗官之异才，写政界之大势。美人芳草，别有会心；铁血舌坛，几多健者。一读击节，每移我情；千金国门，谁无同好？若夫雕虫小技，馀事诗人，则卷末所录诸章，类皆以诗界革命之神魂，为斯道别辟新土。

除了表现出对政治小说的情有独钟，在"诗文辞随录"一栏，梁启超已明显有所偏爱，即弃置"文辞"，而全神贯注于诗歌。而其所标举的"开文章之新体，激民气之暗潮"的《少年中国说》《呵

---

① 梁启超关于"文界革命"的说法见于《夏威夷游记》与《十五小豪杰》评语；"诗界革命"的思想以《夏威夷游记》与《饮冰室诗话》中的讨论最重要；"小说界革命"的论述则集中在《论小说与群治之关系》一文。

旁观者文》《过渡时代论》等，以及自诩为"以精锐之笔，说微妙之理，谈言微中，闻者足兴"的《饮冰室自由书》，诸种得意之作却均不在此栏。这类新体文章其实享有更高的待遇，它们或刊载于"本馆论说"中，或另立专栏连属于其下①。如此，既说明梁氏更看重的是"文"作为新思想之载体的启蒙功效，也可见其并不以为"文学"可以包容它的全部内涵。换言之，即"文"具有超出"文学"品格的更广泛的文类意义。于是，真正属于纯文学的品类便只剩下"诗"与"小说"。

由《清议报》肇端的"诗文辞"的分化，在《新民丛报》得到了进一步的展开。新命名的"文苑"栏几乎已被"诗界潮音集"与连载的梁启超《饮冰室诗话》所包揽，也即是说，发表与评论诗歌已成为此栏目的专责。此外，"小说"也取代"政治小说"，拥有了更大的容量与空间。除翻译小说外，梁启超撰写的《劫灰梦传奇》《新罗马传奇》等戏曲作品纷纷在此现身，使作为文类概念的"小说"更为复杂。

应该说明的是，在其时梁启超的使用中，"诗""文""小说"三者的边界都有相当的模糊性。即使局限于梁氏心目中更纯粹的文学类别"诗"与"小说"，常人看来楚河汉界，清晰可辨，但在梁氏那里，二者也可以混为一谈。最明显的例证当数《饮冰室诗话》与《小说丛话》的两段论述，同样是比较中外长篇诗作，梁启超两次做出的文类归属却大有出入。

在 1902 年 6 月发表的《饮冰室诗话》中，梁启超大力推崇西方诗人荷马、莎士比亚、弥儿敦（今译"弥尔顿"）等所作长诗，

---

① 任公：《本馆第一百册祝辞并论报馆之责任及本馆之经历》，6A 页，《清议报》100 册，1901 年 12 月。起初，《饮冰室自由书》为一独立栏目，列于"本馆论说"下，后期亦间或置于上栏中。

称:"勿论文藻,即其气魄固已夺人矣。"反观中国,则以为杜甫的《北征》、韩愈的《南山诗》,"其精深盘郁雄伟博丽之气,尚未足也";《孔雀东南飞》"诗虽奇绝,亦只儿女子语,于世运无影响"[1]。整个论述都是在相当纯粹的"诗"的体裁中,检讨中国古代诗人"才力薄弱,视西哲有惭色"。一年半以后,梁氏发表《小说丛话》,仍然以上举三首中国古典长诗对阵"泰西诗家",不过,后一系列中的莎士比亚已被暗中替换为摆伦(即拜伦)[2]。这一改变并非无关紧要,在梁氏下文将前述结论转化为前提以展开新一轮论述的过程中,莎翁退场的意义正在于保证了整个论说的合理性。

当写作《小说丛话》之际,梁启超重申前说的同时,也进一步反省了其间的缺失,所谓"既而思之,吾中国亦非无此等雄著,可与彼颉颃者"。之所以产生以前的迷思,乃是由于"吾辈仅求之于狭义之诗"。至此,梁启超郑重提出了"诗分广狭"的新见:

> 诗何以有狭义、有广义?彼西人之诗不一体,吾侪译其名词,则皆曰"诗"而已。若吾中国之骚、之乐府、之词、之曲,皆诗属也,而寻常不名曰"诗",于是乎诗之技乃有所限。吾以为若取最狭义,则惟"三百篇"可谓之"诗";若取其最广义,则凡词曲之类,皆应谓之"诗"。

此时再依据"广义"的"诗"之定义来比论,其对于中国古代诗

---

[1] 饮冰子:《饮冰室诗话》,《新民丛报》9 号,83 页,1902 年 6 月。

[2] 饮冰等:《小说丛话》,《新小说》7 号,170、171 页,标为 1903 年 9 月出刊。实则,依据梁启超在《小说丛话》篇首所写"识语",记其成稿时间为"癸卯初腊",即光绪二十九年十二月,折算成西历,应为 1904 年 1 月,故知该期杂志乃延后出版。

歌的看法便截然两样：不仅"古代之屈、宋，岂让荷马、但丁"；而且，在梁启超眼中，近世的戏曲名家汤显祖、孔尚任、蒋士铨也可谓"一诗累数万言"，"其才力又岂在摆伦、弥儿顿下耶？"这里的关键是将"曲本""以广义之名名之"为"诗"①，即将"诗"的概念扩大到戏曲。因此，西方的戏剧大师莎士比亚本不应在"狭义之诗"的讨论中提前登场。

表面看来，"曲本"之归入"诗"，是"诗"的文类外延扩展的结果。而实际上，这种延伸在梁启超重构的文类格局中，不过是为"诗"通往"小说"建立了可行之路。其逻辑推演步骤如下：

首先，确立"曲本"在"诗界"的至高地位。在《小说丛话》中，梁启超专门分析了"曲本之诗""所以优胜于他体之诗者"有四点：一是"唱歌与科白相间"，互相补充、发挥，"可以淋漓尽致"；二是上场人物"可多至十数人或数十人，各尽其情"；三是折数及曲调之多寡，"一惟作者所欲，极自由之乐"；四是格律、体式限制较少，"稍解音律者，可任意缀合诸调，别为新调"，旧调之中亦可增字。凡此，均为通常"只能写一人之意境"且格律谨严的近体诗与词所不及。梁氏因此断言："故吾尝以为中国韵文，其后乎今日者，进化之运，未知何如；其前乎今日者，则吾必以曲本为巨擘矣。"②

其次，先前对于曲本归属于小说门下的分类仍然有效。梁启超自撰的《劫灰梦传奇》1902年2月在《新民丛报》的"小说"栏发表，为一明显标志。同年8月，梁氏筹办《新小说》杂志时，设计各栏目，也专列一"传奇体小说"，并加以说明："本社员有

---

① 《小说丛话》中饮冰语，《新小说》7号，170—171、172页。
② 《小说丛话》中饮冰语，《新小说》7号，172页。

深通此道、酷嗜此业者一二人，欲继索士比亚、福禄特尔之风，为中国剧坛起革命军，其结构、词藻决不在《新罗马传奇》下也。"① 与伏尔泰并列提出的莎士比亚，在此已安放在合适的位置。当年 11 月，《新小说》正式出版，此栏目又简称为"传奇"，恢复了旧名，却无改于其为小说之一种的文类认定。并且，梁氏与同人合作撰写的《小说丛话》，原本起因于 1903 年 2 月梁赴美航海时，"箧中挟《桃花扇》一部，藉以消遣，偶有所触，缀笔记十馀条"。友朋见之，异口同声谓为："是小说丛话也，亦中国前此未有之作。"② 可见，曲本之隶属小说已为一时公论。

再次，"广义"的"诗"在曲本的引导下向"小说"靠拢。曲本既为最高等的"诗"，其本身又归属"小说"，故就排列等级而言，可以认为，"诗"类中最重要的部分已被"小说"收编。而且，即使是在《小说丛话》中讨论"诗"之广狭义与体裁之进化的话题本身，也表明"小说"的概念大于"诗"。

从以上对于梁启超文类层级的剖析可以发现，梁氏实际是在使用不同的标准建构体系。谈论曲本与诗的关系时，他注重的是相通的音律；而当问题转变为曲本与小说的联系时，他关注的又是二者共有的叙事成分。不过，无论如何，其文体分类最终还是指向小说地位的崇高，这也呼应与印证了梁氏当年的一句名言："小说为文学之最上乘也。"③

而小说获此殊荣，又与此时身为政治家的梁启超之文学观大

---

① 新小说报社：《中国唯一之文学报〈新小说〉》，《新民丛报》14 号，卷首，1902 年 8 月。

② 饮冰：《小说丛话》"识语"，《新小说》7 号，165 页。

③ 《论小说与群治之关系》，《新小说》1 号，3 页，1902 年 11 月。此文最初发表时未署名。而梁启超"小说为文学之最上乘"观念的形成与日本明治年间"小说改良"之关系，可参阅笔者《觉世与传世——梁启超的文学道路》（上海：上海人民出版社，1991 年）第八章《"以稗官之异才，写政界之大势"》。

有干系。其在晚清热心倡导"文学改良"，主要目的实在以文学作为政治变革与社会改良的工具，因此格外看重文学的社会教育功能。虽然梁氏并列地提出了"诗界革命""文界革命"与"小说界革命"三大主张，但与诗文相比，小说的"浅而易解""乐而多趣"，"易入人""易感人"，"有不可思议之力支配人道"①，并且接受面最广，优势明显，这使得小说最有资格充当启蒙与救亡的最佳利器。在此意义上，梁启超才肯定小说为最高等级的文学，或曰："小说为国民之魂。"②"小说界革命"于是也成为晚清文学改良的中心，用梁氏自己的话说，就是：

> 故今日欲改良群治，必自小说界革命始；欲新民必
> 自新小说始。③

受梁启超"小说改良群治论"与"小说新民论"的鼓舞，晚清小说创作出现了前所未有的繁荣景象。而小说地位的提升与小说观念的改变，也在其时的文体论述中留下了痕迹。来裕恂将"小说"分为"传奇"与"演义"二体，专注于"戏曲"与"白话小说"，完全撇开了旧有的小说分类，正是对梁启超提倡"小说界革命"以来文类格局改变的总结。其以"移风易俗之道，外国泰半得力于小说"为据，批评中国旧小说"事杂鬼神，情钟男女者为多"，因此"而沮风气"，以及推原此现象的产生，是"由于读小说者，不知小说之功用，作小说者，不知小说之关系"④，均体现出对梁启

---

① 《论小说与群治之关系》，《新小说》1号，1、6、1页。
② 任公：《译印政治小说序》，1B页，《清议报》1册，1898年12月。
③ 《论小说与群治之关系》，《新小说》1号，8页。
④ 来裕恂著，高维国、张格注释：《汉文典注释》，351、353页。

超鼓吹"各国政界之日进，则政治小说为功最高"及以旧小说为"吾中国群治腐败之总根原"①诸论的应和。因此，梁氏在晚清构建的文类体系，由于与文学改良运动密切相关，已超越了个体的局限，获致普遍的意义。

二、"诗本为表情之具"

在梁启超的人生之旅中，1917年底的退出政坛与1918年底的出游欧洲，使其社会身份、文化立场、研究指向、生活状态均发生了巨大变化。此后，梁启超仍关注政局，发表政见，但基本是以社会名流的个人身份发言，更多的精力已转向学术著述与讲学。

作为学者与导师的梁启超，此时自觉地以发掘、阐扬中国传统文化为己任。在治学与授课中，梁氏不断强调"研究国学有两条应走的大路"：一是"用客观的科学方法去研究""文献的学问"，以"在学术界上造成一种适应新潮的国学"；一是"用内省的和躬行的方法去研究""德性的学问"，以"在社会上造成一种不逐时流的新人"②。由此，"为学"与"做人"③成为其后期学术研究的两大基点，学问与人生因此密不可分。

1920年3月欧游归来，开始学术转向的梁启超对文学也有了不同体认。文学改良群治的功能已然消解，代之而起的是对文学净化

① 任公：《译印政治小说序》，1B页，《清议报》1册；《论小说与群治之关系》，《新小说》1号，6页。

② 李竞芳记：《治国学的两条大路》，初刊1923年1月23日《时事新报》"学灯"，收入《梁任公学术讲演集》第三辑，上海：商务印书馆，1923年，引文见185页；周传儒、吴其昌记：《梁先生北海谈话记》，吴其昌编：《清华学校研究院同学录》，7页，1927年。

③ 梁启超有一篇文章即题为《为学与做人》（1923年1月15日《晨报副刊》），《梁先生北海谈话记》中心也是谈"做人的方法"与"做学问的方法"。

情感、陶冶情操作用的追求。文学不再是启蒙的工具，而成为艺术的美的表现。凡此，均在对于"诗"的重新界说中体现出来。

写于1920年10月的《〈晚清两大家诗钞〉题辞》虽是未完稿，且在梁启超生前并未发表，其意义却不容低估。这篇主体为"将我向来对于诗学的意见，略略说明"[①]的文章，由于其中大段关于白话诗的讨论而引人注目。该文虽起因于现实创作的刺激有感而发，却为梁氏此后的诸多论说定下了基调。

在全篇论述的开始，梁启超先对"文学"做出了两个基本判断，即"文学是人生最高尚的嗜好"与"文学是一种'技术'"。前者关涉文学表达的内容，要求"往高尚的一路提倡"，表现出梁氏对于文学功能已有了不同以往的理解。更值得关注的是指向文学表达艺术的后者，其完整的说法是：

> 因为文学是一种"技术"，语言文字是一种"工具"。要善用这工具，才能有精良的技术；要有精良的技术，才能将高尚的情感和理想传达出来。

这一对"文学"技术层面的偏重，在一年半以后经过修正，又有了正式的表述："自己腔子里那一团优美的情感养足了，再用美妙的技术把他表现出来，这才不辱没了艺术的价值。"[②]而无论从哪一

---

① 梁启超：《〈晚清两大家诗钞〉题辞》，《饮冰室合集·文集》（本书中下文均简称为《文集》）之四十三，71页，上海：中华书局，1936年。此文收入《饮冰室合集》时未注明撰写时间，笔者据《张元济日记》（1920年10月21日）与梁启超致胡适函（1920年10月18日），确定其当作于1920年10月。参见拙著《诗骚传统与文学改良》（杭州：浙江文艺出版社，1998年）293页。

② 梁启超：《〈晚清两大家诗钞〉题辞》，《文集》之四十三，70、71页；《中国韵文里头所表现的情感》，3页，《改造》4卷6号，标为1922年2月出版。而梁启超的序写于1922年3月25日，因知杂志刊记与实际出刊时间不符。

面立说，在梁启超看来，优美高尚的情感与美妙精良的技术，均为具有艺术价值的文学缺一不可的两大要件。

在此前提下，《〈晚清两大家诗钞〉题辞》对于"诗"类的甄别虽是重拾旧话，实已另出新意。"中国有广义的诗，有狭义的诗"的辨析即是如此。梁启超不同意中国没有长诗之说："有人说是中国诗家才力薄的证据，其实不然。"他似乎已经忘记，这正是十几年前他本人曾经发过的宏论。接下来的说法尽管与前引《小说丛话》中的高见相似，用意仍然有别："狭义的诗，'三百篇'和后来所谓'古近体'的便是；广义的诗，则凡有韵的皆是。"例证也很现成，"赋亦称'古诗之流'，词亦称'诗馀'"。梁启超于是指认，"骚""七""赋""谣""乐府""词""曲本""山歌""弹词"，"都应该纳入诗的范围"。并且据此申言，"我们古今所有的诗，短的短到十几个字，长的长到十几万字，也和欧人的诗没甚差别"。至此为止，所有的议论尚不出前说的范围。只是下文为"诗"寻找以"狭义"代"广义"的原因，《小说丛话》归之于翻译中的以一当十，此处却认为是中国文体"分科发达的结果"，这才使得"'诗'字成了个专名，和别的有韵之文相对待，把诗的范围弄窄了"。所以，梁启超"对于诗的头一种见解"，就是"要把'诗'字广义的观念恢复转来"[①]。

值得注意的是，在这一大篇讨论之后，照旧包容了"曲本"的"广义的诗"，却丝毫没有投诚"小说"一方的任何动向。即使谈到"元、明人曲本"中"最有名的《琵琶记》"，梁启超也不过将其放在"白话诗"的专论中，而与"小说"不相干。尽管其实是靠了"曲本""弹词"等的加入，"广义的诗"的概念才得以成

---

① 梁启超：《〈晚清两大家诗钞〉题辞》，《文集》之四十三，71、72页。

立，但此次"曲本"既未被视作"诗界"中的"巨擘"，其带有叙事性的特质也完全遭到忽视。所有的迹象都显示出，在梁启超的文学新视野中，"诗"已恢复了其本应独立的文类品格。就像梁氏在发论之初特意指出的那样：

> 诗，不过文学之一种，然确占极重要之位置。在中国尤甚。①

只是，所谓"极重要之位置"的真实含义，还需要时间来呈现和理解。

按照梁启超设定的框架，《〈晚清两大家诗钞〉题辞》关于诗学的阐说应该包括"技术"与"实质"两个层面。实际上，此文更多讨论的是诗的"技术方面"，即以"修辞和音节"为"技术方面两根大柱"。并由此出发，批评白话诗在修辞上的"冗长""浅露寡味""字不彀用"，违背了"文以词约义丰为美妙""美文贵含蓄"等诗学原则；至于音节，梁启超也认为白话诗"枝词太多，动辄伤气"，故"有妨音节"。对于"技术"问题的究心不只反映在所占篇幅之长上，而且，单就论说次序而言，"技术"也优先于"实质"，得到作者的更多青睐。这是由于梁氏根据"文学是一种'技术'"的总体判断，而裁定——

> 诗是一种技术，而且是一种美的技术。②

---

① 梁启超：《〈晚清两大家诗钞〉题辞》，《文集》之四十三，73、71 页。
② 同上，73-75、72 页。

至于被简化处理的诗的"实质方面"，在梁启超说来，系指"意境和资料"①。从梁氏早年提倡"诗界革命"之标举"新意境"，以及"新意境"与"新理想"②的互相置换，可以肯定，"意境"类乎今日所说之"思想"、"观念"。梁对此只发表了两点意见，一是打破厌世、悲观的人生观，一是提倡"为文学而研究文学"的创作理念。梁启超希望以此"新理想为之主干"，"资料"则"专从天然之美和社会实相两方面着力"，如此，诗中"自然会有一种新境界出现"。诸论之中，最有意味的是"为文学而研究文学"的提出。梁氏的看法是，"唐以诗取士"，人人作诗，反而"把诗的品格弄低了"：

> 原来文学是一种专门之业，应该是少数天才俊拔而且性情和文学相近的人，屏弃百事，专去研究他，做成些优美创新的作品，供多数人赏玩。

这样，创作的"根柢已经是纯洁高尚了"③。很明显，梁启超在此刻意维护的诗的高雅化，与其先前倾心于小说的通俗性，取向截然相反。而在作为大众文学的小说与精英文学的诗歌之间，放弃了文学启蒙心态的梁氏，已悄悄将情感的砝码移向后者。

1922 年 3 月，梁启超在清华学校讲演《中国韵文里头所表现

---

① 梁启超：《〈晚清两大家诗钞〉题辞》，《文集》之四十三，73 页。

② 梁启超在《夏威夷游记》（初名《汗漫录》，刊《清议报》35 册，1900 年 2 月）中提出"诗界革命"的"三长"，即"新意境""新语句"与"古风格"；到发表《饮冰室诗话》时，又推许黄遵宪诗"能熔铸新理想以入旧风格"（《新民丛报》4 号，100 页，1902 年 3 月）。

③ 梁启超：《〈晚清两大家诗钞〉题辞》，《文集》之四十三，78—79 页。

的情感》①。依据篇首"预定的内容"提示，这又是一篇未完稿，尽管得到了及时发表。在"导言"部分，梁氏将其最新发现的"文学"功能定义为"情感教育"，比之《〈晚清两大家诗钞〉题辞》笼统含混地称为"人生最高尚的嗜好"，自然精确了许多：

> 情感教育的目的，不外将情感善的美的方面尽量发挥，把那恶的丑的方面渐渐压伏淘汰下去。

而"情感教育最大的利器，就是艺术：音乐美术文学这三件法宝，把'情感秘密'的钥匙都掌住了"。所以，梁启超认为，艺术家（包括文学家）责任重大，"为功为罪，间不容发"。其"最要紧的工夫，是要修养自己的情感，极力往高洁纯挚的方面，向上提挈，向里体验"②，这才有了把优美的情感养足、再用美妙的技术表现出来的前引警言。

不过，梁启超晚年对文学功能的这段最完备表述，落实到展开的论文中，仍然显得分量不足。梁氏自言此文的主旨是"用表情法分类以研究旧文学"，因为"前人虽间或论及，但未尝为有系统的研究"，故感觉"别饶兴味"。讲题中倒是也列出了"文学里头所显的人生观"，却终于没有成稿。而且，即使是最初设立的题目，与"奔进""回荡""新同化之西北民族""蕴藉""象征派""浪漫派""写实派"等专门的表情法解说相比，唯一涉及表情内涵的"人生观"也显得孤单零落，很不成比例。开讲之时，

---

①《中国韵文里头所表现的情感》，初刊《改造》4卷6、8号，标为1922年2、4月出版（实际有拖延），仅刊前八节；《（乙丑重编）饮冰室文集》（上海：中华书局，1926年）补入九、十节，比照拟目，仍不全。

② 梁启超：《中国韵文里头所表现的情感》，1、2—3页，《改造》4卷6号。

梁启超已有自知之明，声称："我这回所讲的，专注重表现情感的方法有多少种？那样方法我们中国人用得最多用得最好？至于所表现的情感种类，我也很想研究；但这回不及细讲，只能引起一点端绪。"① 也就是说，论者对"美妙的技术"的偏好还是夺占了"优美的情感"的阐释空间，使得《中国韵文里头所表现的情感》这篇五万多字的长文，最终成为"诗"的表情技术充分尽情的演示场。

其实应该说明，从酌定题目开始，梁启超已完全用"韵文"取代了"广义的诗"。这自然是为了避免烦琐的解释及容易发生的误解，才采用了这一与"散文"相对应的近代术语。为理清眉目，梁氏对"韵文"也做了简要解释：

> "韵文"是有音节的文字，那范围，从"三百篇"、《楚辞》起，连乐府歌谣古近体诗填词曲本乃至骈体文都包在内。

他只说自己"骈体文征引较少"②，实际上，除了《牡丹亭》《长生殿》《桃花扇》三部曲本，以及似乎是为了丰富品种而在最后节录的一小段鲍照的《芜城赋》之外，其他上列"填词"以前的文体占了举例的大多数，凡此均可纳入今日所谓"诗歌"的范畴。

"诗"在文学品类，更是在梁启超心目中的"极重要之位置"，到 1923 年 4 月梁撰写《国学入门书要目及其读法》时，已经可以

---

① 梁启超：《中国韵文里头所表现的情感》，1、3 页，《改造》4 卷 6 号。
② 同上书，3 页。

看得很清楚。这份原意是为清华学校学生开的书单，因体现了梁启超研究国学的基本思路，即兼顾"为学与做人"，分类亦大有讲究。特别是在与同样接受约请的胡适所作《一个最低限度的国学书目》的比较及梁启超的评说中，其文类趣好更彰明较著。

梁启超所开国学书目计分五类，依次为：修养应用及思想史关系书类，政治史及其他文献学书类，韵文书类，小学书及文法书类，随意涉览书类。唯一属于文学的是"韵文书类"。颇堪玩味的是梁氏为此所作的说明：

> 本门所列书，专资学者课馀讽诵陶写情趣之用。既非为文学专家说法，尤非为治文学史者说法。故不曰文学类而曰韵文类。文学范围，最少应包含古文（骈散文）及小说。吾以为苟非欲作文学专家，则无专读小说之必要。至于古文，本不必别学。吾辈总须读周秦诸子《左传》《国策》、四史、《通鉴》及其关于思想关于记载之著作，苟能多读，自能属文。何必格外标举一种名曰古文耶？ ①

可见，在梁启超的文体分类中，文学仍是三分天下。不过，除小说外，"诗"与"文"已分称"韵文"与"古文"。而这一次，骈文也从韵文中分出，归入古文，是否用韵应是关键的区别标志。如前所述，"文"对于梁氏一贯是个超出文学边际的类别，因此，学习古文而取法传统的经、史、子类书，也算是正道。

---

① 梁启超：《国学入门书要目及其读法》，《清华周刊》281 期之"书报介绍附刊"3 期，13 页，1923 年 5 月。

需要特别申说的是小说。由于梁启超的书目开在胡适之后，因此很多地方是针对胡适而言。上引"苟非欲作文学专家，则无专读小说之必要"即是如此。胡适的《一个最低限度的国学书目》包含三部分：工具之部、思想史之部与文学史之部。在文学史类中，白话小说占有相当重的分量。单是"明清两朝小说"，从《水浒传》到《老残游记》，胡适一口气就开出了十三种，前列还有《京本通俗小说》《宣和遗事》与《五代史平话》，这在"文学史之部"总共七十八种书中十分惹眼 ①。

这个书目立刻引起梁启超的反弹，也可以说，梁之《国学入门书要目及其读法》的写作，很大程度是由于"不赞成""胡君这书目"。为此，梁启超特意将《评胡适之的〈一个最低限度的国学书目〉》作为附录，放在自己的书单后面。而其最大的不满是胡目中"史部书一概屏绝"，这又关乎胡适对小说的格外抬爱。梁激烈批评说：

> 一张书目，名字叫做"国学最低限度"，里头有什么《三侠五义》《九命奇冤》，却没有《史记》《汉书》《资治通鉴》，岂非笑话？

> 总而言之，《尚书》《史记》《汉书》《资治通鉴》为国学最低限度不必要之书，《正谊堂全书》……《缀白裘》……《儿女英雄传》……反是必要之书，真不能不算石破天惊的怪论。

---

① 胡适：《一个最低限度的国学书目》，《努力周报》增刊《读书杂志》7 期，1923 年 3 月。

应该说，胡适的书目确有如梁启超指责的"文不对题"①的毛病，因其太贪心，《序言》中便道明："这个书目不单是为私人用的，还可以供一切中小学校图书馆及地方公共图书馆之用。"②如此公私兼顾，大量总集类的书自然会让人望而生畏。只是，与胡适的垂青小说相反，梁氏对小说的一无所取，内中还别有缘由。

这里必须回到文学为"情感教育"利器的命题。在为"韵文书类"所做的说明中，梁启超已指认其所列各书乃"专资学者课馀讽诵陶写情趣之用"。而作为梁目附录的《治国学杂话》，把这层意思发挥得更为透彻：

> 我所希望熟读成诵的有两种类。一种类是最有价值的文学作品；一种类是有益身心的格言。好文学是涵养情趣的工具。做一个民族的分子，总须对于本民族的好文学十分领略。能熟读成诵，才在我们的"下意识"里头，得着根柢，不知不觉会"发酵"。③

而其所谓"最有价值"，除了文学美感，当然也包括了陶冶情操，此即梁启超所自言的"令情感变为情操，往健全路上发展"④，这才是"陶写情趣"与"涵养情趣"的正解。浏览一下梁启超的文学书目，其中包括了《诗经》《楚辞》《文选》《乐府诗集》魏晋六朝

---

① 梁启超：《国学入门书要目及其读法》，《清华周刊》281 期之"书报介绍附刊" 3 期，21、22、24 页。

② 胡适：《一个最低限度的国学书目》。

③ 梁启超：《国学入门书要目及其读法》，《清华周刊》281 期之"书报介绍附刊" 3 期，21 页。

④ 梁启超：《中学国文教材不宜采用小说》，《现代中国》第三辑，2 页，武汉：湖北教育出版社，2003 年。此文为梁氏遗留的残稿，由整理者代拟题。

及唐宋人诗文集、唐宋诗选本、宋人词集，以及《西厢记》《琵琶记》《牡丹亭》《桃花扇》《长生殿》五种元明清人曲本，"文"也偶杂其间；小结中为应"就文求文"的读者之需，更补充了《古文辞类纂》《骈体文钞》与《经史百家杂钞》[①]，实已逾出其自限的"韵文"边界。但是，小说仍不在其中。

这种对于小说的决绝态度，即将小说完全排除在"好文学"之外，同当年梁启超盛赞"小说为文学之最上乘"，真正势如水火。后期的梁启超既以为文学的价值体现在"优美的情感"与"美妙的技术"之结合，而小说并不以"表情"见长，也就是说，梁氏自欧游归来对于"情感"的推崇[②]，早已埋下贬抑小说的伏笔。再追溯到晚清文学改良时期小说得势的原因，本就是靠了"政治小说"、改良群治论的提携；时移势转，艺术当家，评价尺度改变后，其失势自在所难免。小说于是只剩下史学价值：为文学史研究提供文本，为社会史研究提供史料[③]。与之命运相反，依托"诗本为表情之具"[④]的定义，"韵文"即"广义的诗"不但一头独大，而且成功登顶，成为最高级的文学。也正是在小说与诗之

---

① 梁启超：《国学入门书要目及其读法》，《清华周刊》281 期之"书报介绍附刊"3 期，11—13 页。

② 参见笔者《觉世与传世——梁启超的文学道路》（上海：上海人民出版社，1991 年）第六章《反叛与复归》第四节，其中钩稽了欧洲社会思潮对梁启超从"文学救国"到"情感中心"之文学观转化的影响。

③ 梁启超《中国历史研究法》（上海：商务印书馆，1922 年）第四章《说史料》即明说："中古及近代之小说，在作者本明告人以所纪之非事实；然善为史者，偏能于非事实中觅出事实。例如《水浒传》中'鲁智深醉打山门'，固非事实也，然元明间犯罪之人得一度牒即可以借佛门通逃薮，此却为一事实；《儒林外史》中'胡屠户奉承新举人女婿'，固非事实也，然明清间乡曲之人一登科第便成为社会上特别阶级，此却为一事实。此类事实，往往在他书中不能得，而于小说中得之。须知作小说者无论骋其冥想至何程度，而一涉笔叙事，总不能脱离其所处之环境，不知不觉，遂将当时社会背景写出一部分以供后世史家之取材。"（80—81 页）

④ 梁启超：《诗经》，《要籍解题及其读法》，《清华周刊》302 期之"书报介绍副刊"8 期，2 页，1924 年 1 月。

文类等级一升一降、云泥霄壤的地位互易中，梁启超完成了其文学观的转变。

三、"情感之文美术性含得格外多"

后期以书斋、课堂为主要活动场域的梁启超，仍然保持了对现实的密切关注和及时回应。特别是有关文化建设的事件与讨论，更容易激起其参与的热情。而1921年10月，在第七届全国教育会联合会上通过的新学制（辛酉学制）草案，以及随之展开的"国文教学"的争论，意义深远，梁自然不会置身事外。因此，在随后的一年里，他多次就中学教育问题发言，便很合乎情理。

与本文论旨相关的是三篇以中学作文为主题的演讲稿：其中《为什么要注重叙事文字》一篇，在《饮冰室合集》中仅留下部分草稿，且未署时间。其他两篇均题为《中学以上作文教学法》，一发表在1922年的《改造》杂志4卷9号，后经修改增补，编入《饮冰室合集》，改题《作文教学法》；一由中华书局1925年出版。三文都专论文章，在诗与小说的离合关系之外，又提供了考察梁启超文体分类观念的另一个重要视角。

首先应该提及的一个背景资料是，在梁启超与友人合办的《改造》4卷7号上，开始连续刊登一则《中华书局新小、中学教科书征求意见及教材》广告。征稿缘起在开篇有交代："各省区教育会联合会议决新学制案大体已具，教科用书自应改革。"其中所拟征求意见与教材的条目，便包括了"中学国文应如何编制？语体、文体如何分配"①。而此广告刊出两期后，梁启超的《中学以上作文教学法》即在该刊发表。三年后，梁氏同名之作又列入中华书局的"教育丛书"面世。因此，梁文的写作与中华书局的动议总有或多或少的联系。

并且，就在梁启超讲说《作文教学法》约略先后，陈望道与夏丏尊也撰写了类似著作。陈著《作文法讲义》1921年9月26日开始在上海的《民国日报》副刊《觉悟》上连载，1922年2月13日刊毕，当年3月即由上海民智书局出版了单行本。夏著《文章作法》虽然从1919年在长沙第一师范讲学已起首编撰，但最后一章《小品文》却是1922年移教浙江上虞春晖中学时才续写上。而在梁启超撰文之际，夏作尚未面世。不过，陈、夏二书不约而同均因应于国文教学的需要而编写，且对于文章类别的划分相当一致，因此，夏丏尊所自承的"本书内容，取材于日本同性质的书籍者殊不少"②一言，实际也可以推及、适用于这一时期快速成书的陈望道等人的同类著作，并共同构成了梁氏写作的具体语境。只是，作为新文化人的陈望道与夏丏尊，教授作文法也以白话写作为标的，有意为新文学张目，与梁启超"主张中学以上国文科以文言为主"③，仍有取径以至文化观念之不同。

据《改造》版补订的《作文教学法》，应是梁启超1922年

---

① 中华书局编辑所：《中华书局新小、中学教科书征求意见及教材》，《改造》4卷7号，封底，标为1922年3月出版。

② 夏丏尊：《序》，2页，夏丏尊、刘薰宇：《文章作法》，上海：开明书店，1926年初版，1928年4版。

③ 梁启超：《中学以上作文教学法》，2页，《改造》4卷9号，标为1922年5月出版；但同期载有1922年7月1日出刊的《中华教育界》第11卷第12期目录，因知该号《改造》至少到7月以后才印行。

7月在天津南开暑期学校的讲课稿①，当初刊载时也有待"下回分解"，在随后一期《改造》的终刊号上却不见下文，直到梁启超去世后编印的《饮冰室合集》才收入全篇。1922年夏季，梁启超又赴南京讲学，在东南大学暑期学校中仍以南开的题目开讲。当时听课的卫士生与束世澂做了笔录，曾在该校的《暑校日刊》登出。不过，直到1924年3月，经过卫、束二人的一再请求，梁复信同意出版时，还是表示，这份其本人"极不满意"、也"总想腾出日力来改正一番才安心"的记录稿，"在最近时间恐怕还没有校正的馀力"②。这一虽经梁启超过目、尚多遗憾的讲稿，即是交由中华书局印行的《（梁任公先生讲）中学以上作文教学法》。

按照以上的考证，两个版本的《中学以上作文教学法》关系相当密切，而且，其最初的发表形态都属于有待修正的未定稿。在给卫士生与束世澂的信中，梁启超因此发誓，"下半年决当再将这个题目重新研究组织一番"③。并且，从近年发现的梁氏遗墨中，确有一份与之相关的文稿。据学者研究，由篇首"接笔记稿"的说明，可知其为梁对卫、束笔录稿所作的修订④。这应该是梁启超1924年秋冬在北京师范大学讲授"国文教学法"一课时所做的补

---

① 梁启超1922年7月24日《与徐佛苏书》言及，"本月二十九在南开讲毕，八月二日即赴南京，……而弟时预备讲义夜以继日，（每日两时以上之讲义穷一日之力编之仅敷用，尚领［须］别备南中所讲）"（丁文江、赵丰田编：《梁启超年谱长编》，961页，上海：上海人民出版社，1983年）。另外，梁在《作文教学法》（《饮冰室合集·专集》（本书中下文均简称为《文集》）之七十，上海：中华书局，1936年）中，亦有"例如作一篇《南开暑期学校记》和作一篇《论暑期学校之功用》"（3页）的例句，显然属于因地制宜的现场发挥。

② 卫士生、束世澂：《序言二》，2页，梁启超讲，卫士生、束世澂记：《（梁任公先生讲）中学以上作文教学法》，上海：中华书局，1925年。并参见该书卫、束二人所写《序言一》。

③ 卫士生、束世澂：《序言二》，2页。

④ 见陈平原《学术讲演与白话文学》，《现代中国》第三辑，63页，武汉：湖北教育出版社，2003年。修订的时间，陈文认为是在1922年秋冬之际梁启超讲学东南大学期间。

充①。其中集中阐发的"中学国文教材不宜采用小说"的观点，使其已有的表述更完整、更显豁。

而考订《为什么要注重叙事文字》一文的写作时间，则是个相当麻烦的问题。此文在《饮冰室合集》中排列在《〈晚清两大家诗钞〉题辞》之后，因未记年代的四篇文章一并夹在标明为1927年所写的二文中间，很容易被误解为同时之作。而笔者在前文已说明，《〈晚清两大家诗钞〉题辞》实际撰稿于1920年，且为未完稿。因此，可以肯定，《为什么要注重叙事文字》与之相同，都属于被梁启超放弃的残稿，在编辑《饮冰室合集》时，才从梁氏存稿中发掘出来。至于写作年代，由于缺乏直接的证据，笔者只能推测为1922年。主要的理由是，此文与梁启超在这一年接连发表关于中学作文法的讲演思路连贯。

从文稿开头的几句话——"前几天接校长的信，叫我替本校文学会作一次讲演"②——已可看出，此文原本是梁启超为其当年任职的学校文学会准备的一个演讲稿。查《梁启超年谱长编》可知，1922年春，梁启超在清华学校讲学③。而当时，他确实为该校的文学社作过课外讲演，这就是著名的《中国韵文里头所表现的情感》。估计梁启超最初择定的讲题是《为什么要注重叙事文字》，大概后来改变主意，另以《中国韵文里头所表现的情感》应命，才使此文未能终篇。并且，虽然考虑到"文学会所要求者谅来是纯文学方面的讲题"，但梁氏自我说明选此题的理由是，"我对应

① 梁启超1924年3月10日致卫士生、束世澂信中说："今年北京师范大学也要求我讲这门功课。我正在要想请两君把笔记稿子寄来当参考品，免得另起炉灶呢！"（卫、束《序言二》，2页）梁在北师大讲授"国文教学法"事，见梁容若《梁任公先生印象记》（夏晓虹编：《追忆梁启超》，340页，北京：中国广播电视出版社，1997年。

② 梁启超：《为什么要注重叙事文字》，《文集》之四十三，81页，上海：中华书局，1936年。

③ 丁文江、赵丰田编：《梁启超年谱长编》，949页。

用文学方面有点意见，觉得是现在中学教育上很重要的问题"①，所以提出讨论。这一表白也为该文撰写于 1922 年，即梁启超集中关注中学教育之年提供了间接证明。

关于《中学以上作文教学法》，梁启超在开篇的说明堪称提要钩玄："主意在根据科学方法研究文章构造之原则；令学者对于作文技术得有规矩准绳以为上达之基础。"因而，其最大特色是紧紧扣住"预备中学以上教学用"②，具有很强的针对性与实践性。其中讨论文章分类的部分即是如此。

在南开讲演时，梁启超首先肯定："文章可大别为三种：一记载之文，二论辩之文，三情感之文。"尽管他也承认，"一篇之中"，"有时或兼两种或兼三种"，文体不那么纯粹；"但总有所偏重"，因此，"我们勉强如此分类，当无大差"。不过，回到中学以上作文教材的基点，梁氏发表的意见更值得重视：

> 作文教学法本来三种都应教，都应学。但第三种情感之文，美术性含得格外多，算是专门文学家所当有事。中学学生以会作应用之文为最要，这一种不必人人皆学。而且本讲义亦为时间所限，所以仅讲前两种为止。③

由此便可以理解，在接下来的东南大学暑期学校演讲中，梁启超对文章的分类为何更加狭隘与简化。这次他归纳"文章种类"，专"从思想路径区分"，称：一是"以客观的吸进来之事物为思想内容者"，此即"记述之文"；一是"以主观的发出来之自己意见为

---

① 梁启超：《为什么要注重叙事文字》，《文集》之四十三，81 页。
② 梁启超：《作文教学法》，《专集》之七十，1 页。《改造》版无"根据科学方法"数字。
③ 梁启超：《中学以上作文教学法》，2 页，《改造》4 卷 9 号。

思想内容者"，是即"论辨之文"。并进而断言："世间文字不外这两种。"① 在此，梁启超已将"情感之文"完全排除。

其实，"世间文字"当然并非记述与论辨两类文章即可包容尽，而梁启超之特重二者，实与其对中学国文教育的目标设定密切相关。梁氏认为，"中学目的在养成常识，不在养成专门文学家，所以他的国文教材，当以应用文为主而美文为附"②。从学生的角度说，则是"以会作应用之文为最要"③。由此一教育目标所带出的话题是，在梁启超的文类区划中，尚有"应用文"与"美文"之更高层级的分别。"美文"的问题留待下文再谈。至于"应用文"，梁氏在《为什么要注重叙事文字》一文中有更明确的界说：

> 应用文的分类，大约不出议论之文和记述之文两大部门，——通俗一点说，就是论事文和叙事文。④

这也是梁启超在《中学以上作文教学法》中只限于研究"记述之文"与"论辨之文"写作方法的道理。

其实，不只是梁启超，在陈望道的《作文法讲义》中，其所讨论的"记载文"（"描写文"）、"纪叙文""解释文""论辨文"（"议论文"）、"诱导文"⑤ 虽然分类更细，但大体仍不脱梁文划定的"记载"（记述）与"论辨"两大范围。夏丏尊的《文章作法》起初也只列出"记事文""叙事文""说明文"与"议论文"四体，

---

① 《（梁任公先生讲）中学以上作文教学法》，3—4 页。

② 梁启超：《中学国文教材不宜采用小说》，《现代中国》第三辑，1 页，武汉：湖北教育出版社，2003 年。

③ 梁启超：《中学以上作文教学法》，2 页，《改造》4 卷 9 号。

④ 梁启超：《为什么要注重叙事文字》，《文集》之四十三，81 页。

⑤ 括号内为陈望道《作文法讲义》初刊《民国日报》时所用名。

与陈著基本对应。如果再向上追溯，前文提及的1905年出版的龙志泽著《文字发凡》，基于"由思想发而为文"之不同，已将文章分成"记事文""叙事文""解释文"与"议论文"四种，不但让人想到梁启超"从思想路径区分""文章种类"的相似做法，而且，其使用的文体名称也与陈、夏多有重合。龙著既自承"间有采东西文者"①，封面又由书局加盖了"中学文法教科书"的红色印章。因此，诸作所呈现的共同指向说明，文章的分类及其名目乃是借道日本、取法西方的结果；而在中学国文教学研究者心目中，记述与论说确是最重要的两大文体。

不过，与陈望道、夏丏尊不同而引人注目的是，无论哪个版本的梁氏《作文教学法》，讨论记述文的篇幅均大大超过了论辩文。《饮冰室合集》版总共十二节，从第三节到第十节均在传授"记载文作法"，留给"论辩文"的只有第十一节；中华书局版分为七节，"论辩之文"仍只占一节，二至五节则统统由"记述之文"包揽。如此畸轻畸重，固然可以理解为梁氏对叙述文有特别的兴趣与研究心得；但更深层的缘故，在《为什么要注重叙事文字》中已讲得十分明白。

梁启超批评"现在学校中作文一科，所作者大率偏重论事文"，很不对。除了指出"这种教法，在文章上不见得容易进步"，梁文的重点还在抨击其"在学术上德性上先已生出无数恶影响来"。他将教授论说文的传统上溯到科举时代，指认此种教法"全是中了八股策论的馀毒"，由此而产生"奖厉剿说""奖厉空疏及剽滑""奖厉轻率""奖厉刻薄及不负责任""奖厉偏见""奖厉虚伪"诸种弊病。极而言之，梁氏以为，长期受此种教育的学生会"养成

① 龙伯纯：《文字发凡》卷三、《例言》，《文字发凡》，上海：广智书局，1905年。

不健全的性格"，"国家和社会之败坏，未始不由于此"。与之相反，学作叙述文的好处则至少有"养成重实际的习惯，不喜欢说空话"；"磨练出追求事物的智慧并养成耐烦性"；"练习对于客观事物之分析综合，磨出缜密的脑筋，又可以学成一种组织的技能"；"得着治事的智慧，将来应用到自己所作的事增加许多把握"[①]。总之，注重叙事文的写作更近于梁启超一贯提倡的"科学精神"，也更有利于学生人格的塑造。而其对多作论说文的担忧也并非此文之独见，在两种作文法讲义的教授提要中，对此都有涉及。

不过，"议论之文"既为应用文之半壁江山，梁启超也承认，其"可以磨练理解力判断力，如何能绝对排斥"；因而，减轻论说文在作文课所占的分量，要求学生"确有他自己的见解"，"不得不写出来"时，"偶然自发的做一两篇"[②]，便成为趋利避害的明智选择。《中学以上作文教学法》之仍为"论辨文"留一席之地，且比重偏轻，道理在此。

回到与"应用文"相对应的"美文"概念，在梁启超的用语中，其与"纯文学作品"意义相当。梁对于"美文"的属类，可从下引文见出：

> ……我以为一般中学教材，应用文该占百分之八十以上，纯文学作品不过能占一两成便了。此一两成中，诗词曲及其他美的骈散文又各占去一部分，小说所能占者计最多不过百分之五六而止。[③]

---

① 梁启超：《为什么要注重叙事文字》，《文集》之四十三，81—85 页。
② 同上书，84 页。
③ 梁启超：《中学国文教材不宜采用小说》，《现代中国》第三辑，1 页。

也即是说，诗词曲、文学性骈散文与小说，共同构成了"美文"的三大部类。这与早先龙志泽以"诗歌、小说、戏文，等"界说"美文体"[①]颇类似。不过，站在中学为常识教育的立场，梁启超一再肯定，"小说是大学文科里主要的研究品"，"像那纯文学的作品《水浒》《红楼》之类，除了打算当文学家的人，没有研究之必要"[②]。何况，就"涵养情趣"而言，传统小说的负面影响更令梁氏深感不安[③]。小说之从中学国文教科书中消失，以至从"好文学"中祛除，便在情理中了。

而被梁启超除外于中学作文教学的"情感之文"即抒情文，倒与小说的受冷遇不同。因此，在《改造》版的《中学以上作文教学法》中，他仍然为想要修习此类"研究法"的学生指出了自学门径，即推荐自己的《中国韵文里头所表现的情感》："诸君若对于这方面有兴味，不妨拿来参考参考。"[④]卫士生与束世澂编辑中华书局版梁氏讲义时，也以该文"是讲做韵文的方法""必须参考"[⑤]为理由，将其作为附录收入。凡此均清楚地表明，梁氏所谓"情感之文"，其内涵即相当于"韵文"。因此，在东南大学演讲时，他才会将抒情文从归属于散文体的"文章种类"中摘出。这也同时昭示出，梁启超已完全把"表情"作为"韵文"的专利。

这一文类功能设定中所隐含的价值取向，在梁启超随后撰写

[①] 龙伯纯：《文字发凡》卷四"基于思想之文体"。

[②] 梁启超：《中学国文教材不宜采用小说》，《现代中国》第三辑，2页；《中学以上作文教学法》，2页，《改造》4卷9号。

[③] 梁启超认为："晁盖怎样的劫生辰纲，林冲怎样的火并梁山泊，青年们把这种模范行为装满在脑中，我总以为害多利少。我们五十多岁人读《红楼梦》，有时尚能引起'百无聊赖'的情绪，青年们多读了，只怕养成'多愁多病'的学生倒有点成绩哩！"（《中学国文教材不宜采用小说》，《现代中国》第三辑，2页）

[④] 梁启超：《中学以上作文教学法》，2页，《改造》4卷9号。

[⑤] 卫士生、束世澂：《序言一》，1页，《（梁任公先生讲）中学以上作文教学法》。

与发表的《亡妻李夫人葬毕告墓文》中有最充分的体现。梁夫人李端蕙病逝于 1924 年 9 月 13 日，次年 10 月 3 日入葬梁家在香山新筑的墓园。为祭奠一生患难与共的妻子，梁启超于葬礼前的 9 月 28 日写成此文。

与通常为文之倚马立就、一气呵成不同，梁启超写作这篇不过千字的短文显得格外矜持、用心。9 月 29 日给孩子们的信中说："我昨日用一日之力，做成一篇告墓祭文，把我一年多蕴积的哀痛，尽情发露。"[1] 10 月 3 日又写信提到："这篇祭文，我做了一天，慢慢吟哦改削，又经两天才完成。虽然还有改削的余地，但大体已很好了。"这篇精心结撰的告墓文，因此被他自许为"我一生好文章之一"。梁对此文极为珍视，不仅把"本来该焚烧的"祭文以"我想读一遍，你妈妈已经听见"为由，将原稿交给长女梁思顺保存，嘱咐其"将来可装成手卷"；而且，要求时在加拿大的思顺与思庄读后，立刻抄一份寄给远在美国读书的梁思成与梁思永传观，并打算有空时再另抄一份送给长子思成。而这一梁启超拟传之后世、无比宝爱的自撰文，在其心目中，恰正属于"情感之文"，所谓"情感之文极难工，非到情感剧烈到沸点时，不能表现他（文章）的生命，但到沸点时又往往不能作文"[2]。这便是梁文为何迟至夫人去世一年后才写出的道理。

从文体而言，无论古代还是现代的文章学，祭文一向都归入"文"而非"诗"。不过，梁启超最看好《亡妻李夫人葬毕告墓文》

① 梁启超：《与思顺、思成、思永、思庄书》（1925 年 9 月 29 日），《梁启超年谱长编》，1059 页。

② 梁启超：《与思顺、思成、思永、思庄书》（1925 年 10 月 3 日、9 月 29 日），《梁启超年谱长编》，1062、1059 页。

的，除了其中所表达的"语句和生命是迸合为一"①的真情，还有音节。要孩子们"都不妨熟诵"的理由，也是"其中有几段，音节也极美"。"熟诵"的目的，则与《治国学杂话》表彰以韵文类为主的"好文学"可以"涵养情趣"相同，是"增长性情"②。由此，这一篇被梁启超视为"一生好文章之一"的"情感之文"，发表在1925年10月的《清华文艺》1卷2号时，便已然从各类文章中出脱出来，而跻身于位列梁氏"美文"分类之首的"诗歌"栏。并且，除去开头一段有关时间、人物、地点的说明系连排外，自"享于墓而告之曰"以下，该文也完全依照现代诗的分行格式排列。现抄录首尾各一节以见一斑：

> 呜呼！
> 君真舍我而长逝耶？
> 任儿女崩摧号恋而一暝［瞑］不视耶？
> 其将从君之母，挈君之殇子，日逍遥于彼界耶？
> 其将安隐住涅槃视我辈若尘芥耶？
>
> ……
>
> 呜呼！
> 人生兮略［若］交芦，因缘散兮何有？
> 爱之核兮不灭，与天地兮长久。
> "碧云"兮自飞，"玉泉"兮常溜；

---

① 梁启超：《中国韵文里头所表现的情感》，7页，《改造》4卷6号。
② 梁启超：《与思顺、思成、思永、思庄书》（1925年10月3日），《梁启超年谱长编》，1062—1063页。

"卧佛"兮一卧千年，梦里欠伸兮微笑。

郁郁兮佳城，融融兮隧道，

我虚兮其左，君领兮其右。

海枯兮石烂，天荒兮地老，

君须我兮山之阿！行将与君兮于此长相守。

呜呼哀哉！

尚飨！　①

这一篇用古文体书写的文辞与当年最时髦的现代分行诗形式的奇妙结合，其所彰显的文类意义是，经由"韵文"即"广义的诗"做中介，"文"最终也可以归并到"诗"。或者也可以说，在梁启超的文类概念中，"情感之文"非"诗"莫属。

更进一步，1926年，梁启超开始撰著《中国之美文及其历史》②。此著虽只留下残篇，但其规模为一部中国诗歌史，已可看得十分清楚。其中"韵文"与"诗歌"常常互文使用，但有韵的骈文辞赋已不在选文之内，所讨论的作品为清一色的诗词。这说明梁启超已由"广义的诗"向"狭义的诗"倾斜，文学的分类更形精细。而以"美文"取代"韵文"专指"诗歌"，则更凸显了其对于文学"美术性"即今日所谓"审美性"的推崇。诗歌也因此一命名而成为最精粹的文学品类。

---

① 梁启超：《亡妻李夫人葬毕告墓文》，《清华文艺》1 卷 2 号，29、35—36 页，1925 年10 月。引文据《梁启超年谱长编》1021—1023 页所录《祭梁夫人文》核校。

② 《饮冰室合集》将此著写作时间系于 1924 年。而 1926 年 5 月出版之《实学》2 期有梁启超《古诗十九首之研究》一文，刘盼遂加按语云，"此篇为梁任公师近着［著］'中国美文及其历史'第四章，汉魏诗歌中之一部"（10 页），据此定其应作于 1926 年。

总结前文，可以看出，在梁启超的文类概念中，凡是被置于最高等级的文学，其包容量也最大。笔者既有意借助文类辨析，透视梁启超文学观念的演变，而上述梁氏对于文类的离合、重组以及等级的升降种种剖析，最终也都指向了其从偏向文学功能到注重文学美感的理念转化。而这一文类分析的结果可以概括为：晚清时期，梁氏将小说尊为最上乘的文学，导致戏曲裹挟诗歌，一并列入小说的门墙；五四以后，情形迥异，戏曲不但与诗歌结盟，将小说挤出"好文学"之列，而且，经由韵文的导引，文章中"美术性"最强的抒情文也投奔诗歌，因而造成了诗歌"一览众山小"的独大局面，并独享了"美文"的荣名。其间，梁启超虽于文学版图的分割屡屡变异，但在变动之中，仍暗合了时代的思潮。

2004 年 10 月 13 日于京西圆明园新居
（原刊《国学研究》第十五卷，北京大学出版社 2005 年）

梁启超文艺观刍议

在近代中国文化界，梁启超的地位和作用令人瞩目。他作为一位著名的改良派思想家、政治家，又正当欧风东渐来势甚急之时，其文艺观较之传统的中国文人自然有很大不同。一个明显的变化是思维方式的改变。梁启超受到西方科学精神的启示，注重理性与系统的分析，在论述中常常采用逻辑推理方法，对概念下严格的定义，这使他的文艺研究显示出趋于精确化的时代特色，对他的文艺观形成也有重大影响。

梁启超兴趣广泛，除了文学，他对戏曲、美术、音乐、书法也都发表过意见。这为我们全面研究其文艺观提供了方便。本文拟从文化史视角、"文学救国"论与"情感中心"说三个方面剖析一下梁启超的文艺观。

一、文化史视角

研究总要有一定的角度。事物内部多种多样的联系，为多角度的观察提供了可能。梁启超即认为："凡学问上一种研究对象，往往容得许多方面的观察；而且非从各方面观察，不能得其全相。"① 如此说来，从各个角度所做的观察，便都是必要而有意义的，都是整体研究不可缺少的一部分。

梁启超的文艺论文中便不乏面面俱到的论述。如他研究小说社会影响的广泛性时，在《译印政治小说序》（1898年）中，首先从小说的娱乐性与通俗性两方面做了阐述，仍觉未尽其意，后来在《论小说与群治之关系》（1902年）中，又从艺术感染力方面做了补充与发挥。这种从不同观察点出发所做的详尽论述，也会互相抵牾。比如在《中国韵文里头所表现的情感》一文中，梁启超对李商隐的诗歌便有两种截然相反的评价：既肯定"义山确不失为一大家"，他那些辞义隐晦的诗作（据前人及今人考证，其中多为爱情诗）"能和中国文字同其运命"；又指责他那些数量众多的"写女性的诗"，"不惟在文学界没有好影响，而且留下许多遗毒，真是我们文学史上一件不幸了"。两方面的措辞都趋于极端，但也显示出梁启超论说文的特色。而产生分歧之处在于，前者是"就'唯美的'眼光看来，自有他的价值"；后者是着眼于道德影响，认为李商隐"完全把女子当男子玩弄品，可以说是侮辱女子人格"②，因而持严厉的批评态度。这样的评价尽管不一致，却反映了他比较客观的态度，总比我们有些文学批评中为求政治性与艺术性的统一，而一概肯定或否定的做法更科学一些。

观察点虽然可以有许多，从各点所做的观察也各有其价值，但在事物多样性的内部联系中，总有一两种是主要的，因而其涵盖面并不相同。从这个意义来说，角度的选择常常不仅显示出研究者水平的高下，而且也决定了其论文、论著价值的大小。所以

---

① 梁启超：《评胡适之〈中国哲学史大纲〉》（1922年），《文集》之三十八，51页，上海：中华书局，1936年。因引文均出自梁启超，以下省略作者名。

② 《中国韵文里头所表现的情感》（1922年），《文集》之三十七，119、125页。

梁启超又认为："有价值的著作，总是有他自己特别的观察点。"①
这个特别的观察点，便是论者自以为最有利于说明问题、把握对
象的角度。我们要研究梁启超文艺观的独特价值，也就必须找出
他研究文艺问题所选取的特别的角度。

诚然，梁启超的文艺批评角度具有多变性，常常采取如前所
述的散点透视方式；但如果做立体的集中考察，我们就会发现这
些散点的共同指向，即文化史。这个广阔的视角正是梁启超所选
择的特别的观察角度。

研究对象的性质决定了研究的视角。中国古代作家常常不是
纯文学家，他们同时也兼治政治、经济、历史、哲学等，文、史、
哲不分成了中国古代文学的一大特色。基于这一事实，单从文学
角度研究古代作家及其作品，显然是远远不够的，很可能会把给
作品以深刻影响的政治、学术思想弃置不顾，在评价作家及其创
作时出现偏差。并且，文学的发展与其他社会科学的发展也存在
着密切的联系，文学不是一个独立封闭的领域。因此，只有把文
学放在整个文化史的背景中研究，才可能做出比较准确、清晰的
描述。

所谓"文化"是一个很广泛的概念。喜欢下定义的梁启超
曾借用佛教术语，对"文化"做了这样的界说："文化者，人类
心能所开积出来之有价值的共业也。"就其内容而言："文化是包
含人类物质、精神两面的业种业果而言。"②"业"在这里指的是
人类每一期的活动所留下的累积的影响。不难看出，梁启超是把
文化看作一个活的有机体，一再强调它处在不断的生长、积累过

---

① 《评胡适之〈中国哲学史大纲〉》，《文集》之三十八，51页。
② 《什么是文化》（1922年），《文集》之三十九，98、102页。

程中，本身就是历史的产物。因而，对文化的研究应该采用历史研究的方法。梁启超本人对历史又有一种特别浓厚的兴趣。他不仅撰写了各种专史，如中国文化史、学术史、哲学史、政治思想史、佛教史、法律史、经济史、诗歌史等等，为许多历史人物如李鸿章、王安石、罗兰夫人等中外名人作传，而且对历史理论做了深入研究，写过《中国史叙论》《新史学》《中国历史研究法》及其《补编》《研究文化史的几个重要问题》等文，影响很大。在他所列举的中国史研究最重要的四大范围与课题中，便包括"说明中国民族所产文化，以何为基本，其与世界他部分文化相互之影响何如"[1]的问题。所以，从历史角度研究文化，对于梁启超来说，也是一件饶有兴味的工作，他对此投注了更多的注意力与精力。

文艺研究在梁启超的历史研究中，是作为文化史专题的一部分而存在的。从高一层的文化史层面考察文艺，可以发现许多有价值的新问题。这是由于文化的涵盖面很广，它是人类不断创造的物质财富与精神财富的总和，所以，各门学科在文化的层面上都是相通的，其知识与方法都可以运用在文化研究中。梁启超很早即主张，史学研究当"取诸学之公理公例，而参伍钩距之，虽未尽适用，而所得又必多矣"[2]。其实，学科间的"能量转移"现象当时已经出现，如进化论从生物学进入社会学、哲学、政治学、历史学等社会科学领域，今文经学变为维新派政治革新与哲学斗争的武器，即是成功的例证。借助其他学科的研究成果，文艺研究也可以开拓出更广大的范围，进入更深层次，取得局限于本学

---

① 《中国历史研究法》（1922年），《专集》之七十三，7页。
② 《新史学·史学之界说》（1902年），《文集》之九，11页。

科无法意料的重大收获。

多学科互相渗透，综合运用于文艺研究，是梁启超从文化史角度考察文艺问题的一个重要表现。他十分注意国外新学科的建立及动向，常常很快将其方法应用于自己的研究中。其中运用最多、成效最突出的是文化地理学派的研究方法，即把地理学与文化学联系起来。早在1902年，梁启超即"集译东西诸大家学说"[①]，成《地理与文明之关系》一文，足见用力之深。他认为："凡一国思想之发达，恒与其地理之位置、历史之遗传有关系。"在论述中国文化的发展时，便很注意区分南、北地区的不同。他专门剖析过先秦南、北两派的学术思想与中国地理环境的关系，论证了不同的气候、自然条件，造成了两派迥然不同的精神[②]。论及文学，他以为："盖'文学地理'，常随'政治地理'为转移。"因此，"大抵自唐以前，南北之界最甚，唐后则渐微"，"盖调和南北之功，以唐为最矣"。"自唐以前，于诗、于文、于赋，皆南北各为家数：长城饮马，河梁携手，北人之气概也；江南草长，洞庭始波，南人之情怀也。散文之长江大河一泻千里者，北人为优；骈文之镂云刻月善移我情者，南人为优。"到了唐代，政治、经济统一，经学、音乐、文学、书法也呈现出包容南北的趋向，别开生面[③]。虽然南北的界限逐渐消泯，但各地的文化仍有差别，只不过从一条深沟划割的两大块，化作许多龟裂、分散的小块。在《近代学风之地理的分布》中，梁启超即曾分省论列明末以来各地的学术发展状态。与自然地理决定论者不同，他认为："使物质上环境果为文化唯一之原动力，则吾侪良可以委心任运，听其自

---

① 《地理与文明之关系》（1902年），《文集》之十，106页。
② 见《论中国学术思想变迁之大势》（1902、1904年），《文集》之七，31、17—24页。
③ 见《中国地理大势论》（1902年），《文集》之十，87、86、87页。

然变化；而在环境状态无大变异之际，其所产获者亦宜一成而不变。然而事实上决不尔尔。"各地的文化传统常常因杰出人物的出现而起大变化。结论是："人类之所以秀于万物，能以心力改造环境而非偶然悉听环境所宰制。"这样，梁启超在文化地理研究中便采取了辩证的态度，既看重地理环境对于文化的影响力，也重视人类文化自身的创造性与传承性。梁启超出于对文化地理研究的偏爱，断言："此种研究方法，吾以为今之治史者所宜有事。"期望有人继续他的工作，踵事增华，"追溯宋明以前各时代学风之地理的分布，乃至遍及文学家、政治家……等等之地理的分布"，推之为"极有趣味、极有功用之业"[①]。甚至主张，以中国之大，学术上亦当"分地发展"。他说："吾以为我国幅员，广埒全欧，气候兼三带，各省或在平原，或在海滨，或在山谷。三者之民，各有其特性，自应发育三个体系以上之文明。我国将来政治上各省自治基础确立后，应各就其特性，于学术上择一二种为主干。例如某省人最宜于科学，某省人最宜于文学美术，皆特别注重，求为充量之发展。必如是然后能为本国文化、世界文化作充量之贡献。"[②]这就是说，有了各地区的文化差别，适足以形成民族文化的丰富与博大。"分地发展"的设想，可说是把文化地理的理论发挥到了极致。梁启超用文化地理学派的方法研究文艺，确实打开了一条新的思路，使文艺研究获得了一片新的天地。但在他的研究中也存在着偏失。他虽然承认专靠地理因素不能解释一切文化现象的产生及其特点，并重视政治地理与经济地理对文学地理的影响，却没有认识到人类的物质生产对文学艺术的发展起着根本性的决

---

① 《近代学风之地理的分布》（1924 年），《文集》之四十一，50—52 页。

② 《清代学术概论》（1920 年），《专集》之三十四，80 页。

定作用，在探究文化发展的动力时，他还是从文化本身寻找原因。在他看来，政治、经济的活动仍然属于"以心力改造环境"。而"心力"与"心能"相同，都是指一种带有自觉意识的精神力量，它支配着人类的一切活动，改变着自然与社会的面貌。这种唯心色彩不仅表现在梁启超对文化地理的研究上，在其他文艺问题的论述中也有反映。

此外，梁启超还广泛地应用了宗教学、社会学、民族学、心理学等多种学科的知识于文艺研究中。如他深入探讨过佛教对中国音乐、建筑、绘画、雕塑、戏曲、诗歌、小说等文艺门类的影响①。在研究杜甫诗歌时，他也指出了魏晋南北朝时期民族混战，故"当时文艺上南、北派的痕迹显然，北派直率悲壮，南派整齐柔婉"。到了唐代，政治统一，民族融合，"自然会把两派特性合冶一炉，形成大民族的新美"。他还认为，杜甫诗歌"诉人生苦痛，写人生黑暗，也不能不说是美。因为美的作用，不外令自己或别人起快感。痛楚的刺激，也是快感之一"②。这些分析虽不一定完全准确，却很有意义。现在看来，梁启超的求新与探索精神仍十分可贵。就其思想的活跃与敏感来说，在同时代人中也十分少见，他的文艺论文深度不够与观点多变的毛病也由此造成。

文化研究的一个重要内容是民族性格与民族心理的研究。各民族不同的文化特征，与二者有很大关系。它们给予民族文化以潜在、深刻的影响，又通过民族文化反映出来。文艺创作既然是文化的一部分，对民族性格、民族心理的研究，也必然会促进文

---

① 见《印度与中国文化之亲属的关系》(《文集》之四十一，37—47页)、《翻译文学与佛典》(《专集》之五十九，27—31页)等文。

② 《情圣杜甫》(1922年)，《文集》之三十八，38、50页。

艺研究的深化。梁启超是个改良派思想家、政治家，改造国民性是他特别关注的问题，因而，他对民族性格与民族心理做过较深入的探讨，这使他的文艺研究在准确性与深刻性方面，比之前人有所提高。比如他说："三百篇可以说代表诸夏民族平实的性质，凡涉及空想的一切没有。我们文学含有浪漫性的自楚辞始。春秋战国时候的中原人都来说'楚人好巫鬼'，大抵他们脑海中，含有点野蛮人神秘意识。后来渐渐同化于诸夏，用诸夏公用的文化工具表现他们的感想，带着便把这种神秘意识放进去，添出我们艺术上的新成分。"[1] 这是从民族性格对文学的影响关系论述诗、骚传统，说明现实与浪漫两种生活态度与文学表现方法在我们这个大民族是根基深固，源远流长。民族心理并非固定不变，而是在长期积淀中形成与发展的。因此，梁启超常从动态来把握它，他对国民性的批判也表现在他的文学史研究中。如他对中国历代描写女性的诗歌分析中，便既肯定了早期文学所反映的健康的民族心理，也严厉批判了后期文学所表现的病态心理。他说："近代文学家写女性，大半以'多愁多病'为美人模范。古代却不然：《诗经》所赞美的是'硕人其颀'，是'颜如舜华'；楚辞所赞美的是'美人既醉朱颜酡，嬺光眇视目层波'；汉赋所赞美的是'精耀华烛俯仰如神'，是'翩若惊鸿矫若游龙'。凡这类形容词，都是以容态之艳丽和体格之俊健合构而成，从未见以带着病的恹弱状态为美的。以病态为美，起于南朝，适足以证明文学界的病态。唐宋以后的作家，都汲其流，说到美人便离不了病，真是文学界一件耻辱。"[2] 这种建立在民族性格与民族心理上的文艺研究，是一种深层

---

[1] 《中国韵文里头所表现的情感》，《文集》之三十七，127—128 页。
[2] 同上书，127 页。

的宏观考察，虽不成系统，却已显示出梁启超所选取的文化史视角的优势。

文化史视角也赋予梁启超一种深邃的历史眼光，表现在他的文艺论文充满了强烈的历史感。他认为："欲治文学史，宜先刺取各时代代表之作者，察其时代背景与夫身世所经历，了解其特性及其思想之渊源及感受。"① 因而他总是把历史人物置于当时的社会背景中，上溯作家所承受的文化积累，辨析时代的政治、经济、学术、风习等各种因素对作家创作的潜在影响，同时联系作家的生平经历及各方面的活动与思想。他的《情圣杜甫》、《屈原研究》、《陶渊明之文艺及其品格》等作家专论，在这些地方便很用力。如他分别考察了"家世"、"时代"（包括政治与生平）、"乡土"及"时代思潮"对陶渊明思想、性格与创作的影响②，以此作为研究的开端。除作家研究外，梁启超对其他文艺问题的论述也同样贯注了历史精神。研究中国诗歌发展史的《中国之美文及其历史》固不必说，就是探讨小说的社会教育作用、诗歌的艺术表现方法、文艺的外来影响等，他也无不纵横驰骋，旁征博引，寻出历史的积因，以增强批评的力度。称之为有"历史癖"或者并非言过其实。如他看到日本士兵出征，亲友书写"祈战死"的祝语送行，便立即联想到杜甫的《兵车行》，想到"中国历代诗歌皆言从军苦"③，此所以"兵魂销尽国魂空"④。这种历史的感慨往往是因当时的问题而发，所以，梁启超对于文艺的历史考察，其着眼点常在现实。

---

① 《陶渊明·自序》（1923 年），1 页，《专集》之九十六。
② 见《陶渊明之文艺及其品格》，《陶渊明》，《专集》之九十六，2—5 页。
③ 《自由书·祈战死》（1899 年），《专集》之二，37 页。
④ 《读陆放翁集》（1899 年）其一，《文集》之四十五（下），4 页。

二、"文学救国"论

在梁启超的文艺思想中，最受重视、影响最大的还是他的"文学救国"论。

在《论小说与群治之关系》一文中，梁启超对"文学救国"的思想做了最集中、充分的论述。鉴于小说有广大的读者群与广泛的社会影响，他认为："欲新一国之民，不可不先新一国之小说。故欲新道德，必新小说；欲新宗教，必新小说；欲新政治，必新小说；欲新风俗，必新小说；欲新学艺，必新小说；乃至欲新人心、欲新人格，必新小说。何以故？小说有不可思议之力支配人道故。"换言之，小说具有可以救国救民的巨大的社会教育功能。这一认识是与历史的批判联系在一起的。梁启超认为，中国的国民思想是由小说造成的："吾中国人状元宰相之思想何自来乎？小说。吾中国人佳人才子之思想何自来乎？小说也。吾中国人江湖盗贼之思想何自来乎？小说也。吾中国人妖巫狐鬼之思想何自来乎？小说也。"[1] 甚至对中国小说一言以蔽之曰："述英雄则规画《水浒》，道男女则步武《红楼》。综其大较，不出海盗海淫两端。"[2] 由此得出"吾中国群治腐败之总根原"便在小说的结论[3]。应该指出，梁启超这种对中国古代小说一概抹杀的态度是极端错误的，就思想方法来说，表现出绝对化的倾向，他对于生活和艺术、存在与意识的先后关系也弄颠倒了。但他有意夸大古代小说恶劣的思想教育作用，还是为了从反面证实小说的伟力，论证小

---

① 《论小说与群治之关系》（1902年），《文集》之十，6、9页。

② 《译印政治小说序》（1898年），《文集》之三，34页。

③ 《论小说与群治之关系》（1902年），《文集》之十，9页。

说改革的必要性，从而以小说为突破口，把文学作为政治改革的有力武器。

梁启超"文学救国"思想的产生并非偶然。当时中国内忧外患交迫，国势危急，救亡图存成了每一个有觉悟的中国人意识的中心，一切力量都应该集中到这一点，文学创作自然不能例外。何况中国历来就强调文学与国家兴亡之间的关系。梁启超即从国民性角度对此做过发挥："国民性以何道而嗣续？以何道而传播？以何道而发扬？则文学实传其薪火而筦其枢机。明乎此义，然后知古人所谓文章为经国大业、不朽盛事者，殊非夸也。"① 此外，"文以载道"也是自古相传的法则，深入文人的思想。现在只需将"道"的内容改变一下，便可为今日之用。除了现实的刺激与历史的传统之外，特别值得单独提出的还有日本文学的影响。

日本明治维新十年后，在文学上出现了新的曙光，翻译文学勃兴。其中出版较早、影响很大的有织田纯一郎翻译的英国李顿（Edward Bulwer-Lytton，1803—1873）的政治小说《花柳春话》。受到翻译文学的刺激，政治小说的创作一时非常流行。作者大多是政治活动家，如《经国美谈》的作者矢野龙溪，便是改进党的领袖人物。他们借政治小说启发人民的政治觉悟，宣传自己的政治主张。总的看来，翻译文学与政治小说是配合着政治上的自由民权运动而兴起的。从梁启超并不准确的评述中，我们也可以看出这股文学启蒙思潮给他留下了深刻的印象：

> 于日本维新之运有大功者，小说亦其一端也。明治十五、六年间，民权自由之声，遍满国中。于是西洋小

---

① 《丽韩十家文钞序》（1914年），《文集》之三十二，35页。

说中，言法国、罗马革命之事者，陆续译出。有题为自由者，有题为自由之灯者，次第登于新报中。自是译泰西小说者日新月盛。其最著者则织田纯一郎氏之《花柳春话》，关直彦氏之《春莺啭》，藤田鸣鹤氏之《系思谈》《春窗绮话》《梅蕾馀薰》《经世伟观》等。其原书多英国近代历史小说家之作也。翻译既盛，而政治小说之著述亦渐起，如柴东海之《佳人奇遇》，末广铁肠之《花间莺》《雪中梅》，藤田鸣鹤之《文明东渐史》，矢野龙溪之《经国美谈》（注略）等。著书之人，皆一时之大政论家，寄托书中之人物，以写自己之政见，固不得专以小说目之。而其浸润于国民脑质，最有效力者，则《经国美谈》《佳人奇遇》，两书为最云。①

日本政治小说的兴盛期在明治十六至二十三年（1883—1890），到梁启超 1898 年避难东渡时，这股浪头已经过去，其时最活跃的是浪漫派作家。但梁启超的兴趣仍在政治小说，这是因为他作为改良派的政治活动家，与日本的政治小说作者同一身份与用心。介绍总是有选择的。从梁启超选择艺术价值很低的日本政治小说作为中国新小说的范本，便可以看出，他是把小说作为政治斗争的手段加以利用，这也是"文学"可以"救国"的道理所在。

初到日本，梁启超便创办了《清议报》，专门辟出"政治小说"一栏。在很长时间内，这是《清议报》最重要的文学专栏。

①《自由书·传播文明三利器》（1899 年），《专集》之二，41—42 页。

从第一期开始，便连载由他翻译的日本政治小说《佳人奇遇》①，以后，《经国美谈》也在这一栏中刊出。1902 年《新小说》创刊后，他由翻译转为创作，著《新中国未来记》，在该刊"政治小说"栏连载，自言："兹编之作，专欲发表区区政见，以就正于爱国达识之君子。"甚至说："《新小说》之出，其发愿专为此编也。"② 可见，梁启超创办文学刊物，正是为了以文艺的形式发表政见。《佳人奇遇》初次刊出时，他写过一篇《译印政治小说序》，极力推崇政治小说，指出其源自欧洲，波及日本，说："彼美、英、德、法、奥、意、日本各国政界之日进，则政治小说，为功最高焉。"③ 而配合《新中国未来记》的刊载，《新小说》第一号上又发表了他撰写的著名的"小说界革命"宣言书《论小说与群治之关系》④，论文带有浓重的政治色彩。出于开通民智、思想启蒙的同一目的，他对伏尔泰（福禄特尔）、福泽谕吉、托尔斯泰给予很高赞誉，认为他们"以其诚恳之气，清高之思，美妙之文，能运他国文明新思想，移植于本国，以造福于其同胞"。"由此观之，福禄特尔之在法兰西，福泽谕吉之在日本，托尔斯泰之在俄罗斯，皆必不可少之人也。苟无此人，则其国或不得进步，即进步亦未必如是其骤也。"⑤ 据此推断出"各国政局之变迁，罔不由二三文豪引其焰而衍其澜"⑥，则文学影响于政治可谓大矣。话虽如此说，梁启超实际并不认为文学是唯一的救国手段，他不以文学创作为专职即是明证。

---

① 连载时未署译者姓名。有人疑其非出梁手。此处据梁启超诗《纪事二十四首》（1900年）其二十二中"蠢译《佳人奇遇》成"（《文集》之四十五（下），9 页）句，仍定为梁译。

② 《新中国未来记·绪言》（1902 年），《专集》之八十九，1 页。

③ 《译印政治小说序》，《文集》之三，35 页。

④ 刊《新小说》第 1 号，1902 年 11 月。

⑤ 《论学术之势力左右世界》（1902 年），《文集》之六，115—116 页。

⑥ 《俄罗斯革命之影响》（1905 年），《文集》之十九，94 页。

然而"文学救国"论还是赋予文学一种神圣的使命。

从现实的需要出发，政治小说的功效最直接、最迅速，自然地位应该最高。其他文学创作向政治小说看齐，也应以传播新思想为首要任务。所以，即使偶尔弄文，梁启超也效法伏尔泰，存着一个绝大的政治目标。在《劫灰梦传奇》的《楔子》中，他即借剧中人之口自明心迹："我想歌也无益，哭也无益，笑也无益，骂也无益。你看从前法国路易第十四的时候，那人心风俗，不是和中国今日一样吗？幸亏有一个文人，叫做福禄特尔，做了许多小说、戏本，竟把一国的人，从睡梦中唤起来了。想俺一介书生，无权无勇，又无学问可以著书传世，不如把俺眼中所看着那几桩事情，俺心中所想着那几片道理，编成一部小小传奇，等那大人先生、儿童走卒，茶前酒后，作一消遣，总比读那《西厢记》《牡丹亭》强得些些。这就算我尽我自己面分的国民责任罢了。"① 很清楚，梁启超的文学活动，从翻译到创作，从小说到戏曲，都自觉地贯彻了"文学救国"的宗旨。

平心而论，"文学救国"论在当时固然不失为一种高明的主张，表现出强烈的爱国主义精神，但它毕竟是特定历史条件下的产物，带有很大的局限性与片面性。究其来源，它还是从梁启超的改良派思想体系中产生出来的。其实，神化文学的教育功能，企望文学负起扭转乾坤的重任，不过是文学家善意的愿望。"文学救国"论在政治上所带来的严重弊病，是放松了更艰苦的实际斗争的组织与领导工作。它对于文学创作本身危害更大。文学终究不是政治思想的传声筒，否则有政论文便尽够了。它虽然也会产生宣传的效果，却不以此为唯一目的。文学创作首先是一项艺术

---

① 《劫灰梦传奇》（1902年），《专集》之九十二，3页。

活动，要创造出具有审美价值的艺术形象。功利主义地利用文学，只会损害文学，使其因失去文学性而减弱了感染力，结果"欲速而不达"，离本来的目标更远。"文学救国"论对后世的影响也有积极的一面，最重要的是使作家具有一种责任感，以严肃的态度从事创作，关心作品的社会影响。只要不是狭隘地把文学当作政治的附庸，而是从提倡文学与社会、人生发生联系方面理解，梁启超的思想也还有其可取之处。

以"文学救国"论为中介，可以清楚地看出梁启超领导的文学革新运动与改良派的政治活动的密切关系。梁启超提倡"文界革命""诗界革命""小说界革命"，其着眼点即在输入外国的新思想，改造中国的旧文学，使之为启迪民智、革新政治服务。"文界革命"的提出受到了日本著名政论家德富苏峰的文章影响。梁启超读他的著作后慨叹："其文雄放隽快，善以欧西文思入日本文，实为文界别开一生面者，余甚爱之。中国若有文界革命，当亦不可不起点于是也。苏峰在日本鼓吹平民主义甚有功，又不仅以文豪者。"① 话中流露出取法之意，对德富苏峰著文宣传从近代西方传入的平民主义评价甚高。"诗界革命"以"新意境""新语句""古人之风格"三长具备相号召。梁启超谦称："吾虽不能诗，惟将竭力输入欧洲之精神、思想，以供来者之诗料可乎？要之支那非有诗界革命，则诗运殆将绝。"② 他认为能体现诗界革命精神的诗人首推黄遵宪，而黄遵宪正是一个改良派政治家，其诗中新思想最多。"小说界革命"的政治倾向更明显，梁启超干脆宣称："故今日欲改良群治，必自小说界革命始；欲新民必自新小说始。"③ 把这些宣言

① 《夏威夷游记》（1899 年），《专集》之二十二，191 页。
② 同上书，189—191 页。
③ 《论小说与群治之关系》，《文集》之十，10 页。

联系起来看，"文学救国"论显然是梁启超文学革新思想的核心。正是凭借改良派文学革新运动的实绩，梁启超的"文学救国"思想在当时的文坛才能深入人心，并影响后世。

三、"情感中心"说

文艺作品具有教育作用，宣传口号、政论文、学术著作也具有教育作用，那么，两种教育区别何在？梁启超认为，关键在于情感与理智作用方式的不同。艺术因作用于人们的情感而产生效应。既然如此，便有必要对情感在梁启超文艺思想中的地位做一番通盘考察。

梁启超是一个"情感至上"论者。在理智与情感的天平上，他常常更倾向于后者。"我是感情最富的人，我对于我的感情都不肯压抑，听其尽量发展。"[①]在梁启超的文章中，情感冲破理智阀门的现象时有出现，"不惮以今日之我与昔日之我挑战"[②]的原因部分在此。在他看来，情感有不可思议的巨大力量，远在理智之上："天下最神圣的莫过于情感。用理解来引导人，顶多能叫人知道那件事应该做，那件事怎样做法，却是被引导的人到底去做不去做，没有什么关系；有时所知的越发多，所做的倒越发少。用情感来激发人，好像磁力吸铁一般，有多大分量的磁，便引多大分量的铁，丝毫容不得躲闪。所以情感这样东西，可以说是一种催眠术，是人类一切动作的原动力。"[③]由于情感带有一种盲目性，一经发动，便不受理智的节制，因而"夫天下最可用者莫如感情，最可

---

① 《"知不可而为"主义与"为而不有"主义》（1921 年），《文集》之三十七，60 页。

② 《政治学大家伯伦知理之学说》（1903 年），《文集》之十三，86 页。

③ 《中国韵文里头所表现的情感》，《文集》之三十七，71 页。

畏者亦莫如感情"①。情感可以成为一种伟大的创造力，也可以成为一种强大的破坏力。既然"能叫人去做事的，只有情感"，"若是发心着手做一件顶天立地的大事业，那时候，情感便是威德巍巍的一位皇帝，理性完全立在臣仆的地位。情感烧到白热度，事业才会做出来。那时候若用逻辑方法，多归纳几下，多演绎几下，那么，只好不做罢了。人类所以进化，就只靠这种白热度情感发生出来的事业"②。这些议论同样表现出梁启超的偏执态度。无可否认，情感确实具有很大的作用力。但绝对地肯定情感，绝对地否定理智，显然是一种错误的认识。人与动物的区别之一，即在于人是有理智的。所以，理性的力量也不容忽视，更值得重视。片面强调理性与感情的对立，盲目地崇拜情感，对实践也有极大的危害。

在梁启超心目中，情感既有如此伟力，又是超理性的，如何控制、引导情感便成为严重的问题。鉴于"只有情感能变易情感，理性绝对的不能变易情感"③，"情感教育"的重要性因而显示出来。梁启超认为："情感教育最大的利器，就是艺术。音乐、美术、文学这三件法宝，把'情感秘密'的钥匙都掌住了。"④这样，艺术也就获得了情感所具有的那种不可思议的神奇力量，其激动人心、改易社会的感染力、影响力全从这里发生。梁启超"文学救国"论的一个支点也是建立在艺术的感情力量上。

对情感的推崇使梁启超十分重视情感在艺术创作与欣赏过程中的作用。我们可以分三个层次来观察一下。

---

① 《暴动与外国干涉》（1906年），《文集》之十九，55页。
② 《评非宗教同盟》（1922年），《文集》之三十八，22页。
③ 《评非宗教同盟》（1922年），《文集》之三十八，21页。
④ 《中国韵文里头所表现的情感》，《文集》之三十七，72页。

第一个层次是艺术家的情感。艺术家在创作时，总是带有某种或者单纯或者复杂的感情。冷漠的人是不会进行创作的。主张"言者不知（智）"、书为糟粕的庄周，也还是留有文字传世，即此也可证明他并非厌世者。情感的表现因人而异，其强弱程度与文艺作品的高下并没有直接关系。但梁启超仍要求每一位艺术家感情饱满充沛，所谓"自己腔子里那一团优美的情感养足了，再用美妙的技术把他表现出来，这才不辱没了艺术的价值"[1]。因而，优秀的艺术家首先必须是感情最丰富的人。由于梁启超本人感情热烈，于是同声相应，同气相求，以情感的强度为尺度，他在中国古代作家中便选中了屈原、陶渊明、杜甫，对他们表现出特殊的偏爱。他评论屈原为"一位有洁癖的人为情而死"[2]，"彼捧其万斛爱情以向世界，而竟不见答，无可奈何而以身殉之。屈子盖天下古今惟一之'情死者'也"[3]；评论陶渊明"是极热血的人"，"是一位缠绵悱恻最多情的人"[4]；评论杜甫为"情圣"，说："杜工部被后人上他徽号叫做'诗圣'。诗怎么样才算'圣'，标准很难确定，我们也不必轻轻附和。我以为工部最少可以当得起情圣的徽号。因为他的情感的内容，是极丰富的，极真实的，极深刻的"[5]。本来，从创作风格看，屈原、陶渊明、杜甫三人大不相同。屈原的诗歌带有浓厚的浪漫色彩，陶渊明的诗歌自然、淡远，杜甫的诗歌则以写实的真切著称。然而梁启超却从"异"中发现了"同"，即三人都是多情人。即以"浪漫派"与"写实派"的区分而论，

---

① 《中国韵文里头所表现的情感》，《文集》之三十七，72页。

② 《屈原研究》（1922年），《文集》之三十九，55页。

③ 《老孔墨以后学派概观》（1920年），《专集》之四十，26页。

④ 《陶渊明之文艺及其品格》，《专集》之九十六，6、7页。

⑤ 《情圣杜甫》，《文集》之三十八，38页。

梁启超认为：作为浪漫派大家的屈原"含有两种矛盾原素：一种是极高寒的理想，一种是极热烈的感情"[①]；作为写实派大家的杜甫在观察"社会的偏枯缺憾"的"冷眼"后面，也具有一副"无穷悲悯"的"热肠"[②]。"要而言之，热心和冷脑相结合是创造第一流艺术品的主要条件。"[③]这最明白不过地说出了艺术家无论采用何种创作手法，如果缺乏丰富的情感，绝难有好作品问世。

　　第二个层次是作品中所表现的艺术家情感。这种情感与艺术家本人的情感有区别。一般说来，诗歌中所表现的情感应该最接近诗人自己的情感。但事实也不尽然。梁启超即指出，由于"摹仿的套调"与"矫揉雕饰"，古代诗人的作品往往"共"而不"真"，看不出"作者个性"[④]。从强调个性出发，梁启超主张两种情感的重合，即要求作品表现自我。他肯定"美术的任务，自然是在表情"，同时也肯定"真美合一"[⑤]，因而具有美感的作品便一定是表现了真情。戏曲作品中他最喜爱《桃花扇》，谓其"冠绝前古"，好处之一便在"寄托之遥深"，流露出作者"不能自制"的"种族之戚"，"一读之使人生故国之感"。这些表现作者民族感情的曲辞，也成为梁启超"尤爱诵者"[⑥]。他称赞陶渊明的《归去来兮辞序》是"真人"写出的"真文艺"，"是渊明全人格最忠实的表现"。《序》中写自己因贫求官，觉其有违本心则去，并不以堂皇的大道理解释进退，反而见出其人格的高尚。"后人硬要说他什么'忠爱'，什么'见几'，什么'有托而逃'，却把妙文变成'司空

---

① 《屈原研究》，《文集》之三十九，55 页。
② 《中国韵文里头所表现的情感》，《文集》之三十七，139 页。
③ 《美术与科学》（1922 年），《文集》之三十八，9 页。
④ 《陶渊明之文艺及其品格》，《专集》之九十六，2、1 页。
⑤ 《美术与科学》（1922 年），《文集》之三十八，10、8 页。
⑥ 《小说丛话》中饮冰语，《新小说》第 7 号，172、174 页，1903 年 9 月。

城旦书'了。"梁启超反对文学中的虚伪习气，揭露"古今名士，多半眼巴巴钉着富贵利禄，却扭扭捏捏说不愿意干"；"丢了官不做"，就"自己标榜起来，说如何如何的清高，实在适形其鄙"。"二千年来文学的价值，被这类人的鬼话糟塌尽了。"① 在一褒一贬、一破一立中，清楚地显现出梁启超的观点，即有价值的文学作品，必然忠实地传写出了作者的真情实感。这种情感自然应该是"优美的""高尚的"。梁启超不仅这样要求别人，他本人写文章，无论是政论文、学术论文、杂文、传记文，也都以"笔锋常带情感"② 为一大特色。因而，就情感方式来说，他更容易接近抒情类文学作品，在欣赏以抒发作者主观情感为主的诗歌（包括文人戏曲辞，梁启超将其归入广义的诗内）时，常能达到一种心灵的契合。梁启超喜欢直接坦露的抒情方式，即使是创作小说，他的唯一作品《新中国未来记》中，也充满了一种我们所熟悉的梁启超式的慷慨激昂演说调。但他自认为其"似说部非说部，似稗［稗］史非稗［稗］史，似论著非论著，不知成何种文体"③，并非成功之作。这说明直接表现真情并不适用于所有的艺术体裁。

第三个层次是艺术作品所引发出来的情感，即艺术作品的感染力。梁启超虽然尊崇情感，但并不认为所有的情感都是美的、善的。因而，情感教育必不可少。他很赞赏古代大宗教家、大教育家"把情感教育放在第一位"的做法，认为："情感教育的目的，不外将情感善的、美的方面尽量发挥，把那恶的、丑的方面渐渐压伏淘汰下去。"这自然首先需要艺术家"修养自己的情感，极力往高洁纯挚的方面，向上提絜，向里体验"，然后"打进别人们的

---

① 《陶渊明之文艺及其品格》，《专集》之九十六，11页。

② 《清代学术概论》，《专集》之三十四，62页。

③ 《新中国未来记·绪言》，《专集》之八十九，2页。

'情阈'里头，在若干期间内占领了'他心'的位置"①。因为诗歌以抒情为主，与读者的情感有直接的交流，作用方向单纯、集中，所以梁启超后期退出政界，转而从事讲学与学术研究时，便特别推重诗歌。在《国学入门书要目及其读法》中，文学作品便只开列了"韵文书类"，专为"陶写情趣之用"，小说则不在其中。他说："吾以为苟非欲作文学专家，则无专读小说之必要。"他"希望熟读成诵"那些"最有价值的文学作品"，因为"好文学是涵养情趣的工具"。而他所谓"最有价值的文学作品""好文学"，显然是将小说除外的。②但早年，作为一个政治宣传家，梁启超从重视作品的社会影响、关心读者的情感反应出发，却选中了小说，推之为"文学之最上乘"，赋予小说革新政治的重任。其中最重要的原因，便是因为他看到了小说"易感人"的巨大力量。为此，他专门分析了小说情感教育的四种作用力，即熏、浸、刺、提。"熏"即熏陶，"如入云烟中而为其所烘，如近墨朱处而为其所染"，产生潜移默化、连锁反应式的普遍影响。"浸"即"入而与之俱化"，长久沉浸在作品所造成的情感氛围中不能自拔，达到与作品情感的交融。"刺"即"刺激之义也"，"刺之力在使感受者骤觉"，受到突然的震动。"提"即情感的升华，"提之力自内而脱之使出"，读者达到一种忘我的境界，"自化其身焉，入于书中，而为其书之主人翁"③。小说既然具有这四种力，便可以左右人心，改造社会。梁启超对小说与诗歌的爱好和评价虽有前、后期的不同，但在强调作品的艺术感染力在于激发读者美好、崇高的感情上，则是前后一致的。

① 《中国韵文里头所表现的情感》，《文集》之三十七，71—72 页。
② 《国学入门书要目及其读法》(1923 年)，《专集》之七十一，13—15、26 页。
③ 《论小说与群治之关系》，《文集》之十，7、8 页。

从上述三个层次的分析看，梁启超视情感为艺术的灵魂，这一点已无疑问。情感在艺术活动中的地位与作用确实至关重要，梁启超强调指出这一点，是抓住了艺术的特点，很有眼力。但在论述问题时，他也犯了轻视理性的毛病。实际上，无论是作者的创作过程还是读者的欣赏过程中，理性都在起着指导的作用。从字句的选择、形象的塑造到对作品的理解，都显示出理智的判断。感情固然易于打动人，然而，要使情感教育深入人心，发生持久的影响，却须借助理性的力量。所以，艺术创作与欣赏离不开情感，同样也离不开理智。

虽然艺术需要情感，但只有情感，毕竟不成其为艺术。"因为文学是一种'技术'，……要有精良的技术，才能将高尚的情感和理想传达出来。"[①] 因此，梁启超后期在放弃了以文学作为政治斗争工具的努力以后，便很注意写作技术方面的问题，集中研究了诗歌的表情艺术方法。《中国韵文里头所表现的情感》一文即是这一研究的总结。据题记中所列预定题目，他把中国诗歌表现情感的方法分为六类，即"奔迸的表情法""回荡的表情法""蕴藉的表情法""象征派的表情法""浪漫派的表情法"与"写实派的表情法"。"象征派的表情法"后未单独写。其中有些类又细分为若干种，如"回荡的表情法"便分成"螺旋式""引曼式""堆垒式"与"吞咽式"四种。对每一种类的表情方法，梁启超都概括出其特征。如"回荡的表情法""专从热烈方面尽量发挥"，"曲线式或多角式的表现"。属于此类表情法的"螺旋式"写法是"一层深过一层"，"堆垒式"则"专用'语无伦次'的样子，一句话说过又说，忽然说到这处，忽然又说到那处"，等等。同时，梁启超

---

① 《〈晚清两大家诗钞〉题辞》（1920 年），《文集》之四十三，71 页。

还引用许多名篇为例，加以分析。他虽然承认"含蓄蕴藉的表情法""向来批评家认为文学正宗，或者可以说是中华民族特性的最真表现"，但从"情感越发真越发神圣"的前提推衍，他却把"奔迸的表情法"置于最崇高的地位。因为"奔迸的表情法"最真，"这类文学，真是和那作者的生命分劈不开"，用这类表情法写出的诗，也被梁启超认作"情感文中之圣"。他说："奔迸的表情法""西洋文学里头恐怕很多，我们中国却太少了"。而他作此文的目的，原是便于读者"和西洋文学比较"，以采长补短。梁启超还认为，每一类表情法都适于表现特定的感情，如"奔迸的表情法"适于表现热烈的情感，"蕴藉的表情法"适于表现含蓄的情感。因此，把柳永的"晓风残月"与苏轼的"大江东去"比较，以定两家格调的高下是不对的，"我们应该问那一种情感该用那一种方式"①。

梁启超对于表情艺术的研究是很有价值的。"主情说"不是梁启超的发明，古人已有此论；对诗歌中表情法的分析也不自梁启超始，前人也"间或论及"。梁启超的贡献在于，他采用了归纳分类的方法，进行了"有系统的研究"②，从一个崭新的角度，对一个古老的问题作出了具有现代科学精神的解答。

毋庸讳言，梁启超的文艺观在理论层面上没有达到深邃的思考与体系化的建构。偏激与实用主义的态度造成了观点的分裂是一个重要的原因，当他作为一个政治家宣传启蒙思想时，便重视作品的内容，主张"文学救国"，强调文学的政治教育功能，偏重于接受外来文化；而当他作为一名学者研究古代文化遗产时，又

①《中国韵文里头所表现的情感》，《文集》之三十七，70、78—81、109、77、78、72、97页。
②《中国韵文里头所表现的情感》，《文集》之三十七，71页。

重视作品的艺术性，倾向"情感中心"，强调文学的感情净化力量，偏重于继承中国传统文化。尽管论点存在着片面性，但也包含了不少合理的成分。特别是他汲取西方科学精神，力求从文化史角度系统地把握、分析文艺现象的探索，至今对我们仍有启发。

1985 年 9 月完稿

（原刊《中国文艺思想史论丛》第三辑，北京大学出版社 1988 年）

梁启超的文学史研究

一、改良群治与有益人生

在中国近现代历史上，梁启超（1873—1929）可算得上是争议最多的一个人物。1929 年当他病逝时，他从政或讲学时的敌人或朋友均同声致悼，而公祭大会上张东荪"知惟《春秋》，罪惟《春秋》"①的挽联语，更预示了对梁氏的不同评价将从生前延续到死后。

不过，对梁启超一生活动时期的划分，其时众人倒是大体趋同。最先面世且有相当分量的三篇纪念文章中，张荫麟的《近代中国学术史上之梁任公先生》，将梁氏一生"智力活动"分为四时期：

> 第一期自其撇弃词章考据，就学万木草堂，以至戊戌政变以前止，是为"通经致用"之时期。第二期自戊戌政变以后至辛亥革命成功时止，是为介绍西方思想、并以新观点批评中国学术之时期，而仍以"致用"为鹄的。第三期自辛亥革命成功后至先生欧游以前止，是为

---

① 丁文江、赵丰田编：《梁启超年谱长编》，1207 页，上海：上海人民出版社，1983 年。

纯粹政论家之时期。第四期自先生欧游归后以至病殁，是为专力治史之时期；此时期渐有为学问而学问之倾向，然终不能忘情国艰民瘼，殆即以此损其天年。[1]

郑振铎的《梁任公先生》也采取此四段式，只分别将一、三两时期称为"政治生活时代"，二、四两时期称为"著述时代"，内中再标出第一期与第二期[2]。各家的评论，则以缪凤林《悼梁卓如先生》所言最精当：

第一二期之宣传较浅薄，而影响最大。第三期之从政最失败，而帝制一役厥功为伟。第四期之讲学较宏博，而收效最微。[3]

唯张荫麟从学术史着眼，对第三期评价尤低，以为是梁氏"一生最不幸之时期"。

其实，时期的区划，在梁启超生前已有定说。1925年，其侄梁廷灿编辑《（乙丑重编）饮冰室文集》时，作《序例》一篇，即明白宣示该书共分五集，除第五集为附集，收题跋、诗词等，前四集之分割，正是依照"第一集戊戌以前作，第二集居东瀛作，第三集归国后至欧战前作，第四集欧战和议以迄甲子冬作"[4]安排的。梁启超本人对此说自然首肯，以后论家也大都据此发言。

① 素痴（张荫麟）：《近代中国学术史上之梁任公先生》，天津《大公报·文学副刊》57 期，1929年2月11日。

② 郑振铎：《梁任公先生》，《小说月报》20卷2号，335—345页，1929年2月。

③ 缪凤林：《悼梁卓如先生（1873—1929）》，1页，《学衡》67期，1929年1月。

④ 梁廷灿：《序例》，1A页，梁启超：《（乙丑重编）饮冰室文集》，上海：中华书局，1926年。

而如果同时兼顾学术与政治，或者说，将政治活动对学术研究的影响考虑在内，则以上四时期的划分实可合并为二，即以1917年底梁启超脱离政界为前、后期的分界线。

尽管少年时代梁启超接受的是旧学教育，从四五岁开始念"四书""五经"、习中国略史，直到十五岁入阮元创立的具有乾嘉学派传统的广州学海堂，曾不知天地间于帖括、训诂、词章之外，更有所谓学问；但近代中国的历史变革，终究影响到出生在新会县熊子乡茶坑村海陬乡间的一介书生，使梁氏于科举仕宦或下帷研经这两条前辈学子无数遍重复的人生之路外，更有了新的选择。1890年春，年方十八却已有举人头衔的梁启超赴京会试不中，归来途经上海，见到江南制造局译出的西书若干种，心甚好之；并购得徐继畬所著介绍世界地理的《瀛环志略》一书，"始知有五大洲各国"。同年秋，梁氏拜谒了以布衣上书请求变法不达南归的康有为。康"取其所挟持之数百年无用旧学更端驳诘，悉举而摧陷廓清之"，又"教以陆王心学，而并及史学西学之梗概"，令梁氏大为倾服，遂"决然舍去旧学，自退出学海堂"，师从康有为，成为次年开设的万木草堂的第一批弟子。随着列强鲸吞中国而发生的"西学东渐"，经由获读新书与请业康门，开始作用于梁启超。尤其是后者，塑造了梁氏一生问政治学的基本品格，故自诉"生平知有学自兹始"①，实为肺腑之言。

1920年著《清代学术概论》时，梁启超曾反省前期其师徒二人"借经术以文饰其政论，颇失'为经学而治经学'之本意"的偏颇，同时也承认，由于他"与正统派因缘较深，时时不慊于其

---

① 梁启超：《三十自述》，2—3页，《〈分类精校〉饮冰室文集》卷首，上海：广智书局，1905年。

师之武断，故末流多有异同"，对二人之学术师承做了颇为公允的总结。梁氏受教学海堂先入为主的考据学根基，原与"专求其微言大义"、意在托古改制的今文经学大家康有为学统不同；后者为标举主张而"不惜抹杀证据或曲解证据"的治学路数，悖逆于讲究实事求是、无征不信的汉学家法，更令梁氏无法认同。因此，批评康有为之学"犯科学家之大忌""好引纬书，以神秘性说孔子"，自言"三十以后，已绝口不谈'伪经'，亦不甚谈'改制'"①，便是梁启超从清学正统派立场自然做出的反应。并且，最初隐伏的学派之争，最终也导致了二人政治、学术的分途。不过，在梁氏前期，这些歧异尚属"末流"。甚至在对康有为极为崇信的戊戌前数年间，他对旧学之一部分的考据学也会持极为严厉的批评态度："考据之蠹天下，其效极于今日。"②而自居于新学家之列，参与《新学伪经考》的校勘，分任《孔子改制考》的编纂，对康氏学说精髓的领悟与信服，仍然是梁启超此期求师问道之大节。康有为借辨伪经而打破思想专制，借说改制而倡导社会改良，其书中充溢的切近现实、以经学为变法图强的政治主张服务的时代精神，与康氏强悍的学风融为一体，强烈地震撼与吸引了梁启超。康有为杂糅中西的授课内容，也刺激了生性好求新异的梁氏对西学的兴趣，并成为其日后致力于输入西方学说的萌蘖。与政治革新及世界潮流如此巨大而生动的场景相比较，考据方法于是成为小小不言的枝节，被投身于改良运动的梁启超自觉地搁置起来，清初学者"经世致用"的传统也因此再度张扬。

　　1898 年 9 月，戊戌变法失败，梁启超亡命日本，虽随同其师

---

① 梁启超：《清代学术概论》，11、129、128、138、143 页，上海：商务印书馆，1921 年。

② 梁启超：《致汪康年、汪诒年书》（光绪廿二年十月十一日），《汪康年师友书札》（二），1844 页，上海：上海古籍出版社，1986 年。

从国内政治舞台上消失，由《时务报》造成的政论家身份与热情却依然保持不变。从当年 12 月创办《清议报》开始，《新民丛报》《新小说》《政论》《国风报》的先后出刊，展示了梁启超饱含政治家意识的主要著述成果。评议时政之外，撰写西方思想家学案以介绍各种新学说，批判中国旧学及专制制度，提出改造国民性的"新民"理论，推行突破传统束缚的文学改良运动，梁氏所做的一切，无不是以改良群治为依归。到 1912 年归国后步入政界，无论与执政者合作抑或交锋，梁启超到底已由"理论的政谭家"进而为"实行的政务家"①，直接参与"治国平天下"的政治层面操作。表面看来，若论"经世致用"，当以此时距梁氏的期望值最近。然而除反对袁世凯帝制自为一役，国人对其政绩实在少有许可。个中原因不必多加探究，却足以使梁氏自省他并非合适的政务家人选。梁启超一生总在为"学问兴味政治兴味都甚浓"而苦恼，也曾经自我设计调和二者，"做个学者生涯的政论家"②。至少，在其前期，清政府的腐败与外患频仍以及推翻帝制后的政权重建，都有理由使梁氏对政治活动更为热心，其学术研究因此带有明显的功利性质与政论色彩。而凡属无补于时局、纯粹出于学问兴味的考证，偶一涉足，梁氏便不免自责为"玩物丧志"③，心中不安。而从赴日初期鼓吹激进的破坏论，到归国后赞同共和制，梁启超与认定君主立宪终身不改的康有为在政见上的分歧越来越大，其报刊舆论家的声名也早已于康氏之外为自己确立了独立地位。不过，在思想的潜流中，康有为的影响仍然深固。以学术为政治的补益、以西方为中国的借鉴，都可见康氏的启动之功，尽管梁启超比其

① 梁启超：《吾今后所以报国者》，3 页，《大中华》1 卷 1 期，1915 年 1 月。

② 梁启超：《外交欤？内政欤？》，《晨报》1921 年 12 月 31 日。

③ 宝云（梁启超）：《国文语原解·序》，《学报》1 年 3 号，9 页，1907 年 4 月。

师走得更远。

　　迨到 1920 年 3 月欧游归来，听到西方社会关于"物质文明破产""中国文化救世界"的议论，已经退出政界的梁启超深受启发。作为一名转向著述、讲学的学者，梁氏所考虑的问题主要不再是立竿见影的政治举措，而是持之以恒的文化积累与建设。晚年不断重复的"为学与做人"的话题，即"文献的学问"与"德性的学问"或曰"做人的方法"与"做学问的方法"同时并举，以之为研究国学、从事教育的两项基本内容，便显示了这种社会角色与学术倾向的自觉转移。如果说，梁启超前期的学术活动可谓之"为政治而学问"，后期则可称作"为人生而学问"。先前在生机勃勃的西学映衬下相形见绌的中国传统文化，此时经过充满精神焦虑的欧美社会的再度比照，又以其自满自足、源远流长的精神文明见重于梁启超。其后期对传统文化的重新发现与努力光大，正是对这一世界潮流做出的及时回应。也因此，梁氏不会完全回到古代学者（无论汉学还是宋学）的旧路上，强调"用客观的科学方法去研究""文献的学问"，"在学术界上造成一种适应新潮的国学"，"用内省的和躬行的方法去研究""德性的学问"，"在社会上造成一种不逐时流的新人"[①]，即表明从研究手段到人格修养，均已渗入现代社会的意识。尽管就治学领域而言，"第二期著述时代的梁任公作品，都不过是第一期著述时代的研究的加深与放大而已"[②]，而从研究态度与目的上，却有了如上所述从政治到人生的区别。修正当日"有为而发之言"所得出的"流于偏至"之

---

　　① 梁启超：《治国学的两条大路》，《时事新报·学灯》，1923 年 1 月 23 日，录自《梁任公学术讲演集》第三辑，185 页，上海：商务印书馆，1923 年；周传儒、吴其昌记：《梁先生北海谈话记》，《清华学校研究院同学录》，7 页，1927 年。

　　② 郑振铎：《梁任公先生》，《小说月报》20 卷 2 号，345 页。

论①，便成为这一学术转向的具体表征。至此，与康有为的分离已扩及学术，《清代学术概论》的批评"新学家""不以学问为目的而以为手段"，要求"学问之为物，实应离'致用'之意味而独立生存"②，在对客观性、科学性的认同中，实已包含了对康氏政论经学的扬弃与对乾嘉考据学的回归。不过，由于学术背景的改换，梁启超将其"为学"之道称之"新考证学"③。此时梁氏常常标榜的"为学问而学问""为趣味而学问"，也并非毫无所求，不过因为"德性的学问"本身须有体验的工夫，而与人生自然关联。于是，同康有为一线相连的还有宋明理学，经由前期提倡"新民"的"新道德"，直接到后期的赞美东方的人生观。

梁启超治学之道的与时推移，同样表现在其文学思想中。当他作为政治家进行文学活动时，便主张"文学救国"论，注重文学的社会教育功能，认定改良群治以"政治小说为功最高"④，而推举"小说为文学之最上乘"⑤，"小说界革命"因此成为文学改良运动的中心；一旦以学者的身份从事文学研究，梁氏又倾向于"情感中心"说，推崇文学的感情净化力量，肯定"诗本为表情之具"⑥，强调"好文学是涵养情趣的工具"⑦，韵文类作品因此成为中国美文最有资格的代表。从前期的抬高小说，到后期的偏重诗歌，隐含的仍然是改良群治向有益人生的转化，不可仅以新旧文学观

① 梁启超：《〈清代学术概论〉自序》，3 页。

② 梁启超：《清代学术概论》，163 页。

③ 梁启超：《治国学的两条大路》，《梁任公学术讲演集》第三辑，191 页。

④ 任公：《译印政治小说序》，1B 页，《清议报》1 册，1898 年 12 月。

⑤ 《论小说与群治之关系》，《新小说》1 号，3 页，1902 年 11 月。此文发表时未署名。

⑥ 《诗经》，梁启超：《要籍解题及其读法》，《清华周刊》302 期《书报介绍副镌》8 期，2 页，1924 年 1 月。

⑦ 梁启超：《国学入门书要目及其读法》附录二《治国学杂话》，《晨报副镌》，1923 年 6 月 18 日。

的消长简单视之。

与此相关，梁启超有关文学的论述也可分而为二：前期侧重于即时见效的文学批评，后期专注于传与后人的文学研究。其早年倡导文学改良时，以布新利俗为宗旨，发表《译印政治小说序》《论小说与群治之关系》，传布"欲新民必自新小说始"①的"小说界革命"思想；连载《饮冰室诗话》，借评论众多新诗人的新诗作，阐发"以旧风格含新意境"②的"诗界革命"论；并将其以"俗语文体"写"欧西文思"③的"文界革命"理想，纳诸《夏威夷游记》《小说丛话》等文中。在改变传统的文学观念上，诸文有切实功效。晚年研治中国文学时，梁启超的兴趣尤集中于古代，对表情的诗歌情有独钟，撰写《中国韵文里头所表现的情感》，通论中国诗歌的各种表情法；又分别作《屈原研究》《陶渊明》与《情圣杜甫》三篇作家论，着重从诗人情感的不同表现展开分析，为其诗史著述营造支点；其中国诗歌史《中国之美文及其历史》尽管仅成数章，却系拓荒之作④，提供了一种文学史著作的范式。古典之外，梁启超还有《〈晚清两大家诗钞〉题辞》一文论及现代白话诗问题；诗歌之外，还有《中学以上作文教学法》专论文章的写作方法；纯文学之外，还有《翻译文学与佛典》论述佛经翻译的文学史意义。未完成者小自《〈晚清两大家诗钞〉题辞》，大至《辛稼轩先生年谱》《中国之美文及其历史》，在梁氏文学论述中为数已不在少，欲撰之著尚多，以其人的遽而去世，终成绝响。文

---

① 《论小说与群治之关系》，《新小说》1 号，8 页。

② 饮冰子：《饮冰室诗话》，《新民丛报》29 号，101 页，1903 年 4 月。

③ 《小说丛话》中饮冰语，《新小说》7 号，166 页，1903 年 9 月（实为 1904 年 1 月以后出刊）；任公：《汗漫录》（又名《夏威夷游记》），4A 页，《清议报》36 册，1900 年 2 月。

④ 该著迟至 1936 年才编入《饮冰室合集》（上海：中华书局）中面世，而写作则在 1924 年（据《饮冰室合集目录》）。

学研究虽只是梁启超广泛涉及的多种学科之一，其论点也不无可商榷之处，却是每一文出，总有新意。为梁氏后期学术活动做总结，因此必不能置此领域而不论。张荫麟、郑振铎、缪凤林三文的无一例外，即可证明梁启超的研究在中国文学史学中自有其不囿于一时的独特价值与影响。

二、科学精神

在人们的印象中，似乎"五四"新文化运动发生，"赛先生"才来到中国。姑不论其是否自此落地生根，单从概念的使用与精神的提倡说，《新青年》的前辈——改良派学人实已开此先河。

1904 年，梁启超续写《论中国学术思想变迁之大势》中《近世之学术》一章时，与在《新民说·论私德》中批评清代汉学家"立于人间社会以外，而与二千年前地下之僵石为伍""率天下而心死"① 的严厉态度不同，从学术史角度，对其"以实事求是为学鹄，颇饶有科学的精神"的研究方法给予很高评价，以之为"学界进化之一征兆者"。在这次少有的将学术与政治区分开的讨论中，梁氏也力图科学地阐释其说：

> 所谓科学的精神何也？善怀疑，善寻间，不肯妄徇古人之成说与一己之臆见，而必力求真是真非之所存，一也；既治一科，则原始要终，纵说横说，务尽其条理，而备其左证，二也；其学之发达，如一有机体，善能增

----

① 中国之新民：《新民说》第十七节"论私德"，《新民丛报》38、39 号合本，13、14 页，1903 年 10 月。

高继长，前人之发明者，启其端绪，虽或有未尽，而能
使后人因其所启者而竟其业，三也；善用比较法，胪举
多数之异说，而下正确之折衷，四也。

并称此数端"皆近世各种科学所以成立之由"①。虽然其三所言可
延续性乃是学科发展的必要条件，并非一定有"科学"的因子在，
梁启超对科学精神的把握倒还算在理，其向往之情也由衷地显露
出来。

　　按说由清代汉学家肇端的"科学精神"应属国粹，而实际上
对于清学的此种发现，却完全是在西学的背景下才得以产生的。
首先是承认西方学术更为精密完备，才返回向中国古代寻求同
道，而称说清代汉学家"其精神近于科学"，这在梁启超同一长文
的《全盛时代》一章已可清楚看出。以先秦学派与希腊学派相比
较，梁氏认为所短处有六，参照论科学精神之四要素："门户主奴
之见太深""崇古保守之念太重""师法家数之界太严"正与科学
精神其一相反对，"论理 Logic 思想之缺乏"又与其二相矛盾，"无
抗论别择之风"也与其四相违拗；至于"物理实学之缺乏"②，更与
"科学"一词在梁氏语汇中最初被界定为"中国所谓格致学之类"③
相关，而认作是自古以来"所最缺者"④。因此，对于科学精神的
褒扬，主要指向对西方学术传统的认可与对中国学术传统的批评。
1916 年写作的《国民浅训》中，这一倾向尤其明显。梁氏对比中、

---

① 中国之新民：《论中国学术思想变迁之大势》第八章"近世之学术"，《新民丛报》54 号，
60、61、60 页，1904 年 10 月。

② 中国之新民：《论中国学术思想变迁之大势》第八章"近世之学术"，《新民丛报》54 号，
60 页；第三章"全盛时代"，《新民丛报》7 号，63-65、59、61、60 页，1902 年 5 月。

③ 中国之新民：《泰西学术思想变迁之大势》，《新民丛报》6 号，53 页，1902 年 4 月。

④ 中国之新民：《格致学沿革考略·识语》，《新民丛报》10 号，9 页，1902 年 6 月。

西"研究学问之法"的相异点及其结果，下断语曰：

> 我国学者，凭瞑想，敢武断，好作囫囵之词，持无统系之说；否则注释前籍，咬文嚼字，不敢自出主张。泰西学者，重试验，尊辩难，界说谨严，条理绵密；虽对于前哲伟论，恒以批评的态度出之，常思正其误而补其阙。故我之学皆虚，而彼之学皆实；我之学历千百年不进，彼之学日新月异无已时，盖以此也。[①]

与《论中国学术思想变迁之大势》合观，无异于肯定科学精神为中学所缺、西学特具。甚至经过欧洲之行反省"科学万能"的迷失，重建中国精神文明的优越感，梁启超也并未对科学失去信心，仍然一如既往地借重西方。将"要发挥我们的文化，非借他们的文化做途径不可"当作"很要紧的一件事"，只是"因为他们研究的方法，实在精密"，用"西洋人研究学问的方法"研究中国文化，才能见其真相，得其好处[②]。

由于梁启超始终是在认识论的层面上推崇科学精神，因而怀疑思想便成为必然的前提；从可操作性考虑，则越来越偏重于将其作为方法看待。尽管后期梁启超已发现"科学精神之有无，只能用来横断新旧文化，不能用来纵断东西文化"，以增强被判定为"非科学的国民"努力改弦更张的信心；对于中国学术界缺乏科学精神的种种病征却毫无宽贷，一一指出其为"笼统""武断""虚

① 第十二章《不健全之爱国论》，梁启超：《国民浅训》，上海：商务印书馆，1916年；录自《饮冰室合集·专集》之三十二，19页，上海：中华书局，1936年。
② 梁启超：《欧游心影录》第一篇下半篇第十三节"中国人对于世界文明之大责任"，《晨报》，1920年3月30日。

伪""因袭"与"散失"。凡此诸般症候，都源自其为"科学精神"所下的更为简明扼要的定义：

> 有系统之真智识，叫做科学；可以教人求得有系统之真智识的方法，叫做科学精神。[①]

综合梁氏前者所说，"科学精神"起码应具备实证性、系统性与精确性，能够客观如实地揭示事物之间普遍、必然的联系。无可否认，这是用自然科学的研究法代入社会科学与人文科学，有梁氏自白"我虽不懂自然科学，但向来也好用科学方法作学问"[②]为证。其在包括文学研究在内的人文学科领域是否路路皆通，尚有疑问。不过，揭橥科学精神，毕竟是其时的对症良药，有助于补救传统治学之道的阙失。

以立说的精确而言，儒家的"词达而已"与道家的"得意忘言"，均表现出对作为意义载体的言辞的轻视。叙事状物的生花妙笔，一旦用于学术著述，便显得力不从心。词语的沿用超越了内涵的变迁，被一代代传承下来，由此引起的"这鸭头不是那丫头"的异说纷纭，至今尚未理清。梁启超对此种以古字印嵌新观念的做法极为不满，以为其后果是"此新观念遂晻没于囫囵变质之中"，使中国"一切学术，俱带灰色"。在此意义上，梁氏高度评价了佛教翻译文学"搜寻语源，力求真是"、创造新术语的努力。"夫语也者所以表观念也"。新语之增加，即标示着观念之增加。

---

① 梁启超：《科学精神与东西文化》，《时事新报·学灯》，1922 年 8 月 23 日；录自《梁任公学术讲演集》第二辑，154、151—153、142—143 页，上海：商务印书馆，1922 年。

② 梁启超：《〈自鉴〉序》，1 页，章鸿钊《自鉴》，1923 年。

中国语言实质的扩大、辨析的精微，得益于佛经翻译处正多①。联系梁启超居留日本期间，有感于"数千年前一乡一国之文字，必不能举数千年后万流汇沓、群族纷挐时代之名物、意境而尽载之、尽描之"②，因而热心输入借自日本的新名词，加速了新思想在中国的传播与汉语的现代化进程，其对思辨语言的兴趣可谓一以贯之。由"用语笼统"造成"思想笼统"，既不利于学术交锋，促进学科发展，在梁启超看来，这种含混不清也不利于学术的积累与传授。他之所以将"可以教人的智识"列为"科学"的三大精神之一，将"没有传授与人的方法"因而使其学"散失"列为缺乏科学精神的病症之一③，原因在此。

要求思想表达准确、明晰，便须从概念的厘清开始。有一批含义明确、足敷应用的学术语汇，是科学研究得以进行的必要条件，也是现代学科成立的基础。为此，创造或引进新词势在必行。梁启超在从事文学批评与研究之始，即已有此自觉。其对于文学理论最有意义的贡献，当数及"写实"与"理想"（浪漫）两个概念的确立。"诗""骚"之从《诗经》《离骚》两部作品名称，到分指四言与楚辞两类诗歌体裁，再引申为代表两种不同的文学传统（包括艺术风格、创作手法等），词义外延的不断扩大，使其几乎可以覆盖中国文学史的所有问题。如果说，这在一个以诗歌为中心的传统文学社会中尚无大窒碍，到了近代，随着翻译小说大量涌现以及"小说为文学之最上乘"观念的流行，"诗骚"词语的不具涵盖性便凸显出来。为了区分、表述两种不同的文学风格与创

---

① 梁启超：《中国古代之翻译事业（翻译文学与佛典）》，《改造》3 卷 11 号，67、66 页，1921 年 7 月。

② 中国之新民：《新民说》第十一节"论进步"，《新民丛报》10 号，4 页，1902 年 6 月。

③ 梁启超：《科学精神与东西文化》，《梁任公学术讲演集》第二辑，151、152、149、153 页。

作手法，梁启超从日本翻译新词中现成地借用了"写实"与"理想"两个对应的术语，把西方文学批评中两个重要的概念引进中国。1902 年写作《论小说与群治之关系》一文，梁氏探讨人类嗜读小说之原因，以为根本在于对现境的不满足与对所处情境的不察知、不明其所以然。而"小说者，常导人游于他境界，而变换其常触常受之空气者也"，于是"理想派小说尚焉"；小说又能将人之种种生活状态、思想情感"和盘托出，彻底而发露之"，于是"写实派小说尚焉"①。"理想"与"写实"比之"诗骚"，显然已超越了由词语本义所带来的限于中国、偏于诗歌的先天制约，而具有较高层次的理论抽象与概括。梁启超既以之分类小说，其后王国维也以之论列诗歌。《人间词话》第二条曰：

> 有造境，有写境，此理想与写实二派之所由分。然二者颇难分别，因大诗人所造之境必合乎自然，所写之境亦必邻于理想故也。②

由"理想""写实"概念的引进，到"现实""浪漫"术语的通行，中国文学研究与理论便是这样通过新学术语汇的积累而逐渐科学化。

对于今日已经习以为常、其义自明的学术用语，在草创之初，都必须经过严格的界定，才能为学界所接受。因此，梁启超每使用一新名词，常自加解说。"理想派"与"写实派"，即以小说为例而获解。这种做法形近中国古代文论中的"破题"，实则

---

① 《论小说与群治之关系》，《新小说》1 号，3、2 页。
② 王国维：《人间词话》，《国粹学报》47 期，"文篇"3A 页，1908 年 11 月。

仍受西方科学精神感染。梁启超在批评中国学术从孔子以来，语义即"寥廓而不定"，于论理之"周到精微"尤有欠缺时，所持根据正是：

大抵西人之著述，必先就其主题，立一界说，下一定义，然后循定义以纵说横说之。①

喜欢下定义，因此成为梁启超文学论文的一大特色。不只术语有解，论点亦然。《中国韵文里头所表现的情感》在对中国韵文的表情法加以分类后，梁氏必逐一界定，指明每类表情法的主要特征，然后分别举作品实之。"回荡的表情法"是"一种极浓厚的情感蟠结在胸中，像春蚕抽丝一般，把他抽出来"，"专从热烈方面尽量发挥"，"曲线式或多角式的表现"，所表之情"有相当的时间经过，数种情感交错纠结起来，成为网形的性质"，取例为《诗经》中的《鸱鸮》《小弁》《黍离》《鸨羽》《柏舟》直到孔尚任的《桃花扇》；同样，"写实派的表情法"的"作者把自己情感收起，纯用客观态度描写别人情感。作法要领，是要将客观事实照原样极忠实的写出来，还要写得详尽"，"专替人类作断片的写照"，下录汉乐府《孤儿行》、左思《娇女诗》以及杜甫、白居易诗、鲍照《芜城赋》②。梁启超曾批评"中国凡百学问，都带一种'可以意会不可以言传'的神秘性，最足为智识扩大之障碍"③，自己作文便努

① 中国之新民：《论中国学术思想变迁之大势》第三章"全盛时代"，《新民丛报》7号，59页。
② 梁启超：《中国韵文里头所表现的情感》第四、五、十节，梁廷灿编：《（乙丑重编）饮冰室文集》卷七十一，7B、50B页。
③ 梁启超：《科学精神与东西文化》，《梁任公学术讲演集》第二辑，150页。

力言以尽意。而古代诗话中最难表述、靠感悟与意会因而语焉不详的作诗奥妙，被梁氏用如此清楚的界说、明确的语言一一道破，而又举重若轻，毫不费力，除了深入浅出的喻俗本领，更多得益于其精密的思维训练。

梁启超之偏爱"界说谨严"，原与"条理绵密"相关联，表现出对论理学（今译"逻辑学"）的重视。尽管他认为先秦学派缺乏论理思想，并举《墨子·天志》篇中"然则天亦何欲何恶？天欲义而恶不义"、"天下有义则生，无义则死"一段为例，指出"语中叠用数'然则'字，望之极似循环论法，然究其极际，则天何以欲其生而恶其死之理据，墨子不能言也，是其前论之基础，胥不立矣"①；不过，若在中国古代寻找逻辑学遥远的回声，梁氏仍看好墨子。1904年，他专门撰写了《墨子之论理学》，引《经说》上、下，《大取》《小取》诸文"与泰西治此学者相印证"②；到1920年作《墨经校释》，《自序》中亦言："在吾国古籍中，欲求与今世所谓科学精神相悬契者《墨经》而已矣，《墨经》而已矣。"③

梁启超一贯把论理学看作现代学术的根基，《墨子之论理学》开篇即曰：

> 凡一学说之独立也，必排斥他人之谬误，而揭橥一己之心得。若是者必以论理学为之城壁焉。其难他说也，以违反于论理原则者摘其伏，则所向无敌矣；其自树义

① 中国之新民:《论中国学术思想变迁之大势》第三章"全盛时代"，《新民丛报》7号，59页。

② 中国之新民:《墨子之论理学》，《新民丛报》49号，87页，1904年6月。

③ 梁启超:《自序》，1页，《墨经校释》，上海：商务印书馆，1922年。

也，以印合于论理原则者证其真，则持之成理矣。①

《中学以上作文教学法》"主意在根据科学方法研究文章构造之原则"，其说论辩文，也以"不许违背思辩学的法则"为最要义。思辩学（梁氏自注"旧译为论理学"）有"演绎推理"或曰"形式的思辩学"与"归纳推理"或曰"实质的思辩学"两种基本推理方法。从组织文章的角度，梁启超对前者讲论尤多。演绎推理的三段式，被他视为支撑论说文的主体结构："凡论辩文，无论短至十几个字长至几万字，总不外用这三层组织成文。"并举贾谊的《过秦论》为例，将这篇长文提炼为三句话：

一、守国要用仁义 ＝ 大前提
二、秦不以仁义守国 ＝ 小前提
三、所以秦国不能守 ＝ 断案②

无论局部还是整体，都须经得起三段式检验，才算言之成理。不过，演绎推理只能保证论证过程的无误。而从命题的正确考虑，梁氏更看重归纳推理法。他认为，培根高于亚里士多德者，即在于其看出"前提不正确，则断案亦随而俱缪矣。因用积累试验之法，既悬拟一理矣，不遽命为前提也，参伍错综，向种种方面以试验之，求其真是，乃始命为前提"③。梁启超因此推崇清儒搜寻大

---

① 中国之新民：《墨子之论理学》，《新民丛报》49 号，86 页。
② 梁启超：《作文教学法》（初名《中学以上作文教学法》）第一、十一节，《专集》之七十，1、37、38—39 页。
③ 中国之新民：《论中国学术思想变迁之大势》第八章"近世之学术"，《新民丛报》54 号，59 页。

量相关资料始渤为一定说的"札记体"著作，表彰"清儒之治学，纯用归纳法"①；自己也用此精神，作《释"四诗"名义》一文。他以"搜集的证据"重新阐释"四诗"，否定了风、大雅、小雅、颂的旧说，而指认为南、风、雅、颂四种诗体。"四体的异同，是要从音乐节奏上才分得出来"；今乐谱虽已失传，仍有片断文字材料，可由勾稽而获证明。文中引证《诗经·鼓钟》"以雅以南"、《左传·襄公二十九年》"象箾南籥"、《礼记·文王世子》"胥鼓南"等语，表明"南"是与"雅"对举的"诗之一体"，为"一种音乐的名"；又据《仪礼·乡饮酒礼》所载音乐程序单，最后"合乐"用"'周南'的《关雎》《葛覃》《卷耳》，'召南'的《鹊巢》《采蘩》《采蘋》"数曲，综合排比，便得出"'南'或者是一种合唱的音乐，到乐终时才唱"②的结论。关于"南"为一种乐诗，与雅、颂同为"四诗"之一，此说古人已有言者③，而梁文末尾声明"是自己以意揣度的，或者古人曾说过亦未可知"④，应算作与前人暗合；至于"南"为乐终合唱曲，则系梁氏之新见，可备一说，尽管不无持异议者⑤。其推证过程，正是沿着从具体材料出发，而后概括形成定论的方式展开的。

由于注重论理方法，因此从概念的辨析到推理的进行，梁启超的文学论著总是思路明晰，步步为营，显示出很强的逻辑性。

---

① 梁启超：《清代学术概论》，101 页。

② 梁启超：《释"四诗"名义》，1—2 页，《小说月报》号外《中国文学研究》上册，上海：商务印书馆，1927 年。

③ 如南宋程大昌《诗论》（二）言"南、雅、颂之为乐诗"，清人顾炎武《日知录·四诗》以"南、豳、雅、颂为四诗"。

④ 梁启超：《释"四诗"名义》，4 页，《小说月报》号外《中国文学研究》上册。

⑤ 如郑振铎《插图本中国文学史》（北京：作家出版社，1957 年）上卷《古代文学》第四章《诗经与楚辞》中，便批驳梁说："'南'之中有许多明明不是乐歌，如《卷耳》《行露》《柏舟》诸作，如何可以说他们是合奏乐呢？"（39 页）

《中学以上作文教学法》提出结构构成一篇妥当文章的最低限度要求是："该说的话，——或要说的话不多不少的照原样说出，令读者完全了解我的意思。"然后分三层对"该说的话""要说的照原样说出""令读者完全了解"逐一加以说明。其中，第二层所说"原样"又分为"客观的"与"主观的"两种。若要将二者如实表出，便须"把思想理出个系统来，然后将材料分种类分层次令他配搭得宜"；又须"提清主从关系，常常顾着主眼所在，一切话都拥护这主眼，立于辅助说明的地位"①。一句看似平常的话语，竟被梁启超开掘出如此多的内涵，于此正可见出其论说文的一般风格。

梁启超晚年喜谈"为学与做人"，讨论文学问题也必顾及二者：

> 因为文字是一种"技术"，语言文字是一种"工具"。要善用这工具，才能有精良的技术；要有精良的技术，才能将高尚的情感和理想传达出来。

这一推论不仅使"实质"与"技术"成为《〈晚清两大家诗钞〉题辞》有关文言诗与白话诗所有立论的两个基本支点②，而且通贯于梁氏同时期诸文中。作家论中《屈原研究》之分述屈子"人格"与"文学技术"③，《陶渊明之文艺及其品格》④的论题即已明示其立意，《情圣杜甫》丢弃"诗圣"徽号而改称杜甫为"情圣"，乃是

---

① 梁启超：《作文教学法》第二节，《专集》之七十，3—5页。

② 梁启超：《〈晚清两大家诗钞〉题辞》（1920年），《文集》之四十三，71、78页，上海：中华书局，1936年。

③ 梁启超：《屈原研究》，《时事新报·学灯》，1922年11月9—15日；录自《梁任公学术讲演集》第三辑，70页。

④ 梁启超：《陶渊明》，上海：商务印书馆，1923年。

"因为他的情感的内容，是极丰富的，极真实的，极深刻的。他表情的方法又极熟练，能鞭辟到最深处，能将他全部完全反映不走样子，能像电气一般一振一荡的打到别人的心弦上"[①]；作品论中《诗经》之从"表现情感之法"与"陶养情感"立说，《史记》之从"理想方面"与"技术方面"评定其史的价值[②]；即使侧重研究表情法的《中国韵文里头所表现的情感》，也不忘将"文学里头所显的人生观"列入拟目。凡此种种，"优美的情感"与"美妙的技术"[③]均无一例外相提并论，以此决定了梁启超对作家的取舍与对作品的评价，并由上述推论构成了隐含于其晚年文学论文中的内在逻辑。不难看出，从"高尚的情感和理想"与"精良的技术"两方面研究作品，正是日后大为流行的思想内容与艺术特色二分法的先声。

归纳演绎法的使用，不只是组织文章的技巧，更是思维科学化的标志。无论是从个别到一般，还是从一般到个别，对纷纭万象的准确分类都是最基本的前提。在论述作文的类概法时，梁启超提出了分类的三原则：

> 第一要包括，第二要对等，第三要正确。包括是要所分类能包含该事物之全部；对等是要所分类性质相等；正确是要所分类有互排性不相含混。[④]

---

① 梁启超：《情圣杜甫》，《晨报副镌》，1922 年 5 月 28 日。

②《诗经》《史记》，梁启超：《要籍解题及其读法》，153、157、38、40 页，北京：清华周刊丛书社，1925 年。

③ 梁启超：《中国韵文里头所表现的情感》之《识语》、第一节，1、3 页，《改造》4 卷 6 号，1922 年 2 月。

④ 梁启超：《中学以上作文教学法》第四节，7 页，《改造》4 卷 9 号，1922 年 5 月。

对分类的熟练运用，成为梁启超文学通论最常见的形态。《中国韵文里头所表现的情感》之将诗歌作法分为"奔迸的表情法"、"回荡的表情法""蕴藉的表情法""象征派的表情法""浪漫派的表情法""写实派的表情法"六类，《中学以上作文教学法》之将记叙文作法分为侧重法、类概法、鸟瞰法、移进法四类，对每类作法详加论说，便构成各文的主体。以梁氏的分类原则来衡量："侧重法，专注重题中某一点或某几点，其馀或带叙或竟不叙"；类概法与之相反，"所记述的对象，不能有所偏重，然而又不能遍举，于是把他分类，每类挈出要领，把所有资料，随类分隶"；前二法都须有精密的观察，"鸟瞰法只要大略观察。像一只鸟飞在空中，拿斜眼一瞥下面的人民城郭；像在腾高二千尺的飞机上头用照相镜照取山川形势"；移进法又与前三者的定点观察不同，"作者不站定一点，循着自己所要观察的路线，挪动自己去就他。自然也邀同读者跟着自己走，沿路去观察"①。每一类都具有排他性，作为文章作法，自然也具备对等性与包括性。而诗歌"象征派的表情法"最终未单独论列，而成为"蕴藉的表情法"中的一项，便是因为后者可以将"把情感本身照原样写出，却把所感的对象隐藏过去，另外拿一种事物来做象征"的前者涵盖在内，即是说，"象征派的表情法"在排他性上有欠缺。大类之外，如有必要，梁启超还会分出小类。"回荡的表情法"之再分为螺旋式、堆垒式、引曼式、吞咽式，便是因四者之间仍有差异：螺旋式表现情感的特点是"一层深过一层"；堆垒式是"专用'语无伦次'的样子，一句话说过又说，忽然说到这处，忽然又说到那处"；引曼式是"胸中有种种甜酸苦辣写不出来的情绪，索性都不写了，只是咬着牙

---

① 梁启超：《中学以上作文教学法》第三至六节，5、6、8、10页。

龈长言永叹一番"；吞咽式是"在饮恨的状态底下，情感才发泄到喉咙，又咽回肚子里去了"①。必得分梳得如此细致，"回荡的表情法"之用以表现历久弥深、纠结盘绕之情的种种优长才可以尽数发露出来。

善于分类也体现了梁启超习惯于做综合研究。其工作步骤正如他对于"科学精神"的第一层解释所说，"从许多相类似容易混淆的个体中，发现每个个体的特征"，再"从许多各自分离的个体中发现出他们相互间的普遍性"②。以诗歌表情法为例，大致先区分出"奔进""回荡""蕴藉"等不同诗歌作法，然后在"艺术是情感的表现"（《情圣杜甫》）上找到共同点，从而使整个论述自成系统。古代文论中常见的散碎，虽有精言妙论，只如粒粒珠玑滚落满地，穿不成串，在梁氏后期论文中已绝迹。这固然由于他不再采用前期作《小说丛话》那样的"谈话体"，更重要的是，他在论述中刻意追求"有系统"，因此可以"用表情法分类以研究旧文学"，自傲于"虽间或论及，但未尝为有系统的研究"的前人③，也可以其实质、技术两分法结构各文，扩展成为有系统的文学史。

不过，若仔细分辨，"系统"一词在梁启超的语汇中实有不同含义，除泛指条理化地组成一整体，也特指具有因果关系、纵向的必然联系。所谓科学为"有系统之真智识"，便更多是就此意义而言：

---

① 梁启超：《中国韵文里头所表现的情感》第七节，12 页，《改造》4 卷 8 号，1922 年 4 月；第四节，8、9—10 页，《改造》4 卷 6 号，1922 年 2 月。

② 梁启超：《科学精神与东西文化》，《梁任公学术讲演集》第二辑，144、145 页。

③ 饮冰：《小说丛话·识语》，《新小说》7 号，165 页，1903 年 9 月（实为 1904 年 1 月后出刊）；梁启超：《中国韵文里头所表现的情感·识语》，1 页，《改造》4 卷 6 号。

科学家以许多有证据的事实为基础，逐层逐层看出他们的因果关系，发明种种含有必然性或含有极强盖然性的原则；好像拿许多结实麻绳组织成一张网。

关于因果律自身的问题，这里暂不涉及，容后"历史意识"一节再谈。而发现因果律所要求的言必有据、可以验证，确乎是"科学精神"的题中应有之义。梁氏批评中国学术界的"武断""虚伪""因袭"①，多少都与实证性相冲突。他之赞赏清代朴学家治学"纯用科学精神"，也是因其在研究程序上最终须求得证据以立言：

第一步：必先留心观察事物，觑出某点某点有应特别注意之价值；第二步：既注意于一事项，则凡与此事项同类者或相关系者，皆罗列比较以研究之；第三步：比较研究的结果，立出自己一种意见；第四步：根据此意见，更从正面旁面反面博求证据，证据备则沨为定说，遇有力之反证则弃之。②

文学研究尤其是文学史研究自然也不例外，每一叙述、判断都应以充足的根据作后盾。当梁启超提出屈原"是一位有洁癖的人为情而死"时，屈原的全部作品与人生经历都可以证实，他从不曾放弃改革社会的理想，也从未因遭贬斥而减损一毫对楚国的爱，

---

① 梁启超：《科学精神与东西文化》，《梁任公学术讲演集》第二辑，142、149、152 页。
② 梁启超：《清代学术概论》，101 页。

即有关屈原全部的文献资料都在支持梁启超的这一论点。因此，梁氏以为"研究屈原，应该拿他的自杀做出发点"①，便是窥破在他的自杀中，包孕着其一生情感活动的密码。

对解决文学史悬案，求证更不可或缺。梁启超后期处理的多半是古代史料，由此决定了他必须经常运用考证手段。一部未完成的《中国之美文及其历史》，便随处可见梁氏的考据功夫。该著现存主体为先秦至汉魏时代的诗歌史。此期诗作真伪混杂，诸如作品系年、作者主名都有加以辨正的必要，梁启超于是将主要精力放置此处。其所得结果，颇多"足以谳定古代文学史中之悬案"②的定论。关于"五言诗起于东汉中叶，和建安七子时代相隔不远"之说，以及与之相关的排他性考辨——"'行行重行行'等九首决非枚乘作，'皑如山上雪'决非卓文君所作，'骨肉缘枝叶''良时不再至'等七首决非苏武、李陵作"③，都已成为现在通行的文学史采用的成说。不仅给出过程与结论，梁启超还对古代文学作品的考据方法及时总结，一并呈示：

> 凡辨别古人作品之真伪及其年代，有两种方法：一曰考证的，二曰直觉的。考证的者，将该作品本身和周围之实质的资料搜集齐备，看他字句间有无可疑之点，他的来历出处如何，前人对于他的观察如何，……等等，参伍错综而下判断。直觉的者，专从作品本身字法句法

---

① 梁启超：《屈原研究》，《梁任公学术讲演集》第三辑，45页。
② 葛天民：《全汉诗种类篇数及其作者年代真伪表·叙例》，梁启超：《中国之美文及其历史》，《专集》之七十四，135页。
③《汉魏时代之美文》第一章《建安以前汉诗》，梁启超：《中国之美文及其历史》，《专集》之七十四，108页。

章法之体裁结构及其神韵气息上观察，拿来和同时代确实的作品比较，推定其是否产于此时代。譬诸侦探案件，考证的方法是搜齐人证物证，步步踏实，毫不杂以主观；直觉的方法则如利用野蛮人或狗之特别嗅觉去侦查奇案，虽像是狠杳茫狠危险，但有时亦收奇效。

文学作品的因人而异、随时变迁，使之"往往以直觉的鉴别为最有力"。这是文学史区别于文字史、制度史等一般具有相对稳定形态的史料考证之处。与梁氏的《古诗十九首》考辨相印证：指出诗中数见"盈"字，犯汉惠帝名讳，并几处明写洛阳景象，均证实其非西汉作品而决出东汉人之手，便是采用"考证"的方法，"就作品本身觅证"；而比较东汉前期班固稚弱无文的《咏史》诗以及中叶以后张衡、秦嘉、蔡邕等人日趋谐畅、纯熟的五言诗，便可断定其产生年代"大概在西纪一二〇至一七〇约五十年间，比建安、黄初略先一期，而紧相衔接"，便属于"直觉"的方法，"以各时代别的作品旁证推论"①。若换用今日流行的说法，大致梁氏所谓"考证"即求内证，"直觉"即取外证。他考定《古诗十九首》写作时期的具体论点如犯讳、咏东京，虽自《文选》李善注后即代有提及，然而只言片语，相当零碎；至于取外证，将其放入诗歌发展的历史序列中考察，则更多是梁启超本人的创造。经过这样系统的考辨，《古诗十九首》的年代问题基本可以结案。上例还可证明，考证对于文学史写作的意义，主要在于由澄清作品自身的疑点而获得文学史定位，以历史地呈现文学发展的进程。

---

① 《汉魏时代之美文》第一章，梁启超：《中国之美文及其历史》，《专集》之七十四，107-108、112-113 页。

文学创作与文学史研究在思维方式上其实存在着差异。前者不允许整体重复，更需要创造力；后者则更重视部分因子的重现与渐变，力求使历史有序化。因此，自然科学中一些普遍运用的方法，也因其可以实证与精确显示过程及结果，而受到近代以来人文学者的青睐。梁启超便是其中实行最力的一人。还在早年创行"新文体"时，他已如黄遵宪谈"变文体"所言，篇中每每"附表附图"①。图表自是古已有之，桓谭说《史记·三代世表》，"旁行邪上，并效周谱"②，司马迁也承认他见过《春秋历谱谍》③，起码在周代已有谱表流传应无疑问。不过，正如考据在现代学科中的应用一样，图表也被梁启超作为一种科学化的研究手段而接受。从《中国历史研究法》到《中国历史研究法补编》，梁氏不断谈论"把正文变为图表"对于历史表述的必要与好处：可以"范繁赜的史事为整饬，化乱芜的文章为简洁，且使读者一目了然"，"可以把许多不容易摆在正文内的资料保存下来"，"正文有的，以表说明；正文无的，以表补充"。他把制表作为史家必不可少的技术，放在"史才"一节加以讨论④。梁氏还身体力行，自述"生平读书最喜造表"，"造表所用之劳费，恒倍蓰什伯于著书"⑤。作《中学以上作文教学法》，提炼出"整理空间时间的关系"以为记事文的要诀："因为凡同一时间所发生的事实必异其空间，同一空间所

---

① 《黄遵宪致严复书》，《严复集》5 册，1573 页，北京：中华书局，1986 年。

② 姚思廉：《刘杳传》引桓谭《新论》，《梁书》卷五十，第三册 716 页，北京：中华书局，1973 年。

③ 司马迁：《十二诸侯年表序》，《史记》卷十四，2 册 509 页，北京：中华书局，1959 年。

④ 《总论》第二章《史家的四长》及《分论三：文物的专史》第五章《文物专史做法总说》，梁启超：《中国历史研究法补编》，36–37、253 页，上海：商务印书馆，1933 年。

⑤ 第六章《史迹之论次》，梁启超：《中国历史研究法》，173 页，上海：商务印书馆，1922 年。

发生的事实必异其时间。"而"整理空间，莫如用图"。梁氏于是根据《资治通鉴》与《左传》，分别画出"巨鹿战役图"与"城濮战役图"①，以见出二书叙事之井然有序，对于阅读原文确有帮助。作《中国韵文里头所表现的情感》，在引例列举出"回荡的表情法"的四式后，又附加一表：

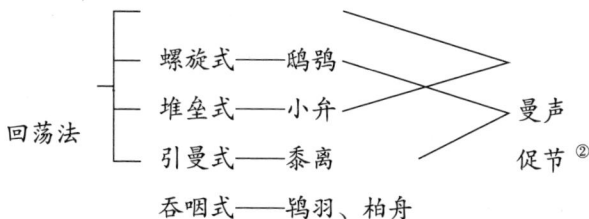

将前述内容用图表形式复现，两两相对的音节问题便从易受忽略的论述中凸现出来。撰写《中国之美文及其历史》时，造表的技法更被多次使用。该著现存约十二万字，各种图表便占了将近六分之一。这在已经问世的文学史中，比例之高当首屈一指。虽然其中三张最大的表，分诗、歌谣及谚语、乐府三部分，列出《全汉诗种类篇数及其作者年代真伪表》，其作者乃梁氏弟子葛天民，却是梁启超原有据丁福保《全汉诗》五卷，"分其种类、综其首数列表如左"③的话，葛氏不过是萧规曹随，代师完志，"凡厥体制，咸遵遗意"④，故此表之制作，仍为梁氏本意。它如据郑樵《通志·乐略》所作乐府分类表，以及据沈约《宋书·乐志》所作铙

---

① 梁启超：《中学以上作文教学法》第八节，14、16—18 页，《改造》4 卷 9 号。

② 梁启超：《中国韵文里头所表现的情感》第四节，10 页，《改造》4 卷 6 号。

③《汉魏时代之美文》第一章《建安以前汉诗》，梁启超：《中国之美文及其历史》，《专集》之七十四，133 页。

④ 葛天民：《全汉诗种类篇数及其作者年代真伪表·叙例》，同上书，135 页。

歌二十二曲于汉、魏、晋流传的历史沿革表等，便都是梁启超自创。最见功力的，为汇聚相关资料加以考辨而后制成的"乐府类别表"。梁启超把全部汉乐府分为"公式专用"与"公私并用"两类，前者再区分为"用诸祭祀者"与"用诸军旅者"，每项下系属乐府曲类，"公私并用"也再分为"歌舞兼者"与"唯歌者"，以下还有更细的划分①。此表列出，很难理清的乐府各调之间的关系变得一目了然，不仅可以节省篇幅，而且能达到文字无法企及的简明效果。

图表的使用在梁启超的学术研究中有相当长的历史；计量史学虽则晚出，却是梁氏与朋友们率先在中国人文科学界提倡与应用。1922 年 11 月于东南大学史地学会演讲《历史统计学》时，梁启超声明"我们正在那里陆续试验"，可知此法尚发明未久。而"历史统计学"方法，也有其自定义的"用统计学的法则，拿数目字来整理史料推论史迹"明其底里。因此，严格说来，史料的计量化与中国古史中的表牒并非一事，后者不过是为前者提供了可供进一步整理、统计的资料。梁启超文中示例尽管未语及文学，然而，既认为"这种方法，可以应用到史学的全部分"，又在"想做而未能做的题目"中列出"历代著述统计表"一项：

> 把各史的《艺文志》和各人的本传凡有著述者，将其书名部数卷数列出。再将书的性质分类，将著书人的年代籍贯分类。求出某时代某地方人关于某类学问的著述有几多部几多卷。只把数目字列出，便可以知道某时

---

① 《古歌谣及乐府》第三章《汉魏乐府》，梁启超：《中国之美文及其历史》，《专集》之七十四，28–30、40–41、51–52 页。

代某种学问发达或衰落，某地方文化程度或高或低，或
进化或退化。

则历史统计法原可运用于文学史研究，自是不言而喻。起码将历
代著述缩小范围到各史《文苑传》人物并《艺文志》中的诗文集，
便能做出一张于文学史研究颇有用处的统计表。梁启超以兴趣广
泛而多变，未及在此处用功，但向上一路既已指出，后来者便可
继武前行。借助历史统计学，不只能使人"知道'的确如此如
此'"，而且能诱导人"推求'为什么如此如此'"[1]，在直观地展示
历史现象的同时，也打开了揭示现象背后成因的思路。当然，如
何设计题目与表格，对于研究有无结果、意义或大或小至关重要。
如果说，当年梁启超们倡导历史统计学，尚不得不受制于落后的
计算工具，费时多而见效慢，实行不易，那么，在今日电子计算
机普及的时代，此法正可以大显身手，值得用来大做文章。研究
手段的改变，必然导致研究成果的更新。前人未曾注目或力所不
及的死角，将会在一种新方式的观照下显示出特异价值。这也是
梁启超等近现代学者追求科学精神留给我们的一点启示。

三、文化视角

"文学"在梁启超眼中，从来不只具有美感一种价值。戊戌
变法前要求把"说部书"列入蒙学教材，"借阐圣教""杂述史
事""激发国耻""旁及彝情""振厉末俗"[2]，即是期望小说发挥思

---

① 梁启超：《历史统计学》，《时事新报·学灯》，1922 年 11 月 17 日；录自《梁任公学术
讲演集》第三辑，91、108、110—111、113、112 页。

② 梁启超：《论学校五（变法通议三之五）：幼学》，《时务报》18 册，1B 页，1897 年 2 月。

想与知识启蒙的社会教育功能，实已为梁氏一生的文学观定下基调。即使后期退出政坛，热心于讲学与著述，发表"文学是人生最高尚的嗜好"之论，也并不意味着其改而奉行文学的唯美主义，"高尚的情感和理想"[①]的解语，正揭出"高尚的"一词所包孕的道德意味。改良群治与有益人生，虽然指向不同，一关乎社会政治，一关乎个人情操，在文化的层面上却可获得统一。梁启超既不以文学为纯粹的美的创造，研究文学时，也就很容易接受与采用文化的视角，把文学问题放到文化的范围内来讨论。

喜欢定义的梁启超，也曾借用佛教术语，为"文化"做过界说：

> 文化者，人类心能所开积出来之有价值的共业也。

所谓"心能"，即"自由意志"与行动能力；"有价值"指"创造且能为有意识的模仿"；"共业"强调的是无所不在与存留不灭，乃人类每一期活动所留下的累积物。述及"文化之内容"，他的断语是：

> 文化是包含人类物质精神两面的业种业果而言。

文化的生成，是由"一个种生无数个果，果又生种，种又生果，一层一层的开积出来"。显然，梁氏把文化看作一个活的有机体，处在不断的生长、积累过程中。他还开出一张文化内容的总

---

① 梁启超：《〈晚清两大家诗钞〉题辞》（1920 年），《文集》之四十三，70、71 页，上海：中华书局，1936 年。

量表，其中"精神的业种""爱美的要求心及活动力"造成"文艺美术品"的业果，"智识的要求心及活动力"造成"学术上之著作发明"的业果①。文学创作与学术研究既同属于精神类的文化活动，便必然与其他精神文化交互影响，且不能排除同一文化统系中来自物质文化方面的作用力。因此，进入更高层次、更为开阔的文化视阈，对于文学研究不仅可能，而且是必需的了。研究对象的性质也决定了此一研究视角采用的必要。梁氏晚年主要从事古代文化研究，中国文史哲不分的传统，使历朝有成就的作家极少纯粹以文学为业，往往兼治政治、经济、历史、哲学等。单从文学的角度讨论古代作家与作品，弃置对文学创作有重大影响的政治、学术思想于不顾，在评价中难免会出现偏差。文学既然不是一个封闭的领域，便只有把它放在整个文化系统中来考察，才可能做出准确的描述，寻找到局限于文学一隅不可能获得的思路与结论。

梁启超曾以戏曲史为例，说明学术思考中全部与局部的关系，对于文化背景中的文学研究也具有示范意义：

> 比如我们研究戏曲史，算是艺术界文学界很小的一部分；但是要想对于戏曲史稍有发明，那就非有艺术文学的素养不可。因为戏曲不是单独发生，单独存在，而是与各方面都有关系。假使对于社会状况的变迁，其他文学的风尚，尚未了解，即不能批评戏曲。

研究中国戏曲史，必"要看他放在中国全部占何等位置"②，才能做

---

① 梁启超：《什么是文化》，《晨报副镌》，1922年12月1日。
② 《总论》第二章《史家的四长》，梁启超：《中国历史研究法补编》，28—29页。

得有价值。反之，从局部到全部的考察亦然。作品在社会上流传，常有超出文学圈外的反应，尤其是文学思潮的兴衰，更可给予社会广泛的影响。如"韩、欧等之古文学运动"，即被梁启超视为能以"活动力昂进"的集团人格，"使从前多数反对者或怀疑者之心理皆翕合于我心理"①韩愈、欧阳修先后倡导的古文运动既然是以儒学复古为根基，对其整合社会心理的研究自不应将儒家思想排除在外。文化视角统摄全局的优越性，于此二例已显现出来。

在文化的统系中，政治、经济、哲学、史学、文学等，都属于低一层次的不同分支。因此，从各学科的角度考察文学，可看作文化视角的散点透视，有利于揭示对象内部多种多样的联系。用梁启超的话表述，即是：

> 凡学问上一种研究对象，往往容得许多方面的观察，
> 而且非从各方面观察，不能得其全相。

他对于胡适《中国哲学史大纲》的批评意见是："胡先生观察中国古代哲学，全从'知识论'方面下手"，因此，"这部书讲墨子、荀子最好，讲孔子、庄子最不好。总说一句：凡关于知识论方面，到处发见不〔石〕破天惊的伟论；凡关于宇宙观人生观方面，什有九很浅薄或谬误"②与胡适的一点切入取特别角度观察不同，梁启超的论著往往面面俱到，在本文中力求圆满。他讨论李商隐诗，从美学"'唯美的'眼光看来"，肯定"义山确不失为一大家"，他那些含义隐晦的诗（据学者考证，其中多为爱情诗）"自有他的价

---

① 第六章《史迹之论次》，梁启超：《中国历史研究法》，192 页，上海：商务印书馆，1922 年。

② 梁启超：《评胡适之〈中国哲学史大纲〉》，《晨报副镌》，1922 年 3 月 13、16 日。

值"，"能和中国文字同其运命"，甚至说，像《锦瑟》《碧城》"这些诗，他讲的什么事，我理会不着；拆开一句一句的叫我解释，我连文义也解不出来。但我觉得他美，读起来令我精神上得一种新鲜的愉快"，"我们若还承认美的价值，对于这种文学，是不容轻轻抹杀啊"；而从伦理学道德的眼光看来，梁氏又贬斥"义山是品性堕落的诗人"，原因是"他理想中美人不过倡妓，完全把女子当男子玩弄品，可以说是侮辱女子人格"，"不惟在文学界没有好影响，而且留下许多遗毒，真是我们文学史上一件不幸了"①。如此截然相反各趋极端的评价，在梁启超的文化思想中并不构成矛盾，不过是从不同方面观察而得到的李商隐诗歌的各种真相。观察的方面越多，便越接近于全相。而各个观察点的总和，正是文化视角。

文化视角不只将同一文学现象的多学科分析纳入视野，更为重要的是，它还为跨学科的研究提供了可能性。尽管分科趋于精细、学者专执一业为近代科学区别于古代学术的一大特征，梁启超对此也早有体认②，但跨学科研究仍大有可为，并引起梁氏的密切关注。此处所谓"跨学科研究"有两层含义：一指由各学科的交互影响所带来的学术研究手段的借用；一指在相关学科的交接点建立新的学科。

学科间的"能量转移"，在近代中国学界实已屡见不鲜。进化论之从生物学进入社会学、哲学、政治学、历史学等领域，今文

---

① 梁启超：《中国韵文里头所表现的情感》第七、八节，14、19页，《改造》4卷8号。

② 《论中国学术思想变迁之大势》第八章引生计学家言："社会愈进于文明，则分业愈趋于细密。"而称："学界亦然。挽近实学益昌，而学者亦益以专门为贵，分科之中，又分科焉。硕儒大师，往往终身专执一科以名其家。盖昔之学者，其所研究博而浅；今之学者，其所研究狭而深。"（《新民丛报》54号，60—61页，1904年10月）

经学之成为改良派政治革新的思想武器，都是其中最显明而成功的范例。对各种学问均兴趣盎然的梁启超，又受到西方科学精神的洗礼，于探求诸学学理及将其运用于有关学科，始终热情不减。上述近代学界风尚的形成，梁氏的推导与有功焉。1902 年著《新史学》时，他对此已表现出充分的理论自觉。从文化的视角，为新史学作界说，梁启超以为"知史学与他学之关系"，乃是其区别于旧史家"徒知有史学"的重要新质。梁氏所列举的"他学"范围极广，地理学、地质学、人种学、人类学、语言学、社会学、政治学、宗教学、法律学、经济学，被认作"皆与史学有直接之关系"；伦理学、心理学、逻辑学、文章学以及自然科学中的天文学、物理学、化学、生理学，也被认作"其理论亦常与史学有间接之关系"。因此，史学家必须向诸方追索，才可求得历史的全部影像。这一由历史研究的对象物所涵具的天然联系，也对梁启超的治学大有启发：

> 取诸学之公理公例，而参伍钩距之，虽未尽适用，而所得又必多矣。[①]

尽管会有扞格、勉强之处，但研究者自觉借鉴其他学科的成果，确有可能在新理论、新例证的光照下，使原先隐秘的所在呈现出来。

在梁启超的文学论著中，不难发现多学科的研究背景。如进化论，自严复译介赫胥黎的《天演论》传入中国以来，于梁氏的全部学术活动中都留下了深刻印记，文学也不例外。这一问题待

---

① 中国之新民：《新史学》第二章"史学之界说"，《新民丛报》3 号，62—63 页，1902 年 3 月。

下文"历史意识"一节再详述。而以逻辑学释《墨子》文章，指称《墨子》一书，全体皆应用论理学，为精密之组织"[1]，开拓出近代墨学研究的新课题以及用归纳、演绎法论文章之构造，前文也已有所提及。大抵梁启超每接受一新学说，总会尽量运用到其时的研究中，或内在地反映在其学术倾向上。其后期论文学以情感为中心，与西方非理性主义哲学思潮之间即有踪迹可寻。

1920 年从欧洲归来，梁启超发表《欧游心影录》，其中便专门介绍了詹姆斯（William James，1842—1910）的人格唯心论与柏格森（Henri Bergson，1859—1941）的直觉创化论。他认为，二者是对"科学万能自然派文学全盛时代"所造成的后遗症施以救治的良药。"唯物派的哲学家，托庇科学宇下建立一种纯物质的纯机械的人生观，把一切内部生活外部生活，都归到物质运动的'必然法则'之下"，成为"一种变相的运命前定说"；自然派文学作为"科学的文学"，信奉"即真即美"，以现实社会与芸芸众生为描写对象，"就把人类丑的方面，兽性的方面，赤条条和盘托出，写得个淋漓尽致"。于是，人生显得毫无价值，怀疑、失望的"世纪末"情绪笼罩了西方社会。而詹姆斯与柏格森对人格与自由意志的推崇，重新肯定了精神生活的意义，"把从前机械的唯物的人生观，拨开几重云雾"，"给人类一服丈夫再造散"，梁氏因此视二人之学说为"新文明再造"的安身立命之处[2]。

在詹姆斯与柏格森之中，梁启超更熟悉与欣赏后者。游巴

---

① 中国之新民：《墨子之论理学》，《新民丛报》51 号，81 页，1904 年 8 月。

② 梁启超：《欧游心影录》第一篇上半篇第七节"科学万能之梦"、第八节"文学的反射"、第九节"思想之矛盾与悲观"、第十节"新文明再造之前途"，《晨报》1920 年 3 月 13—17 日。其中"哲学家"原作"质学派"，据《梁任公近著第一辑》上卷（上海：商务印书馆，1925 年）20 页改。

黎期间，他即以会见"新派哲学巨子柏格森"为"所见人最得意者"，因其"为十年来梦寐愿见之人"。访谈前的准备便格外认真、慎重，先一日，即与同行者"分途预备谈话资料彻夜，其所著书，撷择要点以备请益"。此次会谈对梁氏意义重大，不仅"既见，为长时间之问难，乃大得柏氏之褒叹，谓吾侪研究彼之哲学极深邃"，使梁启超极感荣耀；而且，其后期治学之偏向有益人生与研究文学之注重情感，均可溯源及此。在向其弟梁启勋津津乐道地叙述拜访柏氏情景的同一信中，梁启超还谈及"当思想变化发酵之际"的话题，表明转化的契机已经出现。当时梁氏即有"他日复返法，尚拟请柏格森专为我讲授哲学"①的计划；归国第二月，又迫不及待地致函柏氏，约其来华演讲②。此事虽不果，梁启超之折服于柏格森哲学，已袒露无遗。其后两三年内，他接连撰写了《〈晚清两大家诗钞〉题辞》《中国韵文里头所表现的情感》《情圣杜甫》《屈原研究》《陶渊明》等论著，对探究文学家的情感世界表现出前所未有的兴趣。即使限制在诗歌范围，所论也与二十年前旅居日本时以创造"新意境"为"诗界革命"要素的主张大相径庭。"新意境"所重者为新思想、新知识、新事物，从其与"新理想"一词的置换可分明见出③，因而，背后的主导思路仍是输入西学，改良群治。由外在的功能论者一变而深入探察作家的内部生活及其艺术表现手法，支持这一转换的哲学基础只能是其时梁氏最为热心的柏格森哲学。他的收藏柏著《物质与记忆》的中、

---

① 梁启超：《与仲弟书》（1919 年 6 月 9 日），丁文江、赵丰田编：《梁启超年谱长编》，881—884 页。

② 《张元济日记》（北京：商务印书馆，1981 年）1920 年 4 月 23 日记："任公……寄来函，约柏格森演讲事。"（下册，735 页）

③ 饮冰子：《饮冰室诗话》，《新民丛报》29 号，101 页，1903 年 4 月；4 号，100 页，1902 年 3 月。

日文译本 ①，以及其友张东荪所译《创化论》（1919 年出版）、《物质与记忆》（1922 年出版）在此数年相继问世，都为这一说法提供了依据。从"直觉""自由意志"到"情感"，其间的通道本极易建立。尽管梁启超于此中因缘并未明言，我们却不难找回失落的线索与隐去的联系，发现柏格森生命哲学及其所代表的非理性主义思潮对梁氏文学观的改造。

这种学科间公理公例的移用如果并非个别，而是在有关方面机会均等，一个新的边缘学科便有可能衍生出现。此类学科中于梁氏之文学研究最有意义者，首数文化地理学。综合考察地理与文化的关系而创立的文化地理学，在近代西方也属新兴学科。注意追踪国外学术界新动向的梁启超，早在成于十九、二十世纪之交的《二十世纪太平洋歌》中，即已发露此思想。诗篇分世界史为"河流文明""内海文明"与"大洋文明"三时代，而讴歌"吾闻海国民族思想高尚以活泼"②，决意借助西方文化精神振奋中国国民。1901 年作《中国史叙论》，又专列《地势》一节，概述中国地理对历史发展的影响。依照文化地理学关于"高原适于牧业，平原适于农业，海滨河渠适于商业；寒带之民，擅长战争，温带之民，能生文明"的"公例"，纵跨寒温热三带、各种地形无不有之的中国，具备一切适宜人类生存活动进行的条件。因而，自中国之成为世界文明古国，到近代之衰落，种种重大历史问题，梁启超均以地理原因解释之。结论是：

故地理与人民二者常相待，然后文明以起，历史以

① 见《梁氏饮冰室藏书目录》附录一，1B 页；附录二，3B 页，北京：国立北平图书馆，1933 年。

② 任公：《二十世纪太平洋歌》，《新民丛报》1 号，110、112 页，1902 年 2 月。

成。若二者相离，则无文明，无历史。其相关之要，恰如肉体与灵魂相待以成人也。①

此说并非梁氏之发明，其"集译东西诸大家学说"而成的《地理与文明之关系》一文，最先征引的便是英国学者洛克（John Locke，1632—1704）的如下警言：

地理与历史之关系，一如肉体之与精神。有健全之肉体，然后活泼之精神生焉；有适宜之地理，然后文明之历史出焉。

对源自西方的文化地理新学说的着迷，使梁启超一时之间指认地理学为"诸学科之基础"，"地理之关系于文明，有更重大于人种者"②，在开列与史学有直接之关系的诸学科目时，竟将地理学提至首位③。凡涉及中国文化的题目，他也每每据此发言。《论中国学术思想变迁之大势》即以南北界分学派，论证了不同地域的自然环境，如何造成了南北两派迥然不同的学术品格：

北地苦寒硗瘠，谋生不易，其民族销磨精神日力以奔走衣食、维持社会，犹恐不给，无馀裕以驰骛于玄妙之哲理。故其学术思想，常务实际，切人事，贵力行，重经验，而修身齐家治国利群之道术，最发达焉。惟然，故重家族，以族长制度为政治之本（注略），敬老年，尊

---

① 任公：《中国史叙论》，3A—4A 页，《清议报》90 册，1901 年 9 月。
② 中国之新民：《地理与文明之关系》，《新民丛报》1 号，49、50、49、56 页，1902 年 2 月。
③ 见《新史学》第二章"史学之界说"，《新民丛报》3 号，62 页。

先祖，随而崇古之念重，保守之情深，排外之力强。则古昔，称先王，内其国，外夷狄，重礼文，系亲爱，守法律，畏天命，此北学之精神也。南地则反是。其气候和，其土地饶，其谋生易，其民族不必惟一身一家之饱暖是忧。故常达观于世界以外，初而轻世，既而玩世，既而厌世。不屑屑于实际，故不重礼法；不拘拘于经验，故不崇先王。……探玄理，出世界，齐物我，平阶级，轻私爱，厌繁文，明自然，顺本性，此南学之精神也。

两派分别以孔子与老子为代表，居南北之间者为墨子，其余各家，大多为儒、道二学之支流或变体。而"文学亦学术思想所凭借以表见者也"①，其风格自然也生南北之别，并由此形成中国文学多彩的风貌。对文化地理学的执着，一直持续到梁启超的晚年。写于1924年的《近代学风之地理的分布》，大体仍在此范围展开论述，尽管其中不无新的想法。

用文化地理学方法研究文学，虽未形成专门的文学地理学，在梁启超仍是有意于此。其言曰：

盖"文学地理"，常随"政治地理"为转移。

《中国地理大势论》既将中国近代以前的历史看作黄河流域与扬子江流域南北民族竞争的舞台，于是从政治、文学、风俗、军事上两两比较之，凡相异之处，一概归之于"地理之影响使然"。其论

① 中国之新民：《论中国学术思想变迁之大势》第三章"全盛时代"，《新民丛报》5号，57–58、59–60、72页，1902年4月。

文学地理之大势，以为："大抵自唐以前，南北之界最甚；唐后则渐微。"南北不同的文学风气表现在：

> 燕赵多慷慨悲歌之士，吴楚多放诞纤丽之文，自古然矣。自唐以前，于诗、于文、于赋，皆南北各为家数：长城饮马，河梁携手，北人之气概也；江南草长，洞庭始波，南人之情怀也。散文之长江大河一泻千里者，北人为优；骈文之镂云刻月善移我情者，南人为优。

梁启超认为地理环境影响于文学，是以"性灵"为中介。"文章根于性灵"，文人心灵敏感，情感丰富，对自然外物的感应比一般人更敏锐、更强烈。发之为诗文，长期熏习所形成的不同文化区域的文人气质，自然造成作品格调之大别。而此种南北对峙的文学地理大势并非终古不变，社会其他因素的改易，也会更新格局。据梁氏的意见："盖调和南北之功，以唐为最矣。"[1] 纵贯南北的大运河的开通，改善了原有的交通不便状况，两大流域交流日益频繁，形势日相接近，使全国日趋统一的局面稳固下来。加之唐代君臣努力沟通南北，无论经学、音乐、书法以及文学方面的韩柳文、李杜诗，均显出融合并包之势，两大文化的差异因此比前缩小。嗣后，刘师培撰《南北文学不同论》，与梁氏说法大致接近，而更精微。刘氏从小学功夫入手，先辨析南北之音的区别，然后导入文化地理学以论文学：

> 声音既殊，故南方之文，亦与北方迥别。大抵北方

---

[1] 中国之新民：《中国地理大势论》，《新民丛报》8号，44、43、44页，1902年5月。

之地，土厚水深，民生其间，多尚实际；南方之地，水
势浩洋，民生其际，多尚虚无。民崇实际，故所著之文，
不外记事、析理二端；民尚虚无，故所作之文，或为言
志、抒情之体。

及至隋、唐，"折衷南体北体之间，而别成一派"①。

 当然，梁、刘都不否认分别依然存在。并且，就南北各地的
人文地理而言，也不能一概而论。尤其是政治、经济与地理因素
相结合的行政区划，在梁启超的近代文化研究中更具有特殊意义。
《清代学术概论》结语述及中国学术未来的希望，其一即在于"分
地发展"：中国幅员辽阔，"气候兼三带，各省或在平原，或在海
滨，或在山谷；三者之民，各有其特性，自应发育三个体系以上
之文明"。政治上的各省自治确立后，亦应"各就其特性，于学术
上择一二种为主干；例如某省人最宜于科学，某省人最宜于文学
美术，皆特别注重，求为充量之发展。必如是然后能为本国文化
世界文化作充量之贡献"②。四年后，梁氏再作《近代学风之地理的
分布》，就此设想作历史的阐发，胪列明末以来各省学术发展的状
况，以为今日"分地发展"的参考，又有意于交融的态势中，继
续促进学术水准的"平均发展"。此文实为《中国近三百年学术
史》之分省演述，内容算不上新鲜，而改写正可见出梁启超对文
化地理学确实情有独钟，以致在《序》文末尾，他还郑重推荐道：
"此种研究方法，吾以为今之治史者所宜有事。"并期望有研究者
能踵事增华，"追溯宋明以前各时代学风之地理的分布，乃至遍及

---

① 刘光汉：《南北文学不同论》，8B、11B 页，《国粹学报》1 年 9 期，1905 年 10 月。
② 梁启超：《清代学术概论》，182 页。

文学家政治家……等等之地理的分布"，许之为"治人文科学极有趣味极有功用之业"①。其历史统计学方法的产生，也与对文化地理的癖好有关：

> 我多年想做一张表，将《二十四史》里头的人物分类：学者，文学家，政治家，军人，大盗……等等，每人看他本传第一句"某某地方人也"；因此研究某个时代多产某种人，某个地方多产某种人。②

籍贯或地区以此成为历史统计法中几乎不可缺少的一项。尽管偏爱此道，梁启超却并非唯地理决定论者。从二十世纪初介绍西方文化地理学始，他即不断谈到"尽人力则足以制天然"的命题，以激励中国国民取法欧美、日本的竞争、自强意识。例证也现成地采自学说内部——"彼欧洲本为文明难发生之地，而竟发生之"，难于进步的中国又何尝不能成为文明进步之乡？③至晚年欲求各地学术的"平均发展"，作为立论根据的仍然是"人类之所以秀于万物，能以心力改造环境，而非偶然悉听环境所宰制"④的能动观。持此立场，才可以在观其大势的同时，不忽略可变因素的存在所造成的特异现象，提高研究的准确度。

像梁启超的诸多研究课题一样，其有关文学地理学的构想虽粗具轮廓，专篇论述却未写出。倒是梁氏当年的政敌刘师培迅速接过此题目，于《南北学派不同论》中专设《南北文学不同论》

---

① 梁启超：《近代学风之地理的分布》，《清华学报》1 卷 1 期，2、5 页，1924 年 6 月。
② 梁启超：《历史统计学》，《梁任公学术讲演集》第三辑，94—95 页。
③ 中国之新民：《地理与文明之关系》，《新民丛报》2 号，57 页，1902 年 2 月。
④ 梁启超：《近代学风之地理的分布》，《清华学报》1 卷 1 期，4 页。

一章，证明这一新视角显然有独特的魅力。

与之相关，民族心理也是梁启超从文化视阈探察文学的一个切入点。前期的改造国民性宣传与后期的文化教育事业，都离不开对民族性格的透视。这种凝聚全民族心理的集团人格，即梁氏所说的"民族人格"①，其形成不排除地理的影响，其运作则更多体现为心力的作用。还在1902年著《新民说》时，梁启超即借用民族主义的说法，对此做过诠释：

> 凡一国之能立于世界，必有其国民独具之特质，上自道德法律，下至风俗习惯文学美术，皆有一种独立之精神。祖父传之，子孙继之，然后群乃结，国乃成。斯实民族主义之根柢源泉也。②

十余年后，他又以国之存亡系于国民性，"国民性以何道而嗣续，以何道而传播，以何道而发扬？则文学实传其薪火而笼其枢机"③，为"文章，经国之大业，不朽之盛事"（曹丕《典论·论文》）的古语别立新解。文学既为民族精神或曰国民性的表见物，探求二者关系自然也是值得一作的好题目。梁氏的论述照例零散，却始终关乎国民教育问题。他举《诗经》"代表诸夏民族平实的性质"，而认为"我们文学含有浪漫性的自楚辞始"，后者得益于"楚人好巫鬼"的神秘意识④，从而为源远流长的诗、骚传统从民族性上

---

① 第六章《史迹之论次》，梁启超《中国历史研究法》，191页。

② 中国之新民：《新民说》第三节 "释新民之义"，《新民丛报》1号，8页，1902年2月。

③ 梁启超：《丽韩十家文钞序》，《文集》之三十二，35页。

④ 梁启超：《中国韵文里头所表现的情感》第九节，梁廷灿编：《（乙丑重编）饮冰室文集》卷七十一，44B页。

找到各自产生的根源。不过，梁启超眼中的民族性格、民族心理并非一成不变，而是在长期的积淀中形成与发展的，所谓"新民"的第二义"采补其所本无而新之"①，即说明了这一点。梁氏因此常常从动态把握文学中显现的民族性，分析中国历代描写女性的诗歌，便以时段划分健康的民族心理与病态的民族心理，褒扬与批评并举：

> 近代文学家写女性，大半以"多愁多病"为美人模范，古代却不然。《诗经》所赞美的是"硕人其颀"，是"颜如舜华"；楚辞所赞美的是"美人既醉朱颜酡，娭光眇视目层波"；汉赋所赞美的是"精耀华烛俯仰如神"，是"翩若惊鸿矫若游龙"；凡这类形容词，都是以容态之艳丽和体格之俊健合构而成。从未见以带着病的恹弱状态为美的。以病态为美，起于南朝，适足以证明文学界的病态。唐宋以后的作家，都汲其流，说到美人便离不了病，真是文学界一件耻辱。

古代文学研究于是获得现实感，要求文学家"最要紧先把美人的健康恢复才好"②，自然首先要使文学家所代表的民族心理健全起来。

比前代学者幸运的是，梁启超生当东、西文化碰撞、交汇的时代，这使他的文化视角不限于中国，而从研究文学伊始，即获得一种比较眼光。《论中国学术思想变迁之大势》乃是有感于

---

① 中国之新民：《新民说》第三节"释新民之义"，《新民丛报》1号，8页。
② 梁启超：《中国韵文里头所表现的情感》第八节，梁廷灿编：《（乙丑重编）饮冰室文集》卷七十一，44A–B页。

"二十世纪，则两文明结婚之时代也"而作。其中引述"生理学之公例，凡两异性相合者，其所得结果必加良"，以证东、西学术思想融会之必要，梁氏对西方文化因取热诚欢迎的态度。最能显露其文风个性的名言是：

> 吾欲我同胞张灯置酒，迓轮俟门，三揖三让，以行亲迎之大典，彼西方美人，必能为我家育宁馨儿以充我宗也。①

抱着改良中国文学的目的，梁氏并不满足于"淬厉其所本有而新之"，进一步努力"采补其所本无而新之"②，因此常常思考的不只是为本国文化"作充量之贡献"，而且总要虑及为世界文化"作充量之贡献"③。这种世界意识自欧游后大为强化。此时，梁启超虽力倡"中国文化救世界"，却并非要传统文化负全责，用来救世的其实是经过改造的中国新文化。理想的进行次第是：

> ……第一步，要人人存一个尊重爱护本国文化的诚意。第二步，要用那西洋人研究学问的方法去研究他，得他的真相。第三步，把自己的文化综合起来，还拿别人的来补助他，叫他起一种化合作用，成了一个新文（化）系统。第四步，把这新系统往外扩充，叫人类全体

---

① 中国之新民：《论中国学术思想变迁之大势》第一章"总论"，《新民丛报》3 号，46 页，1902 年 3 月。

② 中国之新民：《新民说》第三节"释新民之义"，《新民丛报》1 号，8 页。

③ 梁启超：《清代学术概论》，182 页。

都得着他好处。[①]

具体到文学，所谓"输入外国文学"的工作程序应该是：

> 第一件，将人家的好著作，用本国语言文字译写出来；第二件，采了他的精神，来自己著作，造出本国的新文学。[②]

如此，不仅须知晓中国，还要了解外国，才能真正取长补短，融会中西。受语言的限制，梁启超对域外文学的认识并不深刻，但即使是皮毛的接触，也使他比前人多了种参照背景，有可能对中国文学做出新的评判。面对中国古代文学时，他心中时时想到的是世界文学中的中国。《情圣杜甫》开篇有两点说明，其一即为"因为现在人类语言未能统一，无论何国的作家，总须用本国语言文字做工具；这副工具操练得不纯熟，纵然有很丰富高妙的思想，也不能成为艺术的表现"[③]。因此，世界文化中的中国本位，可以说是梁氏研究中国文学的一个基本立足点。

研究中国诗歌表情法，梁启超便存了比较的心思，眼光超乎中国文学之上，"希望诸君把我所讲的做基础，拿来和西洋文学比较，看看我们的情感，比人家谁丰富谁寒俭？谁浓挚谁浅薄？谁高远谁卑近？我们文学家表示情感的方法，缺乏的是那几种"。梁氏以为比较本身不是目的，故曰："先要知道自己民族的短处去补

---

① 梁启超：《欧游心影录》第一篇下半篇第十三节"中国人对于世界文明之大责任"，《晨报》1920 年 3 月 30 日。

② 梁启超：《〈晚清两大家诗钞〉题辞》，《文集》之四十三，71 页。

③ 梁启超：《情圣杜甫》，《晨报副镌》，1922 年 5 月 28 日。

救他，才配说发挥民族的长处。"归根结底，梁启超借助比较眼光所要获致的，是创造新文学，以对世界文学做充量之贡献。他讲"奔进的表情法"，发现"西洋文学里头恐怕很多，我们中国却太少了"。勉强找来，只有《诗经》中的《蓼莪》与《黄鸟》、汉乐府《箜篌引》与《上邪曲》、杜甫的《闻官军收河南河北》等寥寥十数首（尚包括戏曲曲词）。其中如《陇头歌》，过后"细思实当改入第四讲中论吞咽式表情法条下"，可见选例有并不恰切者，只因匆忙中寻不到，只好拉来充数。可斟酌之作实不只此一首，辛弃疾的《菩萨蛮·书江西造口壁》也应划出。奔进法的少用与"蕴藉的表情法"所在多有适成鲜明对照，后者"向来批评家认为文学正宗；或者可以说是中华民族特性的最真表现"，则又关乎民族心理。梁氏对于这类中国诗人独擅胜场的诗作自能悉心体会，"慢慢的领略出极渊永的情趣"；但也高度赞赏那些西洋人更为拿手的"语句和生命是迸合为一"的诗篇，甚至推许以奔进法作出的诗为"情感文中之圣"，"希望今后的文学家，努力从这方面开拓境界"，由此自然可以引出采西方文学之长的结论。正如其批评古人用柳永的"晓风残月"与苏轼的"大江东去"比较，"估算两家品格的高下，其实不对。我们应该问那一种情感该用那一种方式"[1]，梁氏追求的是人类各种复杂丰富的情感都能在诗中得到恰当、完美的表现，期望表情法充分完善，而不要有所偏废。不过，诗词格律，尤其是民族性格方面的问题，也不得不考虑在内。梁启超对此不无意识，而从其文学改良与国民性改造论点看来，他并不视二者为无法逾越的障碍。这表现了梁氏理想化的一面。

---

① 梁启超：《中国韵文里头所表现的情感》第二、三节，《识语》，第七、三、五节，3、7、1页，《改造》4卷6号；6页，4卷8号；7、23页，4卷6号。

梁启超曾表示："我们侥幸生在今日，正应该多预备'敬领谢'的帖子，将世界各派的文学尽量输入。"[1]但同时又一再强调，需要采补的是根本精神而非派生条件，"因为一落到条件，就没有不受时代支配的"[2]。他的比较眼光于是往往施展在精神层面。《屈原研究》的几次类比，如以歌德的《浮士德》比屈原的《招魂》、《远游》，以为"是写怀疑的思想历程最恼闷最苦痛处"；以罗马美术馆中额尔达治国最后死去的一名武士石雕遗像，"眼眶承泪，颊唇微笑，右手一剑自刺左胁"，比屈原沉汨罗洁身自杀的心事；以易卜生的格言"All or Nothing"（要整个，不然，宁可什么也没有），比屈原的"夫孰异道而相安"的不调和人格；以"希腊人思想"拟《天问》、但丁《神曲》比《九歌》；凡此种种，所关注的都是精神的相契。由于屈原生活在南方诡异的山水之中，感染流布其间的神秘意识，本人又养成反抗社会的个性，"特别的自然界和特别的精神作用相击发，自然会产生特别的文学"，而与成为中国诗歌典范风格的温柔敦厚异趣[3]。梁氏用外国事例来类比，反而更觉贴切。

既然梁启超比较中外，输入域外文学最终是为了改造旧文学、创造新文学，研究中自然格外留意文化交流问题。他认定的一个公理是：

> 我们这华夏民族，每经一次同化作用之后，文学界必放异彩。

---

① 梁启超：《〈晚清两大家诗钞〉题辞》，《文集》之四十三，70页。
② 梁启超：《欧游心影录》第一篇下半篇第十三节"中国人对于世界文明之大责任"，《晨报》1920年3月30日。
③ 梁启超：《屈原研究》，《梁任公学生讲演集》第三辑，44、52–53、59、71、72、38–39页。

从历史上求例证：楚国"最信巫鬼的民族"，自"春秋中叶以后，才渐渐的同化为'诸夏'"，"与中原旧民族之现实的伦理的文化相接触"，而发生新文学，屈原的楚辞作品即为其代表①；东晋后的民族大融合，也使北方民族伉爽真率的民族特性"溶化在诸夏民族的里头"，到唐朝化合为一，"唐朝的文学，用温柔敦厚的底子，加入许多慷慨悲歌的新成分，不知不觉，便产生出一种异彩来"②，杜甫"正是这个时代的骄儿"（《情圣杜甫》）。梁启超认为，这些都是"文学史上很重要的关键，不可不知"③。论文中于是反复加以阐述。

而梁启超更为看重的，还是与民族融合不同的纯粹思想文化交融，佛教文学以此成为其文学研究的一大重点。在《中国历史研究法补编》中，梁启超提出过道术史（即哲学史）的著作方法，即"把各种道术分为主系，闰系，旁系三类"：

> 主系是中国民族自己发明组织出来，有价值有权威的学派，对于世界文化有贡献的。闰系是一个曾做主系的学派出来以后，继承他的，不过有些整理解释的工作，也有相当的成绩的。旁系是外国思想输入以后，消纳他，或者经过民族脑筋里一趟，变成自己的所有物，乃至演成第二回主系的思想的。

在此格局中，价值最高的自是主系，它构成了中国哲学发展的主

---

① 梁启超：《屈原研究》，《梁任公学生讲演集》第三辑，38页。
② 梁启超：《中国韵文里头所表现的情感》第六节，1、3—4页，《改造》4卷8号。
③ 梁启超：《中国韵文里头所表现的情感》第六节，1页，《改造》4卷8号。

线；而旁系则是生成新主系必不可少的条件。梁氏以先秦与宋明为两大主系产生的时代，其间六朝、隋唐时期的佛学为第一旁系，它与第一主系先秦思想相结合，产生第二主系宋明思想；明中叶基督教输入、梁氏看作第二旁系发生的契机，由此预言"第三主系的产生，始终必可实现"[①]。他研究佛教文学，因此具有为"今第二度之翻译时期"提供借鉴的现实意义[②]。

佛典翻译对中国文学影响最大者，梁启超认为有三事：（1）国语实质之扩大；（2）语法及文体之变化；（3）文学的情趣之发展。第一事即创造新语词，前文已有论述。第二事中的语法与文体既指"一种革命的白话新文体"，也指"组织的解剖的文体"。佛典译文有明显的外来色彩，很少用"之乎者也"等文言虚词，骈文家的绮词俪句与古文家的绳墨格调也一扫而空，取而代之的是倒装句法，提挈句法，多解释语，多覆牒前文语，连缀十余字乃至数十字而成的名词，大量排列的同格语句，诗文交错，诗歌无韵，实开后世宋人语录直至白话文之先河。佛典的科判之学条理精密，分章分节分段，为科学的著述法，与隋唐义疏之学的发生不无关系。第三事更将小说、歌曲（实指宋元以后之戏曲、曲艺）认作"与佛典之翻译文学有密切关系"，《搜神记》一类小说与《大乘庄严经论》等书，《水浒》《红楼梦》与《华严经》《涅槃经》，杂剧、传奇、弹词等与《佛本行赞》，在梁氏眼中，都有微妙的渊源关系。尽管拿不出多少实证性材料，难免有人质疑，梁启超仍坚

---

① 《分论三：文物的专史》第四章《文化专史及其做法》，梁启超：《中国历史研究法补编》，206—207 页。

② 梁启超：《中国古代之翻译事业（翻译文学与佛典）》，《改造》3 卷 11 号，69 页，1921年 7 月。

信"共业"的承袭有非本人所自知者①。梁启超又借欢迎泰戈尔之机，发表《印度与中国文化之亲属的关系》②讲演，将印度与中国的文化亲缘做了全面清理。除佛学外，这份受惠于印度文化的进项清单还列出十二类，计有音乐、建筑、绘画、雕刻、戏曲、诗歌和小说、天文历法、医学、字母、著述体裁、教育方法、团体组织。所述虽是浮光掠影，已可使人知其大体。梁氏研究最有心得且较深入的，自然还是经论翻译，因为佛教的传入毕竟是古代中外文化交流史上最有意义的事件。不过，比之许地山1927年刊发的《梵剧体例及其在汉剧上底点点滴滴》，梁启超的论述仍嫌粗疏，其功劳更多在于使印度文学与中国文学的关系成为大有可为的课题。而深入探究异文化成分的加入如何使中国文化更有活力，在梁氏看来也有助于增强民族自豪感。他始终相信：

> 中国大国也，而有数千年相传固有之学，壁垒严整，故他界之思想，入之不易；虽入矣，而阅数十年百年，常不足以动其毫发。……虽然，吾中国不受外学则已，苟既受之，则必能尽吸其所长以自营养，而且变其质、神其用，别造成一种我国之新文明，青青于蓝，冰寒于水。③

佛教正是最典型的例证。能自立而后能吸收又能变化，是文化接受的三个阶段。以历史为镜，梁启超也有理由对中国文学于输入

①梁启超：《中国古代之翻译事业（翻译文学与佛典）》，66—69 页。

②《晨报副镌》，1924 年 5 月 3 日。

③ 中国之新民：《论中国学术思想变迁之大势》第六章"佛学时代"，《新民丛报》21 号，37 页，1902 年 11 月。

域外文学后创生新质，显出博大之气象，抱有足够的信心。

由于自觉意识到身处第二旁系发生的时代，梁启超因而表现出文化开放的姿态。前期以国民性改造为重心，希望借助域外文学的冲击，提高国民觉悟，健全民族性格。梁氏于是引进日本的"政治小说"，"寄托书中之人物，以写自己之政见"[1]，将输入新学新知定为小说当然之职责；又称扬日本士兵入伍时亲友"祈战死"的祝祷，以其尚武精神省察中国因"右文"而形成的柔弱国风，发现文学亦应承担责任："中国历代诗歌皆言从军苦，日本之诗歌无不言从军乐"[2]；东西诸国"一切文学诗歌剧戏小说音乐，无不激扬蹈厉，务激发国民之勇气，以养为国魂"，我中国则"学人之议论，词客所讴吟，且皆以好武喜功为讽刺，拓边开衅为大戒；其所谓名篇佳什，类皆描荷戟从军之苦况，咏战争流血之惨态，读之令人垂首丧志，气夺神沮"，小说戏剧之惟描写才子佳人之柔情，管弦音乐之惟谱演亡国哀思之弱音，"无一不颓损人之雄心，销磨人之豪气"[3]。要重铸尚武之"中国魂"，势必向域外求法[4]。后期以求学问真相为乐事，在研究方法上，梁氏便常感传统之不足，而寻求外援。他使用图表，虽承认"可谓为太史公所发明"，仍赞叹"欧美人对于此道，尤具特长"[5]；即使推求"统计之学，在我国发源周谱"，也仍然肯定"其在泰西，虽作始较晚，近今则蔚为大国，理法日邃密，而应用范围更普及于社会现象之全部"[6]。而无论

---

① 任公：《饮冰室自由书》第五则（后题名《传播文明三利器》），2A 页，《清议报》26 册，1899 年 9 月。

② 任公：《饮冰室自由书·祈战死》，2A 页，《清议报》33 册，1899 年 12 月。

③ 中国之新民：《新民说》第十七节"论尚武"，《新民丛报》29 号，3 页，1903 年 4 月。

④ 见任公《饮冰室自由书·中国魂安在乎》，2B—3A 页，《清议报》33 册，1899 年 12 月。

⑤ 《总论》第二章《史家的四长》，梁启超：《中国历史研究法补编》，36 页。

⑥ 梁启超：《序》，王仲武：《统计学原理及应用》，卷首，上海：商务印书馆，1927 年。

前期后期，梁启超研究任一文学专题，都不只想"看他放在中国全部占何等位置"，还要追察"放在人类全部占何等位置"①，比较对于他便不单是一种治学手段，更是走向世界、参与国际对话的途径。这一资格的取得，主要凭借他对中国文化的体认，而非对外国情形的谙悉，这也使得文化比较终于只能隐藏在其知识背景中，潜在地提供支持。

四、历史意识

在各种学问中，梁启超无疑对史学最执着，兴趣持久不变。晚年自我总结，也预言："假如我将来于学术上稍有成就，一定在史学方面。"②许多宏大的著述计划，多属于史学题目，如《中国佛教史》《中国学术史》《中国通史》《中国文化史》等。诸作虽无一完成，但从前二书的遗篇与后二书的全目，已可窥见梁氏均做了相当准备，且有了总体构架。至于文学史，梁启超也未留下一部完整著作，唯一一部以"史"命名的《中国之美文及其历史》，比较成形的也仅有"古歌谣及乐府"部分，其他"周秦时代之美文""汉魏时代之美文"及"唐宋时代之美文"，俱只成一二章。从内容的重复看，已可知其为未定稿。不过，这终究表明梁启超曾有心撰写文学史，尤其属意于诗歌史（或曰韵文史）。

据《张元济日记》，1920 年 10 月 21 日张氏往访梁启超时，梁"言有论本朝诗学一稿，亦即可交稿"③，此作当是因《清代学术

---

① 《总论》第二章《史家的四长》，梁启超：《中国历史研究法补编》，29 页。

② 梁启超讲、贺麟笔记：《文史学家性格及其预备》，《清华周刊》291 期，35 页，1923 年 10 月。

③ 张元济：《张元济日记》（下），771 页，北京：商务印书馆，1981 年。

概论》一书完成而引发。又《梁启超年谱长编》载三日前，梁氏有与胡适一信，谈及"超对于白话诗问题，稍有意见，顷正作一文，二三日内可成"[①]。而《饮冰室合集》中未系年之《〈晚清两大家诗钞〉题辞》，恰有大段文字讨论白话诗，则梁氏信函与张氏日记所述，应同指一文，即梁启超为选编金和与黄遵宪二家诗所写之序。此书虽未编成，序文亦未写完，今日看到的，只有梁氏"向来对于诗学的意见"，而叙述"两先生所遭值的环境和他个人历史"及"对于他的诗略下批评"[②]的史之部分，均付之阙如。然而，撰诗史之兴致确实从此提起，并以1922年最为集中，梁启超先后有《中国韵文里头所表现的情感》《情圣杜甫》《屈原研究》《陶渊明》（含《陶渊明之文艺及其品格》《陶渊明年谱》《陶集考证》三目）等史论文结稿。嗣后，虽或暂时搁置，梁氏总会不断回到此大题目上来。1924年作《中国之美文及其历史》，次年成《桃花扇注》，临终前，尚力疾属草《辛稼轩先生年谱》。其欧游前后所拟著之《中国通史》与《中国文化史》，也都列有"文学篇"，欲分述文、诗、词、曲本、小说之发展。《陶渊明》一书《自序》更明言"夙有志于""治文学史"，只因"所从鹜者众，病未能也"[③]。

既然不可能集中精力写出一部完整的文学史，梁启超便采取了分而治之的办法，这也是他以为必不可少的步骤：

> 欲治文学史，宜先刺取各时代代表之作者，察其时

---

① 梁启超：《与适之老兄书》（1920年10月18日），丁文江、赵丰田编：《梁启超年谱长编》，922页。

② 梁启超：《〈晚清两大家诗钞〉题辞》，《文集》之四十三，71、79—80页。

③ 梁启超：《自序》，1页，《陶渊明》，上海：商务印书馆，1923年。

代背景与夫身世所经历，了解其特性及其思想之渊源及感受。①

此语可以视为梁氏文学史写作的基本思路，即由有代表性的作家作品的考察显示文学的历史变迁。就写作时间排序，《王荆公》应是最早一部包含文学史意识的评传。其中有两章专论"荆公之文学"，肯定其"于中国数千年文学史中，固已占最高之位置矣"。王安石之文虽称名"唐宋八大家"之中，然而梁氏视其为"学人之文"，"有以异于其它七家者"之"文人之文"。柳宗元、曾巩、苏洵、苏辙固不足与之相提并论，即使韩愈、欧阳修、苏轼三家文，王氏也以倔强胋挚而有一日之长。论及王安石之诗，梁氏断言其"实导西江派之先河，而开有宋一代之风气，在中国文学史中，其绩尤伟且大"，与其文气正是一脉相通。诸如此类，都从文学史着眼，而下确评。不过，此书宗旨原"以发挥荆公政术为第一义"②，故特详于变革之新法，文学显然是叨陪末座，不以为主题，与1920年代以后论文学家之心事迥异，故下文不举为例证。

"刺取各时代代表之作者"，无疑是梁启超建构文学史的第一位工作。其所定入选标准共两条，即所谓"批评文艺有两个着眼点：一是时代心理，二是作者个性"。在他眼中，显露鲜明个性比反映时代心理更为难得。因为有个性的作品须具备两个条件："不共"和"真"。前者强调的是"作品完全脱离摹仿的套调，不是能和别人共有"；后者看重的是"绝无一点矫揉雕饰，把作者的实

---

① 梁启超：《自序》，1页，《陶渊明》。
② 第二十一章《荆公之文学（上）文》、第二十二章《荆公之文学（下）诗词》及《例言》，梁启超：《中国六大政治家·王荆公》，275—277、285、例言1页，上海：广智书局，1908年。

感，赤裸裸地全盘表现"①。以此二条衡量，够格的作家便极少了。"建安七子"的可见群体风格而难辨个人诗格，潘岳、陆机等人的过于注重辞藻而真情隐去太多，便都在摒去之列。遴选的结果："欲求表现个性的作品，头一位就要研究屈原。"②"古代作家能彀在作品中把他的个性活现出来的，屈原以后，我便数陶渊明。"③ 至于杜甫，"中国文学界写情圣手，没有人比得上他，所以我叫他做情圣"④，诗中性灵尽现自不待言。词家中之偏爱辛弃疾，尝作《稼轩词系年考略》，汇校辛词，并录《稼轩集外词》48 首题目⑤，直至为其作年谱，也是因为"他是个爱国军人，满腔义愤，都拿词来发泄；所以那一种元气淋漓，前前后后的词家都赶不上"，与同为大家的苏轼、姜夔相比，"辛词自然格外真切"⑥。曲词中之偏爱《桃花扇》，数十年如一日。晚清提倡文学改良时，撰《小说丛话》创小说批评新体裁，即是因 1903 年游美，"箧中挟《桃花扇》一部，藉以消遣，偶有所触，缀笔记十馀条"，1925 年夏，又为该曲作注，开卷有《著者略历及其他著作》一篇，看中的都是"《桃花扇》之老赞礼，云亭自谓也，处处点缀入场，寄无限感慨"，曲本中"以结构之精严，文藻之壮丽，寄托之遥深论之，窃谓孔云

---

① 梁启超：《陶渊明之文艺及其品格》，《陶渊明》，1、2—3 页。

② 梁启超：《屈原研究》，《梁任公学术讲演集》第三辑，31 页。

③ 梁启超：《陶渊明之文艺及其品格》，《陶渊明》，1 页。

④ 梁启超：《情圣杜甫》。

⑤ 据梁启超《辛稼轩先生年谱》(《专集》之九十八) 云，梁有"旧作《稼轩词系年考略》"；梁启勋《稼轩词疏证·序例》中言及梁氏校刊各本辛词情况，"原拟《谱》成而后编集词"；又，《词学季刊》1 卷 2 号 (1933 年 8 月) 刊有梁之《跋稼轩集外词》文，列出辛氏佚词篇目。

⑥ 梁启超：《中国韵文里头所表现的情感》第五节，21、22 页，《改造》4 卷 6 号。

亭之《桃花扇》，冠绝前古矣"①。上述诸作的性情之真切与显现之不共，在中国文学史中确是首屈一指，梁启超的眼光果然高超。而若以意境体格论，则金和与黄遵宪两家诗又被认作是"中国有诗以来一种大解放"②，以其筚路蓝缕的历史独创性，博得史家梁启超的极高赞誉，是以有手校《秋蟪吟馆诗钞》与《人境庐诗草》之举。

梁启超治文学史之法，与其所揣摩的《史记》立传深意同出一辙，《史记》每一篇列传，必代表某一方面的重要人物"，"大都从全社会着眼，用人物来做一种现象的反影，并不是专替一个人作起居注"。由此总结出：

> 我的理想专传，是以一个伟大人物对于时代有特殊关系者为中心，将周围关系事实归纳其中；横的竖的，网罗无遗。比如替一个大文学家作专传，可以把当时及前后的文学潮流分别说明。此种专传，其对象虽止一人，而目的不在一人。

这些不仅有"人格的伟大"而且有"关系的伟大"的"伟大人物"，"可以做某个时代的政治中心"，也"可以作某种学问的思想中心"，"把那个时代或那种学术都归纳到他们身上来讲"③。而其所推许的个性突出的作家，正能以标新立异、得风气之先而别

---

① 《小说丛话》中饮冰语，《新小说》7 号，165、173 页，1903 年 9 月（实为 1904 年 1 月以后出刊）；梁启超：《桃花扇注》（上），《专集》之九十五（上），1—10 页。

② 梁启超：《〈晚清两大家诗钞〉题辞》，《文集》之四十三，70 页。

③ 《总论》第三章《五种专史概论》《分论一：人的专史》第一章《人的专史总说》及第二章《人的专史的对象》，梁启超：《中国历史研究法补编》，41、54、59 页。

开蹊径，导后人入新途。恰如梁氏构拟哲学史之分主系、闰系与旁系三条线索一样，选出各时期代表作家，等于确立主系，纲举目张，众多承流接响的作家作品，便可以其闰系资格，表现出各自在文学史上不同的地位。不过，此法与其说借鉴《史记》，不如说是得益于因西方评传体的引进而重新发现的《史记》。成书于1901年的《李鸿章》，一名《中国四十年来大事记》，《序例》中即已言明："此书全仿西人传记之体，载述李鸿章一生行事，而加以论断"；"四十年来，中国大事，几无一不与李鸿章有关系，故为李鸿章作传，不可不以作近世史之笔力行之。"① 其史传作法之带有西方印记，已明白无疑。

以这种融会中西的眼光来观察，梁启超曾设想把中国文化分为"思想及其他学说""政治及其他事业""文学及其他艺术"三部分，"每部找几十个代表人，每人给他做一篇传"。其中关于文学的部分，便可视为其蓄志已久的为中国文学史撰写章目，它由如下作家构成：

战国：屈原。

汉赋：司马相如。

三国五言诗：曹植，建安馀六子附。

六朝五言诗：陶潜，谢灵运附。

六朝骈文律诗：庾信，徐陵附。

唐诗：李白，杜甫，高适，王维附。

唐诗文：韩愈、柳宗元合。

唐新体诗：白居易。

① 《序例》，1 页，梁启超：《李鸿章》，日本横滨：清议报馆，1902 年。

晚唐近体诗：李商隐，温庭筠。

五代词：南唐后主。

北宋诗，文，词：欧阳修，苏轼，黄庭坚附。

北宋词：柳永，秦观，周邦彦。

北宋女文学家：李清照。

南宋词：辛弃疾、姜夔合。

元明曲：王实甫、高则诚、汤显祖合。

元明清小说：施耐庵，曹雪芹。

王安石不在内，大约碍于分类体例，既已入"政治家"之列，此处便不录。孔尚任之缺席，则显然与梁氏以元、明为戏曲鼎盛期有关，其编排体例正显现了"唐诗、宋词、元曲、明清小说"为各时代代表性文学的习见。这也体现了梁氏"凡做一种专史，要看得出那一部分是他的主系，而特别注重，详细叙述"的一贯原则。如诗史以唐朝为主系，"则以前以后，都可说明"，故"做诗史到唐朝，要分得很清楚，多少派，多少代表，一点也含混不得。明朝的诗并不是没有派别，前七子，后七子，分门别户，竞争得很利害；但从大处着眼，值不得费多大的力量去看他们的异同"。而此目录所述虽是人物传记，归趣却在文学史，故首先作《屈原传》以归纳上古文学"，将无主名之《诗经》放入其中论述。尽管梁启超对此名单是否妥当尚拿不准，真正动笔时"或增或改，不必一定遵守这个目录"，但从中总能看出其心目中"某种文学到了最高潮"的代表作家基本分布状况及体裁的演进大略[1]，使我们有

---

① 《分论一：人的专史》第六章《专传的作法》及《分论三：文物的专史》第五章《文物专史做法总说》，梁启超：《中国历史研究法补编》，129—130、143—144、250—251、142、144 页。

理由相信，其诸篇作家专论正是拟议中的中国文学史留下的片段。

第二步的工作是考辨时代背景与作者生平。梁启超向来服膺孟子的"知人论世"之说，并"以今语释""论世"为"观察时代之背景是已"。梁氏认为：

> 人类于横的方面为社会的生活，于纵的方面为时代的生活。苟离却社会与时代，而凭空以观某一个人或某一群人之思想动作，则必多不可了解者。未了解而轻下批评，未有不错误也。故作史如作画，必先设构背景，读史如读画，最要注察背景。①

既然梁氏以文学史之眼选中的作家，其作品当能映现时代心理，背景与人物自是融为一体，不可截然分开。将屈原与杜甫放在南北文化融合的背景中来研究，以及描述晋宋交替之际的士风衰败、玄学盛行，以之为陶渊明生活的时代及时代思潮的重要场景，都因非如此映衬，不能看清人物。而家世与履历的考辨，更为诠释作品必不可少。只是作为文学史家，梁启超不仅关心前因，也注意后果，力求"把来源去脉都要考察清楚"。他把历史比喻为一条环环相接、继续不断的长练，认为："来源由时势及环境造成，影响到局部的活动；去脉由一个人或一群人造成，影响到全局的活动。"②史家的任务，便是把历史的每个环节寻找出来，按照来龙去脉的顺序连缀一起，再现历史演化的进程。在梁启超看来，这一进程显然具有受因果律支配的必然性。

---

① 第六章《史迹之论次》，梁启超：《中国历史研究法》，168 页。
② 《总论》第二章《史家的四长》，梁启超：《中国历史研究法补编》，30 页。

作为文学史研究的主要对象，当然是显现作家独特性格及思想情感的作品本身。梁氏如何从"实质"与"技术"两方面切入，前文已有论述，兹不赘述。

需要指出的是，梁启超的文学史著述方法，在理论上存在着缺失。力图使历史有序化，过于重视因果律的作用，对于史学著作固然由于叙述方便而有可取处，却也容易导向忽视偶然性、变异性的误区。人类的精神活动本无法规范，何况梁氏也承认文学家往往特立独行，异于常人，性格"大与科学相反"①，自然不能用自然科学中通行的因果律解释所有文学现象。在大思路上肯定梁启超"知人论世"说法的合理性的同时，也想指明其中隐伏的陷阱，无非是因为这一源远流长的著史法则，确乎在文学史界长期独领风骚，而阻碍了文学研究的深化。当然，这个责任不能由梁启超一人承担。

因果律之由结果返求原因，以环环相扣，已然是文学史结构的主要形式；而近代以来"进化论"的传入，更为解说中国文学的历史变迁提供了别一种理论范式。二者在强调必然性上获得一致。逆反于传统的"文学退化观"，近、现代学者有意无意漠视了"进化"语义中原有的"万化周流，有其隆升，则亦有其污降"②的向下一面，更愿意将"进化"理解为"向一目的而上进之谓也"③。文学无论体裁、技巧还是观念，也都相应有一从简单到复杂、从稚拙到成熟的演进过程。以"进化"一语概言之，便不可避免地染上包含其中的价值判断意味。梁启超也是风气中人，并且还是

---

① 梁启超讲、贺麟笔记：《文史学家性格及其预备》，《清华周刊》291 期，36 页。

② 严复译：论十七《进化》，《天演论》下卷，沔阳：慎始基斋，1898 年；录自王栻主编《严复集》第五册，1397 页，北京：中华书局，1986 年。

③ 中国之新民：《中国专制政治进化史论·绪论》，《新民丛报》8 号，19 页，1902 年 5 月。

"进化论"的热心倡导者，对运用此学说于文学史研究，自然出力不小。其名言如：

> 文学之进化有一大关键，即由古语之文学，变为俗语之文学是也。各国文学史之开展，靡不循此轨道。

日后胡适之著《白话文学史》，未尝不受此启发。不过，若以不断上进解中国文学史，原有许多扞格难通处。即以梁氏所述俗语文体之兴衰而言，自"先秦之文，殆皆用俗语"，到六朝、唐代而中落，宋以后又出现"俗语文学大发达"，降至清朝又生顿挫，俗语文体并非渐进不衰。其实，承认文学有其不同于自然、社会的演化方式，在"进化论"大师斯宾塞（Herbert Spencer，1820—1903）那里已经网开一面。梁启超曾征引其说："宇宙万事，皆循进化之理，惟文学独不然，有时若与进化为反比例。"并称"其言颇含至理"，但这照样不能动摇其文学进化观。在概言"三代文学，优于两汉；两汉文学，优于三唐；三唐文学，优于近世：此几如铁案，不能移动矣"的文化退化事实，以证斯宾塞言之有理后，他仍然要分辩："顾吾以为以风格论，诚当尔尔；以体裁论，则固有未尽然者"，根据正是"进化论"的基本法则："凡一切事物，其程度愈低级者则愈简单，愈高等者则愈复杂，此公例也。"按诸诗体，由四言渐进为五言，由五言渐进为七言，由七言渐进为长短句，由长短句渐进为曲辞，均呈现为愈趋复杂的走向。由于梁启超将曲本归入广义的诗，视曲本体裁于诸种诗体中"其复杂乃达于极点"，故盛赞"中国韵文，其后乎今日者，进化之运，未知何如；其前乎今日者，则吾必以曲本为巨擘矣"①。不只体裁，在技巧方面，梁启超实际也首肯进化说。他在《中国之美文及其历史》中所言考证古人作品真伪与年代的两种方法，其"直觉的"一种便是建基于进化观念，相信"音节日趋谐畅，格律日趋严整"为诗歌创作的大势所趋，才可以通过"和同时代确实的作品比较"而推断存疑之作的产生时代。关于《古诗十九首》的典范性考证，便是"按诸历史进化的原则"②，为这组作品在时间轴上定位的。

一般而言，日益完善可以作为文学史的通则来使用，否则无名氏作品的考证便无法进行。不过，文学创作毕竟不同于科学技术，作家的才能对作品的艺术水准有至关重要的影响，后必胜前并非铁律；何况，简单／复杂、古拙／精致未必可以落后／先进的价值评估论断之。即使单就形式、技巧而言，梁启超之说也有不尽然处。其实，梁氏对此并非毫无意识，起码在研讨中国诗歌的表情法时，便每以《诗经》为"绝唱"。在情感领域，他干脆承认："情感是不受进化法则支配的；不能说现代人的情感一定比古人优美"，进而为了"艺术是情感的表现"的断案，得出"不能说现代人的艺术一定比古人进步"（《情圣杜甫》）的推论。不过，正如同他发现从元到清，中国戏曲"退化之程度，每下愈况"③，却认定"诗乐合一"为历史进化的方向，俗语文体虽屡受挫折，文言向白话靠拢之趋势终不可逆转，在放长的时间段上，梁启超相信文学总体是在逐渐进步。

①《小说丛话》中饮冰语，《新小说》7号，166、171—172页。
②《汉魏时代之美文》第一章《建安以前汉诗》，梁启超：《中国之美文及其历史》,《专集》之七十四，113、107、113页。
③ 渊实《中国诗乐之迁变与戏曲发展之关系》之饮冰《跋》,《新民丛报》77号，80页，1906年3月。

关于历史研究中的因果律与进化思想，梁启超晚年有过重新检讨。1902 年撰写《新史学》倡导"史界革命"时，梁氏即将"叙述人群进化之现象，而求得其公理公例者也"确定为"新史学"之职志[①]，二十年来从未改易。迨至 1922 年 11、12 月于南京讲学，发表《研究文化史的几个重要问题》的演讲，专门对年初出版的著作《中国历史研究法》进行补充与修正，这一史学定义才被作为问题提出。文章将人类活动分为自然系与文化系两类，分别探讨了"史学应用归纳研究法的最大效率如何""历史里头是否有因果律""历史现象是否为进化的"在两类活动中的不同表现。梁氏承认，由于他对"科学精神"的推崇，"认定因果律是科学万不容缺的属性"，所以曲意维护史学以"求得其因果关系"为职责的说法，以致与"历史为人类心力所造成；而人类心力之动，乃极自由而不可方物"之言前后矛盾；又因为"一治一乱"的循环论和他"所信的进化主义不相容"，而厌恶此说。经过慎重思考，梁启超得出了新的结论：自然系的活动"受因果律支配"，具"非进化的性质"；文化系的活动反之，"不受因果律支配"，具"进化的性质"。只是，文化系的活动中，梁氏又分出文化种与文化果之别：

> 文化种是创造活力，纯属自由意志的领域，当然一点也不受因果律束缚。文化果是创造力的结晶，换句话说：是过去的"心能"，现在变为"环境化"。成了环境化之后，便和自然系事物同类，入到因果律的领域了。

---

① 中国之新民：《新史学》第二章"史学之界说"，《新民丛报》3 号，61 页。

然则，研究"爱美的要求心及活动力"的文化种所产出之文化果"文艺美术品"，仍然可应用因果律了。这与他并不认可"陶潜比屈原进化，杜甫比陶潜进化"的简单排比，而将进化理解为"世界各部分人类心能所开拓出来的'文化共业'"[①]的继长增高一样，在文学史范围内，他的观点前后并无大变化。

像治汉学出身的人一样，梁启超也有历史考据癖。借用他在《慧观》中的说法：

> 同一书也，考据家读之，所触者无一非考据之材料；词章家读之，所触者无一非词章之材料；好作灯谜酒令之人读之，所触者无一非灯谜酒令之材料；经世家读之，所触者无一非经世之材料。[②]

梁启超既认为"中国古代，史外无学"[③]，故一切著述皆以史料视之。非只"六经皆史"，文学作品亦然，"诗文集皆史，小说皆史。因为里头一字一句都藏有极可宝贵的史料，和史部书同一价值"[④]。他在"'纯文学的'之文，如诗辞歌赋等"以及子虚乌有的小说中，不仅发现了"供文学史之主要史料"，进而以史家之"炯眼拔识之"，读出其中极珍贵的古代社会史资料。例如，"屈原《天问》，即治古代史者极要之史料；班固《两都赋》张衡《两京赋》，即研究汉代掌故极要之史料。至如杜甫、白居易诸诗，专记述其

---

① 梁启超：《研究文化史的几个重要问题》，《时事新报·学灯》，1923年3月3日，录自《梁任公学术讲演集》第三辑，131、133、139、135、134、135、140、144、139、141、143页；《什么是文化》，《晨报副镌》，1922年12月1日。

② 任公：《饮冰室自由书·慧观》，2A页，《清议报》37册，1900年3月。

③ 第三章《史之改造》，梁启超：《中国历史研究法》，46页。

④ 梁启超：《治国学的两条大路》，《梁任公学术讲演集》第三辑，187页。

所身历之事变、描写其所目睹之社会情状者，其为价值最高之史料，又无待言"。在《山海经》中寻找"极贵重之史料出乎群经诸子以外者"，以《水浒传》鲁智深醉打山门、《儒林外史》胡屠户奉承新举人女婿范进，印证"元明间犯罪之人得一度牒即可以借佛门作遁逃薮"、"明清间乡曲之人一登科第便成为社会上特别阶级"诸事实，都可谓别具只眼。小说之能够成为史料，是因为作家无论如何驰骋想象，"总不能脱离其所处之环境，不知不觉，遂将当时社会背景写出一部分以供后世史家之取材"。从史学家的立场看，这确乎使"古今之书，无所逃匿"[1]，无往而非史也，堪称得"善观"之妙。尽管梁氏浓厚的历史意识，使他在文学研究之外，赋予作品别一种功用价值，一如其要求文学能够改良群治、有益人生，却尚不至溺而不返，在其文学史研究论著中，文学眼光仍是主眼。《中国韵文里头所表现的情感》《中学以上作文教学法》诸文俱在，无须多言。

梁启超治学很信服戴震"不以人蔽己，不以己自蔽"（《答郑丈用牧书》）之言，故观点屡有修正，论述每求出新。做考证也是如此。考据本是历史学家的基本功，梁氏于治文学史疑案中常用之。而其考辨所得，常常因异于成说，引起学界争议。其《阴阳五行说之来历》所引发的讨论与文学无关，可以不论；《评胡适之〈中国哲学史大纲〉》而提出"《老子》这部书的著作年代，是在战国之末"，并举出六项根据以证其说，引起轩然大波[2]，便关乎文本，与文学史相交涉。纯然属于文学范围的标新，如《陶渊明年谱》之推定陶潜"卒年仅五十六"，一反旧史旧谱之六十三岁

---

[1] 第四章《说史料》，梁启超：《中国历史研究法》，79—81 页。

[2] 梁启超：《评胡适之〈中国哲学史大纲〉》，《晨报副镌》，1922 年 3 月 15 日；讨论文章见罗根泽编《古史辨》第四册（北京：朴社，1933 年）下编。

说；《印度与中国文化之亲属的关系》怀疑《孔雀东南飞》"起自六朝"①，与《玉台新咏》所载诗序"时人伤之，为诗云尔"的汉诗旧说相左，都曾成为聚讼热点。赞同前说者有梁氏弟子陆侃如，反对最力者为游国恩，其《陶潜年纪辨疑》逐一反驳了梁氏之八条举证，主张五十二岁说的古直也参与辩难②；张大后说者除陆氏外，以张为骐论言最辩，驳诘一方的主将为胡适，黄节亦不以为然③。陶潜卒年新说未成定论，而《孔雀东南飞》之年代梁启超当时说"别有考证"，而终于未见，稍后作《中国之美文及其历史》时，已自放弃而加以更正④，既破人蔽，又破己蔽，却都因善于发难，而导向研究的深入。对梁氏未必总能立于不败之地的结论，应作如是观。

至于梁启超反对帝王史、倡导国民史，其主张也以摧陷廓清之力，于打破旧史观的同时，开拓了文学研究的新领域，使小说、戏曲等俗文学作品进入研究者视野，并迅速上升为显学。其间的关联至为明显，尽管梁氏只有寥寥三两篇不怎么学术的小说论文，

① 梁启超：《陶渊明年谱》，《陶渊明》，47 页；《印度与中国文化之亲属的关系》，《晨报副镌》，1924 年 5 月 3 日。

② 陆侃如有《陶公生年考》（《国学月报汇刊》第一集）及《中国诗史》，游国恩文亦刊《国学月报汇刊》第一集，古直有《陶靖节年岁考证》（《层冰草堂丛书》本），赞同古说的赖义辉有《陶渊明生平事迹及其岁数新考》（《岭南学报》6 卷 1 期），均讨论此问题。

③ 陆侃如有《孔雀东南飞考证》（《国学月报汇刊》第一集）、《中国诗史》，陆氏又与黄节有《孔雀东南飞之讨论》（《国学月报汇刊》第一集），张为骐有《孔雀东南飞时代祛疑》（《国学月报》2 卷 11 号）、《论孔雀东南飞答胡适之先生》（同前 12 号）、《论孔雀东南飞致胡适之先生》（《现代评论》165 期），胡适有《孔雀东南飞的年代》（《现代评论》6 卷 149 期）、《跋张为骐论孔雀东南飞》（同前 7 卷 165 期）及《白话文学史》，讨论此问题。

④ 梁启超在《中国之美文及其历史》中谈到，他从前觉得刘克庄的六朝说新奇，"颇表同意"；"子细研究"后，又发觉"六朝人总不会有此朴拙笔墨"，与建安末年紧相衔接的黄初年间，也已有蔡琰的《悲愤诗》、曹植的《赠白马王彪》之类五言长诗，故《孔雀东南飞》有在建安末年成立的可能性，"我们还是不翻旧案的好"（《古歌谣及乐府》第三章《汉魏乐府》，《专集》之七十四，76 页）。

并未写过俗文学史题目的专论①。这恰好以一种极端的方式反映了梁启超文学研究的历史状况：其文学论著不必多，论述也容有疏阔可訾议处，而其"烈山泽以辟新局"②的气势，便足以为他在学术转型期的中国文学研究界奠定不可回避的重镇地位。

1993 年 10 月完稿

（原刊《中国文学研究现代化进程》，北京大学出版社 1996 年）

---

① 梁启超：虽有《桃花扇注》，却将文人戏曲归入广义的诗。参见《小说丛话》中饮冰语，《新小说》7 号，171 页。

② 梁启超：《清代学术概论》，148 页。

《梁任公先生年谱长编初稿》材源考

  《梁任公先生年谱长编初稿》是一部在学界广有声誉的著作。此书 1936 年编成，当年仅油印五十部，分送家属及知交征求意见[①]。嗣后，1958 年，台湾世界书局率先出版排印本，上海人民出版社 1983 年又印行了据《初稿》增改的修订本《梁启超年谱长编》，并且，即便是稀见的油印本，也借着编入《北京图书馆藏珍本年谱丛刊》之机，于 1999 年由北京图书馆出版社影印行世。由此，该编也因多次出版与重印，而成为易得之书。探究其编纂始末者，则以欧阳哲生冠于中华书局 2010 年版《梁任公先生年谱长编（初稿）》的《整理说明》最专门。本文因此略过编写过程，而专究该编之取材原委。

一、《梁任公先生年谱长编初稿》的原材料

  关于《梁任公先生年谱长编初稿》，学界所熟知的情况是：1929 年梁启超去世后，由亲友委托丁文江负责编写年谱。1932 年，

[①] 参见赵丰田《前言》，4 页，丁文江、赵丰田编：《梁启超年谱长编》，上海：上海人民出版社，1983 年。

丁因公务繁多，无余力顾及，经燕京大学研究院院长陆志韦与教授顾颉刚的推荐，当时在研究院学习的赵丰田作为助手，开始在丁文江的指导下接手这项工作，并最终由其完成了《初稿》[①]。这也是1983年大陆首次正式出版修订本《梁启超年谱长编》仍由赵丰田主事，并与丁文江并列成为作者的原因。

在此之外，大约1963年，因中华书局重新启动《梁任公先生年谱长编初稿》的整理，拟随后出版，作为亲历者的赵丰田为此写过一篇审读意见。此件一向藏身于中华书局档案，外界毫无知闻。而若要考察《年谱长编初稿》的材源，赵氏于此中述及的原稿沿革实最有价值。尽管相关文档已由俞国林披露于其大作《梁任公著作在中华书局出版始末》，但该文既为典藏版《饮冰室合集》的附册，系非卖品，流通自然有限，笔者因此不避重复，仍将赵氏"回忆所及"的梁谱编写"程序和依据情况"大段节引于下：

（1）信札原件（约六千通），绝大部分为副本，馀信手稿（电稿仅此），这批资料不在台湾；发表过的文字，主要根据乙丑重编本《文集》（当时《合集》未出版）；笔记之类的材料，亦皆传抄副本；他人发表过的文章和有关事实的陈述，则分别根据其原书原文而成。以上为第一批原料，该项原料本身（主要指抄副本）已存在着一些错漏字句。

（2）根据上述各项资料编成了一套资料汇编（或称长编之长编），装定为二十二册，基本上全部按年排列，中加简单说明联系的文句。这份资料共三部，第一部系

---

① 赵丰田：《前言》，2、4页《梁启超年谱长编》。

墨笔钞本（现在北京，誊写员所钞），馀二部则据第一部
用晒兰纸印成者，可能台湾有一部，但估计"台本"（笔
者按：指1958年台湾世界书局出版的《梁任公先生年谱
长编初稿》）并未据此本校订。这套资料约多于《长编》
百分（之）三十上下。在誊写员钞录过程中，又出现一
部分错漏字句，似较上述副本中的还多些。

（3）根据上述资料又编了一部《年谱长编》，分量约
达前者十分之七。这部长编稿本是用墨笔钞成的，在这
次编钞过程中，改正了一部（分）错字，可能又产生了
一些错字。这部稿本可能在台湾。

（4）现在流行的油印十二本的《年谱长编》（初稿），
是根据上述稿本用蜡纸刻印的，在刻印过程中，又产生
许多错漏字，其数量可能较前三次更多。[①]

据此，北京图书馆出版社影印出版的《梁任公先生年谱长编初稿》
油印本，实为截至1936年梁谱编纂工作的最终成果。尽管由于家
属及亲友对此稿多有不满，当年11月，以陈叔通为代表的梁氏知
交决议"改托宰平（按：即林志钧）先生重编"[②]，1947年2月并
有"《梁任公年谱》已由林宰平先生编就"[③]之说，但此定稿本至今
未见。倒是赵丰田忆及的第二项材料——分装二十二册的墨笔钞
本"资料汇编（或称长编之长编）"尚完好保存，并因中华书局有

---

① 赵丰田：《翻阅复旦校注本〈梁谱长编〉（初稿）第三、四册的一些初步意见》，转引自
俞国林《梁任公著作在中华书局出版始末》，36、33页，《饮冰室合集》（典藏版）附册，北京：
中华书局，2015年。

② 陈叔通：《致舒新城函》（1936年11月26日），同上书，16页。另参见同书32–33页。

③ 陈叔通：《致舒新城函》（1947年2月11日），同上书，34页。

重修计划，而由梁思成于1962年12月送交该社①。此一珍本以《梁任公先生年谱长编稿本》的题名，已于2015年11月由中华书局分订十六册影印出版，使我们对于梁谱的取材可以有更多的了解。

按照赵丰田的回忆，《梁任公先生年谱长编初稿》乃由四种史料合成。第一种往来信札下文会设专节论述，第四种已发表的他人著述，因涉及年谱中具体的人事，无法讨论，其他两种则尚可申说。

第二种梁启超本人的著述，赵丰田称，其中已发表的部分，主要依据1926年中华书局出版的《（乙丑重编）饮冰室文集》。此说已算谨慎。可以想象，1925年编成的《饮冰室文集》因距离梁启超去世最近，且由其侄梁廷灿在叔父的指导下完成，亦为梁氏生前各种文集中收录最丰的一部，以之为最初的工作底本，确有相当的便利。只是，此集收文"断乙丑春"，且排除了"成书单行者"及"未成之稿"十八种，诸如《清代学术概论》《中国历史研究法》《陶渊明》《国学小史稿》《中国近三百年学术史》《美文及其历史》②等重要著作均未纳入，1925年春以后发表的著述自然也不在其中。而且，即使排除这些因素，由《年谱长编稿本》反映出的事实亦非如此简单。

翻检《梁任公先生年谱长编稿本》，不难看到对《（乙丑重编）饮冰室文集》（编中称《乙丑饮冰室文集》《文集》等）的使用，如"谱前"叙述"曾祖父母"与"祖父母"时引录的《三十自述》

---

① 见俞国林《梁任公著作在中华书局出版始末》，36页。
② 梁廷灿：《〈（乙丑重编）饮冰室文集〉序例》，1A页，梁启超著、梁廷灿编：《（乙丑重编）饮冰室文集》，册一，上海：中华书局，1926年。

梁姓最初的祖先

梁姓最初的祖先據說是秦嬴的後人名叫康的從

秦嬴到康的系統據史記秦本紀和通志氏族畧所

載是這樣秦嬴生秦侯秦侯生公伯公伯生秦仲秦

仲生莊……康秦仲在周宣王朝為大夫死於征西

戎之役他有五個兒子長子名莊後來宣王用他打

敗西戎火子名康列平王的時候因他父親的功勞

封他為伯爵於夏陽的梁山從此後世子孫就都以

梁為姓了 史記卷五秦本紀頁一十二通志氏族畧卷
二十六頁二十一反梁氏族譜源流序畧

秦氏歷代世系圖譜康祖節

梁任公先生年譜稿紙

《梁任公先生年谱长编稿本》首页

与《哀启》，均出此中①。不过，鉴于林志钧主编的《饮冰室合集》1932年底已经交稿②，1936年1月，其中的"文集"部分亦由中华书局出版发行（"专集"4月发行），与之同时进行、并于1936年3月底编辑完成的《梁任公先生年谱长编初稿》③，在不断修整的过程中，自然也会对《合集》有所借鉴。如1922年梁启超五十岁生日撰写的《〈湖南时务学堂遗编〉序》，《年谱初编稿本》记出处，既云"见原书"，又称《合集》作《〈时务札记残卷〉序》④，便是一例。以此，《梁任公先生年谱长编例言》中言及梁氏著述编年所述，"多据乙巳本《饮冰室文集》、乙丑重编本《饮冰室文集》及《饮冰室合集》目录（稿本）"⑤，无疑最为准确。

而实际上，记录谱主著述的刊行情况，本就是年谱必备的内容。因此，除了上举文集外，单行本或小规模的结集在著录初版信息的同时，也会成为《年谱长编稿本》引文的来源。以1921—1922年为例，所引各篇分别出自《梁任公近著第一辑》（1922—1923年初版）、《梁任公先生最近讲演集》（1922年初版）、《梁任公学术讲演集》第一、二、三辑（1922—1923年初版）以及《先

① 清华大学国学研究院、中华书局编辑部编：《梁任公先生年谱长编稿本》第一册，21、23页，北京：中华书局，2015年。

② 陈叔通1934年9月23日《致舒新城函》云："查原订两年内出版，已将届期，可否催促成之？"据此推知，最迟1932年底，《饮冰室合集》应已交稿。另据陆费逵于同年8月6日陈叔通函批语，知"文集"已排成十之八九，"专集""正在赶排"（见俞国林：《梁任公著作在中华书局出版始末》，8页）。

③ 翁文灏1936年5月19日致胡适函称，"丁在君兄生前拟编梁任公先生年谱，……自一月间在湘物故后，经弟约集най稿者赵君丰田，请其赓续工作。至三月终，始克编辑完成"（见宋广波编著《丁文江年谱》，497页，哈尔滨：黑龙江教育出版社，2009年）。

④ 见《梁任公先生年谱长编稿本》第十五册，7215页。此篇题目应为《〈时务学堂札记残卷〉序》。

⑤ 《梁任公先生年谱长编例言》，1页，丁文江、赵丰田编，欧阳哲生整理：《梁任公先生年谱长编（初稿）》，北京：中华书局，2010年。

秦政治思想史》（1923 年初版），无一采自《（乙丑重编）饮冰室文集》者。而那些未曾入集的讲演，则多半依据报刊载录，尤以《申报》居多。在此，这些钩稽所得的演说词俨然具有了与《饮冰室合集》分工合作的功能，尽管并非梁启超亲笔撰写，却为记录其生平行事甚至思想演进所必需。

著作之外，梁启超又是近代中国著名的报人，其担任主笔或主持创办的多种报刊，自然也在年谱编者的注目中。1929 年 4 月 18 日，丁文江致信胡适，即告知："关于任公年谱材料暂时一部份还缺《新小说》，请你给我留意。"而《年谱长编稿本》于光绪十七年（1891）项下已引用梁氏《新中国未来记》，"隐示自己一生事业大半从《长兴学记》和《仁学》两部书得来"，所取文字正录自"《新小说》第二号页三十"①。并且，不只是梁启超所编刊物，凡与其著述、活动关系密切之报章，丁文江都会尽力搜求。如距上信两日前，丁去函胡适所说："《知新报》已从北大借到，《湘报》、《湘学报》也觅得。报的一部分，已完全了。"② 正展示出这一工作的成绩。

至于第三种笔记类的史料，应当指的是为编撰年谱而专门征求，由梁氏亲属与知交特意写作、提供的独家文稿。如果当初《梁任公先生年谱长编例言》的许诺能够实现，"将引用及参考书列一目录，附于全书之后"③，或可一目了然。遗憾的是，这批资料不但未见编目，连抄本也不知藏身何处，或竟已散失，是最可痛

---

① 丁文江：《致胡适》（1929 年 4 月 18 日），《胡适遗稿及秘藏书信》第二十三册，112 页，合肥：黄山书社，1994 年；《梁任公先生年谱长编稿本》第一册，132—133 页。

② 丁文江：《致胡适》（1929 年 4 月 16 日），中国社会科学院近代史研究所中华民国史组编：《胡适来往书信选》上册，511 页，北京：中华书局，1979 年。

③ 《梁任公先生年谱长编例言》，2 页，《梁任公先生年谱长编（初稿）》。

心事。笔者 1995 年编选《追忆梁启超》一书，在《后记》中已根据《梁启超年谱长编》列出了其中引据的篇目：

> 曼殊室戊辰笔记（梁启勋）
>
> 任公事略（汪诒年）
>
> 时务报时代之梁任公（未具名）
>
> 任公先生事略（冯自由）
>
> 任公先生大事记（未具名）
>
> 任公先生事略、任公逸事（狄葆贤）
>
> 任公先生事略、记辛亥年任公先生归国事（杨维新）
>
> 任公轶事（罗普）
>
> 梁任公先生逸事（徐佛苏）
>
> 记民国五年任公先生留沪运动冯华甫事、记任公先生题礼器碑、记任公先生民国五年由沪入桂事（黄群）
>
> 记广智书局始末（未具名）①

只是，这份目录尚不能涵括当年征集到的所有文献。如《梁启超年谱长编》列于 1898 年（光绪二十四年）项下的"王照谈梁被召见而未得重用的原因"一段文字，标明的出处为"中国近代史资料丛刊《戊戌变法》（二）第五七三页"②；回到《年谱长编稿本》，此处所写的依据为"王小航与江翊云书言先生召见后未蒙大用之

---

① 夏晓虹：《后记》，夏晓虹编：《追忆梁启超》，480–481 页，北京：中国广播电视出版社，1997 年。已从中删去吴贯因《丙辰从军日记》，因该文实刊于 1916 年 10 月《大中华》第 2 卷第 10 期，题名《从军日记》。

② 丁文江、赵丰田：《梁启超年谱长编》，127 页。

原因"①。实则此文即为收入 1930 年开雕的《小航文存》之《复江翊云兼谢丁文江书》，标记的写作时间为"己巳四月"，因知此函正是 1929 年 4 月丁文江持江庸（字翊云）介绍信往访王照（字小航），请其"以梁任公戊戌事迹"见告，"以备为梁氏作年谱资料"②，王照遵嘱而作。

除去这类《年谱长编稿本》所用为专稿、《年谱长编》以公开发表的文献取代的情况，保存在号称"长编之长编"的《稿本》中之原始资料实在更多。仅据第一册所载至 1896 年为止的事迹，上举之外，本人书面提供的史料尚有：□韬《与雪丈书》（又题《记任公受学陈梅坪事》）、未署名《任公先生子女生卒单》、章太炎《与梁思成先生书》（又题《与梁世兄书》）；又上列漏记者尚有：梁启勋（仲策）《记外亲家世》、《高祖以下之家谱》、某君《任公少年事记》、林奎（慧儒）与陈国镛（侣笙）《任公大事记》；另外，《长编稿本》中分题梁思成《记学海堂之组织及情形》与《致在君先生书》（1929 年 5 月 14 日）二文，在《长编》中一律以后题出现。又，口述史料除《长编》已载之梁启雄（《稿本》误书为"梁季雄"），尚有梁思顺（令娴）亦曾提供③。

比较特殊的一种史料是孙宝瑄（字仲屿）的日记，为得到其中相关记载，丁文江很费了一番心思。1929 年 7 月 8 日与胡适书中叙述最详：

---

① 《梁任公先生年谱长编稿本》第二册，843 页。注出处为"王小航与江翊云书"（844 页）。

② 王照：《复江翊云兼谢丁文江书》，《小航文存》卷三，17A 页，《水东集初编》本，1930 年。

③ 分见《梁任公先生年谱长编稿本》第一册，84、153、180、35、86、68、107、90、119、44、39 页；《梁启超年谱长编》，20、24 页。

我听见人说，孙慕韩（按：即孙宝琦）的兄弟孙仲屿有很详细的日记，所以用思成的口气写了一封信给慕韩托菊生（按：即张元济）转交，请他借给我一看。（……）慕韩说，日记是有的，但是在杭州，等他写信去问。我知靠他写信不中用，又托余绍宋（樾园）就近在杭州想法子。今天接到他的信说，日记已借到了，但是甲午到庚子，有八大本之多，孙家不肯邮寄。他就从头至尾看了一遍，把与任公有关系的记录抄了出来，寄了给我。就所抄的十几张看起来，的确是很重要的史料。[①]

而丁文江托余绍宋摘抄的孙宝瑄《日益斋日记》，不只用于《梁任公先生年谱长编初稿》，并且，因孙氏日记有散失，故中华书局 2015 年重新出版《孙宝瑄日记》时，又据《长编稿本》补辑出光绪二十一至二十六年（中缺光绪二十四年）的若干片段[②]，是孙氏日记亦借助梁谱的编纂而得以补遗。此亦可见该谱搜集资料之广。

二、以来往信件为主的年谱编纂体例

辑录大量往来书信，无疑是《梁任公先生年谱长编初稿》的最大特色。该书为治近现代史的学者所看重，多半与此相关。这也证明了丁文江的编纂策略极具前瞻性。

[①] 丁文江：《致胡适》（1929 年 7 月 8 日），《胡适来往书信选》上册，517-518 页。

[②] 见孙宝瑄：《日益斋日记摘抄》，中华书局编辑部、童杨校订：《孙宝瑄日记》下册，1377—1385 页，北京：中华书局，2015 年。孙氏日记先有上海古籍出版社 1983 年印行之《忘山庐日记》两册。

早在 1929 年 7 月 8 日给胡适的信中，丁文江已明确谈到其编纂梁谱的最终目标：

> 只可惜他家族（按：指梁启超家人）一定要做《年谱》，又一定要用文言。我想先做一个《长编》，敷衍供给材料的诸位，以后再好好的做一本白话的"Life and Letters"［生平和书简］。[1]

此处所谓"'Life and Letters'［生平和书简］"，在《梁任公先生年谱长编例言》第二条，已明确指向二人都很熟悉的伦纳德·赫胥黎（Leonard Huxley，1860—1933）为他父亲托马斯·亨利·赫胥黎（Thomas Henry Huxley，1825—1895）所作传记："本书采用英人《赫胥黎传记》（*The Life and Letters of Thomas Henry Huxley*）体例，故内容方面多采原料，就中尤以信件材料为主。"[2] 以此，赵丰田接手后，丁文江给他的指示中，便包括了"本谱要有自己的特点，即以梁的来往信札为主，其他一般资料少用"[3]。如此反复强调，应该是由于作为科学家的丁文江深受达尔文（Charles Darwin，1809—1882）与赫胥黎进化论思想影响，连带对其传记所用体裁也心向往之[4]。而前后相继的两种传记均由传主之子完成，也令人联想到梁启超去世后，丁文江那副"生我者父母，知我者鲍子；在地为河岳，在天为日星"的深情祭幛，确如胡适所说，"最可以写出在君对于任公先生的崇敬，也最可以表示任公先生和在君的

---

① 丁文江：《致胡适》（1929 年 7 月 8 日），《胡适来往书信选》上册，518 页。
② 《梁任公先生年谱长编例言》，1 页，《梁任公先生年谱长编（初稿）》。
③ 赵丰田：《前言》，3 页，《梁启超年谱长编》。
④ 达尔文的传记 *The Life and Letters of Charles Darwin* 也由其子 Francis Darwin 编著。

友谊"①。梁谱的编写亦然。

当然，选择以书信为主的编纂体例，也有与正在同时展开的《饮冰室合集》收文相趋避之意。《梁任公先生年谱长编例言》已道出此情：

> 本书所收材料虽以信件为主，但以其离集单行，故凡信件中所无而著述中所有者，亦酌量采录。其信件中所有而著述中亦有者，或一并录入，俾相互发明，或仅列其目供读者参考，借求不失年谱之价值。②

此处的"酌量采录"与"仅列其目"，均指已入《饮冰室文集》或《合集》者。显然，《长编初稿》的编撰是以这两种梁集作为依托，故设想读者应同时配置，俾便互相观看。而优先录入其中不曾收入的书信，亦可与《合集》相辅相成，体现年谱不可取代的独特价值。

目标既定，为搜求各方书信，丁文江确曾竭尽心力。例如在整理梁启超家藏信件时，他发现了曾与梁氏有交往的日本政治家犬养毅（1855—1932）的书函，立即追踪前往，写信给犬养的女婿、时任日本驻华公使的芳泽谦吉，"请他向他的丈人要任公的原信，并且请他搜求日本人方面的材料"③。如此用心广泛征集，自然成效显著。单是梁启超本人的信函，5月21日，丁文江的说法还是"朋友方面所藏的任公信札，也居然抄到一千多封"；而到7月8日的信里，他已在兴高采烈地向胡适报告："任公的信，已有

---

① 胡适：《梁任公先生年谱长编初稿序》，《梁任公先生年谱长编（初稿）》，651页。

②《梁任公先生年谱长编例言》，1页，《梁任公先生年谱长编（初稿）》。

③ 丁文江：《致胡适》（1929年4月18日），《胡适遗稿及秘藏书信》第二十三册，112页。

修仲君好兩務包銷差于分定一俟有利之析扣其餘由弟作

人設法銷出有兩務仍為之據期酌寫必不與包銷之帳相

蒙請其弟為兄一函有何最公最妥之法即見示又何欲查者

現在紙價如何成本如何例如每冊葉數約與東方雜誌相當

訂三年需費幾何可五年需費幾何又每冊出價最高能至錢

何凡此統祈之二代籌為草一稿詳之計畫書見復匯上

　　致周少勣君

示教悉辱領其迎款甚借抄清史稿初原得趙公允許其

後又似為不敷之意弟又不便強求故此事已作罷諦謹以奉聞

並乞轉告叔伽為荷

心不諦　撤去

岑宗

仲固還

藎伯

好刪

张元济手校《饮冰室尺牍》钞本

二千多封！"① 至于最终收集到的往来书信总量，赵丰田1980年代说有"近万件"，或有夸大，故仍以《梁任公先生年谱长编例言》所述"本书所根据之信札，凡六千余件（电稿凡三千余件）"②，为最接近事实。

这些巨量信札实可分为两类，即梁启超本人所写以及他人致梁启超函。前者中，家书占有很大分量，其中绝大部分的手稿，曾由梁思顺1963年左右提供给中华书局，供编辑《梁启超集》使用③。此三百七十七通家书连同十七封与他人信，已见于中华书局1994年影印出版的《梁启超未刊书信手迹》两大册。另外，2012年匡时国际拍卖公司的拍品"南长街54号梁氏档案"，亦含有梁启超写与其弟梁启勋的二百二十六封书札，连同写给父亲、孩子及袁世凯等人的信函，总数达到了二百四十一通。这批信件也已收录在匡时与中华书局合作，迅即编辑、出版的同名全彩影印本中。可想而知，由于梁启超的墨迹为世人所重，不少亲友当年提供者即为过录稿。像丁文江致胡适信中谈及的"蒋观云所存任公的信六十几封，已经抄好"④，便属此类。这些抄稿现在不知是否尚在人间。幸运的是，现藏于上海图书馆的任心白手钞、张元济手校的《饮冰室尺牍》抄本，让我们可以略窥冰山之一角。

此册抄稿共十一页，收信人为商务印书馆诸公，包括尊称"菊公"的张元济（字菊生）、尊称"梦公"的高凤谦（号梦旦）和以字行世的陈叔通，另有商务天津分馆馆长周国恩（字少勋）⑤。

---

① 丁文江：《致胡适》（1929年5月21日、7月8日），《胡适来往书信选》上册，514、518页。

② 赵丰田：《前言》，2—3页，《梁启超年谱长编》；《梁任公先生年谱长编例言》，1页，《梁任公先生年谱长（初稿）》。

③ 参见俞国林《梁任公著作在中华书局出版始末》，50页。

④ 丁文江：《致胡适》（1929年7月3日），《胡适来往书信选》上册，516页。

⑤ 参见周兴陆《梁启超致张元济等未刊尺牍十七通》，《文汇报》，2012年3月12日。

能够确定这些信札与梁谱相关，称呼的一致可为一证。如 1918 年项下，《年谱长编初稿》录有梁启超致陈叔通、张元济四信，分别标为《致陈叔通君书》《致菊公张元济书》①，除"书"字为出于全编体例而添加，其他均与《饮冰室尺牍》抄本同。

不过，很明显，这二十九封信并非全部交给了丁文江。其中如《致周少勋君》一短札，上批："此无关系，因凑篇幅，故删。"又有一则《致菊公》短札，末批："此亦因凑篇幅，故删。"同样被完整删去的还有第五至六页与第十页上的两封《致菊公》，但没有说明原因，上端只简单批了"撤去"，并要求："此半页与上页重抄，并为一页，庶无痕迹。""此下祇可重抄矣。"批者显然是张元济。这些删去的书信，有些确实是无关紧要，有些则明显属于不欲公开。如被"撤去"的 1922 年间一信，前半述："李君光忠译书费，承公预垫洋七百零八元，深荷厚意。兹已汇往美国，并嘱其陆续交稿矣。"所说译书事，即李光忠留学美国伊利诺大学时，于 1922 年 11 月译成《近世欧洲经济发达史》，商务印书馆 1924 年 8 月出版。故梁启超 1923 年 6 月 30 日与张元济书中尚言，"寄上李光忠所译之《近世欧洲经济发达史》附录二，共九叶"云云。而李氏原为梁夫人李端蕙的侄辈，梁启超出于姻亲的关系，特意请求商务破例，为年轻译者尚未完成的译著预付稿酬。张元济尽管照办了，却绝不愿意他人援以为例，故在抄录时，特意删落此函。另一大约写于 1925 年 2 月的《致菊公》，则是梁为徐志摩的游欧筹措资费，"意欲请商馆假以二千元，由馆指定编著一二书为酬报"②，希望张元济玉成。应是张未允，此信

① 见《梁任公先生年谱长编（初稿）》，448—450 页。
② 任心白手抄、张元济手校：《饮冰室尺牍》，5A、6A、5B—6A、10A、7B 页（原本未标页码）。

因此也在"撤去"之列。

全信拿下倒也罢了，偏是其中还有截搭而成者。如一封写于1918年、仅署"十九日"的《致陈叔通君书》，依照《年谱长编初稿》的说明，乃是"七八月间先生致陈叔通书，商松社开会和拟办杂志各事"。关于办杂志事，梁既想以正在撰写的《中国通史》稿本"分期付印，广求当世评骘"，又称《通史》版权必欲自有"，"故拟托商务代印发，而定一双方有利之公平条件"。此句之后，《年谱长编初稿》便转入结束语："望一一代筹，为草一稍详之计画书见复，至盼。"实则，因张元济批示"以下请撤去"，并以红笔直接在"公平条件"与"望一一代筹"之间做出删节的首尾标记，致使以下一段文字残缺：

> 最好商务包销若干分，定一稍有利之折扣，其馀由著作人设法销出者，商务仍为之按期邮寄（或代收费），而不与包销之帐相蒙。请梦、菊兄一商，有何最公最妥之法，即见示。又，所欲查者，现在纸价如何，成本如何。例如每册叶数约与《东方杂志》相当，印三千需费几何？印五千需费几何？又每册售价最能至几何？凡此，统望一一代筹，为草一稍详之计画书见复，至盼。[1]

可以想见，这种营业上的讨价还价，无论是否达成，作为商务掌门人的张元济总不愿让外人知晓。而经过其删节、拼接，这段文字竟天衣无缝、不露痕迹地进入《年谱长编初稿》，由此自然会引

---

[1] 任心白手抄、张元济手校：《饮冰室尺牍》，4B—5A页；《梁任公先生年谱长编初稿》，449页。引文均依据《尺牍》抄本。

起我们的好奇，究竟还有多少秘密被先期过滤掉了？

至于他人写给梁启超的书札，照常理推断，多半应藏于收信方的梁家。这批信件的总数实难估计。幸好，现在台湾的"国家图书馆"（原名"中央图书馆"）特藏组所藏善本中，尚有版本记为"梁氏收辑亲友函札原迹"、原装八册的一批手札。1974年，台北文海出版社曾以原馆藏登录名《梁任公知交手札》为题影印了全部信函，书中未做任何编辑处理，故内封书名后特别标注了"不分卷"，只在卷首有一简短说明：

> 光绪三十四年戊申，任公年三十六岁，其年十月，光绪帝与西后先后崩逝，醇亲王载沣以摄政王执政。任公在日本创办政闻社，本年正月，社由东京迁上海。其后出版《宪政新志》及《国风报》，鼓吹改革，联络各省谘议局代表，广通声气。在辛亥革命前后数年间，为任公政治活动最积极时期。此辑所收知交手札，多达八厚册，自戊申至壬子（民国元年）分年装订。通信者有沈兆庆、黄可权、徐佛苏、汤觉顿、麦孺博、范静生、周孝怀、章太炎、袁项城、梁文卿、罗瘿公、杨晳子、向构父、蔡松坡、林献堂、张君劢等人。间亦附入家书。以上函札，其重要者多已摘载丁文江氏所编任公年谱长编内。惟未录入者尚多，仍极富研考之价值。①

该书先后出现在文海出版社的两套丛书中，除编入"清代稿本百种汇刊"之集部外，也曾以《梁任公（启超）先生知交手札》之

---

① 《梁任公（启超）知交手札》上册，卷首，台北：文海出版社，1974年。

《梁启超知交手札》"戊申函件"卷首

名，收入"近代中国史料丛刊续编"第十辑。虽然是不断再版，且为原件影印，但由于此书连最基本的篇目亦未整理列出，加以缩印为 32 开本后，本来就不易辨认的手书，字迹更加模糊，以致出版多年，学界却鲜有使用。

虽然如此，此书仍有其独到价值，即保留了原本的各种信息。最重要的是，每册卷首均有标目，或列姓名，或书年份，或者二者俱全。而以发信人标目与按年份编者各占一半。记年的四册分别书"戊申函件""辛亥函件（其一）""壬子函件"（两见）①，除"辛亥函件"外，其他七册均列出了人名，上述通信者即在其中。据此推测，其间至少应该还有"己酉函件""庚戌函件"与"辛亥函件（其二）"。出版者既已将这批信函与《梁任公先生年谱长编初稿》相系连，因此可以断定，八册手札呈现出的正是当年收集者进行了初步清理的原始样态。"分年装订"本是为了配合年谱的修纂；一时未能断定年份者，则标明人物姓名，以方便检阅。

至 1995 年，台湾"国家图书馆"特藏组终于不负众望，集合多人，投入大量精力，对这批函札进行了重新编辑，更名《梁启超知交手札》印行出版。其所做工作为："各信函均酌加标题，题某人致某人"；"按发信人姓名之笔划部首顺序排列，同一人名下若有多封信件，分别按日期先后排列，日期若无法判定者，则排在该人名下之后方"②。最关键的是，此书每页一分为二，上方为清晰度更高的原件影本，下方为经过整理的释文。如此前后有序，两相对照，眉目清朗，加以"间或略作注释"③，原先不可读之书，

① 《梁任公（启超）知交手札》下册，621、785、947、1105 页。

② 《编辑说明》，"国立中央图书馆"特藏组编：《梁启超知交手札》，卷首 4 页，台北："国立中央图书馆"，1995 年。

③ 曾济群：《序》，《梁启超知交手札》，卷首 3 页。

自此"天堑变通途"矣。

经过如此仔细的清理，序言作者、时任馆长曾济群已可以很有底气地把这批信札与《梁任公先生年谱长编初稿》挂上钩：

> "国立中央图书馆"特藏组藏有梁任公先生知交手札一批，盖即当年年谱编纂处所征集来之一部分材料。此批函札共三百六十馀封，名人手迹，悉皆原件，弥足珍贵。

并且，不仅有了明确的信函数目，涉及的时间范围也由先前的光绪三十四年即 1908 年，更正为"上起光绪三十二年，下迄民国元年，先后长达七年"[①]。此说法固然不错，但若复按原书，存件最多者，仍为原初标记的"戊申"（光绪三十四年，1908）、"辛亥"（宣统三年，1911）与"壬子"（民国元年，1912）三年。其中明确定为光绪三十二年（1906）之作只有两信，光绪三十三年（1907）亦不足四十函。

对于书信的作者，至此也确定为"执笔者约一百二十人"[②]。序言中列举姓名的有：袁世凯、蔡锷、杨度、章太炎、汤化龙、汤觉顿、汤济武、张元济、张君劢、张公权、麦孟华、徐佛苏、狄楚青、蒋观云、向构父、罗惇曧、吴贯因、邓孝可、林献堂等，与文海初印本的说明略有出入。实则，文海本的"范静生"与整理本的"汤济武"，《梁启超知交手札》目录中均不见其人，反是出于原宗卷首的人名中。而且，不只上列诸人"皆系近代史上重

---

① 曾济群：《序》，《梁启超知交手札》，卷首 2 页；《编辑说明》，同书，卷首 4 页。
② 《编辑说明》，《梁启超知交手札》，卷首 4 页。

要关系人物，或文化事业上之翘楚"①，其他姓名未见采录者，如伍庄、周善培（号孝怀）、潘博、戴鸿慈、蓝公武诸人，在中国近代政治、文化史上也都有相当地位。何况其中如何天柱、梁文卿、黄可权等，更与梁启超关系密切。梁父宝瑛也有十封家信留存，殊为难得。

诸多信札，不只"所透露之消息，颇可补史料之不足"；并因其"大部分未见采入丁编《年谱长编初稿》中，既［即］或已经收录，泰半均系择引"；况且又属原稿，可据以勘误，其文化—历史价值之高自不待言。而唯一不足处，是每册卷首原有的编年及人名标记，在整理本已全部消失，不知是因为打乱了此前的排列次序、不便植入，还是与这批函札"现已重新装裱，订为十册"②有关。但这起码表明，文海原样影印的《梁任公知交手札》仍为不可替代的版本。

考察此三百多封信件内容，确如《梁任公知交手札》编者所言，乃以立宪活动为中心议题。不过，在《年谱长编初稿》所记大事外，利用这批仅存的信函，还是有很多不大不小的题目可供开发。仅据个人研究的一点心得：北大图书馆所藏一份有头无尾、由梁启超代笔的"呈为留学研究一得谨陈管见以备采择仰祈钧鉴事"，初读茫无头绪，经阅此册中孔昭焱光绪三十三年致梁启超书，方恍悟梁氏残稿系为这位万木草堂同学而作③；又，凭借其中张元济、胡元倓、吴贯因、何天柱、向瑞彝（号构父）诸人致梁启超函，并配以《梁启超与林献堂往来书札》，梁氏1910—

---

① 曾济群：《序》，《梁启超知交手札》，卷首 3 页。

② 曾济群：《序》，《梁启超知交手札》，卷首 3、2 页。

③ 参见笔者《梁启超代拟宪政折稿考》，《现代中国》第 11 辑，北京：北京大学出版社，2008 年 9 月。

1911 年间创办"国民常识学会"的种种构想才能够完整钩稽、呈现出来①。

　　而《梁任公知交手札》的现身，证明赵丰田所说《梁任公先生年谱长编初稿》所依据的信件底本"不在台湾"，起码并不准确。推想这批手稿的渡台，应与保存在中央研究院历史语言研究所的《年谱长编初稿》毛笔清抄本的来源相同，都是由丁文江1936 年 1 月去世后，接手主持梁谱编纂的翁文灏所移交。《初稿》抄本可确定交给了史语所所长傅斯年②，至于信札，不知当时是一并给了史语所，还是转到了南京的中央图书馆。但无论如何，1949年前后，这两份资料都去了台湾。而历经战乱与社会大动荡，《梁启超知交手札》虽已非全帙，却尚存六七年间原函，已属万幸。

　　应当说明的是，不论是梁启超发出还是收到的所有信件，基本都缺少记年，甚至月日也不齐全；并且，由于梁本人长期遭清廷通缉，所议事项又有相当的机密性，往来书函中亦不乏使用化名或"名心"隐身者。这对年谱编纂者与《梁启超知交手札》整理者而言，自是很大的考验。尽管其间确有编年失误，如梁启超1906 年夏写与徐佛苏、涉及为考察宪政大臣代笔事的一封重要书札，徐多年后误记为"乙巳年发"，编者亦失察，系于光绪三十一年（1905）③，便是一例。而根据丁文江与胡适信中所述，"壬子（按：1912 年）以前的一千几百封信已将次整理好了。自光绪丙午（按：1906 年）到宣统末年的事实已经很可明白"，"照我现在所

---

　　① 参见笔者《梁启超的"常识"观》，《天津社会科学》2014 年 1 期。

　　② 参见胡适《梁任公先生年谱长编初稿序》、丁文渊《梁任公年谱长编初稿前言》，《梁任公先生年谱长编（初稿）》，652、656—657 页。

　　③ 参见《梁任公先生年谱长编（初稿）》，182 页。

198　阅读梁启超：文章与性情

知道的事实，很容易证明信的年分，可惜日月没法知道"①，由此可以认定，构成《梁任公先生年谱长编初稿》主体的书信，其最初的编排次序正是在丁文江手中完成；或者更确切地说，收录范围为 1906—1912 年的《梁启超知交手札》，原稿之分年编列、人名辨析的整理工作乃由丁文江独立承担。即此可见，丁文江已为梁谱的编写奠定了坚实基础。

三、作为史料底本的《〈申报〉康梁事迹汇抄》

阅读《梁任公先生年谱长编初稿》，会发现其历史叙述线索主要以《申报》新闻贯穿。最早是光绪十五年（1889）梁启超乡试中举，据八月十二日《申报》记录了第一场试题；最晚已在梁辞世后，1929 年 2 月 19 日的《前日商学界公祭梁任公》②，记述了上海各界的追悼情形。起点的选择非常合理，因为中举，时年十七岁的梁启超才得以在广东乡试题名录中现身，姓名首次见于报章。至于《申报》为年谱编者特重，自与其在近现代报界居于首屈一指的独大地位有关。

由此，北京图书馆出版社 2008 年列入"民国文献资料丛编"影印出版的《〈申报〉康梁事迹汇抄》便应受到特别的关注。此抄本原题为"《申报》康梁事迹录"。《出版说明》称其为"民国间佚名辑，稿本"。在国家图书馆古籍部可看到原件，乃抄写于三种红线稿纸，半叶十行，行字不等，合订为一册。原未标页码，根据现在印出的 647 页计数，推知原稿应有 324 叶。出版社介绍其内

---

① 丁文江：《致胡适》（1929 年 5 月 21 日、7 月 8 日），《胡适来往书信选》上册，513、518 页。
② 参见《梁任公先生年谱长编（初稿）》，13、647—648 页。

申報康梁事蹟錄

梁啟超中舉

光緒壬午年中育十盲奉（上諭）硃華廣東正考官著李端棻去

副考官著王仁堪充鎮此

　　　　　　　　　　光緒十五年五月雪

電付廣東鄉試首場題（一）子以雅言詩書執禮亦子不語怪力

亂神（二）束百二州財用足（四）離妻之明公輸子之巧

詩題：荔實圃天雨嵗星得星字　　壬年日十盲

二場題：報未登載未詳

己丑恩科廣東鄉試官板題名全錄　第一名周頌聲

梁　名卅第　　　　　　　壬年九月十五日

1

《〈申报〉康梁事迹录》首页

容及价值为：

> 内容全部辑自《申报》，时间自光绪十五年五月
> 十四日（一八八九，梁启超中举）起，至一九二九年一
> 月二十日报导梁启超逝世止。另有三十馀页附页，约略
> 为补遗内容，如清季东三省反正始末等。全书所辑内容，
> 以康有为、梁启超的事迹为主，同时包括有关督抚调动、
> 相关人士言行、革命党活动、新政、谘议局、资政院、
> 国会请愿、临时政府、国会两院等的新闻报导。是近代
> 史研究，特别是康梁生平事迹研究的重要资料。①

这确是重印此册坚实的理由。

虽然"康梁事迹"并列，但检视该本内容，显然是以梁启超
为主。倒不是因为其起讫均着落在梁氏身上，应该说，康有为中
举既晚于弟子，去世又早于其人，故事迹见于报章的时段，自会
被梁启超涵括；笔者之所以有该册置重于梁氏之感，更多是因为
对二人行事的摘录，明显见出梁的详细程度过于康。以《〈申报〉
康梁事迹汇抄》第493页为例，当页涉及的1916年8、9月间时
事共六条，分别为"棘人梁启超等泣血稽颡""康南海致北京大
总统电""黎总统覆康南海电""康南海致总统总理书""康南海
致朱庆澜电"与"梁任公之兴亚借款意见"，包括梁启超拟归里葬
父征集挽联、康有为请总统黎元洪下令各省祭孔等情，其中关于
梁启超的两则皆全文抄录，而关涉康有为的四则仅撮述要点，顶

---

① 北京图书馆出版社：《出版说明》，《〈申报〉康梁事迹汇抄》，卷首，北京：北京图书馆
出版社，2008年。

多在第二、四则上加了黑三角，表示相对重要。甚至梁启超出游欧洲的1919年，尽管报纸偶有缺失，但总共十三条摘录，均与仍在国内的康有为无关①。也即是说，全卷的主人公实为梁启超，尊为师长的康有为则是因为对弟子影响至深，尤其在1912年梁归国前，故记述梁之事迹不能不顾及康，其为附属人物应可确定。

而且，从《〈申报〉康梁事迹录》的抄写体例看，最初，抄录者本拟采用纲目体，将相关事迹的摘录汇集在一个题目下。如"梁启超中举"一条，即包括了《申报》光绪十五年五月十四日载录的五月十二日上谕、八月十二日的"电传广东乡试首场题"与九月十五日的"己丑恩科广东乡试官板题名全录"中与梁此次科考相关的内容。而由梁启超担任主笔的"《时务报》"一条，更是跨越三年，集中了光绪廿二年六月廿六日、廿三年四月二日、九月初一日、十二月初一日以及廿四年闰三月十二日、六月十二日六则广告与上谕②，将该刊从即将发行到奉旨改为官报的过程作了全面展示。当然，这样的汇抄随后越来越少见，几乎变成了一事一题。再往后，自民国元年（1912）11月起，眉目不清的"北京专电"、"北京电"也日益增多，这类新闻述要已不时打破顶格书写提纲、退后一二字抄录本事的常例。尽管如此，直到卷末的"梁启超在北平病笃"与"梁启超在北平病故"③，纲目体仍大体贯穿全册始终。而如此有意保持的提挈纲领，也让人好奇其辑录目的。

北京图书馆出版社在影印此书时，首先便面临着这一问题，《出版说明》给出的说法是："从成书的情况看，该书似是在梁启超

---

① 参见《〈申报〉康梁事迹汇抄》，546—550页。

② 参见《〈申报〉康梁事迹汇抄》，1、11—14页。

③ 同上书，311、611—612页。

逝世后，某人因某种需要辑录而成的。"① 如此表述固然稳妥，但究竟是何种需要，仍不得其详。既然该卷是以梁启超的生平行事为主轴，再加以纲目体的使用，其实很容易使人联想到《梁任公先生年谱长编初稿》的编纂。丁文江为该编制订的书写格式为，"平叙、纲目两体并用"②。"平叙"即"记述本年大事的综合性文字"，而年谱的重头则在"按事情先后，分目辑述"③ 的纲目部分。《〈申报〉康梁事迹录》的抄写体例显然非常适合《梁任公先生年谱长编》编写的需要。

当然，以上毕竟只是推测，若进一步落实此说，尚须比对文本。不妨以1914年10月6日《申报》所载《参政院提出质问案之详情》为例，此件在《〈申报〉康梁事迹录》中以"梁启超提出质问案"为题，做了节钞。开头部分为：

> 参政院代行立法院于民国三年十月二日举行第十五次会议，……（十五号）梁启超言：本席根据《约法》第三十一条立法院之职权第八项，提出关于政治上之疑义，要求大总统答覆云云。本院现在既代行立法院之职权，当然可以提出政治上之疑义，要求大总统答覆。现在外交上日本、英国在山东种种行为，关系重大，故本席对于此事拟提出质问书，要求政府答覆，拟请议长变更议事日程，先议此事。附议者在五人以上。……旋任公发表意见言：自欧洲战事发生……④

① 北京图书馆出版社：《出版说明》，《〈申报〉康梁事迹汇抄》，卷首。
② 《梁任公先生年谱长编例言》，2页，《梁任公先生年谱长编（初稿）》。
③ 赵丰田：《前言》，《梁启超年谱长编》，前言5页。
④ 《梁启超提出质问案》，《〈申报〉康梁事迹录》，430—431页。

比对《梁任公先生年谱长编初稿》甚至更早的《梁任公先生年谱长编稿本》，文字基本相同，仅"第三十一条"脱字，讹为"第三十条"①。而按照前引赵丰田的叙述，在一次次的抄录中，错误应会不断增加。故这里的遗漏不能说明什么问题。

重要的分歧在如何安放"（十五号）"。最晚出的《梁启超年谱长编》将其置于"第十五次会议"之后、删节号之前②，文意于是变得不可解。实际回到《申报》原文，即可明白，"十五号"乃是梁启超在参政院中的席位，且报导中并未加括号。抄入《〈申报〉康梁事迹录》时，既在"附议者在五人以上"句后，省略了如下文字："议长云：梁参政提议变更议事日程，赞成者请举手。众举手。议长言：全体。十七号（王家襄）言：应请梁参政发表意见。十五号（梁启超）言"③；并且，"（十五号）"又是以添加的方式出现在第一处省略号右侧。尽管从《梁任公先生年谱长编稿本》到《梁任公先生年谱长编初稿》油印本，誊录者一直都小心翼翼地依照《〈申报〉康梁事迹录》原样移抄④；但《梁启超年谱长编》已改为排印本，此处也必须纳入行间，由此发生了赵丰田的误判，以为其直接由"第十五次会议"而来。由此可知，最终的错误实为对《〈申报〉康梁事迹录》理解的偏差所致。

更确凿的证据则在《申报》与《〈申报〉康梁事迹录》的文句对勘。"旋任公发表意见"一句其实并非出自《申报》，而是《〈申

---

① 参见《梁任公先生年谱长编（初稿）》，362页；《梁任公先生年谱长编稿本》第十一册，5499页。

② 见《梁启超年谱长编》，692页。《梁启超年谱长编（初稿）》亦误（362页）。

③ 《参政院提出质问案之详情》，《申报》1914年10月6日。

④ 参见《梁任公先生年谱长编稿本》第十一册，5499页；《梁任公先生年谱长编初稿》，《北京图书馆藏珍本年谱丛刊》195册，23页，北京：北京图书馆出版社，1999年。

报〉康梁事迹录》的抄写者撮述上引王家襄言。并且,《申报》新闻稿通篇都以"梁启超"称呼其人,同人发言均称"梁参政",意在表示郑重。《梁任公先生年谱长编初稿》编写者不察,将明显违例的"任公"之说也作为《申报》文字引录,反倒坐实了其与《〈申报〉康梁事迹录》的沿袭关系。至于"自欧洲战事发生"及以下大段文字,在《申报》那里本出自"十五号(梁启超)言"。

不止此也,实则早在第一条"梁启超中举"里,已埋伏了《〈申报〉康梁事迹录》作为《梁任公先生年谱长编初稿》资料底本的有力证据。在抄录过"电传广东乡试首场题"、著录了"十五年八月十二日"的《申报》发表日期后,抄写者顺便标注了一行:"二场题报未登载,未详。"其中的"报"显然意指《申报》,因随后的"康祖贻中举"条中,不仅列出了首场题,并另有"电传广东乡试二场题"①的记录,誊录者觉得在此有必要做出说明。不料,这行文字日后竟被当作《申报》所载,混入正文。

查《梁任公先生年谱长编稿本》,"光绪十五年己丑(公历一八八九)"项下,有征引九月十五日《申报》新闻云:"二场题报未登载,未详。己丑恩科广东乡试官版题名全录:第一名周颂声,梁列第□名。"②此则消息显系混搭《〈申报〉康梁事迹录》的三行文字而成。在上引抄写者言之后,《〈申报〉康梁事迹录》另起一行为"己丑恩科广东乡试官板题名全录",只择录了"第一名周颂声"与梁启超。应该是由于人数太多,抄录者不及细察,故关于梁的名次仅记为"梁名列第",或许也是鉴于康有为的以"康祖贻"本名应试,担心梁亦另有谱名。而此本上方别有"第八新会

---

① 见《〈申报〉康梁事迹汇抄》,1、2页。
② 《梁任公先生年谱长编稿本》第一册,100页。

梁启超"等字样①，可知此乃他人补笔。复核九月十五日即1889年
10月9日的《申报》，"题名全录"在首版显赫位置刊出，而"二
场题"等语自然不见于该日报中。

上举两例已足可证明，《〈申报〉康梁事迹录》乃是专为编写
《梁任公先生年谱长编》而辑录。从现存稿本看，此件亦非出自
助编赵丰田之手，甚至可能是托人异地抄录。如1916年8月11、
17—20日《申报》发表"梁任公与京沪各报记者之谈话"，抄录
者在此题目下特别添加了说明："原文冗长，摘其大意。如必须重
抄，来函知照，补抄可也。"② 由于此文先编入1916年出版的梁著
《盾鼻集》，即附录之《与报馆记者谈话一》及《与报馆记者谈话
二》，复重收于《（乙丑重编）饮冰室文集》，故已为年谱编纂者掌
握，自不须补抄。但由此亦可推知，当年抄录史料时，应设定了
排除这部八十卷本《饮冰室文集》各篇的规约，故梁启超大量署
名文章并不在内。此文之所以被汇抄，实在是因为性质含混，辑
录者在现场无法了解其收录情况。而在《〈申报〉康梁事迹录》的
补遗部分，我们确可看到日后补抄的痕迹。第一则为原刊于1912
年2月24日《申报》上的《东三省反正始末记》，因可能关涉梁
启超此前一年到东北的活动，故先前只列出标题③，后又被年谱编
纂者要求提供详情。

应该承认，此位尚不知名的抄录者对梁启超的生平相当熟悉，
故能够从《申报》的巨量文字中，淘汰出关系梁启超生平的各种
史料。其关注对象不限于康梁，如在梁启超、康有为中举两条提

① 《〈申报〉康梁事迹汇抄》，1页。
② 同上书，486页。
③ 见《〈申报〉康梁事迹汇抄》，613—617、385页。

要之后，即是"张之洞署两江总督"、"黄遵宪奉谕调苏"①，显然了解二人光绪二十年（1894）的行踪与梁启超日后的事迹相涉。不消说，梁氏亲身参与的历史事件之前因后果、所办报刊之宗旨始末，以及时人的评论，皆为抄者所关注。正因有此高水平的资料汇录，方能保证《梁任公先生年谱长编初稿》的顺利完成。

当然，这些前期史料的准备工作也存在不足。《申报》并非全帙、时有阙失，抄者也会出现漏读，凡此都可以理解。而且，随着梁启超流亡后期参与立宪运动，相关活动的报导大为增多，抄录者在选择时亦难以取舍。先是在宣统元年十二月十一日关于"预备立宪公会举朱福诜为正会长，张謇、孟昭常为副会长"一条的上端，标出"原文如必要，可补钞，下同"，开始改变此前逐条录文的方式。至宣统二年二月初五日"预备立宪公会之通告"条，干脆在标题上方加黑三角②，以凸显其在撮要或仅录题目的文献中处于重要级别。这一标识越往后越多见，而卷末的补遗即多半来自此中。尽管经由编写者的重审，一些重要的篇目得以抢救回来，现身《梁任公先生年谱长编初稿》，其中最值得一提的是1920年3月梁启超欧游归来在上海中国公学发表的演说，提出"中国固有之基础亦最合世界新潮"③，昭告了其学术思想的转变；但抄录简略所造成的缺失也不可避免。

其实，《〈申报〉康梁事迹录》全卷择抄的前详后略，也会直接影响到《梁任公先生年谱长编初稿》的编纂。1936年，油印本出来，经眼的亲友已及时表示不满。一直负责联系中华书局出版事务的陈叔通给梁启超长女梁思顺、长子梁思成的信中即明言：

① 《〈申报〉康梁事迹汇抄》，3 页。
② 见《〈申报〉康梁事迹汇抄》，313、337 页。
③ 《〈申报〉康梁事迹汇抄》，643 页。

《年谱》底本，确不满意。赵君未克负在君委属之意，后尤草率。花钱不少，可以请一位比赵君高明得多的人亦不难。弟阅第一本，当［尚］以为大致不差，愈看愈不对，始主张宰平总阅。①

从中可见梁家对此稿亦多失望，意见主要集中在后部。赵丰田本人也有感觉，其忆述 1936 年 1 月翁文灏接替丁文江主管梁谱编写："这时，我想早日结束此事，转往别的研究，工作加速进行，以致《初稿》的最后部分显得比较粗糙。"② 正道出了实情。不过，若从史料底本而言，1925 年至 1929 年 1 月梁启超去世，四年间事，在《〈申报〉康梁事迹录》中仅占二十页；且 1928 年全年无记，从 1927 年 6 月 17 日"庆祝北伐大胜利"，便直接跳到 1929 年 1 月 17 日的两则"北平电"，报导"梁启超在北平病笃"，下一条即是 20 日关于"梁启超在北平病故"的电文③，全稿抄录至此结束。虽然可以理解为，作为学者的梁启超比之前期作为政治家在台面上的活动减少，但原始史料的欠缺必然使年谱史事的铺展受到限制，也是可想而知的。

需要补充一笔的是，在《〈申报〉康梁事迹录》之外，《梁任公先生年谱长编初稿》还另有录自《申报》的文献，此节开头提及的《前日商学界公祭梁任公》即属此类。

最后还想尝试推测一下《〈申报〉康梁事迹录》的抄写时间。

---

① 陈叔通：《致梁令娴、梁思成函》（1936 年 11 月 5 日），转引自俞国林《梁任公著作在中华书局出版始末》，31 页。

② 赵丰田：《前言》，4 页，《梁启超年谱长编》。

③ 见《〈申报〉康梁事迹汇抄》，592—612、611—612 页。

前文提到丁文江非常看重孙宝瑄《日益斋日记》的史料价值，与胡适信中曾举例说道："譬如庚子年上海容闳、严又陵（按：即严复）所组织的'国会'，是一件很重要的事件，而《申报》上没有一个字的记载。我问过了当时与闻其事的人（如菊生、楚青［按：即狄葆贤］）都不得要领，从孙的日记得了最详细、最忠实的叙述。"① 此信写于 1929 年 7 月 8 日，似可证明丁文江已经看到了这册《申报》摘抄稿；换言之，此稿主体部分应已于此前抄出。

2016 年 4 月 18 日于京西圆明园花园

（原刊《中国文化》第 43 期，2016 年 5 月春季号）

---

① 丁文江:《致胡适》（1929 年 7 月 8 日），《胡适来往书信选》上册，518 页。按:《梁任公先生年谱长编初稿》"光绪二十六年庚子"引孙宝瑄《日益斋日记》，记述开"国会"事为七月一日（《梁任公先生年谱长编初稿》，120 页）；而《申报〉康梁事迹录》于该年有"七月份报缺"（150 页）的记录。

辑 二

清学的有用与无用

—— 读梁启超的学术史二种

梁启超一生被政治与学术两种不同的兴趣所纠缠，内心时常发生冲突，言行往往前后矛盾。不过，他的自白，"两样比较，学问兴味更为浓些"，仍是信言。后期的转向传统文化研究，叶落归根，便是明证。因此，1921 年他给自己规定今后的角色"做个学者生涯的政治家"（《外交欤？内政欤？》），其实倒该反过来表述为"做个政治生涯的学问家"，才合乎情理。仅从其学术史研究一隅，这也是个值得一议的话题。

在各类学问中，梁启超无疑对历史最感兴趣。自称一生治学"无恒"的梁氏，对史学的钟爱却始终不衰。自 1901 年撰写《中国史叙论》，为计划中的鸿篇巨制《中国通史》做准备，此后治史的活动虽时或间断，但这一志向从未放弃。晚年总结一生的学术活动，他也预言：

> 假如我将来于学术上稍有成就，一定在史学方面。
> （《文史学家性格及其预备》）

就学术史而言，其努力之勤、创获之丰，已是不争的事实。他先后著作的《论中国学术思想变迁之大势》《清代学术概论》与《中国近三百年学术史》，展示了他在这一领域的实绩。

学术史在梁启超的史学体系中，不过是包罗万象的文化史的一个小分支。梁氏遗留下一份《中国文化史》总目，显示出他试图从朝代、种族、地理、政制等二十六个方面，逐一论述中国文化的发展历程。其中的"学术思想篇"，正是以中国学术的历史描述与分科研究为对象。即便如此，梁启超的学术史撰述规模也已相当庞大。不算分科，单是纵向的考察，依据他本人最简便的分段，也须包纳"先秦学术""两汉六朝经学及魏晋玄学""隋唐佛学""宋明理学""清学"五部分（见《清代学术概论·第二自序》）。而每部分，都足可以写成一部像《中国近三百年学术史》一样的大书。

中国之有学术史，梁启超以为始自黄宗羲的《明儒学案》。若论及现代意义的学术史，梁氏的《论中国学术思想变迁之大势》实为开山作。当其撰写之时，正值清末外患频仍、救亡图存意识高涨之际，故梁启超于该篇《总论》中，便标明以助长爱国精神为旨趣，意欲通过学术思想史的演述，探寻中国致衰的原因及所以复兴之道。

梁启超认为：

> 学术思想之在一国，犹人之有精神也；而政事、法律、风俗及历史上种种之现象，则其形质也。故欲觇其国文野强弱之程度如何，必于学术思想焉求之。（《总论》）

学术思想又并非只起映现作用，它还可以改变一个国家的"文野强弱"状况，梁氏当时发表的《论学术之势力左右世界》的文章题目，正表明了这层意思。呼唤中国学者发挥大至左右世界、小至左右一国之力的梁启超，治学术史自然并不单纯出于兴趣。从"学术救国"的需要出发，他必须首先肯定中国古老的文明曾为"世界莫能及"，其他文明古国均已灭亡，硕果仅存的中国却"屹然独立"，并有无限的发展前途。其在学术史上所得到的证实是：中国学术有着辉煌的过去，无论上古还是中古，数及世界各地区学术思想，均为"我中华第一也"。失去优势只是近代发生的事情，而近代史远未完结。中国学者若能趁时顺势，输入西方文明，以与本土文明相结合，中国仍有希望恢复"最高尚最荣誉之位置，而更执牛耳于全世界之学术思想界"（《总论》）。从这一理念出发，在《论中国学术思想变迁之大势》中不仅通篇贯彻了比较的精神，随处指点中外之长短，而且对造成国势衰落的中国近世学术，更持一种严厉批评的态度。

该长文将截止到十九世纪末的中国学术思想史划分为七个阶段，清以前依次为胚胎时代（春秋以前）、全盛时代（春秋战国）、儒学统一时代（两汉）、老学时代（魏晋）、佛学时代（南北朝隋唐）、儒佛混合时代（宋元明），留给清代的则是"衰落时代"这一恶谥。具体论述此段学术史，也以民族气节与经世致用为品评标准，故推崇顺治、康熙时期以明遗民或处士终其一生的学者，而贬抑为清学之代表的乾嘉考据学派。即使是被梁启超视为正统考据学派始祖的阎若璩与胡渭，也因其处士身份，与顾炎武、黄宗羲、王夫之等人同受"明儒"之称呼，而不谓为"清儒"；尽管梁氏也承认其学术迥别于明学，开出一新时代。反之，论及乾嘉考据学派，除了对其科学精神与分科专门化有所嘉许（其中尚包含着"惜乎其用不广，而仅寄诸琐琐之考据"的批评），余下的大都是斥其无用的议论。以致为"近世之学术"做小结时，梁氏亦云：

> 综举有清一代之学术，大抵述而无作，学而不思，故可谓之为思想最衰时代。

这一状况虽是由于清代文字狱迭兴所造成，但学者"销其脑力及其日力于故纸之丛，苟以迨死而已"，丧失了经世致用之志，在梁启超看来，还是造成了对社会的巨大危害。因此，他对考据学派的历史功过，一言以蔽之曰："斯学之敝中国久矣。"很清楚，导致近世中国衰弱的罪责，梁启超已判定应由乾嘉考据学来负。这就不难理解他为何在文章中对清学基本持否定态度，而所认同于清初学者的，也主要是其宋明理学的背景。

由国家的命运反思学者的责任，固然表现了梁启超的学术良知，所得出的结论也不无道理。不过，因为作者站在政治立场上研治学术史，便不免夸大或漠视了某些事实的意义。1920 年写作《清代学术概论》时，梁启超已意识到这一点而检讨说：

> 且当时多有为而发之言，其结论往往流于偏至。
> （《自序》）

偏至之论中便包括对乾嘉学派乃至清学的总体评价。

从分期上看，梁启超此时将清代学术划分为四段，即启蒙期、全盛期、蜕分期与衰落期，命名已相当客观。若仍以经世致用为考察线索，对构成全盛期主体的乾嘉考据学派与蜕分期主体的今文经学派，梁氏的意见也与十几年前很不相同。从"凡真学者之态度，皆当为学问而治学问"、"学问之为物，实应离'致用'之意味而独立生存"的立论出发，他对今文经学派"皆抱启蒙期'致用'的观念，借经术以文饰其政论，颇失'为经学而治经学'之本意"便不以为然，而先前遭贬斥的正统考据学派之"无用"，此时也不成其为病，反认为体现出更纯正的学术精神。梁氏为此所下的解语是，"有用无用云者，不过相对的名词"。理由有二：在治学态度上，"夫用之云者，以所用为目的，学问则为达此目的之一手段也；为学问而治学问者，学问即目的，故更无有用无用之可言"；而在实际效应上，"为用不为用，存乎其人也"，"同是一学，在某时某地某人治之为极无用者，易时易地易人治之，可变为极有用"。归根结底，"就纯粹的学者之见地论之，只当问成为学不成为学，不必问有用与无用，非如此则学问不能独立，不能发达。夫清学派固能成为学者也，其在我国文化史上有价值者以此"。这等于肯定不求有用为清学之最大价值，对乾嘉学派代表的清代学术所作评价也随之大为提高。从结论的可靠性考虑，梁启超不赞成今文经学者的曲解材料固然可以理解，而花费如许多的笔墨为乾嘉考据学派申辩，则显示出其学术史研究立场的转换。

在宋明理学问题上也反映出同样的情况。《论中国学术思想变迁之大势》对正宗王阳明学派的肯定，原本基于褒扬民族气节；时过境迁，从学术的流变着眼，作《清代学术概论》的梁启超既已认定清学为"对于宋明理学一大反动"，清学正统派又有其不容低估的历史地位，宋明理学本身便必然存在着痼疾。书中指出的采佛说而讳其所出、反加丑诋，创新派而托名孔孟、淆乱其实，"既诬孔，且诬佛，而并以自诬"，便是对包括王学在内的宋明理学表现形式最尖锐的批评。而其对于学术思想的不良影响，在于"遏抑创造"与"奖厉虚伪"。所有这些讨论，已严格限定在学术史范围内。

虽然如此，社会思潮对学术史研究仍有不可否认的潜在制约作用。同样是谈论清代学术史乃二千餘年中国学术史之倒演这一现象，《论中国学术思想变迁之大势》仅对此"古学复兴"次第作一客观描述，并以学者的求新意识与学术的兴衰规律笼统解释之。《清代学术概论》则不然，它突出强调的是"以复古为解放"的内在理路：

> 第一步：复宋之古，对于王学而得解放；第二步：复汉唐之古，对于程、朱而得解放；第三步：复西汉之古，对于许、郑而得解放；第四步：复先秦之古，对于一切传注而得解放。

推演下去，五四新文化运动"打倒孔家店"的要求也并非横空出世，而是势所必至，理有固然。用梁启超的话说：

> 夫既已复先秦之古，则非至对于孔孟而得解放焉不止矣。

即只有走到这一步，将复古—解放做到尽头，此一段学术史才算有了完满、彻底的结束。对清学史"以复古为解放"的总体把握，显然得益于1919年以后新文化的兴起。没有"五四"所提供的历史高度与角度，这一思路的沟通便很困难，起码在实证上尚缺少最后的一环。在学术与政治之间，梁启超选择社会文化思潮作为契合点，便使其学术史研究获得了一种新的眼光，而又避免了武断偏至。

由上述例证还可以引申出或曰返回到学术有用无用之争。学者是为致用而治学，还是为学问而治学，其间有利有弊；而凡是真正的学术研究，其意义总不会在历史上消失，无用终归会变为有用。乾嘉学者对一部经书的考辨或散碎字句的考证，孤立看来是最无关实际的学问。然而一旦将其置于学术史的长河中，它所指示的求实的科学精神与疑古的否定倾向，最终还是引发出了一场思想解放的革命。这种无用之用的存在说明，纯粹的学术（或学术史）研究，仍然具有思想（或思想史）价值。

1992 年 1 月 25 日

（原刊《学人》第二辑，江苏文艺出版社 1992 年）

考据与图表的现代功用

——读梁启超《中国之美文及其历史》

　　像梁启超的许多专著一样,《中国之美文及其历史》也是一部未完成之作。虽然依时代所及,该书已叙至唐宋,却是各部分极不平均。比较完整的为"古歌谣及乐府",其他三部分"周秦时代之美文""汉魏时代之美文"及"唐宋时代之美文",均只得一、二章,尚未充分展开,便戛然而止。并且,从章节的设置到作品的选评,都流露出匆迫的痕迹。其"汉魏时代之美文"便与"古歌谣及乐府"的内容有所重复,仅张衡的《四愁诗》,即先后全文出现过三次。很显然,梁启超留给我们的,只是一部尚未加工的草稿。对这部未完成的草稿加以讨论,容易发生是否值得的疑问。不过,就梁氏至死不渝地执着于史学研究的努力而言,这部残缺不全的文稿,毕竟是他流传于世的唯一一部文学史通史著作。作为历史文本,以注重研究方法著称的梁启超,也于该著中提供了一种文学史著述的范式,至今仍有借鉴作用。

　　所谓"美文",在梁启超后期语汇中专指诗歌。因此,《中国之美文及其历史》实际便是中国诗歌史。此书稿最初收入 1936 年版《饮冰室合集》中,而据该书编者认定,其实际写作时间为

1924 年。（按：笔者后来发现，此篇中的部分内容曾以《古诗十九首之研究》为题，在 1926 年 5 月出刊的《实学》第二期发表，因此判定其应作于 1926 年。）在此之前，已出版过多种文学史著作，但若论及曾经问世的中国诗歌史，梁著或许是最早撰写的一部，虽然它作为遗稿，很晚才与读者见面。

《中国之美文及其历史》的基本撰写方式，是以作品（或其他资料）加考评构成。年代越靠前的作品，抄录越多，几同辑佚；魏晋以降，虽有选择，数量仍相当可观。这种大量录原作的方式，已为今日文学史所不取。考评部分，则重在考证，其次才是评点。这在事实上也有不得不然的道理。因早期诗歌真伪混杂，作品的产生年代、作者主名都有加以辨正的必要，梁启超于是将主要精力放置于此。至于艺术鉴赏，本是历代诗评家的拿手好戏，梁启超倒不甚挂怀，评点中常见"这首诗几于人人共读，用不着我赞美了"一类的话；虽然其间亦不乏特识，如称赞曹操的《短歌行》与《步出夏门行》"以当时五言的风韵入四言，遂觉生气远出，能于三百篇外别树一壁垒"，批评汉武帝的《蒲梢天马歌》"简直和清高宗的打油诗没有多少分别"。这些地方，常常能见出撰史者的性情，也与今日文学史所追求的客观立场不同。

今天相对简省的文学史，其实是以成套的作品选为后盾的。梁启超将二者合一，固然使本文显得臃肿，却也有一个好处，即读者可以直观地把握文学演进的轨迹，从而大大精简了史实叙述的文字。而文学史著作尽管具体评价应力求公允，不致太失准，在表述、视点与品鉴中，则不妨提倡多一点个性化，以免千部一面。

从梁启超年轻时代所接受的旧学训练看，他之选择考据的方法作文学史，本属驾轻就熟。乾嘉学派的实证功夫，在解决早期文学作品的疑案上，的确大有用武之地。梁氏用此法最成功，即与此诸种内、外因素的配合有关。他经过考证所得出的结果，恰如其门人葛天民所说，颇多"足以谳定古代文学史中之悬案"（《全汉诗种类篇数及其作者年代真伪表·叙例》）的定论。如关于五言诗产生时代的考辨，已成为现在通行的文学史所采纳的成说，便是其中最突出的例证。

结论固然重要，而其解决文学史悬案的手段尤具有值得重视的普遍意义。喜欢总结研究策略与著作方法的梁启超，在这部残稿中也不失时机地谈到了其考辨原则：

> 凡辨别古人作品之真伪及其年代，有两种方法：一曰考证的，二曰直觉的。考证的者，将该作品本身和周围之实质的资料搜集齐备，看他字句间有无可疑之点，他的来历出处如何，前人对于他的观察如何，……等等，参伍错综而下判断。直觉的者，专从作品本身字法句法章法之体裁结构及其神韵气息上观察，拿来和同时代确实的作品比较，推定其是否产于此时代。譬诸侦探案件，考证的方法是搜齐人证物证，步步踏实，毫不杂以主观；直觉的方法则如利用野蛮人或狗之特别嗅觉去侦查奇案，虽像是狠香茫狠危险，但有时亦收奇效。

并称"文学美术作品，往往以直觉的鉴别为最有力"。以梁氏对"古诗十九首"的考辨而言，指出诗中数见"盈"字，犯汉惠帝名讳，以及多写洛阳景象，都证明其非西汉作品而决出东汉人之手，便是采用"考证"的方法，"就作品本身觅证"；而与班固稚拙的《咏史》诗以及其后张衡、秦嘉、蔡邕等人谐畅、纯熟的五言诗相比较，从而断定其产生年代"大概在西纪一二〇至一七〇约五十年间，比建安、黄初略先一期，而紧相衔接"，则属于"直觉"的方法，"以各时代别的作品旁证推论"。若换用现在通行的说法，大致梁氏所谓"考证"即求内证，"直觉"即取外证，实则都可归入考据学范围。

考证对于文学史写作的意义，不仅在于排定作品前后次序，也可以历史地显示文学发展的进程。如否定了"古诗十九首"中若干作品为西汉初人枚乘所作的旧说，而将其作为"一时代诗风之表现"放在一起处置，便为解决五言诗产生时代的问题提供了有力的依据。正如梁启超所言，"十九首一派的诗风，并非西汉初期瞥然一现，中间戛然中绝；而建安体亦并非近无所承，突然产生：按诸历史进化的原则，四方八面都说得通了"。因此，重要作品的考证，其价值并不限于澄清自身，而同时兼具在文学史中定位的功用。不过，考证的文学史也有其极限，在作品作者、年代确定，本事清楚无疑的情况下，它就很少派上用场。而既谓之"美文"，即是承认其美感效应，这又是考证所无法包办的，需要其他招数出场献艺。梁启超的诗歌史未完稿，使我们无法更多领教他在考据之外的功夫，虽然借助其《中国韵文里头所表现的情感》一文，我们知道他还应该另有高招。

考据学本是祖先留下来的遗产，属于旧货，而按照梁启超的解释，它又是很有现代精神的"科学的研究法"（《清代学术概论》）。梁氏对考证的热衷，因而可以说是出于对科学精神的认同。与此相关，看重图表的作用，也是其研究方法科学化的一个重要步骤。

图表也并非现代文明的产物。据说《史记》作《三代世表》，"旁行邪上，并效周谱"（《梁书·刘杳传》引桓谭《新论》），司马迁也承认他见过《春秋历谱谍》（《十二诸侯年表序》），证明起码在周朝，已有谱表流传。而十九世纪末二十世纪初，梁启超提倡"文界革命"时，黄遵宪有一信与严复讨论此问题，特别把"附表附图"列为"变文体"的一项内容，又可见在时人眼中，图表尚属新体。旧物而具有新意的原因在于，纳独立的图表于文章的有机结构之中；此外，图表的设计与数字的统计，也需要科学的头脑。在《中国历史研究法补编》中，梁启超曾大谈"把正文变为图表"的必要与好处，"范繁赜的史事为整饬，化乱芜的文章为简洁，且使读者一目了然"，"可以把许多不容易摆在正文内的资料保存下来"，"正文有的，以表说明，正文无的，以表补充"，并把制表作为史家必不可少的专门技术，放在"史才"一节加以讨论。梁氏推崇造表的做法，倒不只是因为古已有之，还因为"欧美人对于此道，尤具特长"，显然是将使用图表作为一项科学化的研究手段来看待的。他也确实身体力行，乐于此道，曾花十余日精力制作《先秦学术年表》。在撰写诗歌史时，自然也对列表表现了极大的兴趣与热情。

《中国之美文及其历史》现存近十二万字，其中将近六分之一的篇幅是各种图表，这在已面世的文学史中，相信是用表最多的。虽然其中最大的三张表，分诗、歌谣及谚语、乐府三部分列出"全汉诗种类篇数及其作者年代真伪表"，其作者并非梁氏，而是他的弟子葛天民，却是梁启超于"建安以前汉诗"的章末，原拟"列表如左"。葛氏于其师殁后，乃"缵述先师，凡厥体制，咸遵遗意"（《全汉诗种类篇数及其作者年代真伪表·叙例》），不过是代梁启超完其心愿，故此表的制作，仍是梁氏本意。其他如据郑樵《通志·乐略》所作的乐府分类表，铙歌二十二曲于汉、魏、晋流传的历史沿革表，便都是梁启超自创。其中最见功力的图表，是他汇聚相关资料加以考辨后，所绘制的"乐府类别表"。他将全部汉乐府分为"公式专用"与"公私并用"两类，前者再区分为"用诸祭祀者"与"用诸军旅者"，每项下系属乐府种类，"公私并用"者也再分为"歌舞兼者"与"唯歌者"，以下还有进一步的划分。此表列出，总是搅扰不清的乐府各调之间的关系便变得一目了然，确乎可以节省叙述，达到文字所无法企及的简明效果。

今日通行的各种文学史，考据的文字虽有减少，考据本身却仍是不可或缺的看家本领。倒是图表难得一见，大有退出文学史著作之林的趋势。这大约与晚近出现的文学史大多为教科书有关系，图表总不如文字更适宜在课堂讲授。不过，文学史著作的对象并非只是大学生，社会还需要供案头阅读的写本，于是多一些图表、少一些文字的要求，自有其现实合理性。

1992 年 7 月 4 日

（原刊《文学史》第一辑，北京大学出版社 1993 年）

梁启超与《和文汉读法》

在晚清"借途日本，学习西方"的热潮中，一本被视为日文速成教材的小书——《和文汉读法》曾流行一时。直到1935年周作人写作以此书名为题的随笔时，还对这本出版于三十多年前的语言读物念念不忘，称"其影响极大，一方面鼓励人学日文，一方面也要使人误会，把日本语看得太容易"，并且说，"这两种情形到现在还留存着"（《苦竹杂记·〈和文汉读法〉》）。周氏乃过来人，其言亦真实可信。

至于此书的作者，当年本是人所共知，周作人即根据记忆，写明为"梁任公著"。不过，因《和文汉读法》的各种版本均未署撰著人姓名，且时光流逝，年代隔远，后来的研究者也未必了解其中渊源。如李国俊所编《梁启超著述系年》（上海：复旦大学出版社，1986年）收罗广博，于此项却失收，其他可想而知。

而《和文汉读法》当归入梁启超名下本无可疑，有其一段自述足以做证。先是梁氏在《新民丛报》第9号（1902年6月）刊出《东籍月旦》，言及读日文有"简便之法"，习得此法，则"慧者一旬，鲁者两月，无不可以手一卷而味津津矣"。这种"专学读书"的妙方，正投合晚清大量从日文转译西学书籍的特殊需要，自然极具诱惑力。于是，一读者来信询问究竟，而引发梁启超的对答：

> 真通东文，固非易易。至读东书能自索解，则殊
> 不难。鄙人初徂东时，从同学罗君学读东籍。罗君为
> 简法相指授。其后续有自故乡来者，复以此相质，则为
> 草《和文汉读法》以语之。此己亥夏五六月间事也。其
> 书仅以一日夜之力成之，漏略草率殊多，且其时不解日
> 本文法，讹谬可笑者尤不少，惟以示一二亲友，不敢问
> 世也。后鄙人西游，学生诸君竟以灾梨枣，今数重版矣，
> 而一覆读，尚觉汗颜。（《新民丛报》第15号"问答"栏，
> 1902 年 9 月）

这段文字因未收入《饮冰室合集》，流传不广，知者不多。而堪称
集大成的《合集》本也漏收《和文汉读法》，更使其书日渐湮没。

不过，梁撰此书原有旁证。1936 年编成的《梁任公先生年谱
长编初稿》（后更名《梁启超年谱长编》，上海人民出版社 1983 年
出版），于 1899 年项下节录了罗普（字孝高）所写《任公轶事》，
即云：

> 己亥春，……任公欲读日本书，而患不谙假名，以
> 孝高本深通中国文法者，而今又已能日文，当可融会两
> 者求得捷径，因相研索，订有若干通例，……因著有《和
> 文汉读法》行世。

此言与梁启超的说法可以互证。而罗普乃梁氏就读于万木草堂的
同学，亦为康有为弟子，1897 年东渡，此时日文已有相当基础。

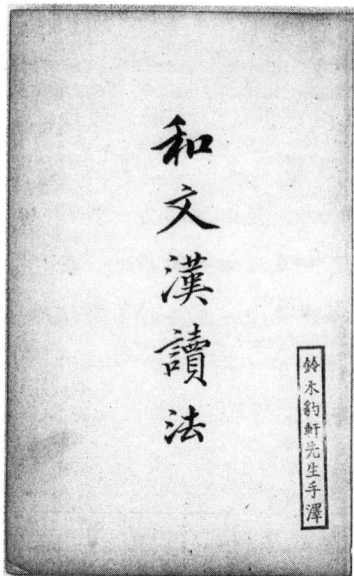

《和文汉读法》(梦花卢氏增刊本)
内封

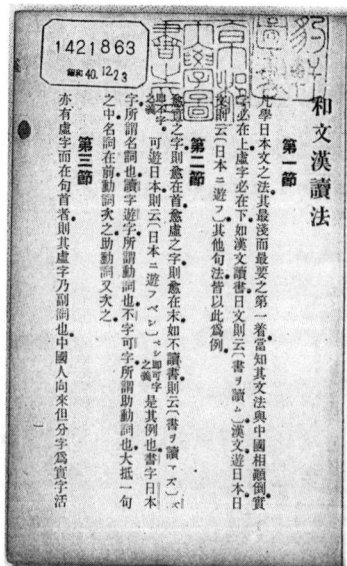

和文漢讀法

第一節

凡學日本文之法其最淺而最要之第一著當知其文法與中國相顚倒實字必在上虛字必在下如漢文讀書日文則云「書ヲ讀ム」漢文遊日本日文則云「日本ニ遊フ」其他句法皆以此爲例

第二節

實之字則愈在首愈虛之字則愈在末如不讀書則云「書ヲ讀マズ」可遊日本則云「日本ニ遊フベシ」シ可ヲ字 是其例也書字日本字所謂名詞也讀字遊字所謂動詞也不字可字所謂助動詞也大抵一句之中名詞在前動詞次之助動詞又次之

第三節

亦有虛字而在句首者則其虛字乃副詞也中國人向來但分字爲實字活

《和文汉读法》(梦花卢氏增刊本)
首页

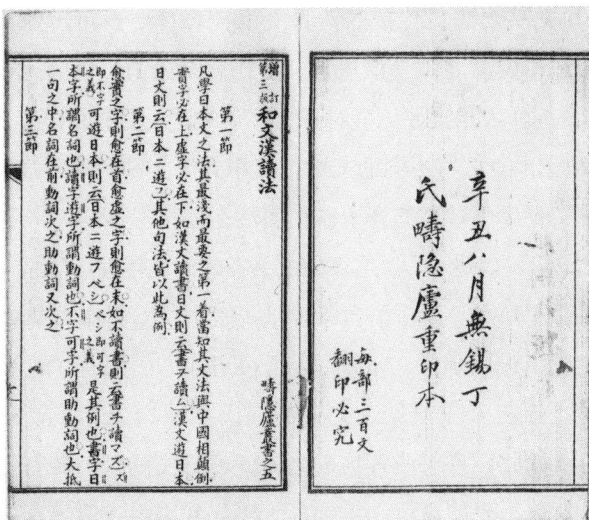

《和文汉读法》（增订第三版）版权页与首页

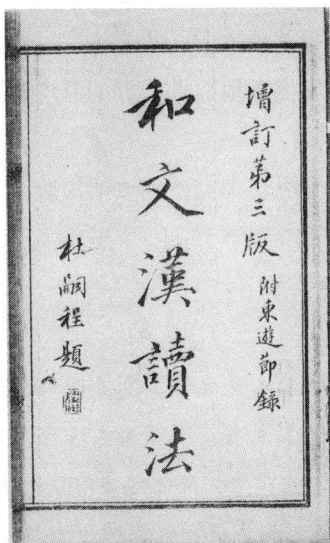

《和文汉读法》（增订第三版）内封

《和文汉读法》传授的读日文书捷径，要点可用罗普的"以中国文法颠倒读之"一语概括。罗氏言其效力，以为"十可通其八九"。周作人虽批评该书对日文虚字的语法功能有误解，却也承认，"和文中有好些不同的文体，其中有汉文调一种，好像是将八大家古文直译为日文的样子，在明治初期作者不少"，"那样的钩而读之的确可以懂了"。这正是此书在晚清流传甚广的原因。

尽管《和文汉读法》当年曾是畅销书，到周作人撰文的1930年代也成了过眼烟云，不仅"早已买不到"，而且"也少有人知道"了。连三十年前见过此书的周氏亦手边无存，叙述全凭记忆。所以如此，自与读者均以之为学习日文的敲门砖有关，由此注定了其被丢弃的命运。等到九十年代我来搜访时，这一本百年前的小书初版本更是芳踪难觅。北京两大公共图书馆既无藏，集老北大与燕京大学家底而成之北京大学图书馆也未见登录。近年有幸走过一些国家，每到一地，《和文汉读法》必在访书单内，却无论是哈佛、哥伦比亚大学，还是东京、京都大学，所有的只是失望。热心代为在出版地四处查询的日本友人樽本照雄，也仍是一无所获。

最早的刊本虽然寻访不到，相关的出版资料倒有所发现。在《清议报》第64册（1900年11月）的广告部分，首次刊登了《和文汉读法告白》，全文如下：

> 此书指示读日本文之法，简要明白，学者不费数日之功，便可读日本文书籍。寓东人士深知其益，故特印行公世。兹由本馆代售，每册定实价银两毫，不折不扣。外埠邮费照加。上海寄售：抛球场扫叶山房书坊。

据此可得出几点认识：一、《和文汉读法》的首版应刊行于 1900
年，其时，梁启超正出游夏威夷与澳洲。二、此书系在日本印刷，
很可能是由清议报社承印。三、刊成后亦传入国内，以上海为集
散地。四、书价标明为银两毫。与之对照，我所有的两种复印文
本均不属此列。

最先在北京图书馆见到的《和文汉读法》乃丁福保所刊，书
名前冠以"增订第三版"字样，版本记为"辛丑八月无锡丁氏畴
隐庐重印本"。后附据章宗祥《日本游学指南》摘录而成的《东
游节录》，有无锡张肇熊辛丑中秋作于上海广方言馆的序文说明
原委。版式为线装，《和文汉读法》部分有 59 面，即 118 页。其
书既印行于 1901 年，又经过增订，售价为"每部三百文"，自与
初版本不同。除章文为新增外，正文部分与梁启超原作有何出入，
亦难以判断。

另一版本为平装，109 页，末后署"梦花卢氏增刊"。此卢氏
不知为何许人。版权页无刊印年，仅注明"每本三角"。内容与畴
隐庐本正文基本相同，均分作四十二节。文字也应同出一源，如
第一节，丁本作："凡学日本文之法，其最浅而最要之第一着，当
知其文法与中国相颠倒，实字必在上，虚字必在下。如汉文'读
书'，日文则云'書ヲ讀ム'；汉文'游日本'，日文则云'日本
ニ遊フ'。其他句法，皆以此为例。"卢本与之一字不差。令人感
兴趣的是，此书前三十七节的双行夹注在排版方式上也模仿丁本，
转折处皆趋同，尽管可以有另外的安排。我之所以认定卢本后出，
最明显的依据在第三十八节。此节原说明将书中第六表"特另页
刊起"，丁本确系过页排表，卢本则在当页接排，而与上言相左，
显为照抄而未留心语义。此外，两者的书名题签，字体当出自一
人之手而微有不同。丁本尚多出"杜嗣程题"的署名与印章一方，

卢本则无，可证其乃摹自前者而加省略。

虽然卢氏所谓"增刊"，大约也是沿袭丁氏的"增订"而来，但卢本确有独到的好处。除改为铅字排版，日文字体更规范、好看外，订正了丁本的大量印刷错误，更是其最大贡献。如日文注音中，"ミ"与"シ"、"ャ"与"セ"、"ユ"与"コ"、"ク"与"タ"因形近，丁本常常混淆，而此类错误极少见于卢本。有否浊音符号，情况亦相同。而汉字部分的讹舛，丁本也多于卢本。如"一問"当作"一向"（一切、绝），"不入氣"当作"不人氣"（人心不服），"爲贅手形"当作"爲替手形"（汇票），"自墜落"当作"自堕落"（懒惰），"花敷屋"当作"花屋敷"（花园）等等。倘若义项下的释文为日语，则丁本的错误率更高。如"寐腐ル"一词，卢本注为"程ニ過ギテヨク寝ヌ"，丁本误写作"程于過シチクシク寝ヌ"。而且，句子越长，出错越多。大抵两本比较，日文（包括汉字）有不同处，几乎都应以卢本为准。

在重刊过程中，卢氏显然对丁本的日文词义解释有所不满，因而做了少量增删与修正。如上举"自堕落"一词，丁本无注，卢本添加了中文释义"懒惰"；又，丁本缺注的"言合"，卢本也填补上"议论"的注解。日文的"明"，丁本注释有五义：灯、烛、证据过了、送、隙间暇空；卢本认为后二义不确，将其删去。更正处如"和洋（丁本误作"詳"）小間物"，丁本注作"代笼之物"，卢本则改为"东西洋之小货物"；"若干"，丁本注作"年轻者"，卢本改为"物之概数"；凡此，后者都比前者意思更准确。也有一些不同，乃源于对多义词各取所需的理解。如"金箔坿ノ代物"，丁本注为"镀金物"，卢本易作"确实之物品"；"露"，丁本注为"少更（下ニ反语ヲ［原误作ナ］用#ル）"，卢本作"秋季ノ候水氣下ルヲ露卜云フ"；两种解说均可。

当然，卢氏也有疏忽，其刊本亦非完美无瑕。即如两本同错的情况，"水破"的中文注解，均将"间谍"误印作"问谍"，日文"相撲"均误作"相摸"，便可举出若干。一些丁本原有的不妥当的排版，卢本也沿袭未改。如"淋渗"的注文，丁本写作"鸟初生毛"，按照其排印惯例，容易误解为四项释义；"見切"的注释"阅毕"后又接排"見捨減價出賣"，而未过行，也易误会为"見切"的另两种意义，实则不然。卢本于此等处亦未做调整。偶然也会出现丁本不误而卢本误的现象。日文之误，如丁本的"某卜弓挽"（睚眦），卢本作"某卜弓挽"；中文之误，丁本释"兼合"文为"钧重"，卢本误为"钓重"。注释之误，丁本"間宿"解作"站"（即驿站之义），卢本或许嫌其易于误解，而改为"小町村"，反不如前。又有些补充可谓错上加错，如"間無シ"一词，丁本解作"无分别、不隔"，卢除将前义更改为"无间隙"，保留了第二义，又增添了"亲睦"一项，离本意更远。

尽管两书均非初版本，在我仍是得来不易。北图的线装书没有复本者不能影印，我只好拜托回家探亲的学生，从福建省图书馆印来畴隐庐刊本。"梦花卢氏"本复印件的到手更是兴师动众，先有一日本朋友传递消息，告知发现处；我再向京都大学的平田昌司先生求援，由现在奈良女子大学任教的斋藤希史帮忙，才得一睹为快。此书为京都大学文学部图书馆的藏品，扉页盖有一长形章，文为"铃木豹轩先生手泽"，以此知其原系日本著名汉学家铃木虎雄先生的藏书。

现在的问题是，《和文汉读法》的重刻本究竟增加了哪些部分？增补者为何人？若能找到初版本，第一问自可迎刃而解。以常理推测，梁启超虽为"下笔不能自休"的文章快手，然欲"以一日夜之力"完成百页上下的小书，也似无可能。何况，其书的主体第三十八节，"照《康熙字典》例分门别类"，辑录"和汉异义字"，几占全书4/5篇幅（丁本为11至57面，卢本为20至105页），若非写有草稿，一日夜亦难完工——日文词典当不致有此现成排列法可供摘抄。

至于增补者，可用排他法祛除丁福保，因《畴隐居士自订年谱》（《佛学大辞典》1925年版）记其1902年始"编辑《广和文汉读法》"，笔者虽未见该书，但据实藤惠秀先生《中国人留学日本史》（北京：三联书店，1983年）第二章开列的早期日语学习书目，同年出版的《广和文汉读法》只有七十九页，与1901年的增订本显非一书。张肇熊序也只说《和文汉读法》为丁氏刊刻，而未言及作者。其时丁刚入上海东文学堂（《自订年谱》记为光绪二十七年，即1901年），日语程度尚浅，亦无能力编著此书。

而1901年12月21日出版的《清议报》第100册，刊有《译书汇编社发行书目》（已刊），或许提供了一点有用的信息。列于第二种的《再版和文汉读法》，署"忧亚子增广"，并注明"全一册、定价大洋三角"。就后者而言，与"梦花卢氏增刊"本完全相同。不过，单凭此点，还不能认定"忧亚子"即"卢氏"。并且，下文通过分析将得出相反的结论。同一广告中尚有"忧亚子"另一译作《（政治小说）累卵东洋》，定价大洋二角。查对1901年5月28日出刊的《清议报》第80册，恰好也登出了《（政治小说）累卵东洋告白》，文曰：

> 此书日本著名学者大桥乙羽所著，其中痛言印度屈服之惨，英国压制之酷，悲壮淋漓，激昂慷慨，读之令人热血坌涌，独立之心油然而起，诚我中国前车之鉴也。
> 兹由忧亚子译出，即付活版洋装排印，纸墨玲珑，光辉

夺目。至于译笔之婉转流畅，犹其馀事。每本定价二毫五仙，外埠邮费另计。现已出书，欲购者请函致本馆，便可代为购寄也。

同册又有《译书汇编告白》，而该杂志于 1900 年 12 月方创刊。复核实藤惠秀所著《中国人留学日本史》与樽本照雄编《(新编)清末民初小说目录》(日本：清末小说研究会，1997 年)，可知此书初版并非由译书汇编社印行，乃译者自印本。因 1901 年 5 月 20 日由神田爱善社印刷的《累卵东洋》，其"译者兼发行者"记为"大房元太郎"，则"大房"氏显为"忧亚子"的另一化名。

除此之外，在《清议报》第 83 册 (1901 年 6 月) 上，还可查到"忧亚子"的另一译著《男女交合新论》的广告，也称"现托本馆代售"。因此，在第 84 册《清议报》(1901 年 7 月) 的《本馆发售及代售各书报价目》中，我们可以看到总共十二种书 (内含杂志三种) 里，"忧亚子"的两种译作与《和文汉读法》均名列其中。这起码说明"忧亚子"与《清议报》同人或竟与主编梁启超熟识，因而具备增订《和文汉读法》的条件。

有趣的是，在《清议报》第 100 册的《译书汇编》广告上，竟然同时出现了《和文汉读法》的两个版本，列于第一种的应该就是梁作的初版本，与"忧亚子"的增广本相比，亦为"全一册"，不过"定价大洋二角"。更为奇妙的，当属此《和文汉读法》的著作者署"本社同人编辑"。看来，译书汇编社成员中不乏梁启超任东京高等大同学校时的学生 (前引《和》书乃"学生诸君竟以灾梨枣")，故《清议报》与之关系非同一般。

当然，还需要厘清"忧亚子"的增广本是否早于丁福保同年 10 月开印的重刊本。这固然有赖于进一步的发现，而照我的推想，答案应当是肯定的。丁本既标明为"增订第三版"，而到目前为止，我所接触的分藏于北图与福建省图书馆的两个畴隐庐刊本，均为同一版，似乎丁氏并未印行过一、二版，则其"第三版"之说，应系承接"忧亚子"的《再版和文汉读法》而来。若如此，《和文汉读法》的版次演变便可排列为：梁启超《和文汉读法》——忧亚子增广《再版和文汉读法》——丁福保重印《（增订第三版）和文汉读法》。

只是"忧亚子"的真实姓名笔者尚未考出。而据梁启超1902年9月答《新民丛报》读者问，因《和文汉读法》初版本"漏略草率殊多"，"顷乞罗君及一二同学重为增补改定，卷末复用此法译东籍十数章以为读例，即将脱稿矣；将与鄙著《东籍月旦》及罗君新著《和文奇字解》合印之，名曰《东学津逮三种》"。但其预告的三合一新书并未见出版，梁氏本人的《东籍月旦》仅在《新民丛报》连载两次便遽尔中止，该刊第4号（1902年3月）"绍介新著"栏评论的《和文奇字解》，著者也是译书汇编社社员、桐城陶珉，虽从文内可知，"本馆某君（按：即指罗普），久有意著此一书，已从事搜索，惜此君性缓，久之未能卒业"，书评作者于是疾呼，"愿为我学界要求某君速杀青以饷同好"，不过，看来罗普已无意争锋。

花如许多的篇幅讨论百年前的一本日文简易教材，并非小题大做。虽然，正如鲁迅先生所说，现在的日本，"他们的文章里，欧化的语法是极平常的了，和梁启超做《和文汉读法》时代，大不相同"（《二心集·关于翻译的通信》），然而，梁氏这本小书的盛行一时，仍然充分体现了晚清知识界对求取新知的渴望。而梁启超编写《和文汉读法》，以及由此生发出的一则传言——谓梁在檀香山时，"尝从何惠珍女士习英文数月，东归后乃倡言已深得习读英文秘诀，特条举所读英文法初阶前项十馀类，编著英文汉读法一小册，以惠初学。谓凡读此书者，不数月即可翻译英文书籍"（冯自由《革命逸史》初集《王宠惠轶事》）——也表现出梁氏喜谈治学方法与热心启蒙的独特心态。其实，梁启超对此早有自嘲妙语："'我读到"性本善"，则教人以"人之初"而已'；殊不思'性相近'以下尚未读通，恐并'人之初'一句亦不能解；以此教人，安见其不为误人。"（《清代学术概论》二十六节）然而，这正是任公先生的可爱处。如今，像梁氏这般孜孜不倦、金针度人的"传道授业解惑"者，还有几人？

1999 年 1 月 14 日于京北西三旗

（本文版本比较的日文部分，

得到了北京大学中文系留学生高木博先生的帮助，特此致谢。）

（原刊 1999 年 4 月《清末小说から》第 53 号）

近代传记的新变

在近现代出版史上，梁启超撰写于二十世纪初的多种传记，曾经独立于文集，数次结集行世。如果考虑到当年避难日本的梁氏本以政论家闻名海内外，则其史传文之不受时事影响，甚而至于历久弥新，便是一殊堪玩味的现象。

历数梁启超传记文的写作，1901 年实为关节点。这一年的 12 月，《南海康先生传》与《李鸿章》先后脱稿。次年 2 月，《新民丛报》在日本横滨创刊，梁启超对传记的著述兴趣一发而不可收，笔涉的人物也从同时代扩展到西方近世及清以前。在梁氏 1903 年 2 月离日游美以前，《新民丛报》的"传记"栏全部由其包揽，接连刊发了《匈加利爱国者噶苏士传》《张博望班定远合传》《意大利建国三杰传》《（近世第一女杰）罗兰夫人传》《新英国巨人克林威尔传》。1904 年 4 月，梁启超重新主持《新民丛报》后（此时刊物出版脱期），不仅续写完《克林威尔传》，又新成《（明季第一重要人物）袁崇焕传》《中国殖民八大伟人传》及《（祖国大航海家）郑和传》。最后一文刊载于 1905 年 5 月第 69 号杂志上，该刊的"传记"栏亦自此收场。其实，除去离开日本期间，曾由他人填补空白，《新民丛报》的"传记"栏确可视为梁启超的专栏。而栏目的取消并不是其传记写作生涯的终结。1908 与 1909 年，他又有《王荆公》与《管子传》二著问世，且王安石一传的篇幅，在梁氏所有著作中也属空前巨制。

梁启超对传记体的迷恋，在《管子传》的成书上表现最为充分。先有广州汤学智应《新民丛报》征文撰写了《管子传》，此文尽管被评为第一名（甲等），但 1903 年 2 月在该刊发表时，已非本来面目。原因是这篇被梁氏许为"搜辑甚勤，不胜钦佩"的传文，仍让他感到美中不足，"嫌其意义有所未尽"。于是，竟不容分说，夺过汤氏之笔，越俎代庖。自己虽谦称是"偶奋笔为之订改"，实则是"滔滔不能自休，遂至改原稿十之六七"。末了还要自我开脱，说："非敢有意点窜高文，窃附'赏奇析疑'之义云尔。"要求"作者谅之"（《新民丛报》第 25 号"新年大附录一"为"悬赏征文披露"所作说明）。远在广东的汤学智是否原谅梁氏的擅自斧削增润，不得而知；不过，改动过半的文章再冠以汤名，既不符实，也颇有强加于人之势。为此，1904 年，梁启超重掌《新民丛报》后出版的第 46—48 号合刊，在登载《本社告白》，向读者许愿将续刊因总撰述梁氏出游而中断的连载篇目时，《管子传》后面便没有像其他各目一样系属作者——那确实已不能算作汤学智之文。只是，这续成的诺言 5 年后才兑现，已刊的部分也做了大修订。如此，经 16 日写成的《管子传》，便可当之无愧地归入任公先生名下了。

实际上，梁启超的传记书写史并非以《南海康先生传》开篇。即使发表于戊戌前的《记江西康女士》《记东侠》《三先生传》以其简略，可以忽略；而 1898 年 9 月底亡命日本后，陆续在《清议报》连载、随后成书的《戊戌政变记》，却已含有日后影响甚大的《殉难六烈士传》。只是，从传记体裁的演变看，此六传仍可归入《史记》以来的纪传传统。虽然因作者与各传主均有交谊，可更多通过对话刻画人物；但一些并无第三者在场的密谈，仍写得口吻逼肖。如谭嗣同夜访袁世凯的著名一幕：

> 君乃直出密诏示之曰："今日可以救我圣主者，惟在足下，足下欲救则救之。"又以手自抚其颈曰："苟不欲救，请至颐和园首仆而杀仆，可以得富贵也。"袁正色厉声曰："君以袁某为何如人哉？圣主乃吾辈所共事之主，仆与足下，同受非常之遇，救护之责，非独足下。若有所教，仆固愿闻也。"

当谭说出杀荣禄之计后——

> 乃曰："荣禄固操、莽之才，绝世之雄，待之恐不易易。"袁怒目视曰："若皇上在仆营，则诛荣禄如杀一狗耳。"（《谭嗣同传》）

此事经过虽有谭嗣同可为梁传达，但传文之绘声绘色、如临其境，更是得自太史公笔法。《史记》之擅长以人物语言（包括对话与独白）复原历史场景，刻画人物性格，久已在人耳目。其所采取的全知叙事立场，也使得司马迁对笔下人物具有绝对的知情权。在这一点上，梁作与之如出一辙。至于六烈士传每篇均先书传主名号、里籍，末缀以论评，也是一本《史记》开创的列传体例。在梁启超，借用庄重的正史体裁应当还有一份深意，即不申私情，单凭公义，六烈士亦该名垂青史。

尽管《殉难六烈士传》在梁启超的传记文中知名度最高，不过，就梁本人的创作史而言，此传的意义主要在于演示其袭用传统纪传体式所能够达到的辉煌。接下来，这位趋新好奇的文章家开始转宫换调。东渡日本后耳濡目染、广泛阅读的新式传记——评传，很快出现在其笔下。《南海康先生传》就是新装登场的首次成功演出。

与谭嗣同、康广仁诸传不同，模拟口吻、增加现场感的对话已从康有为传中彻底消失。论交往之久，康之收梁为弟子还在梁结识诸人前，可记录的言行应当更多。而梁启超之舍此取彼，宁愿站在史家的客观立场处理史料，意在昭示其自觉疏离犹带小说笔意的旧传体式。

限于康传乃是为纪念《清议报》出版100期赶写的专稿，与独立发行的著作有别，梁启超故未详述其撰写体例。仅在结尾处引用英国首相克林威尔斥责画家之言："Paint me as I am." "盖恶画师之谀己，而告以勿失吾真相也。"以表示自己不溢美、不讳恶、公正如实的著述态度。这一名言以后屡次为梁征引，"自信不至为克林威尔所呵"（《南海康先生传》；又，《李鸿章·序例》中亦有此言）也成为其传记完成时的自负之言。

以"四十八点钟"写成的《南海康先生传》，无疑因采用新体，带给梁启超极大的兴奋，这才会有其后一气呵成的《李鸿章》。二作篇幅虽不相等，但其分章结构与著述笔调大致趋同。康传首尾的《时势与人物》《人物及其价值》，相当于李传的《绪论》与《结论》，均先提出人物评价标准，最后为其人在历史上定位。中间的章节，康传先分期记述传主生平，再集中数章讨论其教育、宗教、哲学、政治思想，结构可称经纬分明；李传则直接以事功为人物履历的分段标识，真正做到了经纬交织。如此写法，在中国传记史上实为空前之举。

在《李鸿章》篇首的《序例》中，梁启超虽攀比司马迁，称

"夹叙夹论，其例实创自太史公"，并举《史记》中伯夷、屈原、货殖诸列传为例；批评"后人短于史识，不敢学之"，才造成了"凡记载一人事迹者"，"类皆记事，不下论赞，其有之则附于篇末耳"的陈套。但其实梁氏心中很明白，其以《南海康先生传》发端的新体传记，不只和单一叙事的"中国旧文体"截然不同；即使被他高自标举、"窃附斯义"的《史记·伯夷列传》，仅比较结构，二者也相去甚远。因此，康、李诸传应该另有源头。这就是《李鸿章·序例》第一条所点明的"此书全仿西人传记之体"，叙述人物"一生行事，而加以论断"。此种体式即为今日已然风行的评传。

新式评传既以议论成分大增区别于旧体传文，自然为政论家梁启超提供了特别的便利。读《南海康先生传》以下各篇，你会感觉，梁氏运用此体格外得心应手，似乎评传这一体式天生是为他创造的。篇中那些随处流露的作者识见，实为其传记中最吸引人的"文眼"。尤其因为梁氏强烈的现实感与启蒙心态，使所写各传也以熔铸新思想、新知识见长，而充溢着对旧史正统意识的批判精神。仅以重在发明政术的《管子传》与《王荆公》二书为例。前著第一章《叙论》开篇即云：

> 今天下言治术者，有最要之名词数四焉：曰国家思想也，曰法治精神也，曰地方制度也，曰经济竞争也，曰帝国主义也。此数者皆近二三百年来之产物，新萌芽而新发达者。欧美人所以雄于天下者，曰惟有此之故；中国人所以弱于天下者，曰惟无此之故。中国人果无此乎？曰恶，是何言？吾见吾中国人之发达是而萌芽是，有更先于欧美者。谓余不信，请语管子。

> 管子者，中国之最大政治家，而亦学术思想界一巨
> 子也。……

如此浸淫时代意识的立说，很容易拉近读者与作为传主的古人之间的辽远距离。而《王荆公》中对于历史上一向被推崇的宋代名臣韩琦、富弼、文彦博、欧阳修，尽管也承认"其道德、学问、文章，皆类足以照耀千古；其立朝也，则于调燮宫廷，补拾阙漏"，亦有可观，重点却放在批评诸人"不揣其本而齐其末，当此内忧外患煎迫之时，其于起积衰而厝国于久安，盖未之克任"（第二章）。这些论断又使他与旧史拉开了距离。

当梁启超晚年在清华国学院讲学时，曾自出心得，教授"中国历史研究法"。内中有关"专传"（即评传）的部分，更近乎夫子自道。其言曰：

> 我的理想专传，是以一个伟大人物对于时代有特殊
> 关系者为中心，将周围关系事实归纳其中，横的竖的，
> 网罗无遗。

并强调说明："此种专传，其对象虽止一人，而目的不在一人。"就是因为梁氏的用心在借人物为历史写照，故要求"择出一时代的代表人物，或一种学问一种艺术的代表人物"（《中国历史研究法补编》"分论一：人的专史"第一章）来做传。梁本人所写的传记，也无一例外，均以关系到一代时局者为主人公。《李鸿章》一名《中国四十年来大事记》，即是因"四十年来，中国大事，几无一不与李鸿章有关系；故为李鸿章作传，不可不以作近世史之笔力行之"（《李鸿章·序例》）。同样，《袁崇焕传》之冠以"明季第

一重要人物"，也是由于在作者眼中，袁氏属于那种"以一身之言动进退生死关系国家之安危、民族之隆替者"（《袁崇焕传》第一节）。可以这样说，人物一生行事与国家命运、朝代更替或民族前途息息相关，是梁氏选择为之立传的首要标准。

以梁启超创立新史学的眼光，兼之本人的流亡政治家身份，又使其传记写作自然地偏向为历史翻案一类。金兆梓即发现，梁氏的中国历史人物传所写之人，"班定远而外，类皆旧日治史者所不屑道"，且多有恶名，如管子的"器小"，王安石的"奸邪"，郑和为"奄竖"，张骞也"以凿空见病"（《梁著六种重版序》）。梁启超却别具只眼，别有情怀。作《管子传》，叹息"吾国人数千年来崇拜管子者，不少概见，而訾警之者反倍蓰焉"；写《王荆公》，又称"每读《宋史》，未尝不废书而恸也"，因国人之"吠影吠声以丑诋之，举无以异于元祐、绍兴之时"（见各书第一章）。梁氏于是自觉义不容辞，一一为之洗净旧史家泼上的污垢，还原并提示出人物的伟大之处。

按照梁启超在《南海康先生传》中的定义，凡属人物，即可分为"先时"与"应时"两类：

> 先时人物者，社会之原动力，而应时人物所从出也。质而言之，则应时人物者，时势所造之英雄；先时人物者，造时势之英雄也。

出于对亲身经历的中国近代史的关切，梁氏虽曾选取"时势所造之英雄"李鸿章笔之于书，但其著述热情显然更集注在"先时人物"身上。因为在他看来，后者对历史的贡献更大："为社会计，则与其得十百应时之人物，无宁得一二先时之人物。"这样，人类社会可以进步更快。统观这些先驱者，梁氏指出，其"最不可缺之德性有三端：一曰理想，二曰热诚，三曰胆气"。但也正因为超越了所处时代，故"其所志无一不拂戾，其所事无一不挫折，而其及身亦复穷愁潦倒，奇险殊辱，举国欲杀，千夫唾骂，甚乃身死绝域，血溅市朝"。此语不仅可用以状写梁启超所崇敬的王安石、袁崇焕，即在其师友康有为、谭嗣同等人身上，也得到了应验。而为历史算总账，梁启超又坚信："凡真人物者，必得最后之战胜者也。"（《南海康先生传》第一章）这些对传记人物命运的解说，其实也适用于作者本人。当年正亡命天涯的梁启超，何尝不是以"先时人物"自居？截取他最喜欢的《自励二首》中句，所谓"献身甘作万矢的，著论求为百世师"，"十年以后当思我，举国犹狂欲语谁"（其二），其心事不正与传中人物相通？

而梁启超一支"常带情感""别有一种魔力"（《清代学术概论》二十五节中的自述）的生花妙笔，则使其笔下人物一如作者之元气淋漓。透过梁氏以史家客观态度征引、考辨的大量文献，这些千古人物仍各具鲜活的个性与读者觌面。如《袁崇焕传》引余大成《剖肝录》，述袁氏虽被清人施反间计下狱，终以国事为重，手书招回受其蒙冤之惊吓而叛逃的部将祖大寿："骑出书。寿下马捧泣，一军尽哭，遂踊跃即日入关，收复永平、遵化一带。"袁崇焕尽管含冤而死，清军却因袁部下仍为明战守不得不议和，退回关外。梁启超评以："盖督师一纸书，犹足以却敌也如此！"感慨良深。而袁之孤忠报国、"浑身担荷、彻里承当"（第九至十一节），亦跃然纸上。梁氏的同歌同哭、感同身受，自易于引领读者进入历史现场。也即是说，在其所推崇的"德""学""识""才"这"史家的四长"（《中国历史研究法补编》第二章）外，梁启超还能以"情"动人。其所作诸传之所以迭次翻印、历久不衰，这应该也是其中的一大"秘诀"。

梁启超所著传记集的出版情况大略如下：其赴美前发表在《新民丛报》上的四篇传记，即张骞与班超合传，噶苏士、意大利建国三杰、罗兰夫人三传，1903 年首次由上海广智书局辑为《中西伟人传》印行。1911 年，《王荆公》与《管子传》亦被同一书局编入《中国六大政治家》书中，分列第一编与第五编。

1936 年，梁启超遗著《饮冰室合集》（分《文集》《专集》两部）四十册由中华书局在上海出版，同时抽印《专集》中原刊于《新民丛报》的传记，分题为《中国伟人传五种》（其中《（黄帝以后第一伟人）赵武灵王传》作者署名"慧广"，非梁作）、《外国伟人传四种》，与《管子传》《王荆公》并行于世。

1943 年，金兆梓又在战时国民政府的陪都重庆，择取《管子传》《王荆公》与《中国伟人传五种》，列入"梁著六种重版"目中，由已迁渝的中华书局推出。与以前诸版不同，此次重印本改用了新式标点。

以上所述仅为梁作较集中的出版行为，而由各书局单册选印者尚不计在内。如果考虑到传记单行本以外，梁启超的文章尚以《饮冰室文集》《饮冰室丛著》《饮冰室合集》等诸多名目不断编辑出版，集中大都亦包含传记，则其史传文字读者之众已可想而知。

近年来，重印梁著各传又成为出版界的新时尚，其传记文受读书界之欢迎以及生命力之长久，于此再次得到了证明。

2001 年 11 月 19 日于京北西三旗

（原刊《文史知识》2002 年第 4 期，

本为百花文艺出版社 2002 年版梁启超著《名人传记》序）

谁是《新中国未来记》第五回的作者

《新中国未来记》是梁启超平生创作的唯一一部小说。这部梁氏自承"专欲发表区区政见"的"政治小说"，最初刊载在由其本人创办的《新小说》杂志上，虽是未完稿，却一向被视为体现晚清"小说界革命"宗旨的代表作。诸如此类，早已是中国文学史上的常识。而自从最早倾注心力于晚清文学研究的阿英先生，从《新小说》第 7 号上发现了从未入集的《新中国未来记》第五回，并与前四回合为全帙，一并收录在 1960 年行世的《晚清文学丛钞》（小说一卷）中，此第五回即一直作为梁启超的作品，为学界所接受。

斗换星移，三十多年后，其时正在南京大学攻读博士学位的余立新君来京访学，与我有一面之缘。交谈中他提到，其博士论文系以梁启超的文学活动为对象。已经完成的最得意的部分，即是考证《新中国未来记》第五回并非梁启超所作。因当时仅凭余君口说，未见文章，故不及深辩。余文发表在《古籍研究》1997年第 2 期上，而我孤陋寡闻，且怠惰成性，竟也不曾查阅，照样我行我素地将第五回作为梁启超佚文，收入个人编校的《〈饮冰室合集〉集外文》中。

再次勾起我对《新中国未来记》第五回作者归属权兴趣的，

是台湾大学中文系的一位教授。承她远道相询，告知因日本学者山田敬三先生的文章也谈及此事，并有学生据以申论，我这才觉得"第五回非出梁手"说已大有在学界信为确论之势。于是，赶忙翻出山田先生的《围绕〈新中国未来记〉所见梁启超革命与变革的思想》一文，认真拜读。应该向山田教授抱歉的是，还在此文收入狭间直树先生主编的《梁启超——西洋近代思想受容と明治日本》一书前，山田先生已慨然以抽印本见赠。限于鄙人日文阅读水平不高，当时只能大致了解其意。这回有了一卷友人刚刚寄赠的中译本《梁启超·明治日本·西方》（北京：社会科学文献出版社2001年版）在手，便可顺畅、透彻地理会山田教授的论述脉络，从而生发为梁启超著作维权之心，这应该不会被指为多事吧。

山田之文直接引证了余立新的《〈新中国未来记〉第五回不是出自梁启超之手》，并认为余文所举五条根据极具说服力，已"无反论的余地"。其概括亦堪称精当，故照录于下：

> 第一点，这第五回在《新小说》杂志上，是未记作者名的唯一的小说；第二点，梁廷灿编《饮冰室文集》、林志钧编《饮冰室合集》，无论谁都未将第五回收录的事实；第三点，访美中的梁无执笔写此的时间余暇，这已由当时与《新民丛报》的编辑负责人蒋观云等的书函中指出；第四点，在表现手法上，唯独第五回不具备梁启超"新文体"的特征；第五点，对于革命派的丑恶描写在梁的思想实际中是没有的。

需要补充说明的是，根据丁文江、赵丰田编《梁启超年谱长编》（上海人民出版社 1983 年版），梁启超自 1903 年 2 月 20 日（阴历正月二十三日）从日本启程赴北美，同年 12 月 11 日（十月二十三日）返抵横滨。游美期间，梁曾一再写信给蒋智由（观云），言及"在外无寸晷暇，一字之文不能作"，恳请蒋等人设法维持《新民丛报》的编辑出版（4 月 13 日函）。而《新中国未来记》的刊登情况是，前四回连载于 1902 年 11 月至次年 1 月的《新小说》第 1—3 号，第五回则直到标记出刊时间为 1903 年 9 月的第 7 号上才现身。因此，余文五条否定性的理由中，最关键的是第二、三点。

先说第二点。此条也可换用另一种提问方式，即没有收入《（乙丑重编）饮冰室文集》与《饮冰室合集》中的同一作品片段，是否就表明二书编者"显然是没有把它看成是梁启超的作品"（余文），或"梁启超不想承认为己作"（山田文）。因为编辑前书的梁廷灿乃梁启超之侄，《文集》刊行的 1926 年梁本人亦在世；梁逝后，受托汇编其著作的林志钧又为任公先生至交。二人作为编者无可置疑的权威性，很容易让人赞同上说。然而，问题的答案却应当是否定的。最典型的例子莫过于，初刊《新民丛报》的《饮冰室诗话》，梁、林所编二书均只收录至 1905 年底为止，尚余 1906—1907 年发表的三十条诗话未入集。而这些漏收的部分在杂志刊载时，同样署了"饮冰"之名，毫无疑问是出自梁启超之手。如果稍微逸出范围来讨论，梁氏断弦重续的事例也不止一二。即如《新罗马传奇》，先于《新民丛报》陆续刊载六出，整整两年之后，第七出才孤零零地见报，由此也造成了《合集》本的残缺。以此类推，《新中国未来记》第五回的失收于二集，并不足以成为排除梁启超为作者的切实根据。

更重要的是，旅美途中的梁启超有无余暇为《新小说》撰稿？

关于这个问题，笔者倒是与余立新及山田敬三二位看法一致。既然梁氏对更为看重的《新民丛报》也哀叹分身乏术，无暇执笔著论，自然更不会有闲情逸致构思小说。实际上，《新小说》自梁启超出游后，马上便由头三期的按月出刊变成延期出版，第4期起码隔了五个月才姗姗登场，已与《新民丛报》在此期间一直维持着表面上的连续性形成了鲜明对照。只是，肯定出访在外的任公先生没有执笔写作《新中国未来记》的机缘，并不表示取消了其对于第五回的著作权。这就有必要进一步追究《新小说》第7号确实的发行时间。

从该杂志所提供的日期看，似乎编者已足够诚实，第3号于光绪二十八年十二月十五日刊行后，第4号的出版时间已写作"光绪二十九年五月十五日"。以后则是每月阴历中秋日发刊一册，轮到第7号面世，恰是七月十五（本年闰五月），即西历9月6日。很明显，依据现有的日程表，梁启超其时尚远在美利坚。不过，刊物上标记的果真就是实在的印行日期吗？具有按时出刊表象的《新民丛报》，在梁启超游美归来后很长一段时间内，仍无法摆脱脱期的困扰，这已是研究界公认的事实。而从《新小说》第7号内寻找内证，倒可以使我们明了，该册的出版实际是在梁启超远游归来之后。

最过硬的证据是同期开始刊登的《小说丛话》。这一由多人合作的小说批评新体裁，原本起因于梁启超的数则札记。在开场的"识语"中，梁氏曾详述写作缘起："余今春航海时，箧中挟《桃花扇》一部，藉以消遣，偶有所触，缀笔记十馀条。"很显然，此处说的是其年初的赴美航程。而"一昨平子、蜕庵、璱斋、慧广、均历、曼殊集余所，出示之"，能与狄葆贤、麦孟华、麦仲华、梁启勋等一众相聚，自然是梁启超回到日本后的情景。以下所录诸人言，"是小说丛话也，亦中国前此未有之作，盖多为数十条，成一帙焉"，以及各人乘兴"遂命纸笔，一夕而得百数十条，畀新小说社次第刊之"，则是近代文学史上为人熟知的佳话。上述引言已表明，《新小说》第7号编成系在梁启超重返日本之后。而此节"饮冰识"所题署的写作日期"癸卯初腊"，更是明白无误地告诉我们，梁氏兄弟、友朋合力撰写《小说丛话》，乃是时届1904年1月中旬的事情。也就是说，《新小说》第7号的印行时间，最早也在1904年1月17日（十二月初一）以后；那时，饮冰室主人返抵横滨已逾一月。

剩下的推论也很清楚，梁启超既然有时间编撰《小说丛话》，当然也可以抽空续写《新中国未来记》第五回。

此外，余文提出的"语言风格上存在很大差别"，在我看来，也很难作为否认梁作此回的凭据。所谓"新文体"特征，本是就文章而言，小说别为一体，容有不同。前四回多议论，此回重白描，既可说是依据情节进展而变化笔墨，也可说是接受了黄遵宪对《新中国未来记》短少"小说中之神采（必以透彻为佳）、之趣味（必以曲折为佳）"（1902年12月10日《与饮冰室主人书》）的批评所作的改正。何况，搁笔近一年，重叙前缘，行文风格略有调整也不稀奇。即或以梁启超在《新中国未来记·绪言》中标榜的"似说部非说部，似稗〔稗〕史非稗〔稗〕史，似论著非论著"衡量，第五回虽少了大段演说与往来辩难，却仍保留了一节郑伯才与黄克强关于革命与改良的争论，其力道也要令郑氏"细想几天，再拿笔札商量"。而末后一篇带有籍贯、履历及评点的二十六人"同志名单"，更非寻常小说体裁所能有，倒与梁氏检讨的"编中往往多载法律、章程、演说、论文等，连篇累牍，毫无趣味"（《绪言》）相近。如此说来，文体问题本是"存乎一心"，在余君可能是越看越不像，我则恰好相反。

1903 年的游美经历在梁启超思想中引起的巨变，也早为学界所认知。其由鼓吹"革命""破坏"转向"开明专制论"的思想之旅，被梁本人形象地表述为"吾自美国来，而梦俄罗斯"（《政治学大家伯伦知理之学说》）。而其与共和政体告别的原因，即是判定国人性质尚不具备共和国民资格，由此，暴力革命的后果很可能带来长久的动乱而非自由幸福。令梁启超下此判断的一大诱因，实为对革命党人道德品格的失望。余文中已经引录的梁启超 1903 年 8 月 19 日《致蒋观云先生书》，便有"弟近数月来，惩新党梦乱腐败之状，乃益不敢复倡革义矣"的话，原是为章太炎指吴稚晖在"苏报案"中向清廷官员告密、致章与邹容下狱事而发。返日后，梁撰《答和事人》一文，又揭举"香港某报，每三日照例必有相攻之文一篇，认列强为第三敌，认满洲政府为第二敌，认民间异己之党派为第一敌；其所以相唾骂相攻讦者，亦云至矣"。虽然在此公开信中，梁氏表示"尚知自重，而不肯蹈此恶习"，"若夫轧轹嫚骂之言，吾固断不以加诸人；其有加诸我者，亦直受之而已"，但这并不意味着梁启超甘愿忍气吞声，不做回应。

其实，接连在 1904 年的《新民丛报》上出现的梁启超"辨妄"广告，针对的便都是革命派在香港发行的《中国日报》《世界公益报》等报刊的攻击。记为 1904 年 9 月 24 日出版的《新民丛报》第 53 号，更刊登了一则梁氏具名的《忠告香港〈中国日报〉及其日本访事员》的长篇告白。显然已忍无可忍的任公先生上来即痛斥："贵报日以造谣诬谤为事，可谓无所不用其极矣。"尤为可恶的是，该报竟以其"不屑与辩"为得计，"如瘐犬吠人，人不之校，则益昂首摇尾，自鸣得意"。这样激愤的语言，谓之恶声，亦不为过。

值得注意的还有其中指斥革命派人品的如下言辞：

> 贵党人日日以自由、平等、革命诸口头禅为护身符，然除家庭革命外，无他能革者。贵报访事人以大义灭亲之举动加于其父，尽人所同知矣。

说的是曾在东京高等大同学校受教于梁启超、后倾向革命痛斥乃师的冯自由的故事，这里暂且按下不表。而此语和《新中国未来记》第五回中言必称"革命"的留学生宗明的高论倒好有一比："今日革命，便要从家庭革命做起。我们朋友里头，有一句通行的话，说道'尧舜禹汤文武周公孔子王八蛋'。为甚么这样恨他呢？因为他们造出甚么三纲五伦，束缚我支那几千年。这四万万奴隶，都是他们造出来的。"宗明的留日，便自称"是家庭革命出来"的；又说，他有一位也是留学生的好友，干脆"做了一部书，叫做《父母必读》"。梁启超对革命派品德的恶感，写政论文或许不便尽情发泄；但在"不知成何种文体"的小说中，倒不妨倾箱倒箧，一吐为快。虽然以后事证前事不符合考论的常规，而此处不过是想说明，着眼于人情，在梁说来未必是"丑化"的文学描写，并非绝无可能流于其笔端。

最后还应谈到的问题，即余文列为头条的《新中国未来记》第五回没有如其他三次刊出时署"饮冰室主人著"，作者认为，"这不可能是杂志编者粗心的疏漏"。我想提出一点反证，尽管在《新小说》中这确是唯一的一例无署名，但若将查证的范围扩大到《新民丛报》，则梁启超发表于该刊的佚名之作却非绝无仅有。如同是1903年揭载的《说独立》《说希望》《服从释义》三文，初刊虽未署名，却照样收入各种《饮冰室文集》中。而写作此回小说的仓促与付印的匆忙，从梁氏返日后的时间表（一月余）及撰稿量（须尽快弥补《新民丛报》所脱各期）已可见出。忙中出错，有所疏漏，正有可能。何况，虽未署名的作品，按照发表惯例，也应属于同一作者。即使退一步说，承认余文的推断有理，鉴于此回小说对革命派的描写有余氏所说"极尽丑化"之嫌，梁启超为避争端计，也正该将此节文字的作者底细含糊隐去。

至于山田敬三先生又进而推论第五回作者为罗普，已属节外生枝，故此处不再分说。综上所述，假如没有确凿的证据剥夺梁启超对于《新中国未来记》第五回的著作权，我觉得研究者还是谨慎一些为好。依我浅见，起码到目前为止，此回文字仍应列入梁启超名下，虽然这是他为其短暂的小说创作生涯画下的一个并不圆满的句号。

2003 年 4 月 16 日于京北西三旗

（原刊 2003 年 5 月 21 日《中华读书报》）

也说梁启超的"盗用"

　　看到《清末小说から》第 20 期上樽本照雄先生的《梁启超の盗用》一文，引起我的兴趣。关于《饮冰室自由书》中《烟士披里纯》的"剿袭公案"，我曾在《觉世与传世——梁启超的文学道路》的书稿中专门谈到。可惜由于出版的原因，交稿三年，该书仍未面世，故不妨将有关材料另行抄出，并补以己见。

　　对梁启超的"新文体"影响最大的日本文学家，首推德富苏峰。二人的文风以及在舆论界的地位有许多相似之处，以致 1917 年德富苏峰来中国时，一位接待他的中方官员还对他提起："您是日本的梁启超，而梁启超是中国的德富苏峰，这是我等同人间的评价。"[1]

　　德富苏峰明治年间出版的"国民丛书"，不仅风行日本，而且在留东的中国知识分子中广为流传。冯自由称，"凡涉足彼都之留学生，亦少有不读过苏峰著之国民小丛书也"（《革命逸史》第四集《日人德富苏峰与梁启超》）。无怪乎德富氏来华，曹汝霖、张继都对他说，留学日本时，他们是"'国民丛书'的爱读者"[2]。梁

---

[1] 德富苏峰:《支那漫游记》，第 127 页，日本东京：民友社 1918 年版。
[2] 同上书，第 119 页。

启超 1899 年底在去夏威夷的轮船上，也曾阅读"国民丛书"数种，并因此萌发"文界革命"的思想。

爱读的原因，从文体方面看，中、日两国读者却有颇大的出入。对于初通日文门径的中国人来说，德富苏峰文章的"汉文调"提供了阅读的特殊便利。周作人评《和文汉读法》以"颠倒钩转其位置"教读日文时，即指出："本来和文中有好些不同的文体，其中有汉文调一种，好像是将八大家古文直译为日文的样子，在明治初期作者不少，如《佳人之奇遇》的作者柴东海散史（士）、《国民之友》的编者德富苏峰，都写这类的文章，那样的钩而读之的确可以懂了，所以《和文汉读法》不能说是全错。"（《和文汉读法》）而对于日本人来说，德富苏峰最为人称道处，恰在于他使用了新兴的欧文直译体。中江兆民曾评论说："德富苏峰的直译法，大概是他自己创造的，一时支配了日本全国的文坛。"（《一年有半》）所谓"直译法"，即他在该书另一处提到的"翻译（欧化）体"。

无论从何种角度赞赏德富苏峰之文，其汉文调、欧文脉的文体确乎对晚清中国文界产生了很大影响，并经由梁启超成功的模仿与融合，化生为"新文体"，风靡全国。

由于《饮冰室自由书》所取的自由随意形式（顺便提一下，这种杂文形式的出现也得益于德富苏峰的"国民丛书"），"或发论，或讲学，或记事，或抄书"（《饮冰室自由书·叙言》），作者并不避讳其中有剿袭的成分。不过，处理方式也有不同。注明为德富苏峰所作的译文有三篇（《无名之英雄》《无欲与多欲》与《机埃的格言》），而《烟士披里纯》则属于经过删改后据为己有一类。后者还可以举出《传播文明三利器》（题目据《饮冰室合集》）中述及日本明治年间翻译小说与政治小说勃兴情况的一段文字，其原出处应是由高山樗牛等人撰写、1898 年出版的《明治三十年史》①第九编《文学史》中的一节②用现在的说法，这种不忠实的翻译，应称为"译述"。

《烟土披里纯》1901 年 12 月在《清议报》第 99 册刊出后，当时似未受到攻击。直到 1903 年，因《新民丛报》第 26 号（1903年 2 月）《丛报之进步》一文评议各报刊时，对《大陆报》也有批评，才招致其猛烈回击。该刊第 6 期（1903 年 5 月）《敬告中国之新民》即指责梁启超"拾德富苏峰等一二唾馀，以实《自由书》"；而同期署名"新民之旧友"的《与〈新民丛报〉总撰述书》及《大陆报》主笔的文末附言，则对梁启超进行了更尖刻的嘲讽，称其大量剽窃德富苏峰之文，"不过为新闻记者中之一乞儿、一行窃者而已"。

其实，剽袭的行为在当时并不罕见，如邹容的《革命军》中，便有许多文字出自谭嗣同、梁启超、《国民报》等处（见隗瀛涛、李民《邹容传论》）。在新思想、新知识竞相输入的晚清，知识界往往以得风气之先为荣，一有新说，人争传述，并没有今日"知识私有""版权所有"的观念。这在一个以普及为主的时代，确有必要。

在梁启超，读德富苏峰文章，未尝没有一种"先得我心"的感觉，以致把德富氏的思想当作了自己的思想。于是，在 1902 年4 月《新民丛报》第 5 号发表的《新民说》之一章《论进取冒险》中，我们再次看到了《烟土披里纯》的有关文字。其中论进取冒险精神"生于热诚"的一节，开头征引《史记·李将军列传》中

---

① 中译本有 1902 年广智书局出版的罗普译《日本维新三十年史》。

② 我在《梁启超与日本明治小说》（《北京大学学报》1987 年第 5 期）一文中曾做比较。

李广射石故事，随后发表议论：

> 而深知夫天下古今之英雄豪杰、孝子烈妇、忠臣义
> 士以至热心之宗教家、政治家、美术家、探险家，所以
> 能为惊天地泣鬼神之事业、震宇宙而昭苏之者，其所得
> 皆有由也。西儒姚哥氏有言："妇人弱也，而为母则强。"
> 夫弱妇何以能为强母，唯其爱儿至诚之一念，则虽平日
> 娇不胜衣，情如小鸟，而以其儿之故，可以独往独来于
> 千山万壑中，虎狼吼咻，魑魅出没，而无所于恐，无所
> 于避。大矣哉！热诚之爱之能易人度也。……若是者，
> 莫之为而为，莫之致而至，岂惟不见有人，并不见有我
> 焉。无以名之，名之曰"烟士披里纯"inspiration。"烟士
> 披里纯"者，热诚最高潮之一点，而感动人、驱迫人使
> 上于冒险进取之途者也。

德富苏峰的文思、语言与梁启超论述的问题和谐地融为一体。盗
用而使人不觉，起码说明二人在思想精神与文章风格上，确乎极
为接近。

1991 年 3 月 26 日于畅春园

（原刊 1991 年 7 月《清末小说から》第 22 号）

共和国民必读书

——《国民浅训》百年纪念

在梁启超一生的著作中,《国民浅训》一书无疑最具有传奇性。所谓"传奇性"既指向成书过程,也包括了其后的出版发行。

实际上,该书的封面已不同寻常。在梁启超自题的"国民浅训"四个端庄凝重、带有汉魏碑体风格的红色大字后,又有两行行书小字:

丙辰三月越南帽溪山中 / 扶病署饮冰

不但颜色夺目,而且题款中即透露出"故事"。

"丙辰"为1916年,当年3月,梁启超正在从上海赶赴广西的路上。由于前一年袁世凯加紧了帝制自为的步伐,梁启超先是承担起鼓吹舆论的责任,陆续发表了《异哉所谓国体问题者》《袁政府伪造民意密电书后》《袁世凯之解剖》等文,大力抨击与揭露袁世凯的倒行逆施与鬼蜮伎俩;而在袁氏导演的1915年12月11日参政院以"国民代表大会总代表"的名义两上推戴书,袁本人于次日也"顺从民意",接受"中华帝国皇帝"帝位后,梁启超便彻底与之决裂,12月16日迅速离津赴沪;1916年3月4日,应

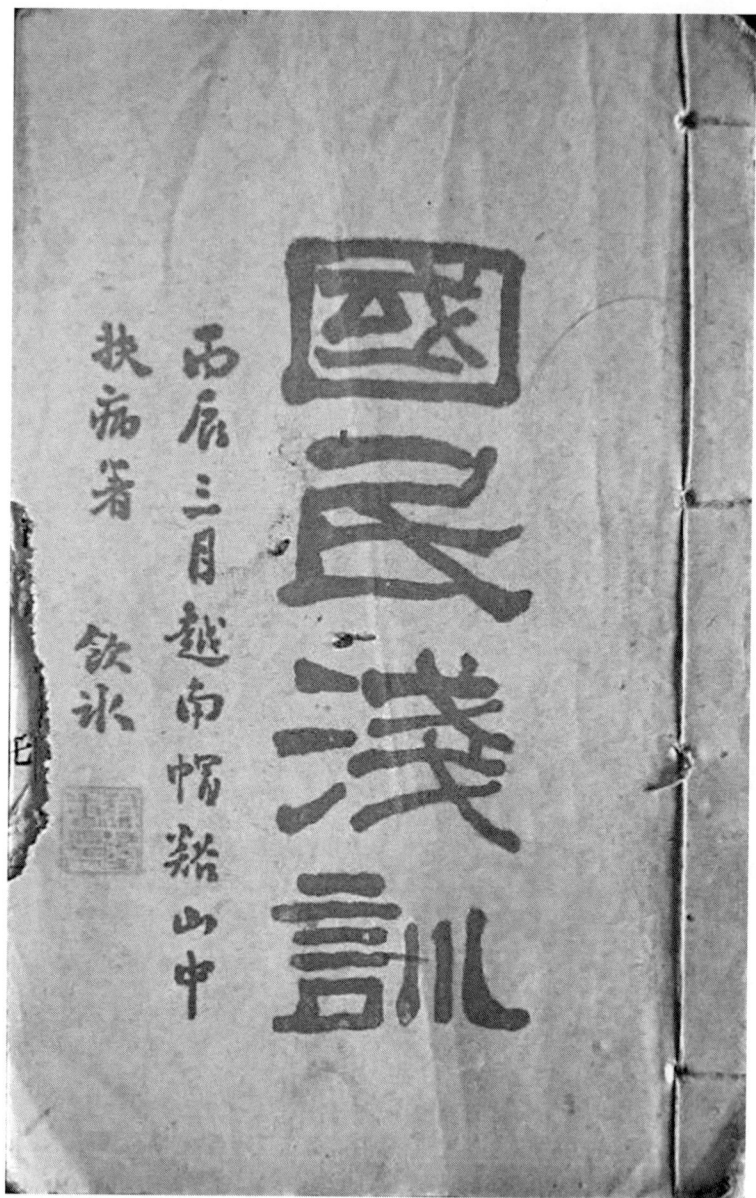

《国民浅训》封面

广西都督陆荣廷的邀请，为坚定陆氏举义之心，梁启超更再度自上海出走，冒险从军，经香港，绕道越南，最终于 3 月 27 日抵达镇南关（即今友谊关），与已经宣布独立的桂省护国军会合。《国民浅训》正是成书于此行途中。

由于袁世凯政府已察知梁启超动向，沿途堵截，梁氏不得不一路保持行踪隐秘。其所乘日船 3 月 7 日抵达香港后，为下一步如何行至广西曾颇费心思。原先听说，"旅行越南之护照甚易得，但费数金耳"（《从军日记》），不料，就在梁氏自沪出发前一日，忽颁新章，要求旅客必须亲身至驻港法领馆查验照相，且按指模，方给护照。走合法途径进入时为法国殖民地的越南显然已无可能，焦急万分的梁启超因此起意直插广州，突入梧州。但同人均以为太过危险，一致反对。最终议决，其他人分散前行，梁氏偕黄群（字溯初）偷渡越南。梁启超于是改换西服，仅携一小皮箱，冒充日本人，12 日登上一只日本的运煤船，三天后，在海防附近的洪崖上岸。一路皆由日人护送、接应，辗转于 3 月 17 日晨到达日商横山氏名为帽溪的牧场隐藏，以待机入桂。而黄群则持日人旧护照，由横山陪同，折返海防，先往云南，留下梁启超孤独地居住于万山丛中[①]。

直到 3 月 26 日离开，梁启超在这处越南的乡野之地逗留达十天。苦闷之时，虽明知邮递不便，梁启超仍频繁以书札代替诉说，甚至一夜两信，向家人倾吐心怀。对其最钟爱的长女梁思顺，此情更无须遮掩："呜呼！吾此时深念吾爱女，安得汝飞侍我旁耶？"可即便处此苦境，任公先生终以国事为重，坚定不渝。所言"吾抱责任心以赴之，究竟乐胜于苦也"，既出自家书，本无意示人，

---

① 见 1916 年 3 月 20、18 日与梁思顺书。

方愈发难能可贵。在此"一人枯坐,穷山所接,惟有佣作"的环境中,梁启超只有努力"作文或著书以振我精神","文兴发则忘诸苦"。故《国民浅训》完成,梁亦欢称"大快"(1916年3月20、18、26日信)。

到达帽溪山庄后,梁启超首先于3月17日完成了九叶纸的《从军日记》,记述其"离沪迄今"的经历,自认"所历殊变幻复赜,可演小小一部冒险小说也"(《从军日记》)。这篇文章梁当即寄给长女梁思顺,并告以:"此记无副本,宜宝存之,将来以示诸弟,此汝曹最有力之精神教育也。文辞亦致斐亹可观矣。"(1916年3月18日信)而在《从军日记》的结尾,梁启超已预告,接下来数日,"欲利用之著《国民浅训》一书,成否抑未敢知"。

根据梁启超家书,可以推知,《国民浅训》乃于3月21日开笔写作。只是,此前一日,梁氏已中暑热患病,到此日下午大发作。其所处环境,则"不特无一家人且无一国人","若其夕死者,明日乃能发见"。而当夜"灯火尽熄,茶水俱绝",梁苦痛难过欲死。幸好次日早晨有人来查看,急忙以一种特效草药救治,经半日而霍然病愈,梁启超方得续作此书。这本"病起后即捉笔著成"的《国民浅训》,全书"约二万言",乃以"三日夜成之"(1916年3月26、25日信),完稿时间为3月25日。用去的三十纸,正是梁氏简单行囊中"珍如拱璧"的数十张笺纸中的大半①。

对于这样一本匆促写出的小书,梁启超本人实相当看重。寄出后,不但担心失落,4月6日信中尚追问在上海的陈叔通等是否收到,因"别无副本,若失去则枉费心力矣"(《与佛苏静生厚

---

① 参见1916年4月6日《与佛苏静生厚生叔通铸甫慎之诸公书》、3月20日《与娴儿书》,其中"三十叶"原误作"三十本"。

生叔通铸甫慎之诸公书》）；而在与女儿书中，梁氏甚至径称"此书真我生绝好纪念也"（1916 年 3 月 25 日信）。如此挂怀、推重，固然是出于其"为播越颠沛中扶病疾书之作"（《国民浅训·自序》），在个人生命历程中具有特殊意义。然在生死未卜之际奋兴迸发出的文字，也应是梁启超自以为最值得留告世人的肺腑之言。

追溯《国民浅训》撰写的前缘，可分为远因与近因两种。按照商务印书馆对此书所作言简意赅的广告："是书将共和国民应具之知识及责任，用极简明之文笔演述之，诚今日国民人人能读、人人必读之书。"[①] 可以断言，《国民浅训》的写作思路其实连接着梁启超 1910 年有意发起创办的"国民常识学会"。笔者所撰《梁启超的"常识"观》[②] 一文已考述出，虽经梁氏极力游说商务印书馆编译所所长张元济以及台湾民族运动领袖林献堂，谋求出版与经费两方面的支持，但辛亥革命的突然爆发，仍使"国民常识学会"的兴办就此搁浅。

计划虽然中止，却不意味着梁启超已经放弃"增进国民常识"（《国民常识学会章程》）的初念。或者不如说，梁氏实际一直惦记着此事。依据其定义，所谓"国民常识"，应以"今日欧美、日本诸国中流以上之社会所尽人同具之智识"为基础，再加入"其本国之特别常识"以及"其本职业之常识"。如此，方可成就一"常识具备"（《说常识》）之现代国民，现代国家的建立始有根基。区别于学校教育，梁氏将灌输国民常识的施教对象设定为"中年以上"的"社会中坚"，故确定采取"社会教育"的方式。除"开讲演会"外，更着力于《国民常识讲义》月刊以及《国民常识小丛

---

① 《教育杂志》11 卷 8 号，1919 年 8 月。

② 《天津社会科学》2014 年 1 期。

书》《国民常识丛书》两套普及读物的出版。

而"国民常识"所涉及的知识种类实则相当广博，梁启超为函授教材《国民常识讲义》开出的部类即多达三十八项。并且，单是其中的"财政学"一门，便包括了总论、政费论、岁入总论、租税论、公债论、理财机关论、地方财政论、财政史及财政学史八编（《国民常识讲义说略》）。即使以最简略的改订版《国民常识小丛书》的类别而言，梁氏的构想也分为通论、政治论、法制论、行政论、财政论、地方自治论、教育论、国民生计概论、国民生计各论、国民道德论、史谭、地志、世界大势十三门（《国民常识小丛书说略》）。不过，限于精力与时间，梁启超当年仅留下在《国风报》连载四期的《宪政浅说》，虽然这原是一部涵盖了国家、政治、宪法、君主、国民、国会、政府、政党、职官、立法、司法、行政、豫算、自治各论题的国民常识样本，只是，不足两章的成绩显然让梁氏无法释怀。

至于近因，当属迫使梁启超走上从军之路的袁世凯称帝。在梁氏看来，袁之阴谋所以得逞，很大程度应归咎于国民的不作为，是即其痛心疾首所斥"良心麻木之国民"——不只是没有善恶观念，而且其"善恶之标准，乃与一般人类社会善恶之公准绝殊"。这固然是由于作为国家"中坚"的"良心麻木"之士大夫倡率以成（《伤心之言》），但也使得袁世凯得以顺利地伪造民意、劫持民意，以售其奸。猜想起来，去年各省"国民代表"1993人全数投票赞成君主制，而"曾无一票之反对"一事，完全违反"无论何国，无论何时，皆有两党，所谓绝对的全国一致，实情理上所必无也"（《袁世凯之解剖》）的政治常识，公然作伪而毫无顾忌，应尤令梁启超痛心，由此激发起国民常识教育为当务之急的心思也在意中。天津《益世报》刊登的《国民浅训》广告（1916年7月

23 日）正是如此强调此书的意义："试问成立以来，何至再有帝制之发生？曰国民缺乏常识而已。今共和虽已复活，此后之责果谁是赖，我国民岂尚能懵懵乎？"任公先生"于流离生死之间"，为"启迪我同胞"，特撰此书，足见其"一片婆心"。

有感于现实政治的刺激，接续四年前"国民常识学会"的未竟之功，《国民浅训》的诞生可谓因缘际会。其书共十三章，各章标目如下：《何故爱国》《国体之由来》《何谓立宪》《自治》《自治（续）》《租税及公债》《征兵》《调查登录》《乡土观念与对外观念》《公共心》《自由平等真解》《不健全之爱国论》与《我国之前途》。虽不过二万言，却涉及其最初构拟的"国民常识"中"通论""政治论""法制论""行政论""财政论""地方自治论""教育论""国民道德论"等门类。全书从辨析国家与人民的关系开始，循序而下，环环相扣，正如末章所总结：

> 然如何然后能得良政府，自在我民自诚求之、自监督之而已，则本书前数章所言，最当玩味也。抑政府只能提挈大纲，导民于进取之途，其实际着手进取，则须我民自为之。然非有公德，非有常识，何能立于今日生计竞争之世界而操胜算？则本书后数章所言，又最当玩味也。

其实，即使前半部所论爱国、国体、立宪、自治诸目，也都属于其卷末力言的"广求世界之智识"的范围，仍然属于现代国民必备之常识。

不过，也可以看得很清楚，《国民浅训》对于常识的发明，往往交织着时事感怀。第一章驳正人民以国家为身外物、闲是非，漠不关心之论，已显露此意。特别是《何谓立宪》一章，更是言之痛切。梁启超直陈："我国民当知投票选一议员，无异将我身家性命托于其手。"他最赞赏的是欧美、日本等国的公开竞选制。其法在中国现下虽不可行，梁仍告诫国民："我国民当举行选举之时，最要是选忠诚鲠直之人，勿取轻薄浮夸之士。欲选何人，必须凭自己天良，切勿受人运动。"甚至谓"我得钱而卖此票，其可耻乃甚于妓女之卖身"。故无论出卖还是放弃"国民资格"，即无论受贿或弃选，在梁氏均以为"大不可"。而袁世凯之龙袍加身，正是利用了国民放弃自己应有的权力，"不好管国家闲事"。梁启超于是痛责国人，指此次兴兵讨袁受伤残之"数十万人"，"系直接为袁世凯所杀，实间接为汝所杀也"。日后，梁氏的宪政党同人伍宪子1948年刊文，对此言仍大段抄录，感慨系之，称"任公当日借袁世凯以警告国民，希望国民明白立宪政治之精神在此"。而"经此三十年以上之岁月，回忆三十年前任公所写《国民浅训》犹适用"[①]，这才是最令人悲哀之事。

就梁启超而言，立宪政体无疑是其关注的焦点。故前五章大体围绕"立宪国政治之特色，在中央则为国会，在地方则为自治"（第四章《自治》）展开。而作为现代国民，参政权之外，对于国家也有诸种应尽的责任，《国民浅训》阐述的纳税、服兵役、如实登记填表等项，均属此类。同时，秉持早年的《新民说》，并与取法欧美的现代国家体制相适配，梁启超对排外思想也十分警惕。其提倡公共道德、政治理念上之自由平等、科学实证精神等，无不以西方为楷模。但梁氏又非一面倒，其释"新民"之"新"，所谓"淬厉其所本有而新之"一义，在此书中也时有显露。尤其是

---

① 《梁任公推翻洪宪轶闻》，香港《人道》周刊创刊号，1948年1月9日。

《自由平等真解》中对于"良心"的推重，更引发了梁启超其后沿着《孟子》的路径，执着探究人禽之别的诸多论述。只是，这一讨论更多针对的是国民中的精英阶层。若从《国民浅训》面向大众的期待出发，"采补其所本无而新之"（《新民说·释新民之义》，另参见笔者《"铸造全国青年之思想"——欧游前后梁启超讲学路径的变动》）的"新民"义无疑应置首位，故普及源于西学的国民常识仍为此书的重中之重。

自觉《国民浅训》一书意义重大，且为当下急需，梁启超对其必定畅销也坚信不疑。3 月 25 日书稿完成时，梁立即致函时居上海的陈叔通与范源廉，寄去原稿，要求商务印书馆立即付印。考虑到袁世凯尚掌控政权，"商务现时恐不便挂名出版"，梁启超特请其"任意提一书局名充之，（似［俟］将来能挂名时再改正），其版权则仍以归商务"。而此信中最惹眼的是对于印数的提议：

> 惟先印十万部，作为代弟印，由弟设法销之，其印费请商务先代垫也。（其由商务分售各处者仍照版租例算，应印多少，商务自酌，此十万部则额外也。）（《与叔通兄静生弟书》）

其实，即使在今日，十万册也是个大数目。何况在自销的"十万部"之外，梁氏认为商务还可加印得利。由此，《国民浅训》的版次与印数也颇值得细考。

到目前为止，笔者尚未见到不记出版单位或以其他书局出名的《国民浅训》。其初版版权页的出版信息署："中华民国五年五月十日印刷／中华民国五年五月二十日发行"；定价为一角五分。而从发行人、印刷人、印刷所到总发行所、分售处，均具名商务印书馆。对照其时商务掌门人张元济所写日记，1916年4月20日有："前月卓如寄来《国民浅训》一本，云托本馆代印十万册，馀归本馆抽版税。"据此，《国民浅训》之首版，应即为梁氏托印之书。这大约也是6月16日之前，《申报》所刊商务印书馆广告中未见《国民浅训》的原因。而商务之不惧风险，一力担起出版责任，亦可见其政治立场与道义精神。特别是，首版印行第二天，适值梁启超于役归来，返抵上海，新书无异于商务及时送上的一份欢迎厚礼。

随后，6月6日袁世凯病殁。次日的张元济日记中，在"又催鲍（咸昌）印黎元洪小像"之前，正是"催印《国民浅训》二万部"的记录，足见此书与政局关系之密切以及商务印书馆的高度看重。《申报》于6月16日也首次出现该书广告，不过，与其他三种出自梁启超的书目均标有册数与定价不同，《国民浅训》只注为"近刊"，应当是尚未面世。至7月3日，广告中已见"一册／一角五分"的细节；7月9日，更增添了专门的广告词："分十三章。凡国民不可不知之理，与夫不可不尽之责任，均详细解说，示国民以途径。吾国历来不完全之见解，自窒进步之积习，无不究其病之由来，穷其弊之终极，痛下针砭，俾国民知幡然改革之不容已。"而到当年11月，《国民浅训》已印行第五版。并且，仅9月间，即接连有第三、四两版发行，可见其确实畅销。

梁启超对推销此书也颇为用力。现存于湖北浠水县博物馆的梁致熊曾绶函，正透露了此中消息。信札主体为：

> 启超今春于役西南途中，曾著《国民浅训》一书，业交商务印书馆付梓，似于现在国情及人民常识不无壤流之助。黔豫各省已购颁各州县，藉资晓谕。兹检寄一

册，敬乞指教。

此件无日期，然其文字与《申报》9月13日之"绍介新著"多有重合，不过，口气已从梁氏自白变为受赠人之言。如以"梁启超先生"取代"启超"，"兹检寄一册，敬乞指教"已易为"昨承惠赠一册，书此绍介，并志谢忱"。最大的改动是强调该著"于现在国情及人民常识颇有关系，允宜家置一编"，即推许为国民必读书，其他则照抄梁信。这显然是以书评形式出现的广告，甚至拟词人即为梁启超本人。

至于贵州、河南购颁各州县的情况，从《申报》记述的江苏省长齐耀琳"令各道尹、县知事备价购置"《国民浅训》，因"是书以浅显之文字，揭明共和真谛，于民国前途为益甚大也"（《齐省长通令购置〈国民浅训〉》，1916年9月16日《申报》），可见一斑。而直到1917年2月，湖南省仍有《省长令各县知事颁发〈国民浅训〉由》的指令：

> 查新会梁任公新著《国民浅训》一书，旨在灌输共和国民常识，激起人民合群爱国之心，语浅意深，洵为普及社会教育之善本。本省长为开通民智起见，特将前项《浅训》订购三千本，分发各县知事，转令所属各学校及公共团体及各讲演机关，一体参阅，以资传播。
> （《湖南政报》第9册，1917年2月）

如此借助官方的力量进行推广，《国民浅训》焉得不畅销？

正如官方文告一再提及的，《国民浅训》文字浅显，这其实本是梁启超有意的追求。《自序》中称："书旨期普及，故以俚文行之，甚见笑于大方之家矣。"其俗白程度，不妨以《何故爱国》为例，开头几句是："爱国两字，近来当作时兴口号，到处有人说起。但细按下去，真能爱国者，究有几人？比起别国人爱国至情，我等真要愧死。"而在梁启超眼中已经相当俚俗的表述，若讲给大众听，却还有再加通俗的必要。于是，此章在《吉林通俗讲演稿范本》1916年第7期转载时，又做了如下白话翻译：

> 爱国两字，近来当作最流行的口号，到处有人说起。
> 但是细按下去，真正能够爱国的，究竟有几个人呀？比
> 起别国人爱国的至情，咱们真要愧死。

甚至经过该刊改写的《自治》一章，又被选录在京兆尹公署编辑、出版的《讲演汇编》（第9期，1917年1月）"短篇演说"栏，由此可见，《国民浅训》确曾作为各地讲演机关进行社会教育的教材使用。

以此，1917年4月印行的第六版，封面右上角便多了"教育部审定"的字样。而在1918年8月7日《申报》上刊出的商务印书馆出版之"教育部审定公布／各省通饬采用"的"通俗教育用书"中，便包含了《国民浅训》。嗣后，此书又被纳入"少年用书"（1919年8月4日《申报》），作为"公民教育运动"读物（1925年11月3日《申报》）、"各级学校公民科参考用书"（1926年3月10日《申报》）以及"公民必读之书"（1926年5月9日《申报》），并且，也推荐"与女界看看"，认为对于女性"德育、智育、体育"的"建设方面不无小补"[1]。也即是说，起码直到1920

---

[1] 梅：《解放与建设》，《教育杂志》12卷1号，1920年1月。

年代末,《国民浅训》一直对应着各类人群,作为各种公民教育的读本被推介与阅读。

《国民浅训》的畅销与长销,对于商务印书馆自是获利颇丰,即使著作者本人,可想而知也会分得相当可观的稿费。尤其是梁启超早已预见此情,尚在1916年6月张元济催促印书两万部后不久,16日的张氏日记即载有:"梁任公《国民浅训》,要求版税从丰。允以照定价二成。"这样的付酬条件实在优厚。但梁启超撰写此书本以生命为代价,《国民浅训》对于一代人公民观念的塑造又有莫大之功,金钱实不足以衡量。故当其去世,邹韬奋以《学术界失了一位导师》为题,撰写悼念文章,也特别提到此书,推赞:"一人的价值视其为群服务的精神,梁先生这样的不避艰苦为国尽力的精神,我们觉得很有给人想念的价值。"① 这也是《国民浅训》经过了一个世纪仍值得纪念的理由,何况其中所说的道理,许多至今日亦未过时。

2015年12月24日于京西圆明园花园

（原刊《读书》2016年第3期）

---

① 《生活》周刊4卷19期,1929年4月7日。

十年一剑?

——《〈饮冰室合集〉集外文》序

本书名为《〈饮冰室合集〉集外文》，则对《合集》一书自当有所交代。梁启超1929年1月溘然长逝后，亲友会商，决定由林志钧主持编辑遗稿成书，是即为1936年由中华书局出版的《饮冰室合集》。这部皇皇四十册的大书，在很长时间里被认作是收录最全的梁著。而梁文1902年第一次结集时，题名为《饮冰室文集》，以梁氏取《庄子·人间世》"吾朝受命而夕饮冰，我其内热与"之意，将书斋命名"饮冰室"，自署即为"饮冰室主人"。所谓"饮冰"，自然是表达了任公先生对国事的忧心如焚；即以治学论，又何尝不因"内热"而博闻强记、笔耕不辍。此后，梁氏文集的多种版本均冠以"饮冰室"之名，重要者如1905年上海广智书局版《（分类精校）饮冰室文集》，1916年上海中华书局版《饮冰室文集》，同年上海商务印书馆版《饮冰室丛著》，1926年上海中华书局版《（乙丑重编）饮冰室文集》，无不如此。以梁启超在近现代社会地位之重要，林志钧先生肯定，梁集编印的意义在于，"借可窥见作者思想之发展及三十年来政局及学术界转变之迹"（《饮冰室合集·例言》），诚为知言。

《饮冰室合集》的编辑原则，在《例言》中已有说明："本编以编年为主，搜集已印未印诸作，分两大类：甲类文集，附诗词、题跋、寿序、祭文、墓志等；乙类专著，附门人笔记若干种。约以时代先后为次，专著中又各自为类，而第其年次。"这在印成之书上，便区分为"文集"十六册与"专集"二十四册。

依照梁启超生前的想法，其文集编纂当经删汰。林志钧曾记梁氏病中言："吾年得至六十，当删定生平所为文，使稍稍当意，即以自寿。"虽然，林氏为"诠次斯集，每欲有所商榷是正，独不能起任公于九原而问之"(《〈饮冰室合集〉序》)感慨神伤，但梁启超有关编集的说法实已流传于知交、学生间。弟子吴其昌录其晚年言谈，便有记载："吾笑俞荫甫（樾）《曲园全集》体例之杂，乃下至楹联，灯谜，牙牌，酒令……都舍不肯芟。吾他日之集，毋乃类此。"因此以为林志钧编《饮冰室合集》，"楹联以下尽删不录"（吴其昌《梁任公先生晚年言行记》），正是尊重梁氏遗意。

不过，作者自定本与逝后的全集本，原有各自的着眼点与读者群。前者不妨以"精要"为准则，后者则理应以"求全"为鹄的。林志钧先生当年受托编辑《合集》，定位实在两者之间：虽有所取舍——如《例言》说明，残稿中凡"确认为未定稿或已废弃之作"不入集；又，早年在日本发表的时事评论多舍弃——但大旨仍力求将任公先生的重要作品尽皆纳入。只是由于梁启超的写作速度惊人、数量庞大，而林先生限于时间、精力与条件，辑录时，主要依据由梁佟廷灿编辑的《（乙丑重编）饮冰室文集》与手稿，再配以晚年学生们笔记的讲义，因此，即使以其自期衡量，也有不少遗漏。这就为我编《集外文》留下了巨大的空间。

极而言之，从梁启超病殁到《饮冰室合集》问世，其间经历了七年。而我编这部《〈饮冰室合集〉集外文》，断断续续倒做了近十年，正合了古语所谓"十年磨一剑"。

大概是 1992 年吧，清华大学中文系主持出版的"清华文丛"第一种《吴宓与陈寅恪》问世，引起读书界关注。中文系主任徐葆耕先生有意趁热打铁，借助编辑"文丛"，继承与光大由原清华国学院开创的治学传统。而赫赫有名的"四大导师"中，如陈寅恪的诗集，王国维的《古史新证》讲义，赵元任的《中国现代语言学的开拓和发展》论文选，均已有着落，唯独年纪最长的梁启超落了单。依我浅见，以梁氏之声望、著述，"清华文丛"中本应为其留有一席之地。将此意说与徐先生听，等于"引火烧身"，这任务最后便落实在建议者头上。

　　梁氏著作等身，卷帙浩繁的《饮冰室合集》容易给人留下一网打尽的印象。可我自 1982 年做研究生以来，接触梁著多年，深知集外之文所在多有。于是想象，编一本几十万字的佚文集并非难事，数月可成。而一旦着手，却发现这其实是个浩大的工程，且诱人愈陷愈深。迨至辑佚数量已达到约莫四十万字，便只好与"清华文丛"脱离关系。因为那套书的设计，每本只在十几二十万字的篇幅，并没有上下册的编制。

　　于是，我重新设计了自己的编辑方案。按照梁启超之友徐佛苏的推算，梁氏"生平之文字合'著'与'述'两项言之，约在'一千四百万字'内外。盖每月平均以三万字计，每年平均以卅六万字计，而四十年可得'千四百万字'之和数也"（《记梁任公先生逸事注》）。我无法精确统计《饮冰室合集》的字数，但以一千四百万相减，余数也必定极为可观。以一人之力，欲遍录集外之文，自知非穷年皓首不能完工。我虽为梁启超其人其文的魅力所吸引，却是人到中年，尚有个人的研究计划，不欲将全部精力投入此中。退而求其次，便想出划地自限一法，只收辑梁氏生前已发表之作，亦即曾经影响于社会的文字，这起码有利于较全面地展示作为"公众人物"的梁启超形象。

以我的性格，凡事既已开头，便求完备。在尽先利用北京大学图书馆与北京图书馆（现易名为"国家图书馆"）的收藏之余，凡有机会远赴国外，搜辑梁启超遗作也必定成为首务。而国外借阅与复制的便利，确令我的工作效率大为提高。1993年12月至1994年7月，访学日本，于东京大学与京都大学查找了《新民丛报》《学报》《政论》上诸文。1997年3月至7月，辗转于哥伦比亚、哈佛等美国著名学府，也集中查阅了《知新报》《晨报》《大公报》《清华周刊》，并找到了《西学书目表》的初版本，以及闻名而未识面的商务印书馆函授教材《读书法讲义》。1998年5月到7月在德国讲学，又利用海德堡大学汉学研究所购买的《政府公报》，补上了梁启超于民国年间两任总长时期签署的公文。这些大批量的复印，奠定了这部《集外文》的主体。

近年国内近代报刊影印本的面世，确为搜寻遗篇提供了方便。诸如《时务报》《清议报》《大公报》《晨报》，均为我最先采用。不过，若论辑佚，不易保存的报纸显然更值得重视，我于此中屡有发现。与梁启超关系密切的近现代报章，除上列数种外，《国民公报》与《时事新报》无疑价值最高。但两报既无影印本，缩微胶卷亦不完全，只好对照北大的原件与北图的缩微，倒也收获颇丰。在原先不被看好的首都图书馆，我也有意外发现，《读西学书法》的初刊本便是在此间觅得。

除自己所到之处用心查找外，我也曾向各方求助，扰人多多。已经过世的原任中山大学图书馆副馆长饶鸿兢先生，即为我邮寄来《〈论语〉〈公羊〉相通说》。中国社会科学院近代史所的友人汤立峰，也曾代我借书及复印文章。不仅麻烦国内的朋友和学生，如孟华、袁进、陈子善、杜玲玲等，甚至为得到在哈佛时有目无书的《居易集》中梁启超致经元善书，我也率尔远托美国维斯联大学（Wesleyan University）的魏爱莲（Ellen Widmer）教授。如此被我烦扰的尚有日本东京大学教授藤井省三、现任教于神户大学的滨田麻矢等多位。特别是为寻觅《和文汉读法》的最早刊本，我接连惊动了京都大学的平田昌司教授以及该校出身的斋藤希史先生。更令我感动的是，大阪经济大学的樽本照雄先生受我面托，不但写信向日本国会图书馆查询此书，而且在网上刊登寻书启事。虽然这些努力终于落空，到手的只是翻印增补本，但在求索的过程中，我得到了可贵的友情。直到本书初校样出来后，华南师范大学素未谋面的左鹏军先生，也由中山大学吴承学兄代为请托，寄来《〈动忍庐诗存〉序》，为充满温馨记忆的编辑手记补上了最后一笔。

如此兴师动众，"上穷碧落下黄泉"，结果也不能说完满无缺。上述初版本《和文汉读法》之隐身不现，便是一大憾事。杨殿珣的《中国历代年谱总录》与谢巍的《中国历代人物年谱考录》中均有著录且为编者亲见的《厉樊榭先生年谱》一卷，我也未能访到，一辨究竟（我颇疑心此作的真伪）。遗漏的散篇文章，当然更不止一二。最令我扼腕的是《梁启超年谱长编》中已提及的梁应考乡试所作一文一诗，并具体指明载于光绪己丑《广东闱墨》某册某页，而我终于无缘得见。另有收入《经世奇观》的梁氏早年所撰八股文四篇，虽然《梁启超研究》已转录，但我的编辑方针是，尽可能利用原刊。经过多方努力，未能如愿，此四文于是不得已而割爱。个人的感觉是，辑佚如秋日之扫落叶，难以穷尽。如此表白，并非想为此编的未能尽如人意寻找借口，不过是出于将此事做一了断的考虑——旷日持久地拖下去总不是好办法。将已收集到的大体成形的梁启超遗篇尽早提供给研究者使用，对于学界或许更有益。

　　辑录的过程中，李国俊先生编著的《梁启超著述系年》为我案头必备之书，时时参考。对于肯花功夫做资料编集工作的研究者，我总是怀着特别的敬意。

2000 年 12 月 21 日于京北西三旗

（《〈饮冰室合集〉集外文》，北京大学出版社 2005 年）

辑 三

学者梁启超

梁启超先生字卓如，一字任甫，号任公，又号饮冰室主人，笔名有哀时客、少年中国之少年、中国之新民、沧江等多种。以清同治十二年正月二十六日（公元1873年2月23日）出生于广东新会县熊子乡茶坑村，1929年1月19日病逝于北平协和医院，得年仅五十七。其家族于2月17日开吊，北平各界与广东旅平同乡会亦于是日假广惠寺举行追悼大会。同时，上海各界由陈三立、张元济主持，于静安寺设席公祭。

梁姓自北宋始由秦地同州迁入广东。先生祖上居茶坑村，十世皆务农，至祖父维清（号镜泉）先生，方有志向学，捐为附贡生。先生幼时，于诸孙中最得祖父喜爱，日则教读，夜则随寝。熊子为一小岛，地当西江入南海之口，南距宋帝昺自沉殉国之崖山约七里。祖父每与儿孙讲说南宋故事，"以宋、明儒义理名节之教贻后昆"（梁启超《哀启》）。父宝瑛先生，字莲涧，亦习举子业，不得售，遂教授于乡里。先生兄弟少时，均曾由其父亲教。而初识字之启蒙老师，则为其母。其家教慈而严，不以常儿视先生。

先生生性聪慧。四五岁开始读书，即习"四书""五经"，接受中国传统文化教育。十七岁中举，可谓少年得志。此前两年，已就读于阮元创办之广州学海堂，治学之范围与兴趣亦随之由帖括转为词章、训诂。十八岁时，其人生道路发生变化。此年入京会试，下第途经上海，购读《瀛环志略》并接触西学译书，为之敞开了走向世界的大门；同年，谒见康有为，拜服师从，又为之开启了研治新学的大门。次年，入康氏设教之万木草堂学习。草堂教育"以孔学、佛学、宋明学为体，以史学、西学为用"（梁启超《南海康先生传》），借公羊"三世说"宣传维新变法，予先生影响至深，自谓"一生学问之得力，皆在此年"（《三十自述》）。

甲午战后，激于国变，先生奔走南北，著书授课，一以救国为务。先后参与公车上书、强学会、湖南新政、保国会、请废八股、戊戌变法等一系列改良主义政治活动，并担任上海《时务报》主笔，发表《变法通议》等大批政论文，编著《西学书目表》，力倡引进西学，变法图强，势在必行。其文风靡全国，一时声名鹊起。又赴长沙，主讲时务学堂，培植维新人才，使湖南风气大变。

变法失败，先生东渡日本，开始长达十四年的流亡生活。赴日之初，即热衷于学习日文，广泛浏览日本的"洋学"书籍，受到明治文化的冲击，"思想为之一变"（《三十自述》）。居日期间，仍热心政治活动，组织保皇会，成立政闻社，从事立宪运动，为此数次离开日本，赴檀香山、新加坡、澳洲、美洲等地。其中1903年的美洲之行，使其思想由激进转为保守，反对流血革命，坚持君主立宪。而其用心最多且成效最大者，实为办刊撰文，对国人进行思想启蒙。先后创办了《清议报》《新民丛报》《新小说》等杂志，以"时杂以俚语、韵语及外国语法，纵笔所至不检束"的"新文体"（梁启超《清代学术概论》），宣传新思想、新知识。借撰写西方思想家学案，大量介绍西方政治学说及其他学术思想；而批判中国的封建专制与旧学，讲求"新民"之道，倡导文学改良运动，均表现出极强的开创性。所著《中国积弱溯源论》与《新民说》，最早系统检讨了国民性问题，至今仍富有启示意义；《新史学》以"史界革命"为旗帜，为中国现代史学的建立初步奠基；《论中国学术思想变迁之大势》对于中国学术史首次作科学的研究，为后学提供了具体的治学范例。即使一向被视为"馀事""小道"的诗文、小说，先生亦郑重对待，除发表《饮冰室诗话》《论小说与群治之关系》诸文，阐述"诗界革命""文界革命""小说界革命"思想，更身体力行，创作《二十世纪太平洋歌》等新体诗、《少年中国说》等新体散文以及政治小说《新中国未来记》（未完稿），对改变文学风气大有助益。

民国建立，先生随即归国，历任袁世凯政府之司法总长、币制局总裁及段祺瑞政府之财政总长，并策动反对袁氏称帝的护国战争，参与讨伐张勋拥清帝复辟的战役。1917年底，自觉只能做"理论的政谭家"，不能胜任"实行的政务家"之职，因而退出政界，基本结束前期显赫而并不成功的政治生涯。

随后，先生出游欧洲各国，增强了以中国文化救世界的信心。1920年回国后，虽仍不免就时事发表意见，却谨守社会名流身份，取独立超脱姿态，倡导国民运动，抨击时弊恶行，大部分精力与时间则用于讲学与著述。对新文化运动并不抵触，迅即改用白话文写作。又举办多项文化事业，如组织共学社，刷新《改造》杂志，出任京师图书馆馆长，并热心于到各地进行学术演讲。晚年，除在南开大学、东南大学、北京大学等校兼课外，主要执教于清华学校，为该校研究院国学门著名的四导师之一。著作亦以中国传统文化的研究最用力，撰有《清代学术概论》《中国近三百年学术史》《中国历史研究法》及其《补编》《中国韵文里头所表现的情感》等力作。临殁前三个月，仍奋力执笔，编订《辛稼轩先生年谱》，终于不起，真正实践了其"战士死于沙场，学者死于讲座"之言。

先生自认"学问兴味政治兴味都甚浓；两样比较，学问兴味更为浓些"（《外交欤？内政欤？》）。而由于时势变迁，前期著述只求觉世，故以政治家身份而论学，开通民智、变法图强为其最高宗旨；后期著述意在传世，故主张纯粹的学者态度，终以人格修养为归宿。贯穿其间的"新民"课题，也因此呈现前期的重在批判、取法西方与后期的重在表彰、取法传统之不同。沟通二者的根基，则在于对现实人生的关怀。

先生治学，气魄宏大。早年作《论中国学术思想变迁之大势》，拟分十六章，已露端倪；晚年亦有写作《中国学术史》《中国佛教史》等庞大计划，而总其成者为《中国文化史》，《中国通史》则为其终生念念不忘的事业。所遗留之《中国通史》与《中国文化史》全目，涉及面之广博，令人惊叹。凡此均因其兴趣多变、精力不济而无一完成，又令人叹惋。

正如郑振铎先生所言，先生后期的学术著述，大致是前期研究题材的深入与放大（《梁任公先生》）。诸如诸子学、清学、佛学、文学，此时均有专门研究，而尤以史学为大宗、为指归，其伏脉则皆可追溯到《新民丛报》时代。相对而言，先生后期的著述更谨慎、细致，注重系统性与科学化，摆脱了乾嘉考据学派细碎、烦琐的狭小格局，而代之以成型的理论框架结构材料。从定义入手，经过论证，做出判断，从而使学术研究进一步规范化。在论著中，先生又每每强调方法的运用得当，如以问题、时代、宗派三种研究法的交叉使用为其学术史撰述的基本策略，便可收提纲挈领之效。其毕生所求乃在"凭借新知以商量旧学"（《〈墨经校释〉序》），此为先生治学一以贯之的内在理路。是其学虽多变，而自有不变者在。

先生一生笔耕不辍，著作等身，字数总计在一千万言以上。后死友林志钧所编《饮冰室合集》四十册，卷帙浩繁，仍搜罗未备。因写作速度快，不免有粗疏、草率处，为白璧微瑕。

其性格喜新善变，本无成见，名言为"不惮以今日之我与昔日之我挑战"（《政治学大家伯伦知理之学说》）。政治主张之多变尝为人诟病，而能随时进步，实为其长处。学问上亦不肯故步自封，每喜推陈出新，以是开后人治学诸多门径。其为人热情坦诚，文字亦平易畅达，虽做专门研究，仍时刻不忘文化普及工作。

1992 年 9 月 14 日于蔚秀园

（原刊《中国现代学术经典·梁启超卷》，

河北教育出版社 1996 年）

以觉世始　以传世终

——梁启超与二十世纪中国

　　梁启超生活在十九世纪与二十世纪之交的年代。我们今天将他作为二十世纪的学者来看待，并非因为他在这个世纪中还生活了二十九年，倒更多是为了他在二十世纪经久不息、无可回避的影响。

　　近代中国是一个混合着多种性质的奇特的社会存在。其中既呈露畸形的腐朽，也包孕诡异的新生。旧与新和东方与西方的命题纠缠、重合，使中国的读书人在选择时倍感艰难。而以龚自珍诗句"但开风气不为师"（《己亥杂诗》）自期，又渴望"著论求为百世师"（梁《自励二首》其二）的梁启超，处此"新旧两界线之中心的过渡时代"（《过渡时代论》），敏锐地感应着社会的种种矛盾，在其著述中因而处处留下了时代的鲜明印记。直到五四新文化运动过去后十年，梁氏去世，他始终保持了文化上的快速回应热情。因此，说梁启超的著作缩影式地完整再现了近、现代中国思想界的演进历程，并非过甚其词。何况，他在世纪初已开始提出，并在此后不断反省的某些问题，至今还困扰着我们。

　　梁启超是以呼唤变法图强的改良派政治家形象登上历史舞台。

尽管其《变法通议》所鼓吹的"变者古今之公理也"(《自序》)流传甚广，但对二十世纪中国思想界影响更深远的还是改造国民性话题。与章太炎为代表的"以革命开民智"(说见《驳康有为论革命书》)的革命派说法相反，梁启超认定"新民之道"才是建立现代国家的根本，非此，则革命即易流为暴民政治。他不仅在《新民说》中激烈批判旧国民性，要求从欧美、日本等国采补种种中国国民所欠缺的品德，而且新民思想也成为统贯其时诸般论题的中心线索。《新史学》中对旧史学观的拨正，《论中国学术思想变迁之大势》对中国学术传统的清理，尽多与《新民说》互相发明之处。即使倡导"小说界革命"，梁氏也必首言："欲新一国之民，不可不先新一国之小说。"(《论小说与群治之关系》)然而，其关于提高国民基本素质的理论探讨，在当日日新月异、激动人心的革命形势映衬下，不免显得迂远，不能救急，因而很快被向往革命、期盼其迅速、根本改变社会现状的知识者所遗弃。于是，辛亥革命之后，中国又经历了漫长的反复与动荡，国民性批判也几次被探求病源的人们旧话重提，而成为思想界的热点。最先接续梁启超的新民思路的五四新文化人鲁迅，以其思想的深刻，推进了此命题，并在此后的讨论中，作为权威的声音一再出现。虽然同样是论证国民性的种种病症妨害了中国社会的健康发展，梁启超与鲁迅仍有不同。梁氏更着重政治道德的探源，如指为弊端的奴性、愚昧、为我、好伪、怯懦、无动(见《中国积弱溯源论》第二节)，以为匮乏的公德、国家思想、进取冒险精神、权利思想、自由、自治、自尊、合群、义务思想、尚武精神等等(见《新民说》)，无一不是"群治不进"之原因。鲁迅则以犀利的解剖刀，致力于从文化心理求得彻底的疗治。阿Q的经典形象所包孕的丰富内涵，以及杂文中对国人灵魂的洞察与拷问，无不与"尊个性而张精神"的立人思想息息相关。尽管由于政治的缘故，梁启超的新民理论在很长时间内被埋没（不只是大陆），但近年的重新发现与肯定，使思想发展中断的链条得以勾连，也证明其论题的仍然具有活力，虽然这同时可以说是我们的悲哀。

而对于二十世纪中国学术，梁启超也应算作少数几位奠基者之一。当他二十九岁，以宏大的气魄开始撰写《论中国学术思想变迁之大势》时，自然不无政治层面的考虑，然而，在学术史的研究上，还是提供了全新的思路与范式。《新史学》虽表彰黄宗羲的《明儒学案》"创为学史之格"（《中国之旧史学》），不过，学术小传加资料汇辑，与现代意义的学术史尚有相当距离。梁氏的写法则截然不同。此时身居日本，借助日文著作，对西方学术思潮及著述体例有所了解的梁启超，依据历史科学，将中国学术思想的发展分为七个阶段：胚胎时代（春秋以前），全盛时代（春秋末及战国），儒学统一时代（两汉），老学时代（魏、晋），佛学时代（南北朝、唐），儒、佛混合时代（宋、元、明）和衰落时代（清）。而二十世纪在他看来，是东西"两文明结婚之时代"，也标志着中国学术复兴时代的到来（《论中国学术思想变迁之大势·总论》）。在各段学术史的论述上，梁启超不仅清理源流，考辨学理，而且以东西融会的眼光比较差异、品核得失。因而，该论著不限于对古代学术演变的总结，也具有鲜明的以史为鉴、研讨与解决现实问题的目的。而其开启中国学术史研究新路之意义，由胡适所言"我个人受了梁先生无穷的恩惠"，其一即是《论中国学术思想变迁之大势》"给我开辟了一个新世界"。尽管以后的学术见解多有相左，胡适在三十年代写作的《四十自述》中，却坦承梁作"是第一次用历史眼光来整理中国旧学术思想，第一次给我们一个'学术史'的见解"，而其未完成形态，又埋下了胡适"后来做《中国哲学史》的种子"。这种学术因缘，不只是两代学者的前后相承，对于梁启超而言，撰写一部完整的《中国学术史》，也始终是他的心愿。可惜第五部分《清代学术概论》仅开其端（见《清代学术概论·第二自序》），留下的仍然是有志未偿的遗憾。

相对于学术史的残缺，梁启超在史学理论上倒有比较充分的准备与表述。1902年《新史学》刚刚刊发，对梁氏于《新民丛报》第一号批评《原富》之言持有异议的严复，却向朋友盛赞同期的《中国之旧史学》一文，"论史学尤为石破天惊之作，为近世治此学者所不可不知"（光绪廿八年正月卅日《与张元济书》）。梁文对旧史学展开了空前激烈的清算，指出了其四大病源，"知有朝廷而不知有国家"，"知有个人而不知有群体"，"知有陈迹而不知有今务"，"知有事实而不知有理想"，及由此而发生的两大病症，"能铺叙而不能别裁"，"能因袭而不能创作"，并在《论正统》《论书法》《论纪年》诸文中对旧史从观念到做法加以驳正。而中心要义，只在标举为国民作史而非为帝王作史，为今人作史而非为死人作史，故研究历史演化规律为史家之职志。这一思绪于前一年写作的《中国史叙论》中已露端倪，其"史之界说"区分旧史家与新史家之不同曰："前者史家，不过记载事实；近世史家，必说明其事实之关系，与其原因结果。前者史家，不过记述人间一二有权力者兴亡隆替之事，虽名为史，实不过一人一家之谱牒；近世史家，必探察人间全体之运动进步，即国民全部之经历，及其相互之关系。"在此意义上，梁氏宣布"中国前者未尝有史"。不过，这些初步意见，经过《新史学》的系统阐发，才真正深入学界，其文中论断在晚清史学论著中屡屡征引，便是明证。尽管梁启超的"史界革命"思想对旧史学的否定或许更引人注目，但他为新史家构建理论框架与提示现成思路的建设之功，其实更值得认真看待。梁氏当时虽仅从西方思想资源中汲取了进化论，以之为解说中国历史变迁的法宝，表现于他为新史学所下定义，"历史者，叙述人群进化之现象，而求得其公理公例者也"（《史学之界说》），但比之孔子以来的历史退化观与孟子"一治一乱"的历史循环论，总还是可喜的进步。进化论强调历史发展的连续性，不为朝代所限隔；注重民族文化的整体呈示，不以个人为标尺。无论今天我们对于"进化"一语有着怎样的质疑，它在当日却起着使历史研究成为科学的作用，史家也从罗列零散的史实，变为自觉考察各种社会因素的互动。这一进化史观笼罩了大半个世纪的史学界，并为其他学科史的研究所普遍采用，则可以说是有目共睹的事实。至于梁启超本人，既有志于著作一部《中国通史》（后更扩大为《中国文化史》），从1901年到1922年几次执笔，可惜均半途搁置，但因此而诱导其兴趣日益转向具体的操作，又使其晚年讲授的《中国历史研究法》及其《补编》，作为史学研究的方法论，更便于实际应用。张荫麟评定梁启超前期《新史学》诸作开"以新观点考察中国历史"之先河，"后有作近代中国史学史者，不能不以先生之名冠其篇矣"，后期《中国历史研究法》"虽未达西洋史学方法，然实为中国此学之奠基石"（《近代中国学术史上之梁任公先生》），实非溢美之词。

梁启超一向对政治与学术用力最多，文学创作在他只不过是文人积习，偶一为之。不过，虽然如此，在梁氏身处政治改良思潮的中心时，也不忘小试身手，发动文学改良运动，以文学作为政治宣传、移风易俗的工具，却因此而在二十世纪文学界产生了巨大回音。文学改良是在西学东渐的背景下发生，又兼具开通民智的目的，求新与通俗于是成为最鲜明的标记。"文界革命"之倡导"俗语文体"，大量使用新名词，促进了现代汉语的尽早诞生与成熟；"诗界革命"的要求"新意境"、"新语句"、"古风格""三长兼备"，扩大了诗歌的表现领域与词汇容量；"小说界革命"之以"小说为文学之最上乘"，纠正了鄙视小说的传统偏见，使小说在文学殿堂中高踞首席。凡此，都为五四新文学的出现做好了必要的铺垫。五四文学革命的主将之一钱玄同，对梁启超与新文学的关系即曾做过公正的说明："梁任公先生实为近来创造新文学之一人。……输入日本文之句法，以新名词及俗语入文，视戏曲小说与论记之文平等（注略），此皆其识力过人处。鄙意论现代文学之革新，必数及梁先生。"（《寄陈独秀》）因此，将晚清文学改良揭明为五四文学革命的先导，不过是重复了一个历史事实；说二十世纪文学导源于晚清文学改良，也不算离谱。而梁氏晚年偏好史学，对文学的研究也以史为主。这自然不会带来当年在创作界激起的那般轰动效应，却展示了用现代科学的方法研治古典文学（尤其是旧诗文）可能造成的新景观。《中国韵文里头所表现的情感》与《中学以上作文教学法》正是这样的两篇力作。多年后，梁实秋还清楚记得梁启超在清华学校演讲《中国韵文里头所表现的情感》当时的情景，并云："听过这讲演的人，除了当时所受的感动之外，不少人从此对于中国文学发生了强烈的爱好。"尽管梁实秋以为"读他这篇文章和听他这篇讲演，那趣味相差很多，犹之乎读剧本与看戏之迥乎不同"（《记梁任公先生的一次演讲》），而未能躬逢盛会的我们，今日阅读梁氏六十年前的文章，却仍然拥有一份新鲜感。因为梁启超不是机械地用科学方法切割作品，而是有旧学的根柢，可以自如地融入历代积淀的对古代诗文的灵性感悟。可惜后来者往往不能兼顾，或只记得方法而少了悟性，或虽有感触而不具备理论修养。读旧文而仍觉新意，也许正好表明了我们这些后人的不长进，虽然通道起码在 1920 年代便已打开。

还应该说到梁启超对"科学精神"一以贯之的追求。印象中，人们总是把"赛先生"与五四联在一起，实际上，早在晚清，梁启超已是大声召唤西方科学精神最有力的一人。从 1904 年续写《论中国学术思想变迁之大势》的近世部分，对"科学的精神"首次给以界定，到 1922 年发表《科学精神与东西文化》，将"科学精神"最终定义为"教人求得有系统之真智识的方法"，梁氏对于科学精神的讲求可谓精力贯注、情有独钟。在其各种论政论学文字中，也有具体演示。批评中国旧学"笼统"、"瞑想"、"无统系"，故要求精确、实证、有系统，这在人文学科领域中，使得科学精神几乎与借鉴自然科学的研究方法同义。梁氏因而不只是出示研究结果，也喜欢连带提示研究策略。于是，他治史学，有《中国历史研究法》及《中国历史研究法补编》；治文学，有《中学以上作文教学法》以及《中国韵文里头所表现的情感》运用的分类表情法；治国学，则在《先秦政治思想史》与《儒家哲学》中特辟一章谈研究法，《古书真伪及其年代》更有《辨别伪书及考证年代的方法》的专门论述；至于读书，从 1896 年写作《西学书目表》中的《读西学书法》，到 1925 年出版《要籍解题及其读法》，以《荀子》为例讲解读书法（见《读书示例——荀子》），梁启超一贯乐此不疲。这种喜谈方法的嗜好也传染给胡适，二人在学术界的名声之大，与此种发凡起例的治学风格不无关系。科学方法当然不是包治百病的灵丹妙药，人们反省二十世纪学界的弊病，对科学的泛滥也颇有微词。但在世纪初两种文化遭遇、中国学术传统暴露出明显的阙失之际，科学精神的及时引入，正是现代学术规范得以建立的第一块基石。在这里，我们仍然不能忽视梁启超。

对自己过渡时代之人物的地位有清醒意识的梁启超，完好地向我们传递了包孕在二十世纪初期而影响及于世纪末的文化讯息，以觉世始而以传世终，这便是梁氏在二十世纪中国学术界葆有的形象及其历史定位。

1994 年 12 月 1 日写毕

（原刊《读书》1995 年第 5 期，本为中国青年出版社1996 年版《梁启超学术文化随笔》跋）

著论求为百世师

——说梁启超的"善变"

在近现代之交的中国，梁启超不但名气相当大，而且享名时间长，这在那个"江山代有才人出，各领风骚三五年"的时代，实属难得。

善于自我剖析的梁启超晚年曾向公众表白：

> 我的学问兴味政治兴味都甚浓；两样比较，学问兴味更为浓些。我常常梦想能够在稍为清明点子的政治之下，容我专作学者生涯。但又常常感觉：我若不管政治，便是我逃避责任。

在两种互相冲突、各不相让的兴趣左右与吸引下，梁启超的行动不免彷徨犹豫，视外界形势的变化，而或此或彼，偏重一端；但其内心深处，却始终期望"鱼"与"熊掌"两味兼得，故其人生的最高理想是，"做个学者生涯的政论家"（《外交欤？内政欤？》）。且不论政治家与学者这两种社会角色是否可以同时扮演得同样出色，倒是政治兴味与学问兴味的矛盾调适，确是梁启超成名早而又得名久的重要原因。人称梁氏"善变"，此亦为原因之一。

中日甲午战争以后登上历史舞台的维新派，其当然的精神领袖为康有为。在他随后发起的改良主义政治运动中，梁启超初时不过是作为一名康门弟子随师奔走，宣传康氏的主张。而一旦《时务报》于1896年创刊，他有幸出任该报主笔，便如鱼得水，即刻脱颖而出，显示了其以文字鼓动人心的特殊才干。系列政论文《变法通议》以明白畅达的语言，痛快淋漓地论述了变法势在必行的道理：

> 法者，天下之公器也；变者，天下之公理也。

当今之势，是"变亦变，不变亦变"。主动变法，实为"保国""保种"最明智的选择（《论不变法之害》）。其时，梁启超的思想基本源于康有为，而他以报刊政论家身份所发表的言论，却使其对社会舆论的影响更为普遍。因而一时间声名鹊起，康、梁并称，造成了在维新运动中，梁氏几与其师平分秋色的态势。

戊戌以前，梁启超对康有为的称扬可谓不遗余力，而政变发生、亡命日本后，他受到现实的刺激——变法失败的打击与日本明治文化的冲击——"思想为之一变"，渐有与康氏分离的倾向。在1898年底于日本横滨创办的《清议报》中，尽管仍接刊《变法通议》的续论二篇，但梁启超思考的中心已不局限于对维新活动本身的检讨，而推及政变发生的原因。1901年发表的《中国积弱溯源论》，其栏目标题为"中国近十年史论"，原拟著成一书，对1894年中日战争以来的历史做一总体清理。首章《积弱溯源论》便放大视阈，对影响近代中国的思想、风俗、政治以及清代史事各种积因逐一阐发，开始关注国民性问题。批判国民性这一思路，在长达十余万言的《新民说》中得到了集中、充分的展现。认识到"国也者积民而成","欲其国之安富尊荣，则新民之道不可不讲"(《叙论》)，梁启超已从痛恨顽固派守旧不变、扼杀新政，转而深入探讨更为基本的国民教育问题。通过对国民性的历史批判，倡导培养新国民必备的种种品德，而其最终期望，仍在"有新民，何患无新制度，无新政府，无新国家"(《论新民为今日中国第一急务》)。本着这一"开通民智"的新意识，梁启超此时的政论表现出更多责望于国民而不是政府的取向。比较传统的"贤人政治"理想，这应当被视为一种进步。而他于《新民说》中曾力加鼓吹的破坏主义，也应和了革命思潮的传播，引起持君主立宪、保皇改良主张的康有为的不满。"新民"理论的系统阐释，证明梁启超已具有对社会舆论独立发生影响的实力。而连载于 1902 年创刊的《新民丛报》上的《新民说》及其他以"新民"为主旨的论文，也为梁启超赢得了极高的声誉。他的开始于办报活动的政治生涯，在此时期达到了巅峰状态。

1903 年以后，康有为的影响再度显现。游历美洲的经历，使梁启超对以美国为代表的共和民主制国家颇为失望，考察旅美华人社会的结果，也使他对国民性改造倍感艰难，因此放弃革命、破坏主张，改为宣扬"开明专制论"。而溯其思想转变的伏脉，却与"新民"理论不无关系：国民素质低，固不足以谈革命；而国民觉悟的提高，又有赖于开明君主的干涉、指导。这种议论，与革命派以革命开民智的说法截然对立。"新民"理论在现实政治斗争中的保守性，使得国民性改造问题很快退居其次，被更为紧迫而引人注目的推翻封建专制的革命所取代。同时，梁启超在舆论界的号召力也大为下降。

民国成立，梁启超结束了流亡生活，回到国内。与康有为不同，他并不固执于君主立宪的政治理想，而以承认现存国体、谋求改良政体为依据，对共和制度取认可态度。其后，他又以同样的理由，出任袁世凯政府的司法总长、币制局总裁以及段祺瑞政府的财政总长，并积极参与了倒袁运动及讨伐张勋复辟之役，在政治立场上与康有为完全分道扬镳。虽勉力于政治事务，比前此以报刊鼓吹政见更切近实际，然而，"理论的政谭家"作为"实行的政务家"原未必合格。梁启超殚精竭虑，可还是发现对于政务家的角色，他并不能胜任。于是，1917年底，他明智地退出政界，结束了因之成名的政治生涯。

其实，即使在以政论家活动声名最盛的时期，梁启超也始终不曾忘情于学术。少年时代在广州学海堂所接受的旧学训练，一度令其"不知天地间于训诂、词章之外，更有所谓学也"（《三十自述》）。对于国学的兴趣由此培植，并且从未因其后的"舍去旧学"、趋向新学或干政从政而泯灭。一俟政治活动中稍有闲暇，梁启超的治学欲望便不可遏抑地生发。1901年作《中国史叙论》，原是有意撰写一部《中国通史》。然而时势动荡，牵虑政局，梁启超终无余力静心完成这一长篇史著。至1902年写作《新民说》，从历史的深处抉发国民性病源时，对中国旧学的清算也以极大声势展开。《新史学》接续着《中国史叙论》以国民史取代帝王史的思绪，批判旧史学"知有朝廷而不知有国家"，"知有个人而不知有群体"，"知有陈迹而不知有今务"，"知有事实而不知有理想"，提出新史学的职志，为"叙述人群进化之现象，而求得其公理公例者也"（《中国之旧史学》《史学之界说》）。在对旧学的重镇——史学进行改造的同时，梁启超还融合西学，以"二十世纪，则两文明（按：指东、西文明）结婚之时代也"的先进眼光，重新阐述与评估中国学术传统，著作《论中国学术思想变迁之大势》，为新史学品格的建立提供了范式。不难看出，梁启超此期的学术研究，带有浓厚的现实政治色彩。《新史学》与《新民说》的互相呼应一目了然，《论中国学术思想变迁之大势》也与其介绍西方学术、思想的诸多论文用心一致，均在求引进西学，融贯中外，催生中国新文明，放大光华于世界。用梁启超的妙喻，即是：

> 彼西方美人，必能为我家育宁馨儿以亢我宗也。
> （《总论》）

其间，最近乎纯学术的著述计划当为《中国通史》。不过，据梁氏自白，其立意也在"助爱国思想之发达"（《三十自述》）。因此，为经世而治学，是政治活动家梁启超从事学术工作的基本倾向。

以学问为改良政治的手段既被视作理所当然，为学问而学问自然心中不安，偶一涉足，梁启超不免自讼为"玩物丧志"，自觉愧对"国方多难"之时局（《国文语原解·序》）。这种学者型政治家内心矛盾的表露，恰恰证明了学术研究还该有更超然的目的存在。归国之初的梁启超在对大学生发表演说时，即已劝导他们"以学问为目的，不当以学问为手段"，理由是"学问为神圣之事业"，"若于学问目的之外，别有他种目的，则渎学问之神圣"（《莅北京大学校欢迎会演说辞》）。这可以表现暂时脱离政事干扰的梁启超向往学术独立的真实心态。然而，政治兴味甚浓的梁氏，很快又因卷入党派活动而步入政坛，从政论家出为政务家，公文丛集，公事缠身，更无余暇进行完整的学术著述。若仅以此政绩，梁启超殊不足以留大名于现代史。

幸好，于政治宣传之外，梁氏还别有所长。辞去政府职务后，他即埋首于蓄志已久的《中国通史》写作，数月后虽因病中辍，而积稿已十余万言。1918年底出游欧洲，历时一年馀。归国当年，便以《清代学术概论》的撰写与面世为标志，显示了其学术研究的黄金时代已经到来。放弃政治活动，专心研治国学，这一人生路向的转换，也是梁启超重新对社会发生广泛影响的契机。尽管仍不免就时事发表意见，他却谨守社会名人的身份与更为超脱的姿态，倡导国民运动，抨击时弊恶行。更多的时间与精力，则投入著述与讲学，并且一发而不可收，新作迭出，方面广博。如诸子学、清学、佛学、文学，此时均做过专门研究，其中尤以史学为大宗。诚如郑振铎先生所言，梁启超后期的学术论著，大致是前期著述时代研究的加深与放大（《梁任公先生》）。而时间余裕，雄心勃勃的梁启超因此又筹划着大型撰著。《清代学术概论》之标为"中国学术史第五种"，《中国历史研究法》之题以"中国文化史稿第一编"，都是拟议中的宏大工程留下的遗迹。与《中国学术史》同年开笔的《中国佛教史》与《国学小史》，则成品更少。由于兴趣广泛且容易转移，梁启超迅速成型的这些计划又每每轻易放弃，使我们今日只能从个别枝节及全书目录来拟想其规模与气魄，因而发出惊叹与感到惋惜。

梁启超这一时期的治学路数，已与传统学者有了很大不同。重视系统性与总体把握，使其研究摆脱了乾嘉考据学派细碎、烦琐的狭小格局，而代之以成型的理论框架结构材料。科学性也得到突出强调。在《科学精神与东西文化》一文中，梁启超为"科学精神"所做的解说是"可以教人求得有系统之真智识的方法"，并据此批评中国旧学界的"笼统""武断""虚伪""因袭""散失"违背了科学的要求，希望以近代西方的良药医治中国的痼疾，正反映了这种意识的自觉。其论著中的下定义、用推理、做判断，在追求科学化的同时，也使学术研究进一步规范化。梁启超不仅自己做研究讲究方法的运用，如以问题、时代、宗派三种研究法的交叉使用为其学术史撰著的基本法则，而且诲人不倦，喜欢向人传授治学之道。凡此种种，均有益于新型学风的建设与普及。

虽然不再以学干政，而推崇"无所为而为"的治学精神，梁启超其实并非毫无功利的打算，只是不汲汲于现时的效应而已。与倾力从事国民教育的主旨相同，梁启超此时关心的是国民品格的培养，这自然是"新民"课题在现代的延续。不过，也有不同：前时重在批判，此刻重在表彰；前时取法西方，此刻取法传统。在《治国学的两条大路》中，梁启超明确将国学研究区分为"文献的学问"与"德性的学问"两类，并且凡语及治学，无不兼及道德修养。即使是以《先秦政治思想史》之名印行的专门论著，他也不忘附加上《中国圣哲之人生观及其政治哲学》的标题，以示别有会心。因而，梁启超此期的学术研究，实可称为"为人生而学问"。他这些与人生不即不离而又具有现代精神、新意浚发、纲目清朗的著述与讲学，便易于在五四以后的知识者，尤其是青年学生中引起共鸣，从而名声大振。

概括而言，因政治活动而得名，以学术生涯而葆名，便是梁启超的成功之路。并且，二者相辅相成，去掉任何一方，梁启超的知名度都会大打折扣。

还应当指出的是，梁氏独特的文风，也有利于扩大其社会影响。他在戊戌东渡日本以后创造的"新文体"，"平易畅达，时杂以俚语韵语及外国语法，纵笔所至不检束""条理明晰，笔锋常带情感"，因此对于当时的读者，"别有一种魔力"（《清代学术概论》）。这种夹杂大量新名词、无所顾忌地采择众多文体（诸如古文、辞赋、骈文、佛典、语录、八股文、翻译文）的字法句式语调融合形成的新型散文，是对于传统古体文的极大解放。而其最著名的代表作，即为《少年中国说》。该文首先反复对比老年人与少年人种种对立的性格，并以"老年人如夕照，少年人如朝阳"等一连九对同类比喻加以强调，最后又气势磅礴地用"红日初升，其道大光；河出伏流，一泻汪洋"一段韵文结束，其鼓荡人心，特别是热血青年的感召力，便从密集排列的对比句与铿锵有力的节奏中产生。尽管"新文体"带有铺张过度、重叠拖沓、情感刺激过于频繁等明显的毛病，但这些宣传西学、别具一格、热情洋溢的文章，对当时向往新思想、新知识的读书人，仍具有巨大吸引力。"新文体"之成为十九世纪末、二十世纪初模仿者最多的文体，也是梁启超的文风笼盖社会的明证。

五四文学革命以后，白话文成为社会通行的文体，随时进步的梁启超也抛弃"新文体"，改用这一现代的语文工具。1920年刊出的《欧游心影录》，即是用相当漂亮、流畅的语体文写成。其后大量发表的讲演稿，更是极为生动、传神的口语的摹写。即便在写作学术论文时，梁启超的白话文仍有独特的魅力。它的文字尽管平实，却因与其学术通俗化的学风水乳交融，而能够深入浅出，举重若轻，给人以自由如意的轻松舒畅感。

实在说来，无论问政、述学，也无论治事、行文，统贯梁启超一生的精神追求，始终不离乎"开通民智"。报刊政论家心中的读者大众，大学院导师面对的莘莘学子，都与古雅深奥的高头讲章相抵牾。对民众发言的意识既经确立，梁氏前期的介绍西学，倡导政治改良，以及后期的研治国学，促进教育普及，便都在内容与表述的通俗易懂上用力。他为人诟病的肤浅、粗疏，未尝不缘于此；而其广受社会欢迎，知名度居高不下，很大程度上也得益于这种努力。故梁氏一生主张虽屡变，仍可谓"万变不离其宗"。

"著论求为百世师。"(《自励二首》其二）梁启超逝去虽已半个多世纪，他生前探讨的诸多问题，在今日却并未过时，且仍然令人关注。梁氏著作多种版本的出版，以及对其人研究兴趣的猛增，都证实了这一点。那么，说梁启超在中国现在仍是位不能忽略的人物，仍发挥着潜在影响，便并非过甚其词了。

1991 年 8 月 30 日

（原刊《文学自由谈》1992 年第 1 期，题名《久领风骚的梁启超》，本为中国广播电视出版社 1992 年版《梁启超文选》序之主体）

作为史学家的梁启超

—— "梁启超史学著作精校系列"总序

在中国近现代历史上,梁启超是一个不容回避的巨大存在。他对清末民初那代人的深刻影响,早经身历者不断叙说;即使时至今日,其著作征引率之高,在人文社会科学领域仍然名列前茅。

以治学而言,梁启超的兴趣广博,涉猎门类极多,后人因此称之为"百科全书式学者"。不过,在诸般学问中,其最钟情者显然是史学。晚年在清华学校国学研究院讲学,时为学生、后亦成著名学者的姚名达向导师请教:"近自患学问欲太多,而欲集中精力于一点,此一点为何?"梁启超毫不犹豫地答道:"史也,史也!"(姚名达《〈中国历史研究法补编〉跋》)这无疑是以金针度人。

从前期的投身政治活动,到后期的倾力讲学著述,梁启超无论是以政论家还是学者的身份撰著,其史学底蕴总会自觉不自觉地显露出来。戊戌变法失败后流亡日本,继续探究中国富强之道,梁启超即将命题转换为《中国积弱溯源论》。而从救国方略考量,居日期间,梁氏不免特重社会科学,尤其在政治、经济、法律上多用功夫。问题意识虽集注于当下,论题却可以从上古说起。于是，要论证专制政体有害于中国，便写下《中国专制政治进化史论》；欲将中国改造成为法治国，"采人之长以补我之短"，也必要先著《中国法理学发达史论》及其姊妹篇《论中国成文法编制之沿革得失》；为谋求币制改革，"以促政府及国民之警醒"，故撰《各省滥铸铜元小史》；甚至完成一篇《中国古代币材考》，亦自辩并非"玩物丧志"，而"归结于今日中国之必当用金以为主币"。梁启超对中国传统的批判性反思，其借镜实在西方。并无多少外语优势的梁氏，介绍起西方学说，也照样力图从头说起，著作中因此留下《泰西学术思想变迁之大势》（后改题《论希腊古代学术》）、《生计学学说沿革小史》《格致学沿革考略》等未竟之篇，在在透显出作者的史学癖好。

而这种以现实政治为标的的历史考察，即使在学术论著中也时有流露。1902 年发表的长文《论中国学术思想变迁之大势》，被胡适推许为"第一次用历史眼光来整理中国旧学术思想，第一次给我们一个'学术史'的见解"（《四十自述·在上海（一）》）。此篇原与《新民说》一同在《新民丛报》刊出，对中国固有学术思想的清理，于是也和"新民"之道发生关联。"新学术"既可以作为"新民"利器，篇中对思想自由的向往与对学术专制的抨击亦与其政论相呼应，构成了这部学术史的主线。

影响更为深远的是梁启超在此时期提出的"新史学"观。梁氏认为："史学者，学问之最博大而最切要者也，国民之明镜也，爱国心之源泉也。"（《新史学·中国之旧史学》）而旧史学为专制统治服务的性质，决定了其无法达成上述目标。梁启超因此大声呼唤"史界革命"，并身体力行，对旧史学进行了犀利的清算。而这些"在当时真能言人所不敢言"的批判，"虽相隔三十几年"，仍然让其清华国学院高足、历史学家杨鸿烈在写作《史学通论》

（商务印书馆 1939 年版）时，"觉得非常的'淋漓痛快'"（第三章《史学的"今"与"昔"》）。"新史学"明确主张为国民著史，为今人著史，以研究历史进化规律为职志。由此而引发的学术思潮，也在中国史学界经久不息地回荡。

推究"新史学"与"旧史学"的根本区别，实在历史研究的科学性，即史学自此真正成为一门科学。从 1902 年撰写的《新史学》所下定义："历史者，叙述人群进化之现象，而求得其公理公例者也"（《史学之界说》）；到 1922 年完成的《中国历史研究法》对历史学的重新界定："记述人类社会赓续活动之体相，校其总成绩，求得其因果关系，以为现代一般人活动之资鉴者也"（第一章《史之意义及其范围》），一以贯之的正是科学精神。而对纷纭的历史表象背后复杂的文化成因的探求，始终是梁启超史学研究的动力。这种努力，用梁氏 1926 年在清华国学院讲授《中国历史研究法补编》时总结的史学研究的第一步，即所谓"求得真事实"（"总论"第一章《史的目的》）来概括，亦精要传神。

科学精神又不只体现在对史学终极目的的探求上，研究方法的科学化亦为题中应有之义。《新史学》已然论及地理学、地质学、人种学、人类学、言语学、群学（即社会学）、政治学、宗教学、法律学、平准学（即经济学）、伦理学、心理学、论理学（即逻辑学）、文章学、天文学、物质学、化学、生理学，皆与史学有直接或间接之关系。实际上，"取诸学之公理公例，而参伍钩距之"（《史学之界说》），也正是梁启超在史学界努力开拓的新局面。1901 年写作的《中国史叙论》总共八节，其中便有一节谈"地势"、一节谈"人种"，实乃"新史学"观的提前预演。不满足于传统考据学的琐碎，借用自然科学或社会科学的理论框架与技术手段，梁启超期望获致的是一种宏观、深邃的视野。尽管这些学科间的互融不乏日本学界先在的诱导，但毫无疑问，梁启超对此始终满怀兴致。早年热衷于人文地理学，作《中国地理大势论》；晚年又将统计法引入史学研究，成《历史统计学》。其不断出新的探索，开史学研究众多法门，也给后来者以无穷启示。而梁氏毕生治史的经验，部分留存在两本《中国历史研究法》中，让一代代后人汲引不尽。

不过，历史科学对于梁启超来说，从来不是单纯的学问，而必定有致用的诉求。早年欲著《中国通史》，意在"助爱国思想之发达"（《三十自述》）；晚年不断讨论"史之意义"与"史的目的"，最后均落实到"供吾人活动之资鉴"上（《中国历史研究法补编》之《史的目的》）。除去在社会活动方面具有鉴往知来的意义，梁启超的特别处在于，重视读史对个人人格修养的陶铸之功。这在1920年代的史学著述中表现尤其明显。既然"认定史部书为国学最主要部分"（《评胡适之的〈一个最低限度的国学书目〉》），而国学研究又被区划为"文献的学问"与"德性的学问"两类（《治国学的两条大路》），梁氏指点古代典籍的阅读门径时，便往往兼具"为修养受用"与"为学术的研究"二重目的（《要籍解题及其读法》）。《先秦政治思想史》出版，更是特意添加上"一名《中国圣哲之人生观及其政治哲学》"的别样标题，以凸显该书在人生哲学方面的特别用心。其间固然有早年熟读朱王学说留下的印迹，但1920年欧游归来后，发愿以中国精神文明拯救西方的念想也不容忽视。

以梁启超的眼光、气魄，独立修撰一部《中国通史》，乃是其念念不忘，也有望成功的一桩志业。从1901年起意，到1925年在清华国学院讲授"中国文化史"，其间，梁氏几次试笔书写，并将通史的计划扩展成为文化史，却均因各种缘故而最终放弃。这自然是学术史上的一大憾事。而其存留至今的两份 1920 年代所拟目录，《中国通史》计分三部三十三篇，《中国文化史》拟分二十五篇，格局阔大，却又巨细靡遗，章目之间，尽显现代史学精神。即使面对这些残页，也足以令人惊讶、钦佩任公先生纵横各学科之博学无涯。

相比于两部大史的完成篇目无多，清点梁启超的史学著述，最成系统与规模者当属学术史。从最初撰著《论中国学术思想变迁之大势》，到后来的《中国学术史》（包括《中国佛学史》《清代学术概论》）、《国学小史》（初名《中国学术小史》）《中国近三百年学术史》诸作，梁启超涵括先秦学术、两汉六朝经学及魏晋玄学、隋唐佛学、宋明理学与清学五部的《中国学术史》，大致成稿近半。这笔丰厚的遗产，当年曾嘉惠无数学子，今日仍不失为值得反复研读的学术经典。

有这样骄人的史学业绩，梁启超生前的自期，"假如我将来于学术上稍有成就，一定在史学方面"（《文史学家性格及其预备》），已完全应验。而最新统计中，《饮冰室合集》在近十年历史学论文引用国内学术著作中排名第一（见苏新宁主编《中国人文社会科学图书学术影响力报告》，中国社会科学出版社 2011 年版），也足以让我们体悟，梁启超的史学影响不仅未尝消减，反而历久弥深。

反观此前出版的各种梁启超史学著作，则存在种种问题：或者未保持初版样貌，取消或改变了原有标点，或者在版本选择与校勘方面多有不足。为此，实有必要进行重新整理。

今次拟精选梁启超重要史著若干种重行整编。其工作原则，一是尽可能恢复梁启超的最初构想，将在《饮冰室合集》中分散的篇目加以归整，如使用上列《中国学术史》与《国学小史》的命名，而合并原先独立的成书（如《清代学术概论》、《墨子学案》等）与散落的论文；二是尽可能选择最早或最完整的版本（包括手稿与报刊）作底本，同时以其他有价值的版本参校，并注明各版异同；三是尽可能保留原作者的标点和用字习惯。目的是提供一套精良的梁启超史学著作读本，以方便学界使用和一般读者阅读。

2013 年 10 月 1 日于京西圆明园花园

（原刊《书城》2013 年 12 月号，本为商务印书馆 2014 年起开始出版的"梁启超史学著作精校系列"总序）

寂寞身后事

——时人眼中的梁启超

1929 年 1 月，梁启超在北京以五十七之龄溘然去世，京、沪两地的追悼会倒也开得隆重，名流纷至，一时称盛。而当年 9 月，其南京高等师范学校的授业学生张其昀即已慨叹："自梁先生之殁，舆论界似甚为冷淡。"（《悼梁任公先生》）个中原因，张氏并未深究。1935 年，吴宓印行诗集，末附《空轩诗话》，亦对此一现象迷惑不解："梁先生为中国近代政治文化史上影响最大之人物，其逝也，反若寂然无闻，未能比于王静安先生之受人哀悼。吁，可怪哉！"王国维从始至终只是一介书生，且为人落落寡合，梁启超则亲朋密友众多，其人在政界、学界又均享盛名，而梁之身后寂寞，当日似只有天津《益世报》于 3 月 4 日出版过春季特刊"梁任公先生纪念号"（因系随报附送，已难寻觅），反不及王氏尚有多种纪念专刊行世，的确显得不可思议。好像生死荣衰，人世的情谊是这样靠不住。

不过，如此理解，多少存在着误会。其实，梁启超 1 月 19 日病逝，第二天，其晚年"最爱护的学生"（胡适语）徐志摩即寄快信给胡适，商量《新月》杂志出梁任公先生纪念专号事；三日后又追加一信，仍谈此话题，并确定专号为第二卷第一期，"三月十日定须出版"。据信中言，徐氏已着手进行，派与胡适的工作是："一是一篇梁先生学术思想的论文；二是搜集他的遗稿，检一些能印入专号的送来；三是计画别的文章。"徐志摩并致信林志钧，请他写一传记，并想由其组织荟集蹇念益、梁启勋、罗普、徐勤等人的文章，因"他们各个人都知道他（按：指梁）一生一部的事实比别人更为详尽"，把"他们所能想到的编制成一整文"。又想请梁之儿媳林徽因"写梁先生的最后多少天"，同时也担心"不知她在热孝中能有此心情否"，故要胡适见面时代询。徐氏本人自是责无旁贷，此外，已经答应作文的有徐新六（曾随梁游欧，即以此为题）、梁实秋（原清华学校学生），徐并向陈西滢、闻一多约稿，新月派的主力都被动员起来。出版方面的安排也有周到考虑，如梁启超"各时代小影"以及手迹——特别提到"十月十二日《稼轩年谱》绝笔一二页"，徐志摩已请梁侄廷灿寄沪制版。而其结果，除了梁实秋留下赴台湾后写作的《记梁任公先生的一次演讲》等文，馀者尽付阙如，甚至连热心操办纪念专号的徐氏也交了白卷。

论梁启超与新月的关系，实在非同一般。且不说梁派政治文人在北京的舆论阵地《晨报》，1925 年由徐志摩接手编辑其另张出版的《晨报副镌》，单是新月社在松树胡同的小集，梁氏便是常客。其于座中举诵乾隆皇帝"夕阳芳草见游猪"韵语，谓以"猪"字入诗之妙，当日即为流传甚广的佳话。熊佛西、刘海粟多年后所写诸文，对此均有忆述。梁氏弃世，新月同人总该有所表示，何况舞文弄墨本是其擅长之技。因而，《新月》纪念专号的终于流产颇令人费解。也许其中别有隐情，只是我尚未发现。

不过，梁启超逝世之年展开的年谱编纂工作，在梁氏挚友丁文江的主持下，倒是声势浩大，卓有成效，证明哲人虽萎，遗爱未泯，朋友们并未忘记梁启超。梁氏长逝后，亲朋会议，决定做两件事：一是由林志钧主编梁之遗著，是为中华书局1936年出版的四十册《饮冰室合集》；一是由丁文江负责编纂梁之年谱，在赵丰田的帮助下，也在1936年完成，并油印五十部，分送梁氏亲属与知交征求意见，此即台湾世界书局1959年据以刊行的《梁任公先生年谱长编初稿》。

丁文江接受委托后，立即抱着高度的热情，投入巨大的精力，开始向各方征集资料。同年5月，梁启超本人"壬子以前的一千几百封信已将次整理好了"，"朋友方面所藏的任公信札，也居然抄到一千多封"。而前一部分书信的数字，到7月份已增加至二千余（见丁《致胡适书》）。最终收集到的梁氏往来信札则多达近万封（见《梁任公先生年谱长编例言》），这当然主要是丁氏的功劳。而且，凡属知情人，丁文江总要千方百计请其提供材料。参与戊戌变法、一同逃亡日本的王照，虽和康、梁不和，与丁亦无交往，丁氏仍找江庸介绍，持江函亲自登门，向王照征稿，约其叙写梁氏戊戌年间的事迹（见王《复江翊云兼谢丁文江书》）。听人说起孙宝瑄日记中有关于梁启超的材料，丁文江也马上用梁思成的口气写信给孙兄宝琦（其时宝瑄已去世），托张元济转交；得知日记在杭州后，又怕夜长梦多，特请余绍宋就近在杭摘抄。甚至出差在外，丁氏也不忘顺便为年谱搜集资料（见丁《致胡适书》）。因而，《梁任公先生年谱长编初稿》的材料丰富，在近、现代史研究界早已是有口皆碑。

未承想诸人为梁氏年谱撰写的大量回忆，竟如黄鹤一去，杳无踪影。除剪辑入年谱者，全文居然是无可查找。胡适1958年为台湾版《梁任公先生年谱长编初稿》作序，在表彰"这部年谱里保存了不少现在已很难得或已不可得的资料"时，便举梁弟启勋的《曼殊室戊辰笔记》为例："戊辰是民国十七年，梁仲策先生这部《戊辰笔记》作于任公先生死之前一年，是一部很可靠的传记材料。可惜这部稿本后来已失落了。"其他人所写的文字也大抵命运相似，"这些记录在当时只有稿本，到现在往往还没有印本流传"。此处应该追加一句：胡适所谓"现在"可以延续至今日。而1930年印行的《小航文存》中收录的王照《复江翊云兼谢丁文江书》，已属极为难得。冯自由的《任公先生事略》文虽不见，其于梁启超逝世前出版的《中华民国开国前革命史》上编及三四十年代陆续发表的《革命逸史》，内中颇多有关梁氏的记载，或可稍补欠缺。而诸文为何未公开发表，则令人疑心出自以之为资料而非文章的考虑。

众多文稿的去处也值得追查。既然台湾印行的年谱所根据的底本为丁文江留在地质调查所的毛笔清抄初稿本，此本后归中央研究院历史语言研究所收藏，则这批文献的不在台湾当可断定，否则胡适不会不知道。而1979年赵丰田应上海人民出版社的邀约，重新修订年谱长编时，其增补的资料也大致限于"解放后发现的一些与梁氏交往的信札"，赵氏并感谢"北京、上海、广州有关单位和同志的关怀与支持"，却并没有提及与利用原有的那批材料。未必是旧文全无检索的价值，最大的可能性是赵也不知其藏身何方。因赵氏声明，新版的"删改仅限于与谱主关系不大的极少量一般资料和原有的编述性文字"（《梁启超年谱长编·前言》），故据上海人民出版社1983年出版的《梁启超年谱长编》所见传记材料，应可视为与初稿本相差无几。没能入选的文稿肯定还有，可惜确切情况我们已无法得知。随手抄记过一份梁氏年谱中引用的友朋回忆篇目，不妨录下，以窥一斑，以志阙失，以表遗憾（不出篇名而只题为致编者的信以及往来信件后附注尚不在其中）：

> 曼殊室戊辰笔记（梁启勋）
>
> 任公大事记（林奎、陈国镛）
>
> 任公少年事记（未具名）
>
> 任公事略（汪诒年）
>
> 时务报时代之梁任公（未具名）
>
> 任公先生事略（冯自由）
>
> 任公先生大事记（未具名）
>
> 任公先生事略、任公逸事（狄葆贤）
>
> 任公先生事略、记辛亥年任公先生归国事（杨维新）
>
> 任公轶事（罗普）
>
> 梁任公先生逸事（徐佛苏）
>
> 丙辰从军日记（吴贯因）
>
> 记民国五年任公先生留沪运动冯华甫事、记任公先
> 生题礼器碑、记任公先生民国五年由沪入桂事（黄群）
>
> 记广智书局始末（未具名）

文章作者均为与梁启超一生或某一时期关系重大的人物，其资料价值自是不言而喻。如果这批材料有幸以全貌重见天日，无疑是研究者的福音。

目前既无此种可能，今日所见的忆述文字，于是变成以晚年著述讲学时代的学生为主。清华学生（包括本科与研究院国学门）有张荫麟、梁实秋、吴其昌、谢国桢、周传儒、姚名达、刘盼遂、杨鸿烈等撰文，南京高等师范学校则有张其昀、缪凤林诸位作者，又有东南大学的黄伯易、北京师范大学的李任夫，亦在数十年后

回顾当年。（就中吴其昌表彰师门最用力，他于咯血症病势沉重之际执笔撰写的《梁启超》上册，虽于 1944 年脱稿，而不过一月，本人即遽归道山。将生命的最后时日奉献给自己的导师，得学生如此，梁启超应该很满足了。）所记事实，自然偏重于梁氏的学术生涯。即使谊非师生，若胡适、黄濬、梁漱溟、刘海粟、熊佛西等，也均为梁启超 1912 年归国后相交的后学，亲见亲闻也限于其最后的十余年。

从晚辈的角度看先辈，可能未知全人，也可能缺乏同情。不过，即便会有种种缺憾，受过现代教育的学者一般都具备理性的眼光。这使他们在与前辈学人交往时，每每显得更平等，而不因崇仰便放弃了审视意识。梁漱溟对梁启超的主动过访，一直心存感激，文中一再道及梁氏的知遇之德。然而，这并不妨碍其评论的客观性。如以梁与蔡元培相比较，谓"当他的全盛时代，年长的蔡先生却默默无闻"；而到五四运动以后，他的讲学著述则"完全是受蔡先生在北京大学开出来的新风气所影响"。之所以有此差别，是因为"任公的特异处，在感应敏速，而能发皇于外，传达给人。他对于各种不同的思想学术极能吸收，最善发挥，但缺乏含蓄深厚之致，因而亦不能绵历久远。像是当下不为人所了解，历时愈久而价值愈见者，就不是他所有的事了。这亦就是为何他三十岁左右便造成他的天下，而蔡先生却待到五十多岁的理由"。梁漱溟还用了一个很妙的比喻："蔡先生好比汉高祖，他不必要自己东征西讨，却能收合一批英雄，共图大事；任公无论治学和行文，正如韩信将兵，多多益善，自己冲锋陷阵，所向无前。"而那好处便是："他给予人们的影响是直接的，为蔡先生所不及。"（《纪念梁任公先生》）这些话，可谓之入木三分。

胡适作为新文化运动的领袖，与梁启超的往还之间不无微妙处。此番虽不是梁先枉顾，但胡之投书于梁，仍然是因闻知所著《墨家哲学》蒙梁氏嘉许，梁且愿以自己收集的墨学资料见示，故此求见（见胡适《致任公先生书》）。而胡适日记中更坦白的记述，则展现出新一代学者的学术自信与领导潮流意识。胡已自觉不必借重前辈学人，因而虽讲到"近年他对我很好"，却并无特别的感激。梁氏在北大第三院大礼堂演讲《评胡适之〈中国哲学史大纲〉》时，胡适甚至以为"这是他不通人情世故的表示，本可以不去保他"。第二日经人劝说才到会，又出之以"合串好戏"的逢场作戏姿态，不免露出年少气盛的倨傲之情。待到梁启超去世，胡再检讨此事，已较为心平气和，而将"在北大公开讲演批评我的《哲学史》"，与"民八之作白话文"，以及"请我作《墨经校释》序而移作后序，把他的答书登在卷首而不登我的答书"一起，理解为梁对其"稍露一点点争胜之意"，并肯定"这都表示他的天真烂漫，全无掩饰，不是他的短处，正是可爱之处"。胡适承认，他原先"有点介意"，不过，后来还是"很原谅他"。

由于距离远近及感情厚薄，对同一人有时也会产生截然相反的评价。即如梁启超常被人指责为"阴谋家"，或以为是"反覆无常"的小人。但与梁氏亲近者感觉显然两样。随侍身边的弟子对梁的体会是"坦率天真，纯粹一学者，交际非其所长，尤不知人，为生平最短"（超观《记梁任公先生轶事》）；晚年过从甚密的胡适也认为："任公为人最和蔼可爱，全无城府，一团孩子气。人家说他是阴谋家，真是恰得其反。"（《胡适的日记》）"阴谋家"的印象多半来自"反覆无常"。故对梁之"善变""屡变"，毁誉参半。怒之者谓其"卖朋友，事仇雠，叛师长，种种营私罔利行为，人格天良两均丧尽"（谭人凤《石叟牌词》）；而为之辩解者也不乏其人。弟子辈的说法是，"大事不糊涂，置恩怨于度外，则鲜有人及之者"（超观《记梁任公先生轶事》），直认出以公义的能变为其最高美德。郑振铎的话则最为人知晓：

> 然而我们当明白他，他之所以"屡变"者，无不有他的最强固的理由，最透彻的见解，最不得已的苦衷。他如顽执不变，便早已落伍了，退化了，与一切的遗老遗少同科了；他如不变，则他对于中国的供献与劳绩也许要等于零了。他的最伟大处，最足以表示他的光明磊落的人格处便是他的"善变"，他的"屡变"。（《梁任公先生》）

郑氏可算是梁启超相交无多的知己，难怪丁文江对此文有"已经发表的论任公的文章，自然要算他第一了"（《致胡适书》）的评语。其实，早在1907年，梁友孙宝瑄已说过相近辩词："盖天下有反覆之小人，亦有反覆之君子。人但知不反覆不足以为小人，庸知不反覆亦不足以为君子。盖小人之反覆也，因风气势利之所归，以为变动；君子之反覆也，因学识之层累叠进，以为变动。其反覆同，其所以为反覆者不同。"（《忘山庐日记》）而也不待孙氏为之分辩，梁启超本人1903年便已发表"不惮以今日之我与昔日之我挑战"（《政治学大家伯伦知理之学说》）的名言。李任夫二十年代所听到的梁氏自辩，与郑振铎的判断于是不谋而合："我的中心思想是什么呢？就是爱国。我的一贯主张是什么呢？就是救国。"（《回忆梁启超先生》）所以郑氏说："他的宗旨他的目的是并未变动的，他所变者不过方法而已。""爱国"正是万变不离其宗的宗旨与目的。假如不是政治上的反对派，现代的学者倒更容易接受梁氏自己的表白。而在政敌一方，也还有像陈少白这样知之较深者，看出"救国才是他的宗旨"（《兴中会革命史要》），虽然以为梁氏跟随康有为作保皇党，那方法是错误的。

梁启超晚年的许多故事，似乎都在加强其诚恳待人的印象。在徐志摩与陆小曼的婚礼上，教训徐不该离婚；见梁济遗书，述其五次造访而未得一遇，请书扇联而不得一字，因而致书梁漱溟，痛切自责为"虚骄慢士"，深自悔恨。后举感动的不只是梁漱溟，创造社成员阿英也为其"态度的诚恳，认过的勇敢"而心折（《梁任公的晚年生活》）。而梁对徐氏则是爱之深，故责之切，丁文江以为从中"也很可以发现任公的为人——热心，富于责任的观念"，并表示"我生平最爱任公这点"（《致胡适书》）。

而与梁启超此一性情有关，在现代文化界引起巨大反响的事件，则要数梁之割肾。1926 年 2 月，因尿血症久治不愈，梁启超不顾朋友们的反对，毅然住进协和医院，施行手术。不料，所切除之右肾，经检查并无病变，而原疾亦未治愈，且终因此而早逝。平生老友伍庄于《祭文》中即痛责医生"辨症不真"，愤言："予不用爱克司光镜，予知致君之命在于割肾。"并因而"益发愤求中国之医学，断不令彼裨贩西说者毁我国珍"。知交徐佛苏的挽联也于此深致其愤慨："何友邦许多医家，既盲割其肾脏，复昧察其病源，岂非科学杀人乎，人命如此险，公应难瞑目九泉。"友朋们为之抱屈尚非其身后事，即在当日，谴责之声已是充盈于耳。梁启勋的《病院笔记》尝详述其手术过程，陈西滢的《"尽信医不如无医"》更完整叙说了治疗的全部经过所给予病人的痛苦：

> 腹部剖开之后，医生们在左肾（按：应为右肾）上并没有发现肿物或何种毛病。你以为他们自己承认错误了么？不然，他们也相信自己的推断万不会错的，虽然

事实给了他们一个相反的证明。他们还是把左肾割下了！可是梁先生的尿血症并没有好。他们忽然又发现毛病在牙内了，因此一连拔去了七个牙。可是尿血症仍没有好。他们又说毛病在饮食，又把病人一连饿了好几天。可是他的尿血症还是没有好！医生们于是说了，他们找不出原因来！他们又说了，这病是没有什么要紧的！

陈西滢与徐志摩于是为梁氏的"白丢腰子"（徐志摩语）而向协和声罪，在《现代评论》与《晨报副镌》上引发了一场争论。参加者不只是批评与为之辩护的协和医学校学生两方，还有单就梁氏病情而为之诊断献计者。这场论战尽管被鲁迅讥讽为"自从西医割掉了梁启超的一个腰子以后，责难之声就风起云涌，连对于腰子不很有研究的文学家也都'仗义执言'"（《马上日记》），但徐氏的发言仍有其不该责备的公众立场："我们并不完全因为梁先生是梁先生所以特别提出讨论"，而且认为，"这次因为是梁先生在协和已经是特别卖力气"，更值得考虑的问题其实是"我们病了怎么办"（《我们病了怎么办》）。

在对协和的谴责占压倒优势的舆论声中，梁启超的表现极其可贵。作为一名受害者，梁氏本有充分的理由向协和发难，但他反而站出来为协和说话。他也明知"这回手术的确可以不必用"，"手术是协和孟浪错误了"，却还是发表了《我的病与协和医院》一文，对做了错事的协和"带半辩护的性质"（《与顺儿书》、《给孩子们书》）。文章开头列举了三条写作的原因，向为之担心的亲友报告病情，解除人们对协和的误会，而第三条"怕社会上或者因为这件事对于医学或其他科学生出不良的反动观念"，才是促使梁氏抱病动笔的主因。这与其对科学的一贯信仰态度一致。梁启超"素信西医"（伍庄《梁任公先生行状》），只因他将西医看作是科学的代表，为协和辩护便带有为科学辩护的深意。对被割的右肾，他客观地说："后来回想，或者他'罪不至死'或者'罚不当其罪'也未可知，当时是否可以'刀下留人'除了专门家，狠难知道。"他要求"言论界对于协和常常取奖进的态度，不可取摧残的态度"，于是自己率先示范。在文章的末尾，梁启超诚恳地讲道：

> 科学呢，本来是无涯涘的。……我们不能因为现代人科学智识还幼稚，便根本怀疑到科学这样东西。即如我这点小小的病，虽然诊查的结果，不如医生所预期，也许不过偶然例外。至于诊病应该用这种严密的检察，不能像中国旧医那些"阴阳五行"的瞎猜。这是毫无比较的馀地的。我盼望社会上，别要借我这回病为口实，生出一种反动的怪论，为中国医学前途进步之障碍。——这是我发表这篇短文章的微意。

梁氏仍然一如既往地相信西医，亦即相信科学，最终，他还是病逝于协和医院。徐佛苏愤极而言的"科学杀人"，梁启超或许至死也不愿承认；而谓其为科学献身，当可许为知音。

此中尚有一小细节，亦能见出梁启超的品格。其弟的《病院笔记》提及，手术中做副手的美国人，乃一极有名的外科医生，"未施手术之先，院中人有为余相庆者，谓此大夫两月后即返美国，君家之机会佳哉"。但届时主刀者却为中国大夫刘瑞恒。梁启勋推测其中缘故："计刘之所以越俎而动者，乃徇任兄之请，任兄之所以请刘动手者，乃国际观念，谓余之病疗于中国学者之手，国之光也。一旦感情冲动，遂不惜以身试法，亦奇矣。"这又是梁氏富于爱国意识的明证，故随时随地均有表现。

至于梁启超早年因作《时务报》主笔、宣传变法维新而声名鹊起，因戊戌政变流亡日本、致力于输入西学而影响广泛，已彰彰在人耳目，不必细说。其归国后的举措——与告发谭嗣同等致使六君子蒙难的仇人袁世凯合作，出任司法总长；反对张勋复辟的通电中斥责康有为为"大言不惭之书生"，使得师弟反目——正是引起"置恩怨于度外"与"卖朋友，事仇雠，叛师长"的歧异评价出现的具体事例。对梁之政绩，世人基本以"失败"一语论定之。梁之诤友周善培总结道："任公有极热烈的政治思想、极纵横的政治理论，却没有一点政治办法，尤其没有政治家的魄力。"（《谈梁任公》）这和弟子辈"纯粹一学者"的说法正相合。虽无实际操作的政治能力，"大事不糊涂"仍是其特出的优点。张荫麟从中国近代学术史上研究梁启超的地位，尽管认为1912—1918年"实为先生一生最不幸之时期"（《近代中国学术史上之梁任公先生》）；缪凤林却于承认梁此期"从政最失败"的同时，表彰"帝制一役厥功最伟"（《悼梁卓如先生》）。与梁启超一起潜赴云南的黄群所写《梁任公先生入桂纪行》与《滇桂纪行》二文，以及伍庄的《梁任公推翻洪宪轶闻》，均描述了梁氏在护国战役中的重要作用及履危蹈险的赴义行动，因而章太炎挽联中才会有"共和再造赖斯人"的高度推许。

评价梁启超的政治功过，非此短文所能胜任。而且，从政与治学所需要的能力、品格本不相同。作为政治家的梁启超或许犯过不少大错，而作为学者的梁启超，其正面影响总还是占据上风。1922年，胡适作《谁是中国今日的十二个大人物》，便将梁氏列入"影响近二十年的全国青年思想的人"之中。如果排除专家的意见，只考虑普通读者的眼光，1935年《青年界》杂志组织的征文活动"我在青年时代所爱读的书"于是值得特别关注。刊出的来稿共四十八篇，各种各样的人爱读的书也五花八门，而其中提到梁氏著作的便有七篇，约占七分之一。题目中直接标出《饮冰室全集》的已有两篇，并且，第一篇即是由谢六逸所写的《饮冰室全集》一文。文极短，录如下：

> 我在青年时代最爱读梁任公的文章，就我的经验说，现在的青年与其读《古文辞类纂》，不如读梁启超的《饮冰室文集》，即使根本不需要读文言文，此书亦可一读。

这组文章给胡适的说法提供了最佳注脚。死时寂寞的梁启超可以感到安慰了，在他去世多年以后，读者大众仍没有忘记他，青年时代爱读的书往往使人终身受益，终生难忘。

1995年12月3日于京西蔚秀园

（原刊《读书》1996年第6期，本为中国广播电视出版社

1997年版《追忆梁启超》后记）

梁启超的家庭形象

——读吴荔明著《梁启超和他的儿女们》

做梁启超研究多年，对与梁氏相关的大事小节不免时刻留意。不希望观察对象只定格在书本中，更愿意知道他在举手投足、一颦一笑之间蕴藏的故事。起码，对于我来说，活人更容易理解，较少歪曲。所以，"虽死犹生"也成为我对梁启超的特别期望。

出于这一兴趣，前几年编过一本《追忆梁启超》，专收与梁有过交往的亲友甚至敌对者的忆述文章。窃以为，梁氏虽属于感情外露类型，喜欢不断谈论自己的经历、兴趣与矛盾，但这也只是使人比较容易接近，其间仍有大量的省略。这些有意或无意的遮蔽，恰恰是研究者最当用心之处。因而，知情人对同一事件的多种解读，有助于我们立体地观照人物。

就此而言，家人的回忆也是不可或缺的角度。不同于古代子孙辈写的行状专记大节，现代散文为私人的情感表露提供了更广阔的空间，"名人家话"这一隐秘的角落也受到了公众的极大关注。由于在家庭中，人物最无须遮蔽，其生活形态也更自然本真。倘若有如实的记录，资料价值不言而喻。阅读这类文献，也容易获得亲切的感知。问题是，传统的制约在近、现代之交仍有留存，近代名家的家庭形象也不免若明若暗。因此，编辑《追忆梁启超》时，得见吴荔明先生的《梁启超和他的儿女们》一文，自然极为欣喜，并毫不犹豫地以之作为选文的殿军。虽然此文在回忆文章中已属长篇，而我仍不满足。如今，在大加扩充之后，又出现了同名专书，对于如我一般的期待者自是好音。

记得"文革"中，借助"最高指示"的东风，"君子之泽，五世而斩"的古代贤人名言曾耳熟能详。姑不论其中包孕的政治谋虑，单考历史事实，"传家久""继世长"在名人后裔中确乎很难见到。非有严格、细致的家庭督导，一世而斩也不稀奇。曾国藩的训子书格外受人青睐，便因其以方正之道体现了父亲的爱心。而在一家之中，能集中出现梁思成、梁思永、梁思庄、梁思礼如此众多的知名学者，梁启超在子女身上花费的心思之多也可想而知。加以梁氏看重感情生活，更显得儿女情长。其大量家书首先披露于《梁任公先生年谱长编初稿》（后经修订，更名为《梁启超年谱长编》正式出版），还多半是为着重大事件的说明所作的摘引。而《梁启超和他的儿女们》专从对子女的关爱与子女的成长两个角度切入，辅以作者个人收藏的未发表书信以及家庭成员的记述，便凸显出梁氏的无微不至与因材施教。

下列事例或许最能表露梁启超与康有为这两位近代史上重头人物的性格差异。吴书中写到，梁启超曾希望作者的母亲、梁的二女儿思庄学生物。作此建议，在梁氏是经过了缜密的思量。其中有家庭的考虑，"弟兄姊妹，到今还没有一个学自然科学，很是我们家里的憾事"；也有学术的考虑，梁认为，生物学是"现代最进步的自然科学，而且为哲学社会学之主要基础"；小而言之，对女孩子来说，它又是"极有趣而不须粗重的工作"，因而"极为合宜"，且"容易有新发明"；大而言之，"中国女子还没有人学这门（男子也很少）",故鼓励女儿"做一个'先登者'"（48—49页）。但如此周到的安排，只为思庄的缺乏兴趣与苦恼不安而最终放弃。梁启超反加以肯定："凡学问最好是因自己性之所近，往往事半功倍。"而要思庄以"自己体察作主"，"不必泥定爹爹的话"（49—50页）。正是由于梁氏能够体贴个人性情之不同，尊重孩子们的选择，梁思庄日后才能成为有成就的图书馆学家。

与之适成对照的，则有康有为弟子卢湘文写的《万木草堂忆旧》中的记述。卢氏以资深教育家的体验，对康氏戊戌以前改革幼学、拟新编蒙学书的计划评论说："盖先生天分太高，视事太易，不能为低能儿童之设想。"其编书之悬的过高、不切实际，注定在教学实践中无法应用。这自然与康所教万木草堂生徒"皆一时之秀"有关，故不知中人以下者读书的甘苦。他曾把女儿同复送到卢处受教，并言："此女甚钝，幼时尝教以数目字，至数遍尚不能记，余即厌恶之。"（《妇孺韵语》）以康氏眼界之高，便只能教天才而不能教常儿。

两相比照，我们也可以体味康有为的强悍与梁启超的平易，从作文到做人，均一以贯之。由此更推进一步，二人治学以及思想历程之不同，也约略可见。康氏自言："吾学三十岁已成，此后不复有进，亦不必求进。"梁氏则"常自觉其学未成，且忧其不成，数十年日在旁皇求索中"；"其所嗜之种类亦繁杂；每治一业，则沉溺焉，集中精力，尽抛其他；历若干时日，移于他业，则又抛其前所治者"（梁启超《清代学术概论》二十六节）。而康之抱定宗旨、不再转移与梁之与时推进、久领风骚，便从此分途。

吴荔明虽以第三代的身份，讲述上两代人之间的亲情故事，却并不回避矛盾。《谱写"凝固音乐"的人——二舅梁思成》一章，便引录了林徽因1936年写给美国朋友费慰梅的信，其中有大段文字抱怨"小姑大姑们"的家务琐事使她厌烦。也正是因为存在这样的不和谐音，书中关于梁家的生活描述才显得真实可信。

不过，作者毕竟隔了一辈，对于上代人的记述也偶有失误。如述及林徽因之父长民先生行迹时，谓其"在浙江海宁任官职期间，创办了求是书院、蚕桑职业学堂等"（135 页），便与事实相左。1897 年在浙江发起创办求是书院与蚕学馆的林氏，乃是时任杭州太守的林启（字迪臣）。林长民当年虚龄二十二岁，尚在其父林孝恂（字伯颖）开设的林氏家塾中读书。其家塾分东西两斋，分别聘请了林纾与林白水主讲旧学与新知（陈与龄《林长民及其从兄弟》及梁敬錞《林长民先生传》）。林纾的《畏庐文集》中因而留下一篇《赠林长民序》，便是这段因缘的雪泥鸿爪。

虽有此微瑕，《梁启超和他的儿女们》一书仍值得珍藏。记事之外，书中收录了一百多帧梁启超全家照片，其文献价值为目前所有梁氏研究著作之最。这些从梁家后人的家庭照相簿上汇集的留影，在公众人物之外，更多展现了作为父亲与丈夫的梁启超形象。同样，梁氏的两位夫人，尤其是王桂荃也从幕后走到前台，使读者在获知这位梁氏家书中称为"王姑娘"与"王姨"的女子身世的同时，也可以一睹其饱经沧桑的面容。至于梁家的儿女们，也各自在专章叙述中现身纸上，令人倍感兴味。再配以梁启超题写于照片以及书信的手迹、旧居摄影与房屋结构图，梁氏的家居环境透过历史尘埃，又复现于我们眼前。我所渴望的活生生的感觉，也在此书中得到了极大满足。

1999 年 6 月 9 日于东京弥生寓所

（原刊 1999 年 6 月 30 日《中华读书报》）

梁启超与吴其昌

——吴其昌著《梁启超》前言

知道吴其昌之名，在我主要是由于梁启超的缘故。二十年前读《饮冰室合集》，见梁氏晚年讲学清华，文稿常由吴氏记录整理，故对其人印象颇深。嗣后，编《追忆梁启超》一书，除收入吴撰写的《梁任公先生别录拾遗》与《梁任公先生晚年言行记》二文外，又仔细阅读了其绝笔之作《梁启超》。当时对吴氏扶病为乃师做传、交稿一月即遽归道山的至行十分感佩，《后记》中特申敬意，称："将生命的最后时日奉献给自己的导师，得学生如此，梁启超应该很满足了。"也因此，就我而言，吴其昌的名字总与梁启超相系连。这对于吴氏显然不公平，但经由此例，却可以让我们窥见教育转型期师弟关系的动人处。

作为二十世纪三四十年代著名的历史学家，吴其昌自有其独到的学术贡献。吴氏出生于 1904 年，为浙江海宁县硖石镇人。提到这个地方，世人最先想起的很可能是现代文学史上的多情诗人徐志摩，而吴本为徐之从表弟。只是，论家境，吴远不逮徐，16岁以前即遭遇父母双亡。几乎所有的吴其昌传文中，都会有"家愈贫而学愈力"一类的表言，这对于"五岁知书，十岁能文，乡里称为神童"的吴氏而言,其结果有二:一是因"家贫不能多得书,就里中藏书家借读,寝馈不释卷,以是成就特早";一是因读书"或夜以继日,或坐以待旦","而体质亦弱"(方壮猷《吴其昌教授事略》及胜利出版社编审组《梁启超·作者小传》)。

1921年,17岁的吴其昌进入无锡国学专修馆,师从唐文治,研治经学及宋明理学,由此开始其学术生涯。三年后毕业,即赴广西,任容县中学国文教员,后转至天津周家做西席。于此间闻知清华学校开办研究院,"国学门"(后通称"清华国学研究院")首次招生,吴即报名应考。招考情况亦颇值一提。按照台湾学者苏云峰的概述,其考试程序及内容如下:

> 第一届考试分为三个阶段进行。第一阶段考"普通国学",用简单的问答体,注重普通常识。第二阶段考作文一篇,限二小时。第三阶段为专门学科,原定经学、史学、小学、中国文学、中国哲学、外语(英德法文择一)、自然科学(理化生物择一)、普通语言学八门,考生任择其中三门作答。后为减轻难度,仅以经学、史学和小学三门为范围。(《从清华学堂到清华大学》第十章)

指定的参考书分别为王引之的《经义述闻》(经学),刘知几的《史通》与章学诚的《文史通义》(史学),以及段玉裁的《说文解字注》(小学)。此次招生共录取学生三十三名,吴其昌以第二名考中,成绩骄人(见戴家祥《怀念英华早谢的吴其昌同学》)。

1925年9月9日,清华国学研究院举行开学典礼,王国维、梁启超、赵元任、陈寅恪四大导师先后到校任教。各位教授有不同的指导范围,如梁启超负责诸子、中国佛教史、宋元明学术史、清代学术史与中国文学诸学科。而吴其昌此前已撰成《明道程子年谱》《伊川程子年谱》《朱子著述考》《朱子全集辑佚》等初稿，故择定"宋代学术史"为研究题目，由梁启超担任指导教授。二人因此缔结的师生缘，无论对于梁还是吴的学术生命，都极其珍贵且意义深远。

于专题研究之外，吴其昌也选修了王国维先后开设的"古史新证"《尚书》"古金文字"等课程，并分别整理、撰写成讲授记。梁启超主讲的科目则是"中国文化史"与"读书法及读书示例"，吴随班听课，收益良多。其担任梁启超的记录之役，即始自1925 年 11 月梁之讲演"读书法"。从此以后，梁氏多篇演讲稿均经其手而成文。

读书期间，吴其昌也与几位研究院同学共同发起组织了"实学社"，创办了《实学》月刊，以"发皇学术、整理国故"（《本刊启事》）为宗旨。该刊总共出版六期，每期均有吴文发表。第一年课业结束时，国学研究院议决给予成绩优秀的十六名学生每人百元的奖学金，吴其昌也在其内。

1926 年 6 月，清华国学研究院首届学生毕业，经王国维、梁启超、赵元任与李济四位导师会同评议，将毕业生成绩分列甲、乙、丙三等，吴其昌为甲等第四名。而在"研究院毕业学生成绩一览表"中，吴也以完成篇目最多而引人注目，计有《宋代学术史》（天文地理金石算学）、《谢显道年谱》《朱子著述考》《三统历简谱》《李延平年谱》《程明道年谱》《文原兵器篇》七种。

按照《研究院章程》规定："学员研究期限，以一年为率，但遇有研究题目较难，范围较广，而成绩较优者，经教授许可，得续行研究一年或二年。"吴其昌以此机缘，得申请留校一年，仍以"宋代学术史"的专研题目，列于梁启超门墙。

在1926年秋季开始的新学年中，梁启超讲授了"历史研究法"与"儒家哲学"两门课，另外又在燕京大学以"古书真伪及其年代"为题做专门讲演，吴其昌参与了后一讲稿的记录工作。王国维则在清华研究院教授《仪礼》与《说文》练习，吴于前课也撰有讲授记。追随两年，浸淫既久，梁、王二位导师的学术路数自对其产生了深刻影响。同学方壮猷记述吴氏此段学历，称其"从海宁王观堂先生治甲骨金文及古史，复从新会梁饮冰先生治文化学术史，备受二先生之奖掖"（《吴其昌教授事略》），可谓言之亲切。

而对吴其昌来说，得益于清华国学研究院的不只是学问，也包括了人格的涵养。导师们的言传身教犹如春风化雨，润物无声，却长久地存留在学生们的记忆中，以至形塑了其一生品格。十余年后，吴其昌曾在《王国维先生生平及其学说》的演讲中，充满感情地追忆这一段师生情缘，至今读来仍令人神往：

> 时梁任公先生在野，从事学术工作，执教于南开，东南两大学。清华研究院院务本是请梁任公先生主持的。梁先生虽应约前来，同时却深自谦抑，向校方推荐先生（引者按：指王国维）为首席导师，自愿退居先生之后。……
>
> 先生应聘的第二年春间，研究所正式开学。这时的盛况是使人回忆的：除了先生和梁先生外，同任导师及讲师的有陈寅恪先生和赵元任先生及李济，马衡，梁漱溟，林宰平四先生。陈先生那时曾经写过一副开玩笑的对联给我们，文曰："南海圣人，再传弟子；大清皇帝，同学少年。"这是暗指梁王二先生以嘲弄我们的，（引者

按：梁启超乃康有为弟子，王国维曾做过清废帝溥仪的师傅。）平常每一个礼拜在水木清华厅上，总有一次师生同乐的晚会举行。谈论完毕，馀兴节目举行时，梁先生喜唱《桃花扇》中的［哀江南］，先生往往诵八股文助兴，如今，声音好像仍在耳边，而先生却已远了。

如此融洽的氛围，确可达到研究院初始所设定的目标："教授学员当随时切磋问难，砥砺观摩，俾养成敦厚善良之学风，而受浸润薰陶之效。"（《研究院章程》）

这一亲身感受，更加以 1927 年暑假前梁启超一番语重心长的教诲，必然深植于吴其昌心灵，令其永生难忘。由周传儒与吴其昌合作笔记的《梁先生北海谈话记》，是一篇失收于《饮冰室合集》的梁氏晚年重要文稿。据吴氏页首题记，梁"每于暑期将近时，约同学诸君作北海之游，俯仰咏啸于快雪浴兰之堂，亦往往邀名师讲学其间"。此次因所约友人未能前来，梁遂自己担纲，阐述了其对于现代教育体制的反省以及由此抽绎出的梁本人的教育理念。

梁启超不满于"现世的学校，完全偏在智识一方面，而老先生又统统偏在修养一边"，因此在谈话中反复表达了将"道德的修养，与智识的推求，两者打成一片"的企望。不过，因其时梁正执教清华，故批评的重心也落在偏重知识教育的一方。梁自言就任清华本是有相当抱负而来："我颇想在这种新的机关之中，参合着旧的精神。"具体说来，即是"把中国儒家道术的修养来做底子，而在学校功课上把他体现出来"。这种以新式学校清华做教育理想"试验场所"的想法，受制于内外条件，成绩相当有限。但让梁启超多少感到安慰的是，他"终已得了几个很好的朋友"，这其中原是包括了吴其昌在内的几位关系密切的学生，梁启超对他们寄予了极大期望。他将自己的讲演归结为两点：

> （一）是做人的方法，——在社会上造成一种不逐时流的新人。
>
> （二）是做学问的方法，——在学术界上造成一种适应新潮的国学。

这既是梁启超来清华寻求同道以改造现代教育弊端所持的准则，也代表了其对弟子们的最高期勉。

这篇谈话最终是以"朋友之间，最好是互相劝导切磨"的教诲结束的，只是，出自梁启超之口，其说也极富感情色彩：

> 我情愿吾们同学大家以至诚相待，不忘了互相改造与策勉，亲密到同家人父子兄弟一样，那是何等痛快！因为朋友是很难得的，日后散了，回想当时聚在一起做学问的快活，是不能再得的了！

而在清华国学研究院的一段时光，日后也确实成为了一众学生享用终生的精神财富与学术资源。吴其昌1928年毕业后的经历即为明证。

其实，由于1927年6月2日王国维自沉于颐和园，当年秋后，梁启超养病天津家中，清华研究院已显得寂寥了许多。受到导师赏识的吴其昌也自此时起，追随梁氏左右，住居梁家，协助处理文案。次年，因梁启超的举荐，吴氏受聘南开大学，在预科教授文史，由此走上高等学府的讲坛。

1929 年 1 月，梁启超病逝。9 月 9 日，梁之灵柩安葬香山墓园时，吴其昌代表清华大学研究院全体同学在墓前致辞。出自其手的祭文满含对导师遽尔去世的悲痛，深情忆述了往日师弟间其乐融融的问学情景：

> 忆我初来，稚态未薙。如拾土芥，视天下事。泼沨疾书，一文万字。古杰自侪，时贤如沫。读未盈卷，丢卷思嬉。清华芳树，故解人媚。况有晚风，往往动袂。华灯初上，新月流睇。呼其朋俦，三四为队。师家北苑，门植繁李。率尔叩门，必蒙召趋。垂诲殷拳，近何所为？有何心得，复有何疑？敩治考证，得证凡几？群嚚杂对，如侩呼市。画地指天，语无伦次。师未尝愠，一一温慰。亦颇有时，伸手拈髭。师居慈母，亲我骄儿。虽未成材，顾而乐之。此一时也，而如隔世。

文中的"我"虽应是复数，但充溢其间的分明是吴其昌本人的肺腑之言。其忧心国事与"誓不自暴，毕竟师志"的墓前誓言，也无一不与梁启超最末一次同清华研究院学生北海相聚的谈话交相呼应。

梁启超辞世的第二年，吴其昌即离开南开，转任清华大学历史系讲师。随后爆发的日本侵占东北的"九一八"事变，又令其忧愤中烧，寝食难安。当国难日深之际，抱着书生救国、义无反顾决心的吴其昌，毅然于 1931 年 11 月 20 日，与其弟、燕京大学学生吴世昌以及妻子诸湘一同绝食，要求抗日，从北京到南京，先后向张学良与蒋介石请愿，并哭谒中山陵。其在孙中山灵前宣读的《昭告总理文》慷慨声言：

此后如蒋主席张副司令果能实践前诺，毅然御侮，是不愧为先生肖徒，尚望先生在天，明神佑之。如蒋中正张学良背言卖国，或食言误国，是甘心为先生之罪人，尚望先生在天，明神殛之！（吴令华《吴其昌、吴世昌兄弟南京哭灵》）

吴氏兄弟、夫妇绝食四日之举震动全国，其后声援与继发的请愿活动纷至沓来，民众抗日救亡的激情进一步高涨。

而因"合门绝食""名倾天下"（王蘧常《吴子馨教授传》）的吴其昌，却很快被清华大学解聘。1932年起，吴转任武汉大学历史系教授，后兼任系主任。此前在清华国学研究院读书期间已然开启的研治甲骨金文之学的路向，至此愈发凸显，诸如《殷墟书契解诂》十卷、《金文历朔疏证》五卷、《金文年表》三卷、《金文氏族疏证》六卷、《金文世族谱》四卷、《金文名象疏证》四卷相继完稿；此外，吴氏还撰写了有关音韵训诂、目录校勘、土地制度等方面的专题论文、论著多种。其在武大所开课程有"古代文字学""商周史""中国通史""中国文化史"以及"宋元明清学术史"，同样能够见出王国维、梁启超两位导师的学术流脉。时人认为，"吴其昌研究学术，继承了王国维先生的衣钵；发为文章，则一秉梁启超先生的文心"（吴令华《沸血胸中自往来——追忆父亲吴其昌教授》），固然不错；但梁氏对吴的影响实远超出文章之外，除了强烈的现实关怀，在治学兴趣的广博上，吴也颇有其师之风。

梁启超生前撰著、讲学不辍，曾有名言："战士死于沙场，学者死于讲座。"（梁思成等《梁任公得病逝世经过》）吴其昌也一如其师。1938 年，武汉大学因抗战西迁至四川乐山，生活艰苦，原本体弱的吴其昌又染上咯血症。时为同事的方壮猷记其"常于吐血之后，发炎之际，工作不辍，偶或晕倒，而稍息即强起工作如常。家属友好有劝其节劳静养者，辄以'国难严重，前方将士，效命疆场，后方教授，当尽瘁于讲坛'为辞"，方因此许为"实一热血沸腾，而不及自计之爱国志士也"（《吴其昌教授事略》）。吴其昌尽力于抗战事业又不止于讲学与著作，据吴女令华回忆，她还曾读到其父的一通电报稿，要求带领妻女，一同上前线抗日。

当 1943 年，胜利出版社为发扬文化传统、凝聚民族精神，组织编纂"中国历代名贤故事集"时，特邀吴其昌承担《梁启超》一题的撰著。既感师恩，又以民族文化建设为己任，吴其昌因此不顾病势沉重，慨然应允。无锡国专同学王蘧常曾记其写作情景："临命前一月，尚应当事约，作梁任公传，都五十（引者按："十"疑为衍字）万言。力疾从事，气若不属，屡作屡辍，终至不起。"（《吴子馨教授传》）此语虽简要得体，终不若吴之自述详确感人：

> 其昌受命奋兴，时病正烈，学校正课，至请长假，而犹日日扶病，搜集史料，规画结构，创造体例，起打草稿，虽在发烧、吐血之日，亦几未间断，其事至苦，……近两月来，几于日夜赶撰此稿，朋友劝阻而不果。（《致潘公展、印维廉书》）

> 潘公展、印维廉二先生嘱撰《梁启超传》，十二月中旬开始动笔，一口气写五万字足，直至一月十九日，始告一段落，身体太弱，写四五天必须睡息一天，辛苦！辛苦！（《致侯墌书》）

《梁启超》上册于1944年1月19日封笔，一个月后的2月23日，年仅40的吴其昌即在乐山病逝，自言"冀少酬先师任公知遇之厚"的这半部传记，出版时已成为吴氏的遗著。因此，书稿印行时，也与同一系列的诸作不同，为表哀悼，卷首特别冠以由"胜利出版社编审组"署名的《作者小传》。

吴其昌在生命的最后阶段撰写的《梁启超》虽仅成上篇，仍足以显现其学术精神。他自认"本书为其昌呕血镂心之著述，虽片言只字，未敢稍苟"，其写作也"正因负责、确实、认真三义坚守不渝之故，乃至误期"（《致潘公展、印维廉书》）。

而展读该书，又可以发现，吴作明显沿用了1901年梁启超著《李鸿章》所开创的现代评传做法。由于梁氏认为，"四十年来，中国大事，几无一不与李鸿章有关系；故为李鸿章作传，不可不以作近世史之笔力行之"（《李鸿章·序例》）；以此，《李鸿章》一书又名《中国四十年来大事记》，对于李氏生平的记述也处处关合着中国近代史上的重大事件。这一梁启超运用娴熟的传记章法，经由其在清华研究院讲授"历史研究法"的耳提面命，其中精义"以一个伟大人物对于时代有特殊关系者为中心，将周围关系事实归纳其中，横的竖的，网罗无遗"（周传儒、姚名达记《中国历史研究法补编》分论一《人的专史》第一章），也为吴其昌所心领神会。尤其在为导师作传时，吴氏更自然而然秉持梁氏遗意。其书现存三章，分别题为"一世纪来中国之命运""亡国景象与维新初潮"以及"维新的失败与革命的成功"，一一对应着"从鸦片战争至梁氏诞生的前夕""从梁氏诞生至戊戌政变"以及"自戊戌变法至梁氏亡命"的副题，明显体现出将1898年之前的中国近代史与传主梁启超的个人史相绾合的立意。

蒿目时艰，吴其昌炽热的救国情怀也在《梁启超》一书中展露无遗。在为梁启超登场所做的时事铺垫中，吴氏也特于结尾处设置了"暴日蓄志亡华的深心"一段论说，揭出早在明治之前，日本的维新志士即以吞并中国为日本强大的国策。而吴氏1942年发表的《梁任公先生别录拾遗》与《梁任公先生晚年言行记》，无论是写作心境还是叙述思路，均与《梁启超》一传相通。二文所勾勒的梁氏日本观之转变，如何从"戊戌亡命日本时""觉日人之可爱可敬"，到"护国一役以后，始惊讶发现日人之可畏可怖而可恨"（《梁任公先生别录拾遗》），以及作者不断提示的梁对日本的警惕，放在抗日战争的特定背景下解读，才可以得到准确的理解。

与吴其昌结交甚早的王蘧常描状其形象为"长身尪瘵，一目视不能寸，削颚，有文如龟裂，常自虞不寿，无所成名，以此学益奋"；又称其"长好辩论，卓诡出人意，然必以正；矜气不肯下人，然能服善；遇事激昂僵仆无所辟"（《吴子馨教授传》），可谓传神写照。关于最末一点，其女吴令华有一段记述可与之互相发明。吴其昌曾在家庭谈笑间评点陈源为"英国脾气"、徐志摩为"美国脾气"，而自许为"中国脾气"，后者由吴本人释义为："替别人着想，牺牲自己，负责任。"（吴令华《冷月照诗魂》）证之以梁启超与吴其昌的师生情谊，信然。

2004年4月11日于圆明园新居

（原刊《博览群书》2004年第5期，本为百花文艺出版社2004年版吴其昌著《梁启超》前言）

辑　四

寻找梁启超澳洲文踪

一、缘起

2007 年 8 月间，有机会到澳大利亚一游。行前"做功课"，努力上网查找了一番梁启超澳洲之行的资料。与梁氏结缘二十多年，探寻其在世界各地的踪迹，几乎已成为本人出游的题中必有之义。收入《返回现场——晚清人物寻踪》（江西教育出版社 2002 年版）中的各文，从日本的东京、京都、须磨，到美国的纽约、普利茅斯，无论身在何处，话题多少都与梁启超沾边。

何况，嗜写游记的梁启超，1899 年底自日本出行夏威夷，留下了《汗漫录》（后改题《夏威夷游记》）；1903 年赴美国、加拿大，也草成《新大陆游记》；即使 1911 年到台湾不过一月，亦寄回六封游台书牍在自家主编的《国风报》发表。而其 1912 年归国后，1918 年底又有历时一年余的欧洲之行，所撰《欧游心影录》更成为现代文化史上的名著。令人讶异的是，如此爱好游记写作的梁启超，竟然让他长达半年的澳洲之行成为空白。

以"空白"来描述梁启超的澳洲之旅，既是对梁氏本人游记缺席的状写，也是有感于长期以来因史料匮乏造成其传记书写的语焉不详。梁氏著名的《三十自述》，于澳洲行旅只有"居澳半

1901 年 4 月发表在《东华新报》
上的梁启超澳洲留影

年，由西而东，环洲历一周而还"数语。逐年翔实记载其生平事迹的《梁启超年谱长编》（上海人民出版社 1983 年版），关于 1900 年"澳洲之游"一条的文字也简之不能再简：

> 先生居沪十日，以汉口事败，无可补救，乃往新嘉坡晤南海先生。居若干日，应澳洲保皇会之邀，始于八月自印度楞伽岛乘英国轮船，为澳洲之游。

次年的记述中还特别强调，"先生这次游澳的详细情形，很少材料可以参考"，故仅节录了 4 月 17 日梁启超在澳洲写给康有为的一信，以见其"此行奔走会事和捐款的情形"。

以梁启超这样一位在近代史上关系重大的人物，而年谱中竟然存有半年的空缺，自然会引起研究者关注。1981 年台湾出版的《传记文学》杂志上，即分两期登载了刘渭平撰写的长文《梁启超的澳洲之行》。刘文从当年在悉尼刊行的中文报纸《东华新报》钩稽出大量史料，还原了梁氏此行的细节。笔者 1988 年完成的《觉世与传世——梁启超的文学道路》（上海人民出版社 1991 年版）一书，已引用其中抄录的梁氏佚诗，以佐证"诗界革命"中"新意境"的生成。嗣后编辑《〈饮冰室合集〉集外文》（北京大学出版社 2005 年版）时，刘氏全文引录的梁之《致澳洲总督好顿书》《辞行小启》《致澳洲保皇会诸同志书》各文，以及《广邱菽园诗中八贤歌即效其体》其八、《和吴济川赠行即用其韵》四首各诗，当然也尽数囊括编中。

虽然拜读过刘渭平之文，不过，因未曾亲历澳洲，对其中提及的地名、人情，一概感觉陌生，或竟可说不明究竟。这在《觉世与传世》一书，照抄刘文，谓"吴济川为雪梨保皇会总理"，而未将至今仍在台湾沿用的"雪梨"改译为大陆通行的"悉尼",便可见一斑。此回得以亲临现场,心中的如意算盘是,城市街景固然面目全非,但山川地理,总应大致不差。何况,一睹曾经刊载梁启超行踪的《东华新报》,或更进一步在资料上有新发现,也实在期待之中。

网上搜寻的结果,发现位于墨尔本的澳洲华人历史博物馆(通称"澳华博物馆"),曾在2000—2001年间举办过"梁启超澳洲之行与澳洲联邦一百周年纪念展览"。于是记起,当时曾听我的学生余杰说过,他到澳大利亚使馆看过此展,其中有梁启超的护照等文物;并表示,可以向使馆索取一本画册,转赠于我。此事后无下文,我也没有追问,却从此留下了展览印有图册、颇有价值的印象。

这次在墨尔本停留五天,我的时间大抵都可自由支配,故对造访澳华博物馆寄予厚望。行前已请住居该城的朋友陈焱先行打探,希望该馆藏有《东华新报》的缩微胶卷,如此,我便可以多一点阅读的钟点,而不必再向别处寻觅;即使最不济,也想象能够买到一册早年展览的画册,庶几不虚此行。

二、墨尔本

13日上午到达墨尔本,下午的节目是参观墨尔本博物馆与皇家植物园。第二天则由陈焱的夫君栗杰开车,往返七百多公里,饱览恢宏壮丽的大洋路(Great Ocean Road)海景。接下来的日子,因平原君须参加会议,我独自游览,澳华博物馆自成首选。陈焱移居此地已逾十年,人脉颇广,到达位于唐人街的博物馆时,便领我直接进入办公室,与一相熟的台湾女士接洽。因事前有过联络，那位负责展览事务的澳大利亚女馆员已热心准备了数份网上下载的资料。而我心心念念的展览图册，至此才发现竟然只是本人一厢情愿的凭空虚构。为了让我尽知原展细节，耐心的女馆员不但出示了一册英文本的"*New Gold Mountain: The Chinese in Australia，1901—1921*"，最后还搬出厚厚一摞卷宗，从中搜检出当年为准备展览所作的文案，复印给我。这些资料不仅全部免费提供，而且，我的到来显然更增加了原本因为经费紧张、人少事多而忙碌不堪的女馆员的负担。但从始至终，她对我这个毫不相干的陌生人都是笑脸相待，有求必应。

在唐人街吃过午饭，我们又转回参观澳华博物馆的常设展。从地下一层进入，恍似进入时光隧道，眼前顿时黑暗，脚下的地面也摇荡如船行海中。在布置像船舱的空间里，复原了一个半世纪以前到澳洲淘金的中国工人生活的场景与用品。一种婉转幽怨的粤剧唱腔，营造出浓浓的异域乡情。楼上的展览则以图片加实物的方式，展现了墨尔本华人早年的生活状况。访问过该馆的区如柏在新加坡《联合早报》上有过如下评论："澳华博物馆的展览品不算丰富，但是通过场景、图片、文物真实反映华人在澳洲的奋斗历史。一个只有十几万人的社群能够办起一个历史博物馆，是令人钦佩的。"（《墨尔本澳洲华人历史博物馆：凝聚澳洲华人血泪史》）看过展览，心有同感。

澳华博物馆的展品中，自然也少不了梁启超游澳时刊登在1901年4月17日《东华新报》上的肖像照。不过，比起我获赠的资料，那只能说是一笔带过。关于"梁启超澳洲之行"的展览，从英文资料可知，实际是由澳大利亚拉托贝大学（La Trobe University）、澳华博物馆与华东师范大学共同主办。这个颇具规模的巡展，先后到过中国上海、广州、北京、台北、香港和新加坡，回归墨尔本后，又于2003年在悉尼重新开张。由于我表示希望查看《东华新报》，澳华博物馆虽未入藏，女馆员却特意为我打印了网上的相关资讯，包括一篇《东华报》的简要介绍，以及节译自刘渭平的中文著作《澳洲华侨史》（香港：星岛出版社1989年）第七章的关于十九、二十世纪之交澳洲华文报纸概况。前一份资料具体指明了《东华新报》（1902年改名《东华报》）在堪培拉的澳大利亚国家图书馆与悉尼的新南威尔士州立图书馆之米歇尔分馆均有收藏。

墨尔本为维多利亚州首府，当1901年1月1日澳大利亚联邦成立，它也在堪培拉之前一度成为国都。我注意到，其名在澳华博物馆的展览中出现时，有美利滨、墨尔钵等不同旧译。回国后，找到那本当时在馆中匆匆一见的《新金山——澳大利亚华人，1902—1921年》之中文本（上海译文出版社1988年版），发现因周边有金矿，墨尔本当年也被称作"新金山"，以与美国加利福尼亚州的"旧金山"相对应。十九世纪中期始，从中国涌来大批淘金者，其中广东人最多。展览中提到曾经接待过梁启超的冈州会馆与四邑会馆，原先不明其义，尚以为拼音的"冈州"是否为"广州"之误，至此方知晓其为梁所出身之新会县的古称，至于"四邑"者，乃是合新会、台山、开平、恩平四县而言之。据梁氏此行的随行翻译罗昌记述，在墨尔本附近最著名的金矿区孖辣（Ballarat，今译巴拉腊特），便有梁启超的姑丈谭烈成在该地经商。

罗昌所撰《续梁卓如先生澳洲游记》（1900年12月15日《东华新报》），关于梁启超在墨尔本的活动有如下记录：

（1900年11月）十四日，上午十点钟，先生到域多利省之美利畔埠。阖埠名望绅商五十馀人迎于车站，中西人士观者如堵墙焉。遂同乘马车到所寓之大酒楼，置酒为先生寿。……

十五日往拜各铺户。下午冈州会馆请宴。是晚先生在戒酒会馆演说，张卓雄牧师为主席，听者千二、三百人。

十六日，雪梨埠保皇会总理刘君汝兴、欧阳君万庆来迎先生于美利畔。……是午，谭君英才邀饮于其家，遂偕两君同往焉。下午望〔往〕看水车馆救火机车。是晚同昌号请宴。

十七日往拜本省署任总督。……下午往看博物院。是晚新宁、开平二邑请宴。宴毕，遂公举保皇会总理、值理各员。

十八日晚，复在戒酒会馆演说。是日为来复日，附近各小埠纷纷来集，听者几二千人，座无隙地焉。

十九日往看铁路工厂，厂中司理导游厂内各局，备极殷勤。是晚复在戒酒会馆演说，听众之盛如前。

二十日往游动物园及赛会场中之水族园、博物馆等。下午，先生之宗亲梁忠孝堂合族父老请宴。是晚十一点钟，先生往看大报馆之机器房。……

二十一日四邑会馆请宴。其晚，各值理开捐保皇会会份，一席之间立捐七百馀镑。

梁氏在去孖辣等地后，又返回墨尔本。不过，仅据罗文，梁在墨尔本八天之内便演讲三次，频率相当高。而其足迹所到之博物馆与皇家动物园，本人此次亦有幸履及。

同时，从获赠的资料也意外得知，除曾在悉尼大学任教的刘渭平之外，邀请平原君到莫纳什大学开会的黄乐嫣（Gloria Davies）教授，也以《梁启超与澳大利亚华人》（*Liang Qichao and the Chinese in Australia*）为题，1981 年在墨尔本大学完成了她的学士论文；2001 年，她还发表了《梁启超在澳大利亚：没有意义的逗留？》（Liang Qichao in Australia:A sojourn of no significance?）一篇英文论文。既然这些身在澳洲的优秀学者已经捷足先登，以我在此方停留时间之短，实在不可能捡到遗金。初行时的一点抱负至此也冷了下来，查阅《东华新报》于是成为两可之事。

三、悉尼

21 日上午 11 点飞抵悉尼，以前的学生、现在悉尼大学教书的孔书玉来接。行李尚载在车上，人已游过了最知名的景点悉尼歌剧院、海港大桥与达令港（Darling Harbour）。甚至距后者不远的中国城也一并扫荡过来，街口两端各书以"通德履信"、"四海一家"的牌坊亦未放过，而一一收入镜头。

次日，另一学生辛千波又以大半日的时间，开车带我们在悉尼东部沿海岸线兜风，那些大大小小的港湾多半以停车、拍照、上车的方式一掠而过。其中最惊心动魄的是在沃森湾（Watsons Bay）附近，从老南角路（Old South Head Road）沿小道步行，在嶙峋的海边岩石上眺望对面陡峭的悬崖（The Gap）。此地不仅发生过船难，而且也因纵身一跳便绝少生还的机会，被悉尼人称作"自杀者圣地"。我们的最后一站是经优雅的邦代海滩（Bondi Beach）回城。而所有这些应接不暇的佳景，还需要日后静下心来，细细从照片中反刍、品味。

留在悉尼的最后一日，因平原君下午有讲演，剩余的半天如何安排，孔书玉颇为踌躇。远处的景点时间不够，市中心虽有众多值得一去的地方，但均非歌剧院一般的游客必到。平原君一向将旅游安排视为我的家庭特权，此时更乐得撒手不管。当书玉询问之际，我只好急忙退回房间，翻阅随身携带的"世界旅游图鉴"之《悉尼》册。此次出行，配备了两本"宝典"，一为三联书店去年出版的属于"Lonely Planet 旅行指南系列"的《澳大利亚》，一即上述由吉林美术出版社 2003 年译印的英国多林·金德斯利（Dorling Kindersley）公司的悉尼专册。二书各有所长，即使今日在北京家中撰文，仍然不能或离左右。而当时翻到之页，恰好便是新南威尔士州立图书馆的介绍。冥冥之中，梁启超还是与我有缘，不容错过。于是，我们在书玉的带领下，直奔这所在《悉尼》书中被误译为"国家图书馆"的所在。

始建于 1906 年的米歇尔图书馆已有百年历史，在澳大利亚这个相对年轻的国家，确可算是古老建筑。令人意外的是，即使对于我们这样初来乍到、没有记录的游客，办理借阅手续也不需要出示任何证件。经过电脑查寻，原来藏身此处的《东华新报》，现在只提供缩微胶卷阅读。虽然不能亲见原物让我略感失望——前晚在近代史研究专家叶晓青教授家中做客时，才刚听她发表历史研究必须亲历亲见的高论——不过，退而求其次仍然有意义。并且，此次毕竟时间有限，以梁启超在澳洲居留半年计，我在一个多钟头的搜索中无论如何努力，也只能窥其一斑。抱定这一想法反而使我心里轻松，随后的一切便显得十分顺利。

图书馆员帮我安装好胶卷，试用了几分钟，进退已很自如。我要了从 1898 年 6 月 29 日创刊至 1901 年 5 月梁启超离开澳洲这三年的胶片，不必说，这对我来说实属过量。除了开头几张草草看过，即使直接跳到 1900 年 10 月 25 日梁在西澳大利亚弗里曼特尔（Fremantle）登陆前后的报页，过目的篇幅也不过一月有余。复制很方便，且费用便宜，一张打印出来只要两角，折合人民币大约1.3元。难怪那边的学者总搞不清楚，中国的公共图书馆为什么要收资料费。

我复印的《东华新报》一共五页。其中两张是罗昌所记截止到1900年11月24日的梁启超澳洲游踪，分见于11月21日及12月15日的报纸。前半在1901年1月的《清议报》68册亦有转载。而刘渭平《梁启超的澳洲之行》抄录时，漏记了第二次刊发时间。刘文另抄有庞冠山署名的《梁启超先生坑上游记》，为梁氏11月25日至次年1月24日的活动续记。此"坑上"照刘氏解释，乃"旧时澳洲华侨称纽修威省中部各山谷地带"。所谓"纽修威省"，即今通行的意译加音译之"新南威尔士州"。实则梁启超自1900年12月6日抵达悉尼，旅澳半年，多半时间停留此地。在悉尼保皇会的协助下，梁曾巡回新南威尔士州各处演说，组建保皇会，募集捐款。此节情形从"坑上游记"可概见。

复印件中尚有《孝廉游踪》一则报导，刊于1900年12月5日《东华新报》，所述为11月28日梁启超自金矿区返回墨尔本后，游览皇家植物园（文中称为"皇家花园"）以及当晚参加梅灵牧师家宴各情。后半叙记颇多生动细节，不妨录出：

> 茶酒既罢，则梅公子二位、小姐三位奏乐歌以为庆。一梅小姐奏洋琴，一梅公子奏中国琴，合口同声为歌一曲，名曰《家庭乐》。唱毕，复奏中国音调二曲，大有响遏行云、珠落玉盘之概。奏毕，同人鼓掌赞善。梁君起而言曰："自政变以迄于今，皆以国事为念，久不闻鼓乐之音。今到猵利滨埠，已蒙各乡亲踊跃抒诚，爱戴皇上，

创成保皇会。今夕又得如此兴闹，弟窃顾而乐之。更望中国早日维新，将有普天同庆，比于今夕之乐，应有万倍焉。"于是笑语一堂，彼此款洽，遂尽欢而罢云。

把家庭的宴享之乐，及时转化为维新动员，身负政治使命的梁启超，果然善于随时随地进入角色，情结之深，每饭不忘。

而我此次最得意的收获则是复制了《东华新报》的发刊词。晚清以降，留居各国的海外华人编印了大量中文报刊，一向为治近代史者所重视。比起刊物的流通与保存相对容易，报纸散佚严重，国内学者往往难得一见。而悉尼刊行的《东华新报》能在米歇尔图书馆有基本完整的收藏，其价值珍贵自不待言。此报初时本为联络乡谊、提供资讯而办，1900 年 1 月 14 日悉尼保皇会创立后，又自动成为该会的机关报。

所见 1898 年 6 月 29 日的创刊号，在楷书"东华新报"上端，尚有用花体字印出的英文报名"The Tung Wah News"。发刊词《〈东华新报〉小引》夹在首页的广告中间，文不长，且为国内少见，故移抄于下：

尝考报章之设，或因增益智虑，理弥察而弥精；或因扩充见闻，事愈稽而愈审。验风行于外国，征日盛于中邦。乃客从东来，多创于美檀两埠；文刊华报，罕觏于英省五地。佥曰：盍取象于鼎新，胜寄鸿于升报！此《东华新报》之设，足慰翘首东瞻，及萦居心华务；非为蚨占大有，实启象益同人。见夫道路传声，狐疑莫释；行情失察，蝇利奚谋？惟得管城子提撕，咸新耳目；与楮国公会意，共解衷肠。虽蓬转一隅，使储卧龙

广识；萍依四处，奚啻司马多闻？举凡时事实登，聊效
董狐之笔；市廛足录，同怀管鲍之风。即有雀角纷争，
公是公非，终知冰消瓦解；狐裘挈集，彼捐彼助，分明
志众城成。与夫翠鹢乘风，期标玉板；金鹰汇水，价访
香江。推之货物消流，端资告白；事情毕露，绝爱垂青。
是《东华新报》为此而起见也。从兹商旅东人，咸欣目
见之确；梯航华客，不信耳闻之虚。今幸各友志协交孚，
玉成美举；愿诸公情殷顾赐，铭感良深。敬颂良朋，鸿
猷大展，无惭端木子之才；骏业宏开，自美陶朱公之术。
是为引。　　　东华新报有限公司谨启

通篇骈四俪六之句，注目点多半落在为经商者牟利打算；属于现
代报纸首务的新闻，反而仅以"时事实登，聊效董狐之笔"半联
带过。本来，凸显商机乃是早期报纸争取读者、打开销路的通用
手法；特出处在于，该报直言缘起，归结为受美国及夏威夷（文
中以檀香山代之，此时夏威夷尚未列入美国版图）华文报章盛行
的刺激，表明其定位明确，起始便自觉纳入华侨报刊谱系。

　　走出米歇尔图书馆时，我对自己很满意。短时搜访而有如此
成绩，我当然应该知足。

四、北京

　　24 日回到北京后，又重读了刘渭平《梁启超的澳洲之行》一
文，对其引录的梁致康有为信中慨叹，一则曰"美利伴人之热闹，
非为中国也，乃为乡谊（皆四邑人）耳"，一则言澳洲"各埠皆散
处，相距动辄数百英里"，花费大而募捐少，"得不偿失"，已是

深有体会。前者足以解释当时热闹成立的墨尔本保皇会为何在梁走后很快风流云散，后者则以本人在各城市间的飞行以及所历市区的散漫阔大之经验，遥想一个世纪前，仅仅凭借火车、汽车为交通工具的梁启超风尘仆仆四处演说，辛苦募来的少量捐款，的确多半得花费在路上。

到北京大学图书馆网页上检索，居然发现《新金山》出有中译本。此时方知在澳华博物馆初闻大名的作者 C. F. Yong，乃是澳籍华人学者杨进发，此书为其博士论文修订本。当时随手翻看过英文原书，记得开本较大，且附有许多老照片。1988 年出版的中文本则采用当时流行的小 32 开，纸张既差，图像自然一律取缔，印制之简陋一望可知。倘若在进入"读图时代"的今日刊行，想必另是一番模样。此书对上世纪最初二十年澳洲华人的经济、政治与社会活动考述甚详，旅行归来，阅读也别有兴味。

此外，我也重新查阅了梁启超于日本横滨主编的《清议报》。除前文提及署为"随行书记罗昌载笔"的《梁孝廉卓如先生澳洲游记》前半篇之外，检索所得，标明作于澳洲的梁诗计有《铁血》《澳亚归舟杂兴》四首、《留别澳洲诸同志六首》《将去澳洲留别陈寿》二首、长诗《留别郑秋蕃兼谢惠画》以及《澳亚归舟赠小畔四郎》，分刊于 1901 年 6、7 月的《清议报》第 82 至 85 册。而与《铁血》及《澳亚归舟杂兴》同时见报的梁氏名作《自厉二首》，依据刊期与末句"海天寥廓立多时"诗意，应该也属归舟所作。另有同年 5 月 9 日《清议报》78 册刊出的《次韵酬星洲寓公见怀二首并示逷广》，因 4 月 19 日发行的该刊第 76 册载有邱炜萲（署"星洲寓公"）之《寄怀梁任公》（诗社限支微韵），称梁"迹遍三洲亚美澳"，则以时间推算，梁之和作也应写于澳洲。凡此诸作已均收入《饮冰室合集》。

梁启超澳洲之行，著述方面最重大的成果实为《中国近十年史论·积弱溯源论》。此作1901年4月29日在《清议报》77册开始连载时，编者特意添加了"本馆附志"，说明："本馆总撰述梁君近著《中国近十年史论》一书。此其第一章也，顷由澳洲将原稿邮来，亟刊报以供先睹为快。"梁著全书日后未见续撰，故此章后独立成篇，改题《中国积弱溯源论》。而拟议中的全部写作计划，倒是在《东华新报》1901年3月13日登载的《孝廉著书》一则通讯中留下细目：

> 该书条目分作十六章：第一章"积弱溯源论"，第二章"日本战祸记"，第三章"列强染指记"，第四章"新党萌芽记"，第五章"今上百日维新记"，第六章"后党篡权记"，第七章"伪嗣公愤记"，第八章"后党通匪召敌记"，第九章"万乘蒙尘记"，第十章"东三省沦亡记"，第十一章"疆臣误国记"，第十二章"列强政略记"，第十三章"帝后实录及人物小传"，第十四章"琐闻零拾"，第十五章"十年来大事表"，第十六章"中国起衰策"。此书合计约二十万字。

刘渭平最早揭出此情，由此我们可以推知，梁于归来后不久，即在《清议报》90、91册上发表《中国史叙论》，并有"欲草一《中国通史》以助爱国思想之发达"的宏愿，其伏脉与起兴实在于此。《中国通史》虽亦如《中国近十年史论》的有头无尾，"未能成十之二"（《三十自述》），但梁氏于1901年底终究撰成了又名"中国四十年来大事记"的《李鸿章》，对澳洲未了之愿多少有所补偿。

五、布里斯班

尚可补记一笔的是，18日从墨尔本到布里斯班，住在以研究鲁迅与尼采出名的昆士兰大学教授张钊贻家中。落座喝茶之际，提到梁启超，张教授立时捧出一册浅蓝灰色锦缎面、超大开本的线装《南海先生诗集》。因此乃其师、澳大利亚著名华裔学者陈顺妍（Mabel Lee）所赠，原为二十世纪六七十年代在台湾所购，故张教授理所当然认作台湾出版。不过，细勘这部署为"门人新会梁启超手写"的大书，就其形制及装订方式而言，倒与我在日本所见的和装书相似。加以康有为1908年的手书自序及一至十三卷目录后，本有"辛亥七月更生写记"之题署，并另书一段五月所作附记："右门人梁任公所写，诗凡四卷，至明夷阁止。事变日繁，必无暇毕写。门人请先以付印，以待续写焉。"本人因此大胆断言，此册实为1911年于日本印制的初版本。张教授闻言大喜。

一百年前梁启超游澳，虽不曾旅行昆士兰，但有此一段书缘，我的澳洲之行便处处得与任公先生关合了。

2007年9月1日于京西圆明园花园

（原刊《书屋》2007年第12期）

菊砚端砚尽关情

　　湖南浏阳在近代可谓人杰地灵，先后死于戊戌政变与庚子自立军之役的谭嗣同与唐才常，人称"浏阳二杰"，其地生产的菊花石砚，也有名于时。就中唐才常赠梁启超的一方砚，又不全是砚以人传，算来只有套用《水浒传》中"人境合杰灵之美"的赞语才合适。

　　据梁启超回忆，这方菊花砚是他1897年去长沙时务学堂任中文总教习后，唐才常送给他的。其时，湖南聚集了一大批维新干才，上有巡抚陈宝箴、代理按察使黄遵宪、学政江标、徐仁铸等实力推导，下有谭嗣同、唐才常、梁启超、陈三立、熊希龄等鼎力襄助，作为戊戌变法试点的湖南新政办得很有声势。唐才常此时与梁启超初识，订交之际，赠其菊花砚一方以为纪念。谭嗣同因是二人交友的介绍人，于是为石砚题铭曰：

　　　　空华了无真实相，用造莂偈起众信。
　　　　任公之研佛尘（按：唐别号）赠，两君石交我作证。

首句用佛家语解砚上的菊花纹，既非真花，故曰"空华"。下句承上而来，"莂偈"均为佛教文体，分指散文与韵语，"起众信"此处指开通民智，全句意为希望梁启超用此砚写出足以转移人心的启蒙文章。如此表述，乃是当时维新人士竞喜谈佛的时风的表露。恰好江标离任前一日去梁启超寓所辞行，见砚与铭，便乘兴为之刻石。至此，这一方刻有铭文的砚石已不是普通的菊花砚，它因缘时会，于一时间荟萃四位风云人物的心力，凝聚着同道者的真挚友情，同时，它也成为中国历史上这段不寻常时期的珍贵纪念物。

这就难怪梁启超对此砚一直念念不忘。1902年，已经流亡到日本数年的梁启超开始发表《饮冰室诗话》，不过三则，便迫不及待地讲到这方菊花砚的来历。起首即云："戊戌去国之际，所藏书籍及著述旧稿悉散佚，顾无甚可留恋。数年来所出入于梦魂者，惟一菊花砚。"使梁氏魂牵梦绕的这方砚，又是独一无二、不可复制的绝作，它偶然出现于世间，又如电光一闪，转瞬即逝，这更令梁启超感叹不已："今赠者、铭者、刻者皆已没矣，而此研复飞沈尘海，消息杳然，恐今生未必有合并时也，念之凄咽。"人间的遇合就是这般可遇而不可求。

不想，载有这则诗话的《新民丛报》传递到远在广东嘉应州（今梅县）乡居的黄遵宪手中，又生出另一段佳话。从他这一时期写给梁启超的信，以及梁氏后来的回忆中，可大概钩稽出此事的来龙去脉。

这时，因参与维新变法而被放还乡的黄遵宪，又与留居日本的梁启超恢复了联系，见其不能忘情于菊花砚，且为之伤感不已，心有所动，遂作书告之曰：

> 吾有一物能令公长叹、令公伤心、令公下泪，然又能令公移情、令公怡魂，令公释憾。此物非竹非木、非

书非画，然而亦竹亦木、亦书亦画。于人鬼间抚之可以还魂，于仙佛间宝之可以出尘。再历数十年，可以得千万人之赞赏，可以博千万金之价值。仆于近日，既用巨灵擘山之力，具孟子超海之能，歌楚辞送神之曲，缄縢什袭，设帐祖饯，复张长帆，碾疾轮，遣巨舶，载之以行矣！（光绪廿八年八月廿二日函）

如此能令梁氏大悲大喜，并以隆重礼仪送出的宝物，当时想必也让他大费心思猜测，等得心痒难熬。

黄遵宪先勾起老友的神思遐想，却也不把关子卖得太久，过劳其神，很快便揭破谜底，宣称已做蔺相如，将梁启超梦寐以求的菊花砚"完璧归赵"。欲其先睹为快，故提前寄去自己为此砚新补的铭文拓片：

> 杀汝亡璧，况此片石。衔石补天，后死之责。
>
> 还君明珠，为汝泪滴。石到磨穿，花终得实。

尾联关合谭嗣同原铭中"空华"语，显示一种以文章觉世、功到必成的信心。其时，石砚尚未带到，梁启超未暇细味"衔石补天"之意，只为砚之再现人世、会合有时而"狂喜几忘寝餐"（《饮冰室诗话》）。为记此一段盛事，因决意以新铭拓本向友朋征诗，并询及黄遵宪。黄氏极表赞成，以为"此砚之赠者、受者、铭者，会合之奇，遭遇之艰，乃古所未有。吾谓将来有千金万金之价值者，此也"。既料定其必为绝无仅有的传世之作，故不妨有意隐约其辞，增加扑朔迷离的神奇效果。黄遵宪嘱咐梁启超自序中"但云由武昌或京师不知为何如人寄来，殆古之伤心人也；再过二三年乃实征之，更有味也"（光绪廿八年十一月一日函），即是此意。梁启超亦邀他作歌为记，黄遵宪也满口答应，只是说"不能立限，须俟兴到时为之耳"（光绪廿八年十一月十一日函）。

此歌终于未作。不久，梁启超出游美洲，一去十月，与黄氏消息阻隔，固然是一重要原因；更关键的原因，则在于此菊砚不是彼菊砚，梁启超不免兴致大减。1905年黄遵宪去世后，他在《饮冰室诗话》中好几次念及黄君，也曾感慨万端地提到黄氏补寄的菊花砚：

> 及研至，则一端研，先生所补赠者也。当时颇失望，今则此研亦一瑰宝矣。自是人间有两菊花研。

这一次，梁启超总算是大彻大悟。谭嗣同"空华了无真实相"的话竟如谶语一般，花为空花，砚非原砚。然而无论是广东的端砚也好，湖南的菊花砚也好，都是挚友相交的信物，原不该生区别心，且都应铭以"子孙永宝"的字样。

黄遵宪补赠的端砚应该还在人间，只不知唐才常赠送的菊花砚是否真的湮没尘海。即使不幸双砚并随人去，留下这些文字缘以见生死情，亦足矣。

1990 年 4 月 15 日

（原刊 1990 年 6 月《瞭望》第 24 期）

登陆塘沽

——梁启超流亡归来

在梁启超的生命史上，除避难日本十四年外，国内住居最久之地，一是出生地广东，接下来便可数到天津了。天津不仅是任公先生晚年安居乐业之处，而且，平生两次经由塘沽港出入国门，于其政治、学术生涯均有转折意义。

1898年9月21日，戊戌政变发生后，梁启超在日本驻华公使林权助的安排下，逃出北京，24日登上了停泊在塘沽的日本军舰"大岛号"。由此开始的流亡生活，虽迫使梁氏从国内政治舞台消失；但其亲身领略明治新文化后，"思想为之一变"（梁启超《三十自述》），办报、著述，介绍西方近代思想，批判中国专制政治，讲求"新民"之道，则使其影响力不止达于国内，更辐射到东亚各国。因此，现在看来，梁启超从塘沽出亡的一刻，也为其由"学为国人"到"学为世界人"（梁启超《夏威夷游记》）迈出了关键的一步。

相对于亡命时的仓皇、孤独，1912年10月梁启超的归国，倒颇类英雄凯旋，场面盛大。一如离去时之取道天津，此次乘日船"大信丸"荣归，梁氏也选择了离北京最近的港口——塘沽。不过，任公先生人尚未到，当地最有影响的《大公报》已抢先透露："闻梁君到津后，暂不往北京。拟专主舆论，不欲与党界、政界生关系。"这条消息不能说是全无根据的捕风捉影，但梁氏后来的加盟政党，步入政坛，也未可责以有违初衷。去国十余年后，梁启超确实需要一段时间休整，以应对变化的时局与环境。与北京毗邻而又并非政治中心的天津，无疑是可进可退的最佳择居地。

按照预定行程，梁启超 9 月 30 日自日本门司起行，本应于 10 月 5 日抵达天津。但由于梁女思顺电报误写作 3 日，北京各界闻风而动，先期赶来天津欢迎的人数即多达数百人。这支由各路人马组成的庞大的迎宾队伍，包括总统袁世凯派来的代表，学界各代表，军警界代表，政界代表范源廉与杨度，报界如《新中华报》《京津时报》《国民公报》《新纪元报》《亚细亚报》《新中国报》《国维报》《中国报》《中国日报》《大同报》以及其他各报均派出代表，民主党本部及各支部代表并党员有数百人，共和党以张謇为代表，国民党以黄兴为代表，加上天津各界代表，可谓兴师动众，热闹非凡。就当时的情况来看，对于梁氏的返国，各种政治力量似乎一致表示欢迎。

在众人翘首以待的热望中，"大信丸"总算在 5 日上午驶入大沽口，梁启超也计划于次日 9 时趁早潮登陆。岸上的接待准备已一切就绪。法国与日本领事 10 月 3 日以前，即派遣警队赴塘沽警戒，直隶都督冯国璋也命令天津巡警道率领多名警察，前往迎接。梁氏的临时寓所则安排在日租界荣街，"陈设极为周备"。

但在万事俱备之际，偏是好事多磨。由于海上风恶，日本邮船无法靠岸。虽由都督府派出小火轮拟驶出大沽口外，接引梁启超上岸，亦未成功。6 日下午 2 时便齐集码头、鹄立迎候的各界人士，最终只得扫兴而归。当天约有数十人回京，张謇、黄兴等待三日，也因须参加 10 日在武汉举行的开国纪念会，于 7 日离津。而留下伫候者仍有多人，均"冀得睹此建设伟人之颜色"。梁氏客邸自 2 日起，也已人满为患。事后，梁启超不无得意地在写给女儿思顺的信中做了精彩描述：等得焦急不堪的熟友在见到梁后，向同行的汤叡"戟手唾骂，谓误电害人，统计所核，将及十万"，要汤赔偿损失。

漫长的等待不只令迎接者苦恼，身在船上的梁启超更觉烦躁难挨。其在舟中接连给大女儿写过两信。5 日晚的书信虽乐观地预告："今晚（初五）十时可进，明日破晓登岸也。"却还是对"船到埠后，尚须候一日"的坐待大为不满，斥之为"真天下所无，此中国之所以为中国欤"。不料，这一等便是三天。海上温度骤降，尽管行箧中衣装已全数披挂，任公先生仍觉寒彻骨髓。更糟糕的是，据其 7 日（原误作 8 日）中午信函所述："船上食品已尽了，西洋料理一变为日本料理，明日恐并日本料理亦备不起了。"困守船中、烟尽粮绝的梁启超实已忍无可忍，在给最信任的女儿思顺的信上，不由大吐心声：

> 望归国，望了十几年；商量归国，又商量了几个月。万不料到此后，盈盈一水，咫尺千里，又经三日矣。何时能进，尚如捕风。此种港湾，大约除我堂堂大国外，全球更无他地可拟。

而其无限烦恼，在以下带有政治家特色的夸张表述中也一泄无遗："终日锢在此丈室中，世界上事百无闻见，亦不知京师曾否闹到天翻地覆，亦不知世界上已亡了几个国。"不过，这一大段自白中，最让我感觉惊心动魄的，倒是"惟觉日长如年"一句写实语。

在岸上、船中两地同样的焦虑中，地方当局一直在进行着不懈的努力。7日晚9时，负责迎接者另雇日本邮船会社的浅水小轮，冒着风浪出口，靠近"大信丸"，将梁启超与其弟启勋并汤觉匆匆接过舟来。迨8日清晨梁氏登岸时，专程前来欢迎的各界人士，反"以为时过早，得信太迟，未及趋赴码头"。只有巡警道"先期派人在塘沽守候，预得报告，天未明时，即督率警队、军乐队码头欢迎"。梁即乘坐其预备的马车，由马队护送至住处。

在众人的期待中，梁启超总算重返中国。本着承认现存国体而谋求改良政体的原则，梁氏在民国肇建之年的回归，也为其重现政坛铺平了道路。只是，这一回的舞台更大，任公先生晚年的转向讲学、研究，在学术文化界遗泽广被，早有口碑。而这后来的一切，正是从1912年10月的塘沽登陆开始的。

（文中资料出自《大公报》1912年10月4日《梁任公将到津》、7日《梁任公归国纪》、10日《梁任公归国日记》，以及梁启超1912年10月5日、7日、11日《与娴儿书》）

2001年7月22日于京北西三旗

（原刊2001年8月9日《今晚报》）

来自巴黎的警报

——"五四"期间的梁启超

1918 年 12 月 28 日,梁启超在上海登船,踏上了欧游之路。一年前,因力主对德奥宣战备受责难的梁氏,此时心情仍不轻松。一战以同盟国的失败而告终,中国得以跻身战胜国之列;前言应验,冤狱得直:于公于私,前任财政总长都该欣喜不已。但恰恰是在 11 月 11 日停战喜讯传来的一周内,于举国欢腾之中,任公先生偏偏以沉重的笔调,撰写了《对德宣战回顾谈》一篇长文,历数前事,"以为惩前毖后之一助"。末段检讨当权者犹豫不决,未能听从其建议,出兵西欧战场,坐失千载一时之良机,使得"我国能否列席平和会议尚至成一问题",为国家痛已远胜于为个人幸。

虽然一如既往地眷顾国事,去年底辞职的梁启超,这一回却当真退出了政界。即使总统徐世昌亲发一电,邀其来京面商,并"以欧洲不日将开媾和会议,此事关系吾国前途非常重大,非得如任公其人者亲赴欧洲,随时与折冲樽俎之员筹商擘画,以便临机肆应不可",嘱人敦劝梁氏鼎力襄助(《元首电招梁任公来京》,《国民公报》1918 年 11 月 23 日),以国事为重、决意赴欧的梁启超，仍不肯受命于当局。在允诺"于讲和会议有可以为国尽力处，亦自当尽力"的同时，梁氏也一再声明，此行"与政府方面无关，以私人资格赴欧观察一切"（《梁任公昨已抵京》，同上 11 月 24 日）。

强调私人身份，实即突出民间立场，对其中的真实含义，梁启超也有明确阐发。所谓"亦诚欲邮达吾国民多数所希望，诉诸彼都舆论，以冀为当局之助"（《关于欧洲和会问题我舆论之商榷》），还是假设政府与国民取向一致；更深层的考虑则在"督促政府"，因而要求"国民审察内外形势，造成健全之舆论"（《在国际税法平等会演说词》），这意味着国民对政府必须承担监督和批评的责任。怀抱此一政治理念上路的梁启超，注定无法与政府趋同。其拒绝成为官方的代言人，实在有先见之明。

经过漫长的海上航行与短暂的陆路观光，1919 年 2 月 18 日，梁启超终于抵达巴黎，其时距和会开幕正好一月。刚到法京的任公先生，置身新环境，显然心情愉快，对中国外交前途不免看得乐观。23 日传送给国内同仁的第一封电报，开头便说："抵英即闻和会已提青岛问题。顷抵法，略悉此间经过情形，大致与吾辈在京主张相同，颇为欣慰。"以下的话，既是对"吾辈在京主张"的追述，也表现出对此理据不容置疑怀有充分的信心，因此说得斩钉截铁：

> 宣战后，中德条约根本取消，青岛归还已成中德直接问题。日虽出兵，地位与诸协约国等，断不能于我领土主权有所侵犯，更不能发生权利继承问题。

此时，梁氏只对提出继承要求的日本有所疑虑，而于和会本身，则抱有美好的期望：

> 总之，此次和会为国际开一新局面，我当乘机力图
> 自由发展，前此所谓势力范围、特殊地位，皆当切实打
> 破。凡约章有戾此原则者，当然废弃，青岛其一端耳。

与在国内时思路相同，中国既为战胜国，德方利用不平等条约，自1898年起长期侵占的胶州湾，战败后当然应该归还中国。在梁启超看来，此乃势所必至，理有固然，不成其为问题。因此，欧游前，论及青岛归属，梁氏直以"本不待论"一笔带过，而将注意力集中在继发的关乎国家命脉的诸种权益获取上。若概而言之，那便是任公先生在国内外一系列的演讲与文章中反复申述的三条：破除势力范围、撤销领事裁判权与改正关税。其时，梁氏更注重的是策略的运用与步骤的讲究。为此，他专门撰写了《关于欧洲和会问题我舆论之商榷》，论述我方要求若想发生效力，"第一，当求有价值；第二，当求一致"："故我于各种条件中，宜择其题目尤正大而为国家生存所必要者三数端，格外注重，而舆论所鼓吹，亦以此为焦点，庶几简要专壹，易于期成。"抵法后，在上述电报中，也不忘提醒"内外当辅，切宜统筹兼顾，进行次第，极当注意"。

而梁启超与国内舆论界一致怀抱的归还青岛、不在话下的放心态度，也建基在对盟国，尤其是美国会主持公道的信赖上。梁氏于巴黎和会本寄望甚殷，以为此次"全世界之国际关系，将有所改造焉"（《关于欧洲和会问题我舆论之商榷》）。去国前，他为英文宣传赶写的一篇文稿，中文原作即迳名以"中国国际关系之改造"；在法国《巴黎时报》刊载的文章，也以"中国与列强在远

东政治关系上必要之更改"为题。梁氏相信，此时"正当正义人道大放光明之际"，"主持正义人道之诸友邦"必可为我"伸理"。一切正如他后来所自嘲，"那时我们正在做那正义人道的好梦"（《中国国际关系之改造》、《关于欧洲和会问题我舆论之商榷》及《欧游心影录·巴黎和会鸟瞰》）。

因美国总统威尔逊（Woodrow Wilson）、英国首相劳合·乔治（David Lloyd George）回国，法国总理克列孟梭（Georges Clemenceau）遇刺养伤，梁启超抵法时，和会正处于暂时停顿状态，他便趁机外出游览战地。当然，出游之前，任公先生仍相当尽责，以他那"别有一种魔力"的如椽健笔，写作了《世界平和与中国》的小册子，申诉中国国民的要求，译成英、法文，广为散发。文中对于日本谋占山东之无理痛加驳斥，以之为中国的深忧巨患：

> 日本于日俄战役后，既以全辽为势力范围，今次战役后，复以全鲁为势力范围，南北包围，而北京几不复能自保。盖经此大战而中国境内势力范围之色彩，乃转加浓厚，形势险恶过于战前。

其说陈明利害，意在打动欧洲舆论，以共同制止日本的阴谋得逞。

而到达巴黎之后，一向被政府隐瞒的去年9月中日有关山东问题的密约内容已经传开，这实际上等于承认1915年的"二十一条"仍然有效，日本可以继承德国在山东的权益。出游途中的梁启超大为愤慨，于是致电国人，公布此情，严厉谴责政府误国：

> 交还青岛，中、日对德同此要求，而孰为主体，实

目下竞争之点。查自日本占据胶济铁路，数年以来，中国纯取抗议方针，以不承认日本承继德国权利为根本。去年九月，德军垂败，政府究何用意，乃于此时对日换文订约以自缚。

不过，梁启超此时对据称为和会基础的威尔逊"公正与持久和平"的十四条宗旨仍深信不疑，因而一厢情愿地认定，与之背离的中日密约"可望取消"。这封同时也"乞转呈大总统"的电文，对当局亦提出忠告："尚乞政府勿再授人口实，不然，千载一时良会，不啻为一二订约之人所坏，实堪惋惜。"（3月11日电）此语后竟不幸而言中。

3月17日战场归来，梁启超立即以私人身份积极开展民间外交。19日，在万国报界联合会发表演说，梁氏仍力陈山东为日本攫取的严重性：

> 虽然，若使德人侵略所得之遗产，复有一国专起而继承之，则拒虎进狼，隐患滋大。此种危机，不趁此时设法消弭，则不出十年，远东问题必为第二次世界大战争之媒，吾敢断言也。（《万国报界联合会欢迎梁任公先生详情》）

25日，任公先生又与威尔逊总统会晤，秉此意向其解释山东问题的性质。而和会形势日益对中国不利，身在场外的梁启超自是心急如焚，于是警电频传，切望国内民间团体与舆论界一致对政府施加压力，力争最好结果。此时，对当局的失望在电文中已一泄无遗："我国所有提案尚未正式提出，计目下时日无几，若非急起

直追，将来国际地位必陷于无可救药之境遇。"(《晨报》4月2日）

正当梁启超为国家"痛陈疾呼"、"鼓吹舆论"之际，国内偏发生了梁亲日卖国的谣传，自然令其大为愤怒。虽然受到委屈，任公先生却一心以国事为重，殷殷告诫国人："内之宜要求政府速废高徐顺济路约及其他各项密约，使助我者易于为力；外之宜督促各使通盘筹划，互示意见，对外一意鼓勇，进行关税、领事裁判权等事。"(4月12日电）此时，梁氏对山东能否归还中国已不再信心十足，回答国内电嘱，也自称：

> 和会内情，向未过问，惟知已提者似仅山东问题。当局与各国要人曾否切实接洽，探察各方面情形，不无疑虑。此间议论，二十一条共知为被逼，而高徐顺济路约，形式上乃我主动，不啻甘认日本袭德国利权为正当。去年九月，德国垂败，我国因区区二千万，加绳自缚，外人腾诮，几难置辩。现最要先废此约，务请力争。(4月16日电）

只是时不我待，回天乏术。由于日人机诈百变的外交手腕与列强的各有打算，加以中日密约予人口实，政府隐瞒内情，致使谈判失据，中国利益的被牺牲便成为惨痛的现实。

4月24日，先期得到噩耗的梁启超飞电国内，态度鲜明，要求举国一致，拒签和约：

> 对德国事闻将以青岛直接交还，因日使力争结果，英、法为所动。吾若认此，不啻加绳自缚。请警告政府及国民，严责各全权，万勿署名，以示决心。

这封最早通报中国外交失败的电报5月2日在《晨报》全文刊出，两天后，呼喊着"外争国权，内惩国贼"口号的北京学生便走上了街头，五四运动遽尔爆发。而梁氏电文，无异为游行提供了导火线。

此后，身处国外的任公先生仍与国内民众同心同德，致电政府，力赞"北京学界对和局表义愤，爱国热诚令策国者知我人心未死"，而官方"逮捕多人"，实令人难以理解。因此大声疾呼："为御侮拯难计，政府惟与国民一致。祈因势利导，使民气不衰，国权或有瘳。"（《晨报》5月23日）1920年3月归国后，梁启超到京面见总统徐世昌，也请求将一月前因反对中日两国直接交涉山东问题而被捕的学生释放，免予起诉。此意未得应允，23日离京前，梁氏又专留一函致徐，再提前话。信中肯定学生的举动乃"出于爱国之愚诚，实天下所共见"；指责政府举动"失计"："当知学生本非土匪，绝无所谓渠魁。"并进而申论：

> ……此等群众运动，在欧美各国，数见不鲜，未有不纯由自动者。鬼蜮伎俩，操纵少数嗜利鲜耻之政客，则尝闻之矣；操纵多数天真烂缦之青年，则未之前闻。此无他，秘密则易藏垢，公开则无遁形耳。

为培护民气，亦即为国家前途计，他切责徐氏不可一误再误。

此次欧行未能如梁启超所期望，"于外交丝毫无补"，为其感觉"最负疚者"（1919年6月9日《致仲弟书》）。痛伤前事，梁氏已有新觉悟。《外交失败之原因及今后国民之觉悟》最末一节正道出此情。所论三事，一则希望国人明了日本承继山东，便为中国深入腹心之患，"国民宜以最大决心，挽此危局，虽出绝大之牺牲，亦所不辞"，"敌而谋我者，占领可也，以条约承认其权利不可也"；其次，当追究政府外交失败之责任；而尤为重要者，则在"正义人道"的迷梦破碎后，梁启超终于发现，"国际间有强权无公理之原则，虽今日尚依然适用。所谓正义人道，不过强者之一种口头禅，弱国而欲托庇于正义人道之下，万无是处"。于是，他呼吁国民认清真实处境，做悲壮的努力：

> 须知我国民今日所处之境遇，前有怨贼，后无奥援，出死入生，惟恃我迈往之气与贞壮之志。当此吁天不应呼地不闻之际，苍茫四顾，一军皆墨，忽然憬觉环境之种种幻象，一无足依赖，所可赖者，惟我自身耳。则前途一线之光明，即于是乎在也。

迨到 1920 年 5 月，梁启超作《"五四纪念日"感言》，论述一年前发生的"国史上最有价值"之运动，对"五四"价值的判定已有重心的转移，这自然与梁氏归国后注重文化建设的现实关怀相契合。在他看来，"五四运动"由"局部的政治运动"扩展为"文化运动"，才是其真正的价值所在。因为"为国家之保存及发展起见，一时的政治事业与永久的文化事业相较，其轻重本已悬绝"；而"非从文化方面树一健全基础，社会不能洗心革面，则无根蒂的政治运动，决然无效"。有鉴于此，梁启超于是断言：

> 吾以为今后若愿保持增长"五四"之价值，宜以文化运动为主而以政治运动为辅。

而其希望"今日之青年"能"大澈大悟","萃全力以从事于文化运动，则将来之有效的政治运动，自孕育于其中"，实在也表明了任公先生本人的澈悟。其归国以后的提倡国民运动，培植国民基础，尽心教育事业，努力讲学著述，便是这一认识的具体展开。因此也可以说，"五四"造就了梁启超在文化领域的再度辉煌。

　　　　　　　　　　　1998 年 11 月 24 日于京北西三旗

　　　　　　　　　　　（原刊《文史知识》1999 年第 4 期）

梁启超墓园的故事

一、梁启超墓与母亲树

发现梁启超墓纯粹出于意外。

1995 年的 10 月 28 日是一个星期天，时值深秋，正是到香山赏红叶的最佳季节。不料，路经樱桃沟的灵机一动，竟使"附庸蔚为大国"。漫山成片的红叶林终于不见，无意中在卧佛寺附近发现的梁启超墓倒占去了我们不少的时间。

许久未到此处，这一带的归属也发生了变化，原本独立的卧佛寺与樱桃沟已一并纳入北京植物园的辖区，仅成为其中的一个景点。观看路边树立的游览图时，"梁启超墓"的标记突然闯入眼帘，让我们又惊又喜。如此"妙手偶得"自然比刻意求索更引人兴味。

按照地图的指引，在接近卧佛寺山门的路东，有一条小路。沿此前行数百米，穿过一个西洋式的石亭，便进到梁启超墓园中。

墓园的主体是梁启超与夫人的合葬墓，墓碑及两侧衬墙由淡黄色的花岗岩制成，方位取标准的坐北朝南式。碑体上刻两行字：

| 梁启超墓

先考任公府君暨

先妣李太夫人墓

后面是众多儿女、婿媳、孙辈们的名字。两侧衬墙呈"凹"字形展开，折向墓前方的墙体侧翼均刻一双手合十的观音像，作为装饰。

根据梁启超生前对子女的嘱咐，此碑文原拟由曾习经（字刚甫，一作刚父，1867—1926）书写。曾为广东揭阳人，与梁为大同乡。梁曾为其作《曾刚父诗集序》，中叙二人交谊始于1889年，为乡试同年。次年入都，曾中进士，梁落第。但自此，梁氏每次来京参加会试，均"日与刚父游：时或就其所居之潮州馆共住，每瀹茗谭艺，达夜分为常；春秋佳日，辄策蹇并辔出郊外，揽翠微、潭柘之胜"。二人不仅趣好相投，而且同为国难，忧心如焚："甲午丧师后，各忧伤憔悴。一夕对月坐碧云寺门之石桥，语国事相抱恸哭。"据此，香山一带也是二人早年行踪所到之处。一旦梁启超归于泉下，预先请托当年并辔同游、心迹相同的老友题写墓碑，也很合适。何况，曾氏精于书法，习北魏张黑女碑，又能作瘦金书。只是，如果遵照梁启超1925年定下的规矩：

> 将来行第二次葬礼时，可立一小碑于墓门前之小院子，题新会某某暨夫人某氏之墓，碑阴记我籍贯及汝母生卒年月日，各享寿若干岁，子女及婿、妇名氏，孙及外孙名，其馀赞善浮辞悉不用，碑顶能刻一佛像尤妙。
>
> （1925年10月4日《与思顺、思成、思永、思庄书》）

则"第二次葬礼"即梁启超本人于1929年1月过世时，曾习经已于三年前离去。现刻之碑因无落款，不知是否曾氏手笔；而梁之《曾刚父诗集序》倒确是践死友生前之约而作，撰写于1927年，时在曾病逝一年后。这一段文字缘也见证了二人的生死交情。

与梁启超夫妇墓的饱经风雨不同，墓东略靠后的一块卧碑显然为新制。趋前细看，此碑的题目为"母亲树"，我们才恍然悟到，这就是碑后那株小松树的题名。镌刻在石碑正面的文字说明了植树的缘起：

> 为纪念梁启超第二夫人王桂荃女士，梁氏后人今在此植白皮松一株。

> 王桂荃（一八八六至一九六八），四川广元人，戊戌变法失败后梁启超氏流亡日本时期与梁氏结为夫妻。王夫人豁达开朗，心地善良，聪慧勤奋，品德高尚。在民族忧患和家庭颠沛之际，协助李夫人主持家务，与梁氏共度危难。在家庭中，她毕生不辞辛劳，体恤他人，牺牲自我，默默奉献；挚爱儿女且教之有方，无论梁氏生前身后，均为抚育子女成长付出心血，其贡献于梁氏善教好学之家良多。梁氏子女九人（思顺、思成、思永、思忠、思庄、思达、思懿、思宁、思礼）深受其惠，影响深远，及于孙辈。缅怀音容，愿夫人精神风貌常留此园，与树同在。待到枝繁叶茂之日，后人见树，如见其人。

碑后记有建碑人、梁家27位后裔的姓名。让我们更为惊喜的是，此碑最后一行所署时间："一九九五年四月立"。刚刚半年以后，我们就来拜谒墓园，见此新植之树，也应说是颇有缘分。

王夫人虽然对梁家贡献极大，但在很长一段时间里，她一直隐身幕后，甚至名字亦不见于各种梁启超传记、年谱中。1984年，上海人民出版社首次在大陆出版半个世纪前编纂的《梁任公先生年谱长编初稿》修订本。细读这部易名为《梁启超年谱长编》的大书，可以发现在梁氏的家书中，常会提到一位"王姑娘"，后又改称"王姨"。当李夫人不在身边的时候，她显然承担了照顾梁启超起居的责任，而且为梁氏生儿育女。但通读全书，编者丁文江与赵丰田却始终未对王氏的身份有任何说明。恰好，那时《北京日报》发表了一篇表彰梁启超坚守早年与谭嗣同所创"一夫一妻会"的理想，在檀香山拒绝何蕙珍女士追求的短文。我记起"王姑娘"之事，私心以为"此一时也，彼一时也"，未可一概而论。

并非梁启超侧室的情况无人知晓，即如梁早年在横滨大同学校的学生、后因政见相左反目成仇的冯自由，在《年谱长编初稿》完稿的1936年，便发表过一篇《梁任公之情史》的笔记。其中说及李夫人"有随嫁婢二"，其一名来喜，为贵州人（所谓"黔产"）。"甲辰（一九〇四年）某月启超忽托其友大同学校教员冯挺之携来喜至上海。友人咸为诧异，后乃知为因易地生产之故"。由于冯氏对梁启超所取攻讦口吻，容易惹人怀疑，且刊载于《逸经》杂志的此文，在汇编成《革命逸史》一书时，也被冯本人删落，故一向少有人知，也少有人信。

由梁家后人正式披露王夫人存在事实的，是梁启超的外孙女、梁思庄之女吴荔明所撰《梁启超和他的儿女们》。这篇1991年初刊于《民国春秋》的长文，第一次向世人介绍了王夫人的生平：

梁启超的第二位夫人王桂荃是四川人，一九〇三年嫁给外公，生有六个子女长大成人：三舅思永、四舅思忠、五舅思达、五姨思懿、六姨思宁、八舅思礼。

虽然叙述仍嫌简略，但王夫人毕竟已在梁启超的家庭史中占据应有的位置。四年后，在梁启超墓侧栽种"母亲树"的活动，既表达了梁家全体对因遭遇"文革"、骨灰无存的王氏的永久怀念与郑重感谢，也使王桂荃的名字终于在身后与梁启超系联在一起，不可分离。

不管当初因为什么样的原因，王桂荃走进了梁启超的生活，她终究已成为这个了不起的家庭中不可或缺的人物。吴荔明出版于1999年的回忆录《梁启超和他的儿女们》（上海人民出版社版），专为王氏写了一章《记忆中的温馨形象——我热爱的婆王桂荃》，尽可能详细地描述了王夫人值得同情的一生与令人尊敬的品格。阅读的感受是，梁启超有此良助，确可在流亡异域的颠沛生活中得到莫大慰藉。

历史已经发生，就应该让它原样呈现。

二、先行安葬的李端蕙夫人

一般而言，合葬墓多半建于夫妻中先去世的一方下葬之年。梁启超墓也是如此。李夫人1924年9月13日（旧历八月十五）病卒，次年10月3日（旧历八月十六）安葬于此墓地。因此，1925年也就是梁启超墓园建造之年。

关于梁启超与李夫人的婚姻，在梁氏撰写的《悼启》中有追述：

光绪己丑（引者按：1889年），尚书荔园先生讳端莱主广东乡试，夫人从兄也。启超以是年领举，注弟子籍。先生相攸，结婚媾焉。

如此平实道来，只因出于当事人自述，不便自我夸耀。但其中包含的本是旧时官场中常见的佳话，即"座师招赘高足"故事的变异。一介贫寒子弟，由于才华出众，为考官赏识，主动提亲，在那个年代确是十分荣耀的事情。梁弟启勋对同一情节的叙说便更带戏剧性：

> 光绪十五年己丑，十七岁，举于乡，榜列八名。当时典试之正座乃贵州李芯园，副座乃福建王可庄（引者按：名仁堪）。榜发，李请王作媒，以妹字伯兄。同时王亦怀此意，盖王有一女公子正待字也。但李先发言，乃相视而笑。（《曼殊室戊辰笔记》）

李夫人出生于1869年，1891年与虚龄十九的梁启超结婚时，李已二十三岁。毋庸说，与梁启超的结亲，也是李端棻戊戌政变发生后获罪远谪新疆的重要因由。这使梁对李在知遇之恩外，更怀有感激之情。

李夫人为世人所知的名字是"蕙仙"，这在梁启超写给妻子的家信与诗词中均可见。梁家后人也据此称其名，如吴荔明著《梁启超和他的儿女们》，书中专记李夫人的一章，副题便写作"公公和婆李蕙仙"。不过，对亲近的人应呼表字是旧日常规，"蕙仙"因此很可能并非李夫人的本名。梁启超在《悼启》中对此既未作说明，我们只好另寻线索了。

1897年冬，维新派在上海筹建中国女学堂时，主事者经元善刊行过一本《中国女学堂捐款章程》。其中所附捐款人名单中，对梁家女眷有如下记注：

> 拣选知县、咸安宫教习、新会梁启超之母、覃恩诰封宜人、新会吴氏率媳贵筑李端蕙捐助开办经费洋银伍拾员、常年经费洋银拾员。

此外，1898年7月24日，由中国女学堂同人编辑的《女学报》问世，创刊号上登载的"本报主笔"十八位女性的名字中，也列出了"贵筑李端蕙女史"。根据李氏从兄端棻之名，可知"李端蕙"才是梁启超夫人正式的名讳。

李端蕙大约因出身官宦人家，为人严厉。吴荔明的回忆录中也说，"李蕙仙婆是个较严肃的人，性情有点乖戾"，"所以家里的人，都有点怕她"（《梁启超和他的儿女们》20页）。这和经常写信给"宝贝思顺"与"对岸一大群可爱的孩子们"的梁启超，恰好形成"严母"与"慈父"的对照。

李夫人最终由于乳腺癌扩散而去世，患此病症恐怕也与其个性有关。但事后追思，梁启超总埋怨自己的不忍让。一年后，在给大女儿思顺的信中，他仍然忏悔道：

> 顺儿呵，我总觉得你妈妈这个怪病，是我们打那一回架打出来的。我实在哀痛之极，悔恨之极，我怕伤你们的心，始终不忍说，现在忍不住了，说出来也象把自己罪过减轻一点。（1925年9月29日《与思顺、思成、思永、思庄书》）

这一让梁启超痛悔莫及的夫妻龃龉，具体情节现在已很难知晓，但他在《亡妻李夫人葬毕告墓文》中用韵文表达出来的伤痛，读来却令人感动：

> 呜呼哀哉！
> 君我相敬爱，自结发来，未始有忤。
> 七年以前，不知何神魅所弄，而勃豁一度。
> 君之弥留，引疚自忏，如泣如诉。
> 我实不德，我实无礼，致君痼疾，岂不由我之故？
> 天地有穷，此恨不可极，每一沉思，槌胸泪下
> 如雨！

这篇《告墓文》被梁启超自许为"一生好文章之一"，写作也大费经营。以梁氏"下笔不能自休"的倚马才，不过千字的祭文竟然"做了一天，慢慢吟哦改削，又经两天才完成"，足见其推敲锻炼用功之深。如此呕心沥血做成的文章，期以传世，也在情理中。梁氏对此文极为珍爱，不但把原稿交给思顺保存，嘱咐"将来可装成手卷"，"有空还打算另写一份寄思成"；而且因为"其中有几段，音节也极美"，所以要求思顺、思成等姐弟与林徽因"都不妨熟诵，可以增长性情"（1925年10月3日、9月29日《与思顺、思成、思永、思庄书》）。

这样一篇好文章，仅只家藏，未免可惜。而在《饮冰室合集》中失收的《亡妻李夫人葬毕告墓文》，其实还有在1925年10月出版的《清华文艺》第2号上露面的机会。引人注目的是，这篇在古代文体中属于"祭文"类的文字，却堂而皇之地放在"诗歌"栏刊出，并完全采用了现代诗的分行与标点形式。在感叹梁氏好

奇趋新、永远充满活力之时，也让人对其"情感之文"非用韵文不可的表达方式发生探究的兴趣。

癌症本是很痛苦的病，李端蕙初次发现乳腺癌是在1915年，先后做过两次割治手术。此次复发，已是大面积扩散，治无可治。从身旁亲人的感受，我们也可了解其所经受的病痛非常人能忍耐。李夫人病逝当年的12月，梁启超照例须为《晨报》纪念增刊作文，所撰《痛苦中的小顽意儿》，开篇便讲到"今年真要交白卷了"的缘故：

> 因为我今年受环境的酷待，情绪十分无俚：我的夫人从灯节起，卧病半年，到中秋日，奄然化去。他的病极人间未有之苦痛，自初发时，医生便已宣告不治，半年以来，耳所触的只有病人的呻吟，目所接的只有儿女的涕泪。丧事粗了，爱子远行，中间还夹着群盗相噬，变乱如麻，风雪蔽天，生人道尽。块然独坐，几不知人间何世。哎！哀乐之感，凡在有情，其谁能免？平日意态活泼兴会淋漓的我，这会也嗒然气尽了。

并非身受者已感觉"生人道尽"，那么，对性格坚毅的李端蕙也会由于不堪忍受无休止的疼痛而另寻精神寄托，我们便很容易理解了：

> 夫人凤倔强，不信奉任何宗教。病中忽皈依佛法，殁前九日，命儿辈为诵《法华》。最后半月，病入脑，殆失痛觉。以极痛楚之病而殁时安隐，颜貌若常，岂亦有凤根耶？哀悼之馀，聊用慰藉而已。（梁启超《悼启》）

由此也可以知道，梁启超夫妇合葬墓的墓石上为何刻有佛教浮雕，那原是李夫人临终前的信仰，精研佛学的梁氏亦希望借此表达自己深长的哀思，给长眠地下的爱妻带来安慰。

三、墓园的购建经过

记得以前阅读《梁启超年谱长编》时，曾看到梁启超给子女的信中，保留了大量关于购建墓地的说明。探访归来后，少不得乘兴重温，也更觉亲切。

还在李端蕙病中，二子梁思成与梁思永恰好从清华学校毕业。李夫人不愿因自己的病耽误儿子学业，故还是催促二人赴美留学。李氏辞世后，梁启超又将两个女儿思顺与思庄送去加拿大。因此，墓地的修筑便全由梁弟启勋一力承担。在此期间，梁启超也不断给"对岸一大群可爱的孩子们"写信，随时告知工程进度并征询意见，足见梁家自由民主之风气。

墓园于1925年8月16日开工，本来准备阴历九月入葬。但经过梁启超约请的一位同乡"日者"推算，"谓八月十六日（引者按：阳历为10月3日）辰时为千年难得之良辰"，故定于此日安葬李端蕙。相信科学的梁启超竟然也迷信占卜，似乎不可思议。但在丧葬大事上从众从俗，趋吉避凶，以求尽心、安心，毕竟是值得尊重的人之常情。在此情境下，安葬妻子的梁氏也不可能有其他的选择。只是，工期突然缩短了半月，忙碌可想而知。不仅监督工程的梁启勋须一直住宿在附近山上，而且，为赶工期，"中间曾有四日夜，每日作工二十四小时，分四班轮做"（1925年9月20日梁启超《与思顺等书》），监工者的辛苦异常自不待言。

关于墓穴的设计，也有过一番周折。起初，梁启超因考虑到，"若不用石门，只用砖墙堵住洞口，则六百馀元便够"，可节省一半费用，故打算"四围用'塞门德'（按：英文 cement"水泥"的译音）灰泥，底下用石床，洞口用砖"，认为这样"也够坚固了"（1925 年 8 月 3 日《给孩子们书》）。写信征询孩子们的意见，并不获赞成。隔海通邮本来费时，很可能误事。幸好，细心的梁启勋先已做了周到的安排：

> 他说先用塞门特不好，要用塞门特和中国石灰和和做成一种新灰，再用石卵或石末或细砂来调，（……）砖缝上一点泥没有用过，都是用他这种新灰，冢内圹虽用砖，但砖墙内尚夹有石片砌成的圹，石坛都用新灰灌满，圹内共用新灰原料，专指塞门特及石灰，所调之砂石等在外，一万二千馀斤。二叔说算是全圹熔炼成一整块新石了。

而且，按照梁启勋的设计，墓圹开掘很深。"开穴入地一丈三尺，圹高仅七尺，圹之上培以新灰炼石三尺，再培以三尺普通泥土，方与地平齐"。这样坚固的坟茔，难怪梁启勋敢担保，即使梁家兄弟日后要在上面"起一座大塔，也承得住了"（1925 年 10 月 3 日梁启超《与思顺、思成、思永、思庄书》）。

圹内的格局则多半是根据梁启超的意愿，一分为二，梁氏居左，夫人在右。"双冢中间隔以一墙，墙厚二尺馀"；"墙上通一窗，丁方尺许"。李端蕙下葬后，先用浮砖把窗户堵上。准备等梁氏百年入葬时，再以红绸取代砖块，覆盖窗上。可以发现，在墓穴的布局上，梁启超刻意追求的是连死亡也不能隔断的声应气求、心心相印。他特别向儿女们解释目前这种安排的优长：先采用排他法，祛除了"同时并葬"时所用的一冢内置两石床的方案，因"第二次葬时恐伤旧冢"；而"同一坟园分造两冢"的形式亦不可取，因其"已乖同穴之义"。那么，剩下的便只有梁氏所用的一圹两冢、间隔一墙的设计了。墙上设窗，意在强调"同穴"，而"第二次葬时旧冢一切不劳惊动"，故被认为是"再好不过"的法子（1925年10月3日《与思顺、思成、思永、思庄书》）。梁启超这番体贴入微的心意，在《亡妻李夫人葬毕告墓文》中也吐露无遗：

> 郁郁兮佳城，融融兮隧道，
>
> 我虚兮其左，君领兮其右。
>
> 海枯兮石烂，天荒兮地老，
>
> 君须我兮山之阿！行将与君兮于此长相守。

也即是说，在梁启超看来，坟墓并不意味着爱情的终结，倒恰恰是"爱之核兮不灭，与天地兮长久"的实在证明。借助墓地的营建，梁启超也在向夫人表达永远不变的情感。

如此费心经营的墓园，最后的费用超过预算原不足为奇。早先以为买地、筑坟加葬仪，"合计二千元尽够了"；但到丧事办完，已"用去三千馀金"。如果就此打住，尚可称"工程坚美而价廉"。何况，这一年，梁启超每月有北洋政府致送的夫马费八百元，支付丧葬应有馀，梁启勋还为此开玩笑说，李夫人的入殓"无异国葬"。不料后来旁枝横逸，多出一段插曲，又使此项开支突飞猛进，涨到四千五百馀元，不仅梁氏个人的"存钱完全用光"，梁启勋"还垫出八百馀元"（1925年8月3日、11月9日、10月3日、9月20日梁启超《给孩子们书》）。

而大幅度超支意外情况的出现，竟是为了两块未派上用场的石碑。关于此事的经过，不如直接引用梁启超本人的叙述，反更觉生动有趣：

> 葬毕后忽然看见有两个旧碑很便宜，已经把他买下来了。那碑是一种名叫汉白玉的，石高一丈三，阔六尺四，厚一尺六，驮驮碑的两只石龟长九尺，高六尺。新买总要六千元以上，我们花六百四十元，便买来了。初买得来很高兴，及至商量搬运，乃知丫头价钱比小姐阔的多。碑共四件，每件要九十匹骡，才拖得动，拖三日才能拖到，又卸下来及竖起来，都要费莫大工程，把我们吓杀了。你二叔大大的埋怨自己，说是老不更事。后来结果花了七百多块钱把他拖来，但没有竖起，将来竖起还要花千把几百块。（1925年11月9日《给孩子们书》）

我们这次参观时，在梁启超夫妇墓南面，看到两块高大的龟趺碑，一碑无字，一碑为康熙四十年所刻，分立墓道两侧。当时琢磨了半天，不明究竟。读了这封梁启超写给子女们的信，才知道这块与梁家没有任何关系的旧碑得以进入墓地的缘故。根据吴荔明的记述，倒卧地上的两碑直到五十多年后，才由北京植物园出资树立起来。如今，它们作为梁墓的点缀，也留下了一则逸话。

四、提前到来的梁启超葬礼

安葬夫人时，梁启超大概绝对没有料到，自己的"第二次葬礼"会来得这么快。而其伏因，在李端蕙患病时即已种下。

梁启超去世后，子女追述其病逝经过，首先提及："十二（按：疑当作"三"）年春，先慈癌病复发，协和医院声言不治，先君子深受刺激，遂得小便带血之症。"（梁思成等《梁任公得病逝世经过》）至1926年3月，因病情加剧，相信科学的梁氏在协和医院动手术割去了右肾，尿血却未治愈。在后来时好时坏的反复过程中，又出现了新的病症。1929年1月19日，梁启超遽尔逝世。辞世情景，《北平朝报》次日曾记载如下：

> 某记者于午后二时，赴该医院（按：指协和医院）调查。是时梁之病室内外，其亲属友朋麋集，情形极为纷乱。其弟启勋，及公子思达，女公子思懿，思宁在侧，旋其在天津南开大学服务之幼弟启雄亦赶到。二时一刻，梁病势转剧，喉间生痰。弟在病榻之左，大喊哥哥，儿在右哭叫爸爸。梁左望无语，旋右望，眼中落泪，即溘然长逝。一时哭声震耳。（《梁启超昨日逝世》）

生命的突然中断，使1月11日还在为自己一个多月后的六十寿辰预请友人撰文百篇的梁启超，留下了数不清的无可弥补的遗憾。

梁启超病逝后，2月17日，在北京的广惠寺与上海的静安寺，亲友分别为他举行了公祭大会。此后，一如其夫人的先停棺、后入埋的营葬方式，梁启超的灵柩也在吊唁后暂厝广惠寺，直至当年的9月9日才正式安葬。猜想这样安排的原因，大概是为了等待时在国外的思顺、思永、思忠与思庄归来。

关于梁启超的葬礼，历来少有叙述。我是因辑录《追忆梁启超》（中国广播电视出版社1997年版）一书，翻检杨树达日记《积微翁回忆录》（上海古籍出版社1986年版）时，偶然发现其并非如常人所想象，在开吊后很快入土为安。杨树达为梁启超早年执教长沙时务学堂时的学生，对梁终身执弟子礼。先是 1929 年 1 月 19 日日记云："今日任公师病逝于协和医院，中国学人凋零尽矣；痛哉！二十日大殓，赴广惠寺参加。"可知梁之遗体于逝世第二日已移至广惠寺。9 月 8 日，杨氏又记道："任公师出葬西山。余待殡于宣内大街，参与执绋，送至西直门始归。"因知梁氏葬仪实在此时举行。

至于安葬的具体日期，则有赖于吴其昌之女令华先生提供的吴撰《祭先师梁启超文》的提示。吴其昌系梁启超担任著名的清华国学院导师时指导过的研究生，收入《饮冰室合集》中的梁氏晚年著述，不少便由其笔录。祭文开头即明言："维中华民国十有八年九月九日，实我夫子大人新会梁先生永安窆穸之期也。"而据此查找当日报纸，所得却极为有限。而其大体经过既与李夫人之葬仪相似，不妨先引录梁启超 1925 年 10 月 3 日写给海外子女们信中的记述：

> 葬礼已于今日（十月三日，即旧历八月十六日）上午七点半钟起至十二点钟止，在哀痛庄严中完成了。
>
> 葬前在广惠寺作佛事三日。昨晨八点钟行周年祭礼，九点钟行移灵告祭礼，九点二十分发引，从两位舅父及姑丈起，亲友五六十人陪我同送到西便门（步行），时已十一点十分（沿途有警察照料），我们先返，忠忠、达达扶枢赴墓次。……我回清华稍憩，三点半钟带同王姨、懿、宁、礼赴墓次。直至日落时忠等方奉枢抵山。

之所以费时一天才将灵枢送到西山，乃是因为采用了杠抬的办法。据梁启超说，当时规定，"灵柩不许入城，自前清以来，非奉特旨不可，而西便门外无马路，汽车振动，恐于遗骸有损"（1925年9月20日《与思顺等书》）。这些梁氏生前写下的细节，倒可以填补其本人葬事报导不详的缺憾。

根据天津《大公报》1929年9月10日的一则"电话"通讯，同时参照杨树达日记与梁启超的前述信件，可以知道，梁启超的移葬程序应该是：9月8日上午从广惠寺发引，执绋者送至西直门，当晚灵车到达卧佛寺。9日，葬礼告成。

《大公报》的报导题为《梁任公葬于西山》，全文如下：

> ［西山电话］一代名士梁任公昨日已安葬于西山卧佛寺东坡之墓地。先是八日晚已将灵柩由北平广惠寺移至卧佛寺，至昨晨十时以前，关于安葬之准备，俱已妥贴，家属全到，亲友会葬者，有张君劢等二百余人。安葬之前，举行公祭，当场议，捐资建筑一纪念亭。经众同意，即时行破土礼。至十二时葬礼告成，会葬者在卧佛寺聚餐而散。是日也，无僧道参加，仪式甚为单简云。

值得一提的是，《大公报》的短讯尽管简略，却是我翻阅过的八种京、津、沪报纸中唯一有关梁氏葬仪的记载。此外便只有上海的《时事新报》在9月9日那天，专门发表了张其昀的《悼梁任公先生》。文中提到："自梁先生之殁，舆论界似甚为冷淡。先生遗体将于今日在北平香山卧佛寺之东坡安葬。"张因此特为撰文，表示悼念。

而《大公报》通讯中提到的纪念亭，便是今日墓园西侧居中而立的那座八角石亭。据梁家后人回忆，此亭的设计者为梁启超长子、著名建筑学家梁思成。其建筑风格的中西合璧，已隐然显示出梁思成日后更趋成熟的作品倾向。亭身仍采用浅黄色花岗石，上面覆盖着蓝绿色琉璃瓦，里面顶部正中，雕刻有葵花图案。亭内原准备安置一尊梁启超半身铜像，却始终未能如愿。

纪念亭虽然在1929年9月的葬礼中已破土奠基，但其建成之日则未见记录。依据石亭与墓碑建材相似来推测，二者应是同时完工。那么，梁启超夫妇墓碑阴所记建立时日，即"中华民国二十年十月"，应该也是纪念亭建筑之年。其时距梁启超下葬恰好过了两年。

回头再来看梁启超墓的样式。因为安葬李端蕙夫人时，梁启超已一再向孩子们交代，"坟园外部的工程，打算等思成回来布置才好"，"所馀冢顶上工作，如用西式墓表等事，及墓旁别墅之建筑等，则待汝兄弟归来时矣"（1925年8月3日、9月20日《给孩子们书》），故负责墓园总体设计的梁思成自当遵嘱而行。于是，圹内的设置尽管保持了中国夫妇"死则同穴"的古义，而地表的墓体，如前面的墓碑、供台与衬墙以及碑后的墓盖，却全然属于西式结构。于此亦体现了梁启超一生融贯中西的理想。

吴其昌撰写的《祭先师梁启超文》，乃是代表清华大学研究院全体学生在墓前致祭时所念诵。文中祝祷梁师"苦难都消，痼疾永弃"，因为"西山汤汤，终古晴翠。岩深壑静，泉冽潭泚。芬芳高伟，宜是师俪"。在这一片佳山胜水之间，梁启超是不是真的能够像吴文所祈愿的那样得到安息，梁在南京教过的学生张其昀显然表示怀疑。在他看来，"自称元气淋漓，不让后生"的梁启超，"乃享寿未满六旬。其生平志业，多未成稿"，因而，"栖依西山，想有遗恨"（《悼梁任公先生》）。是耶非耶？不得而知。

前贤往矣，评说由人。但在梁启超，总是实践了其"战士死于沙场，学者死于讲座"的人生信条。哲人虽萎，精神长存。

五、墓园的兴衰与逝者的命运

现有的梁启超墓园本来很有可能成为梁氏家族共同的墓地，这在年方 25 岁的梁思忠 1932 年病故后，即由兄长思成与思永入葬于此园，已可看出。不过，1950 年代以后，频繁出现的政治运动改变了这一切。梁启超既成为屡遭批判的"反动的"保皇党与资产阶级改良派，1954 年病逝的考古学家梁思永之另寻墓所，也就情有可原了。不消说，死于"文革"期间的长女思顺、长子思成，以及尸骨无存的王桂荃夫人，当时更不可能归宿此间。

唯一的例外是梁启超的七弟梁启雄。这位以研究荀子知名的学者，1965 年去世前为中国科学院社会科学部哲学所研究员。他在靠近梁启超墓的东南方有一小块墓碑，此碑是否"文革"前已进入园中尚不清楚。此外，墓园里还有其他两块石碑：紧傍梁启雄、同样小小的一方，为其子梁思乾之墓；在梁启超墓西南、贴近纪念亭较大的一方，为原任北京大学图书馆副馆长的梁思庄之墓。后者与梁思忠墓均面向主墓，比肩并排，一立一卧，犹如仍然依偎在父母怀抱中的两个孩子。

仔细观看墓碑，可以发现，梁思乾与梁思庄分别去世于 1983 与 1986 年。其时已进入改革开放的年代，对梁启超也开始重新评价其功过得失。二人于此时埋葬墓园，显示了不公正的政治压力已经缓解，梁家后代不必再有意回避与先人的骨肉亲缘。

而在此之前的 1978 年，梁家已经把墓地捐献国家。归公以后，再要于此地添置新坟，原非易事。为纪念王桂荃夫人而立碑栽树，便经过了八个月的审批周折。直到梁启超幼子、身为中国科学院院士的梁思礼直接写信给统战部部长，此事才获解决。梁思庄的跻身墓园，更带有若干传奇色彩。那过程听其女吴荔明老师讲来，简直形同"偷埋"。幸好梁思庄有足够的名望，配得上在此名墓中占据一席之地，因而这一安葬行为，事后还是得到了有关方面的同意。

早在墓地初建的 1925 年，梁启超已开始筹划种树。那时的想法是：

> 墓顶环一圆圈，满植松柏。墓道两行松柏，与马缨花相间。围墙四周满植枫树，园内分植诸果及杂花。外院种瓜蔬。（1925 年 9 月 21 日《与思顺等书》）

现在的布局虽并不尽如梁启超当年所设想，但收归北京植物园后，这一带已规划为银杏松林区，植被优良。大墓周围松柏环绕，墓道两侧乔木高大，虽值晚秋，依然绿意葱茏。

也许真的如俗语所说，"有一利必有一弊"。除了导游图上的标志，沿途走来，我们竟再看不到一个指示梁启超墓所在地的路标。植物园对自然风景的刻意经营，是否会淹没对已然存在的人文景观的应有关注？我希望事情不至于走到这个极端。

2002 年 7 月 19 日于京北西三旗

（原刊《书城》2002 年第 9、10 期）

初版后记

对于大众来说，梁启超是近、现代中国历史上的文化名人。一个最新的证明是：5 月 16 日国学网公布的"我心目中的国学大师"评选结果，经 120 多万网友投票，梁启超仅次于王国维，以第二名当选（《国学网评选"国学大师"一期评选揭晓》，2006 年 5 月 22 日《人民政协报》）。不过，就我个人而言，梁启超的意义更在于，他使我真正走进了学术殿堂。

从硕士论文开始，梁启超便成为我关注的对象。这一研究后来扩展为我的第一本专著《觉世与传世——梁启超的文学道路》（以下简称《觉世与传世》），其写作经过，在该作新版序中已有详细交代。此书出版后，我觉得自己对梁启超的研究可以告一段落。因而，1994 年在京都大学人文研究所参加狭间直树先生主持的"梁启超研究"班时，我还曾有过类似的声言。可实际上，梁启超并没有离我远去。

就在作此说明的同时，我已接受清华大学中文系的邀约，正在编一本梁启超佚文集。这就是旷日持久，直到 2005 年才出版的三大册《〈饮冰室合集〉集外文》。当然，由于字数大大超编，它已脱离"清华文丛"的计划而宣告独立。不过，当时并不认为资料集也属于研究工作，但后来我的诸多论文都受益于这一阶段的辑佚。可见，文献整理并不只是"为他人做嫁衣裳"。

而且，在动手编《集外文》之前，我也因参与王瑶先生遗留的项目"近现代学者对中国文学研究现代化的贡献"，完成了《梁启超的文学史研究》一篇长文。该文承继了《觉世与传世》的基本结论，以"改良群治与有益人生"概括梁启超文学观念的移转轨迹。但与偏重考察梁氏前期的"文学改良"理论与创作的著作不同，论文对其后期的学术研究活动给予了更多关注，这自然是为着后期梁启超的学者与导师身份的变易契合了论题的需要。文章主体分"科学精神"、"文化视角"与"历史意识"三个面向展开，算是尽我所知对梁启超的文学史研究精髓做了重点考察。

再次写作关于梁启超的论文，是应上海古籍出版社编辑之约，为该社"蓬莱阁丛书"拟订出版的《论中国学术思想变迁之大势》作"导读"。该文开笔时的 2001 年春，人还在日本，最后一节则是延至回国以后才结稿。正因为有此一段因缘，前期的资料搜集也充分利用了在东京大学查找日文图书的便利，对梁氏彼时阅读或可能接触到的日本明治时期学术思想著作进行了搜考。尽管对此一影响关系的抉发只是开了个头，却仍自认为是本文论说中最具新意之处。

2004 年盛夏，为参加在香港举行的"国际比较文学学会"年会，赶写了《梁启超的文类概念辨析》一文。这篇 7 月起首的论文，到 10 月即会议结束两个月后，才真正完成，由此可见本人行笔之迟缓。此文分别考论了梁启超使用的小说、诗歌与文章这三大文体的概念内涵，尤其注意到其早期的"小说"与后期的"诗歌"对于其他文类的侵吞与兼并，其目的正如文末所言，乃是"有意借助文类辨析，透视梁启超文学观念的演变"。而此文同《觉世与传世》第二章关于梁启超文学思想的论说也遥相呼应。

本书中最晚完稿因而也是最近的一篇新作为《梁启超曲论与剧作探微》。此文的撰写纯粹是为了供应上学期开设的"近代作家研究"选修课讲授之需。作为大学教师的一个烦恼是，已经出版的著作基本不能用来充当频繁轮转的研究生专业课讲稿，每次开课，总得另出新招。对于我这样的产量不丰者，最好的情况是，你的论文尚未结集成书，或者是书稿还在出版社排版，如此上得讲台，才可应付裕如。不过，也应该承认，迫于讲课的压力，确实能够提高生产力。

而上述这篇边写边讲的论文，在我还更有一重还债的意义。早在《觉世与传世》的"后记"中，我曾经讲到，该书本来尚应包含"梁启超的戏曲研究"一章。只是，当时我对此没有足够的准备，便托言梁作虽为四种，却只有《班定远平西域》是全本，其他均未完成，并且强调其"对国内的演剧界影响不大"，因此割爱。这次拾起原先放弃的题目，一方面是希望清理梁启超关于"戏曲"的论说，以弥补《梁启超的文类概念辨析》于此处的缺失；同时，也企望对梁氏剧作有新的解读。不必说，现在写成的这篇论文，其思考的精细是十七年前所无法达到的。看来，有些时候，一时的舍弃未必不是好事。人总是要进步的。

除了长篇的论文之外，本书中的其他文字，许多是因友人的催促，为各种自编、他编的梁启超著作选本，以及叙写梁启超生平的著述而写的前言、后记或书评。历数下来，有为自编的《梁启超文选》所作的《著论求为百世师》，为《梁启超学术文化随笔》所作的《以觉世始 以传世终》，为《追忆梁启超》所作的《寂寞身后事》，为《中国现代学术经典·梁启超卷》所作的《学者梁启超》。另为百花文艺出版社编印的梁启超《名人传记》及吴其昌《梁启超传》撰写过前言，即书中《近代传记的新变》与

《梁启超与吴其昌》二文；又曾为梁启超外孙女吴荔明的《梁启超和他的儿女们》一书，写了《梁启超的家庭形象》一则短评。这些序跋单独发表时已另拟文题，此次编集，又做了些微改动。此外，涉及梁氏几种学术论著、教科书与小说的散论，或是有感而发，或是仅集注于一二小问题，本无意作长篇大论。

比较特别的是第二辑所收文字。与前述各文相比，其钩稽的均为梁启超人生旅途中散落的片段留影。《菊砚端砚尽关情》中钩沉的是黄遵宪为弥补梁启超因逃亡海外，丢失了唐才常送他的一方谭嗣同题铭、江标刻石的菊花砚之深长遗憾，另刻一端砚相赠，叙说的是一段温暖的友情故事。《登陆塘沽》由梁氏书信与报纸新闻，恢复的是其归国之日一波三折的戏剧性场景。《来自巴黎的警报》一文，大量利用了散见于《晨报》《国民公报》《时事新报》上的梁启超电报、演讲、论文以及相关的新闻报导，还原了梁氏在五四运动中的历史表现与功绩。《梁启超墓园的故事》则详述了梁与两位夫人的身后事，通过考掘墓地的营建与安葬过程中的种种细情末节，揭示了梁启超少为人知的情感底蕴；而几十年来墓园的兴衰，也令人感慨政治之于生者与逝者命运的超强影响。

最后还要说明的是，本书收入的最早一篇文章，是1985年我在研究生毕业之年写作的《梁启超文艺观刍议》。尽管于《觉世与传世》新版序中，我惭愧地承认此文尚不成熟；但这却是我在硕士学位论文之外，最先写成的一篇梁启超研究文字。作为该书第二章的雏形，它也展示了我对梁启超文学思想的初步思考。其中的相关论述，在此后关于梁氏文学史的考究中也有进一步的扩充与落实。

总而言之，此书汇聚了目前为止，我在《觉世与传世》之外写下的几乎所有关于梁启超的长言短语。题名《阅读梁启超》，意在读"文"也读"人"。以《结缘梁启超》代序，则是想表明我还会不断地回到"梁启超"这个题目上来。当然，期盼下一次重来时，能有更好的表现。

郑勇君催促编集，盛情可感，特此申谢。

夏晓虹

2006 年 5 月 27 日于京西圆明园花园

图书在版编目（CIP）数据

阅读梁启超 . 文章与性情 / 夏晓虹著 . — 北京：东方出版社，2019.7
ISBN 978-7-5207-0687-2

Ⅰ . ①阅…　Ⅱ . ①夏…　Ⅲ . ①传记文学—中国—当代
Ⅳ . ① I25

中国版本图书馆 CIP 数据核字（2018）第 268003 号

阅读梁启超：文章与性情
（YUEDU LIANGQICHAO: WENZHANG YU XINGQING）

作　　者：夏晓虹
责任编辑：闫　妮　葛　畅
特约编辑：白华昭
装帧设计：张　军
出　　版：东方出版社
发　　行：人民东方出版传媒有限公司
地　　址：北京市朝阳区西坝河北里 51 号
邮　　编：100028
印　　刷：北京联兴盛业印刷股份有限公司
版　　次：2019 年 7 月第 1 版
印　　次：2019 年 7 月第 1 次印刷
开　　本：880 毫米 × 1230 毫米　1/32
印　　张：12.75
字　　数：290 千字
书　　号：ISBN 978-7-5207-0687-2
定　　价：58.00 元
发行电话：（010）85924663　85924644　85924641